Mekong River

大湄公河

10·5 KILLED IN GOLDEN TRIANGLE
CHINESE CREW MEMBERS

黄风 籍满田 著

山西出版传媒集团　北岳文艺出版社
BEIYUE LITERATURE & ART PUBLISHING HOUSE

·太原·

图书在版编目（CIP）数据

大湄公河 / 黄风，籍满田著. — 太原：北岳文艺出版社，2019.10
ISBN 978-7-5378-6005-5

Ⅰ.①大… Ⅱ.①黄… ②籍… Ⅲ.①纪实文学—中国—当代 Ⅳ.①I25

中国版本图书馆CIP数据核字（2019）第185769号

书　　名	大湄公河
策　　划	续小强
著　　者	黄　风　籍满田
责任编辑	贾江涛　李向丽
封面设计	尚书堂

出版发行	山西出版传媒集团·北岳文艺出版社
地　　址	山西省太原市并州南路57号
邮　　编	030012
电　　话	0351-5628696（发行部）
	0351-5628688（总编办）
传　　真	0351-5628680
网　　址	http://www.bywy.com
E－mail	bywycbs@163.com
经 销 商	新华书店
印刷装订	山西人民印刷有限责任公司

开　　本	890毫米×1240毫米　1/16
字　　数	300千字
印　　张	21.5
版　　次	2019年10月第1版
印　　次	2019年10月山西第1次印刷
书　　号	ISBN 978-7-5378-6005-5
定　　价	45.00元

前 言

　　2011年世界多事,闹得最凶的是地震,7级以上的就有25次,其中日本的"3·11"地震最为惨烈。除了天灾还有人祸,最丧心病狂的是"10·5"惨案,不亚于一次7级地震。在湄公河金三角水域,两艘中国商船惨遭血洗,13名中国船员被杀。事件掀起的血雨腥风,一度笼罩湄公河。

　　惨案发生两年后,也就是2013年,我们在朋友的帮助下第一次踏上湄公河,一直深入到金三角腹地。虽然血雨腥风已散去,湄公河又船来船往,但人们依然余悸未绝,尤其到了黑漆漆的晚上,沿岸密林中的每一点灯火,都像神鬼出没,令人高度紧张。

　　我们踏上湄公河,最初的目的很简单,就是想看看这是一条怎样的河流,并将13位同胞生前的身影付诸笔下,把他们梦断之前的美好与面对屠杀时的痛苦挣扎还原出来,以祭他们最后的一段人生航程。之后,我们又两次踏上湄公河,多次前往云南,进行采访和资料收集。

　　当"万事俱备"的时候,我们却改变了创作初衷,认为不能单单写一起惨案而忽视一条河流的存在,那就是湄公河。它是惨案的深刻背景,只有把它写出来,才能让人真正读懂惨案为何会发生,造成惨案的根由是什么,以后会不会再发生。作为一条贯穿6国的母亲河,它有自己的前世今生。它不舍昼夜的奔腾,承载了太多的盛衰荣辱。它养育了流域内的芸芸众生,而芸芸众生良莠不齐。恩泽也会潜滋暗长罪恶,像泛滥不绝的罂粟,像血淋淋的"10·5"惨案。时至今日,金三角仍"我行我素"，冲突战乱不断。传统毒品屡禁不止，新型毒品又在涌现。这里与其他地区的"乱"与"毒"沆瀣一气，考验着区域内国家和整个世界，让人类头痛不已。

凡此种种，我们思考了很多，自然也写下很多。但在动笔之初，我们非常犯难，怎样去写才能使作品如愿？经过长时间苦虑，我们决定采取"虚实"结合的写法：其"虚"乃"虚构"之"虚"，其"实"乃"真实"之"实"，让作品介于二者之间，不再受体裁局限。让"虚"虚到极致，连13位死难同胞也改名换姓；让"实"也实到极致，一个数据的小数点也不敢轻举妄动。我们以两条线索展开：一条围绕湄公河，一条围绕"10·5"惨案，途中时分时合。对一些人和事，在依据事实的基础上，做了细节性的想象与描述，不必秋毫无犯言之凿凿。

我们这样自以为是地去写，无疑是在刀锋上行走，免不了割足淌血。可创作完成之后，小心翼翼回头去看，却发现已步人后尘，我们尝试的早有人尝试，并取得成功。美国的卡波特"一直在寻找机会尝试新的写作手法，希望创造出一种文体，能够把他的小说技巧和新闻报道的时效性结合在一起"，由此写出著名的《冷血》；村上春树似乎也如此，他"一直在写这样的东西"："是我不是我，是现实又非现实，是虚构又非虚构"，创造着"这样的现代神话"。

卡波特希望创造"一种文体"也好，村上春树"一直在写这样的东西"也罢，他们都是在寻找一种最适合自己的表达方式，以及能最好地表达自己创作欲望的文本形式。如同穿鞋一样，最好的鞋并不在于贵贱，而在于能否满足脚的舒适度，只要穿起来舒服就是好鞋。

总而言之，我们在穿自己的"鞋"，走自己创作所寻求的路，至于这"鞋"该归何类，属于何种品牌，让"鞋专家"辛苦好了。您有任何看法不要紧，只要读得掩卷难忘，读得有所收获，我们就心满意足了。

目录

引　子　血染"10·5" / 001

第一章　东方多瑙河 / 007

第二章　"魔鬼水域" / 028

第三章　追赶金鹿的地方 / 056

第四章　横行湄公河 / 090

第五章　冒险家的乐园 / 122

第六章　最后一段航程 / 164

第七章　百年悲歌何时了 / 198

第八章　中国亮剑 / 242

尾　声 / 289

后记 / 336

引 子
血染"10·5"

2011年10月5日。

一大早,"华平号"在湄公河哗哗的簇浪中醒来。一夜的水声还在继续。河水不知疲倦地拍击着船体,淘着码头。船长郝强走出船长室,穿过驾驶室一头有些黑暗、小甲板一头已被晨光照亮的通道,踏着船梯从二层下来,来到一层船前大甲板上。甲板潮潮的,仿佛夜间下过小雨,缝缝隙隙里透着阴凉,有的地方还结了水珠。在终日酷热难当,有时午间甲板温度高达七八十度,能烤熟鸡蛋、烫起脚掌燎泡的湄公河上,这大概是最凉爽的时刻。

郝强举起双臂伸个懒腰,便站在缠着一圈圈钢丝绳,同样湿漉漉的显得有些油腻的绞缆机旁,双手叉住腰开始活动身体,屁股摇来扭去,像在耍呼啦圈。他努力使自己精神饱满了,好迎接新一天的到来。河对面就是缅甸,跟老挝这边没什么两样。岸上的丛林薄雾迷蒙,还纠缠在睡梦中。从贵州老家赤水来到湄公河上,一转眼已十来年。自打当了船长,只要出来跑船,他就不敢睡懒觉,怕睡过头误事。他总比那丛林醒得早。别的船老大也一样,船员劳累了一天,可以睡个懒觉,他们却不行。如果同行他们就会相互提醒,比如"玉兴8号"的柳志刚,一遇上他早晨起迟了,就会站在船上吆喝:郝九五,天都大亮了,你还死睡?

郝九五是郝强的小名,一帮弟兄都喜欢这样叫他。

也许,郝强并不清楚今天还是九九重阳节,在千里之外的北方正秋高气爽，银镰卷过田野，就像那民歌唱的"谷子呀，糜子呀，上呀么上了场"。早已脱离农事的他，只知道还在国庆期间，这里高速路堵车，那里景区人满为患，电视上天天少不了热闹。对他们这些跑船客而言，日复一日水上泡着，节日早泡黄了。若船上有空，他最大的奢望就是回去和家人团聚，温暖一下与老婆孩子的感情，与老婆热滚滚待上几天，好好补报补报。不少跑船客因常年在外，老婆在家守活寡，守得绝望了，最后只好离婚。他就离过一次婚，他七哥郝月明也离过一次，现在的老婆都是第二个。除了离婚的，还有找不下对象的，像码头上积压的货物，大龄"剩男"一堆。

老实说，节日不节日他们已无所谓，只要家里平安，自己在外平安，早上睁开眼还活着，身下的船还在晃悠，而且能晃出个好心情来，就是最大的满足。最近几年，他的心情一直不错，因为跑船生意好，日子过得油汪汪的，漂着一层红辣子。

再就是尽量多挣几个钱，早日拥有一笔大的积蓄，有资本去干别的，结束这漂泊生活，也一样能养活全家老小。就在今年正月，一家子在景洪给他过40岁生日，大姐郝月华还劝他，跑船太辛苦了，跑完今年不要跑了，回家开个面馆吧。大姐的心愿何尝不是他的心愿。他回答"要得，要得"，可"要得"过后，就把大姐的话撂到一边。他总觉得开面馆还不到时候，想趁年轻力壮，吃得动水饭，再多赚几个钱。

本来嘛，他与在"纳鑫号"当船长的侄儿郝天翔说好，准备一早出发，从云南关累到泰国清盛，可是"纳鑫号"等两个客人，一直等到中午客人还没来，他等不及就先走了。随后他们与从缅甸索累码头下来中途遇上的"玉兴8号"晚上一起停泊在老挝的孟巴里奥。船上装着260多吨货物，7车水果和4车大蒜，前天装完已凌晨一点多，关累的鸡都叫了。一切顺利的话，今天到清盛港卸下货，再装上运往关累的货，过两天就可以返程了。

从关累到索累近80公里，到孟巴里奥180多公里，到清盛港260多公里，要说远也并不远，换成汽车一溜烟就到了。可一旦船至南腊河口244号界桩，经过中老缅三国交界的"绿三角"，进入老挝和缅甸水域，内心的感觉就大不同了。两岸的山依旧一脉相承，眼前的河也还是那条河，却像他小时候进城，沿着赤水河走出地界一样，多了些陌生与不安全感。途经的缅甸一侧，据说老早经历了英国人、日本人，后又经历了国军、缅共，还有什么罗星汉和坤沙，现在成了掸邦特区的地盘，也是劫匪出没之地。

除了听说劫匪出没，他刚踏上这条河时，还能看到山上种的鸦片，多的时候一片花海。他最初以为种的是鲜花，船老大把嘴一歪：狗屁，那是鸦片！缅甸种鸦片他早听说过，老百姓全靠它活着，买粮、换盐、娶老婆，但亲眼见还是头一次。船老大来自广东，很是见多识广，喝饮料他就喝健力宝，说着便侃开了。从种鸦片侃到吸鸦片，侃得郝强一愣一愣的。吸鸦片郝强没见过，但"哈料"见过：卷一个吸管似的细纸管，将料面撒在锡纸上，用火烫起如梦似幻的烟雾，然后嘬着纸管吸溜。

为证明自己说的不假，船老大还给他侃了一首广东民谣："鸦片是土，吃久糊涂；母在（亩仔）无顾，亲戚断路；茼蒿衫，不冷（菠菱）裤；鸡丝（屎）藤，做墩布（棕步），甘蔗盒（哈），做头布；见鸡啦（掠），见酒壶（狗虏）；今日无涂，千辛万苦；明日无涂，大洋（仰）难渡（度）；后日再无涂，一命呜呼。"

侃完了问他：记住没有？

他抚摸着后脖颈说：好像记住了。

船老大哈哈一笑：你小子记性好，眼力不行。

再后来，河中的船越来越多，山上的鸦片却一年比一年少了，取代鸦片的是橡胶林，还有茶园什么的。就在橡胶林取代鸦片的时候，船老大为救一个船员，不慎夹在船和礁石间，被活活夹死了。那船员是个新手，原在关累码头当搬运工，上船不足半个月，正站在船边看"泡水"，被一泡从天而降的鸟屎砸入河中。船老大跳下去救人被夹得一口一口吐血，弟兄们眼睁睁看着救不了，等救上来已断气。落水船员活下了，船老大却送了命。

身为一介草民，终年只是为生活打拼，不想这些破事也罢，尤其出门在外，一想心就没着没落地乱了，像浪里翻滚的木头，总想找到一个依靠。平时并不经意的家国之念这时便从心底冒出来，如同一瓶老挝黑啤，只要嘭的一声打开，就抑制不住泡沫四溢。郝强不禁掉过头来，望一眼船顶上悬挂的国旗，那是他们出门在外的依靠，可国旗夜里被雾打湿了，耷拉着，全没了迎风招展的生气，让他多少有些失望。失望间"嚓啦"一声响，油香从厨房传出来，他的思绪也一同被炸进油锅。他收回目光，又提起精神，活动一阵子返回去。船上的人都起来了，吃罢早饭便启航。水手柳向西收拾起船缆，他和大副党民兵钻进驾驶室，开始了他们的最后一段航程。螺旋桨翻卷起来，将船缓缓推离岸边，驶向河深处。按以往的速度，赶中午之前他们就能到达泰国清盛港。

同行的油船"玉兴8号"，已机声隆隆先动身。两条船一前一后顺江而下。可是一帮善良的中国船员哪里料到，一场由毒枭精心策划、泰国不法军人参与的灾难正一步步向他们逼近。在沿岸的密林中，一个个大毒枭布下的眼线，正鬣狗一样盯着他们的船只。尽管他们常年与湄公河打交道，深知河上河下充满危险，断不敢掉以轻心，但从老挝孟巴里奥到泰国清盛，还是成了他们人生的最后一段航程。

两船行至缅甸一个叫弄要的地方，他们被一伙驾驶长尾快艇的匪徒劫持，然后被押至金三角旅游码头与清盛港之间一个叫吊车码头的地方，在一棵鸡素果树前停下。一阵码头黑帮火并似的枪声，打破午间炎热的平静。赶来的泰国警察被阻挡在远处，他们看到船上腾起妖雾似的白烟。枪声平息后，"华平号"上的6名船员与"玉兴8号"上的7名船员全部被杀，13名船员的遗体除一具丢弃在船上，其余的都被抛入河中。丢弃在船上的船员，被打得血肉模糊，连身份都无法辨认，最初竟被误以为是战死的匪徒。

那天中午，与老挝"金木棉帝国"和缅甸天堂赌场隔河而望端坐在泰国金三角旅游码头上的大佛，目睹了所发生的一切。一场血洗过后，她依旧保持端庄的姿态注视着金三角繁忙的水域，依旧金光闪闪地普照着湄公河上漂泊的众生。"我佛慈悲"，让他们深信血腥遮不住她的法眼，制造罪恶的人一定会受到报应。

两天后的中午，郝强的遗体第一个被发现漂浮在下游清盛港的水上。他双手被手铐铐着，整个人已泡得变形。被抛入江中前，两颗9mm手枪子弹使其毙命：一颗从左太阳穴钻出来，一颗从脖子左侧经锁骨穿过。伤口已被河水淘白，可以想见那淘走的血，怎样一丝一缕地盘桓在主人身边，然后在江水的撕扯下绝望地远去。

"10·5"惨案震惊中国，震惊东南亚，也震惊全世界。金三角又一次波诡云谲，像案发几个月之前缅甸发生的7.2级大地震一样，让人谈虎色变……

第一章
东方多瑙河

·1·
扑朔迷离的源头

湄公河在中国境内叫澜沧江。"湄公",中国人听起来就像个童颜鹤发、腰板硬朗、手执江篙挺立船头的老艄公,实乃"母亲"之意。澜沧江古称"南兰章",意为百万大象繁衍的河流。那种奔腾嘶鸣的场面曾令大地悸动,像晕头风(龙卷风)席卷两岸森林,是说不尽的森林王者气象。直到今天,云南一些地名还跟大象有关,什么章凤啊、弄璋啊、闷璋啊、拜掌啊,都曾是大象的生息之地。大河泱泱,江流汤汤,共媾了澜沧江—湄公河。

澜沧江发源于青海省杂多县,既有"文化源头",又有"地理源头"。文化源头毫无异议,在当地藏民心中一直明确,那就是与神灵同在的"扎西乞瓦"(或"扎西气娃")。扎西乞瓦的藏语之意是"吉祥绕聚的大江大河源头"。澜沧江源头在扎阿曲的一条支流的上游,海拔4600多米,由"五个彼此分开的泉水点"组成。相传,为五世达赖喇嘛阿旺罗桑嘉措途经杂多时所指认,佛手一点便成为澜沧江的文化源头,成为当地藏民崇拜的"圣湖"。据说他们的牛羊得了病,只要绕圣湖转上几圈,就会重新活蹦乱跳。

而澜沧江的地理源头，长期以来却众说纷纭，达八九种之多，成了一个令人纠结的谜，这在世界大江大河中颇为罕见。早在19世纪，这里就引起外国人的兴趣。从1866年6位法国人于交趾支那首府西贡出发，沿湄公河溯流而上，被蚂蟥断送一条性命开始，先后有英、法、美、日等多支外国考察队前去探源，他们企图揭开澜沧江源头的面纱，但探来探去也未探出个究竟，除了留下一些惊心动魄的故事外，一直到20世纪末仍"谜"惑不解。

概括起来，主要有五种说法：

澜沧江源自杂多县的扎纳日根山，正源是扎曲；
澜沧江源自唐古拉山西南麓，江源出自治多县北部分水岭西侧；
澜沧江源自唐古拉山北麓的查加日玛峰的西南侧；
澜沧江源自杂多县的拉赛贡玛山的扎阿曲；
澜沧江源自杂多县被当地藏民称为"圣山"的扎那霍霍珠地。

1994年秋天，又一个老外来到中国，从青海玉树出发，沿着澜沧江去寻找源头。但是澜沧江很不给面子，一路上"雷暴、闪电和冰雹"不断，还遭遇了狼群袭击，丢掉"三匹马和一只狗"，差点让他有去无回，把命搭给"远古的呼唤"。他就是曾24次背负行囊穿越中亚、西亚和西藏进行探险旅行活动的英国超级驴友米歇尔·佩塞尔。和他的欧洲前辈们一样，他是一位了不起的探险家。当时，佩塞尔已年近花甲。结束澜沧江之行后，他出了一本书叫《最后一片荒蛮之地：湄公河源头的发现》。他颇为自负地认定，一个位于杂多县萨日喀钦与加果空桑贡玛两山之间，被他称之为鲁布萨的山口是澜沧江的源头，并说"它完全不引人注意，只不过是一块渗出水的沼泽地"。但后来证实他的认定是错的。

河流作为人类社会文明的发源地，"人类文明的第一个脚印，就是踩在湿漉漉的河边"的。滔滔不息的河流养育了人类，推动了人类的创造力和文化生命的形成，世界上任何一条母亲河莫不如此。有流就有源，世界级大河源头的确定，一向被视为重大的地理发现。

"川竭国亡"，中国自古就对探索河流的发源地看得很重，中国人也从不甘于后。作为"四渎之宗"，被殷人称为"高祖河"的黄河，从老早的"河出昆仑虚"开始，不管是远溯博索的推断，还是深入实地的"务穷河源"，对黄河源头的探寻几乎没有断过。中国人"在湿漉漉的河边"留下的足迹，仅一条黄河就数也数不清，尽管它已经被"三年两决口，百年一次大改道"的泥水覆盖了一层又一层。

就澜沧江源头的探寻而言，第一个可算是明代的徐霞客了。这位国人熟知，也为世界探险家景仰的驴友先驱者，22岁就离开家乡南旸岐村，戴着母亲为他做的"远游冠"，在江阴三月的春光中从胜水桥畔出发，开始大半个中国的游历。"达人所之未达，探人所之未知。"在之后30多年的游历中，"走得最远、费时最长、游记文章写得最多最精彩的，是澜沧江、金沙江及周边地区，并在《江源考》及《盘江考》中指出金沙江为长江上源，南盘江为西江主源，纠正了前人的错误观点"。但令人纳闷的是，不知他不感兴趣还是怎么的，对澜沧江本身却几乎没有描述。从他的文中我们可以看到，当时他距澜沧江源头似乎只差一步之遥了，再走走就会掀开其神秘的面纱。

与老徐相隔几百年之后，为解决"陇蜀共争"的玉树25族的归属问题，甘肃名士周希武与"肃州征收局长梁耀宗、边关道尹公署科员王致中及测绘员牛载坤"等人，在特派大员周务学的带领下，奉北洋政府"大总统令"，于1914年秋天从兰州出发，前往后来米歇尔·佩塞尔的出发地玉树做勘界调查，来去几千余里。在调查中，周希武与同仁们"朝犯瘴疠，暮逐水草"，"访问长老，参阅图志"，遍历澜沧江及通天河中下游一带。在马拉有过黄河时，差点被"冰澌蔽流"的河水冻死，队员王长才"出水后，面无人色，身为冰锋所犁，鲜血濡缕，观者为之泣下。乃急以姜酒灌之，被以重裘，两人持之狂奔数十回"，才缓过劲来。他们经过数月"艰苦备尝",最终厘清了玉树25族的归属纷争,并绘制出"我国第一张用新法绘制的玉树地区简图"。

玉树25族由于"称名互歧",陇蜀两省口水仗不断,都想纳入自己的地盘。最后北洋政府依据周希武他们的勘界结果,认定玉树25族"仍归甘肃西宁管理"。当时青海还未建省,西宁尚属甘肃。这一年(1914年),英国与西藏地方政府私相授受,签订企图西藏独立的《西姆拉条约》,在秘密换文中又炮制了"麦克马洪线",将中国身上的一大块肉割走。就在《西姆拉条约》签订的当月,第一次世界大战爆发。迫于当时世界烽烟四起和中国内忧外患的局面,陇蜀纷争已不是简单的省际间的纠纷,背后关系到中国的领土问题,搞不好就会变成烫手山芋,给日后留下诸多遗患。于是从玉树归来,周希武除了完成勘界使命,也完成了"经略青海之嚆矢",即令其名声大振的《玉树调查记》,其中就涉及澜沧江源头:

> 澜沧江上流有二源:北曰杂曲河,南曰鄂穆曲河。
> 杂曲河发源格吉西北境果瓦那(拉)沙拉山麓,有南北二源:南源曰杂那云,北源曰杂朵云,二水东流,至扎西拉贺寺之西相合,名杂朵拉松多。番人谓两水交曰松多。杂朵拉水东南流,至阿杂松多,阿云水自西南来入之,阿云水出中坝当拉岭之东麓,二源并发合流,东北注至阿苏松多,苏旺云水自西来入之;阿云水又东北流,至阿杂松多与杂朵拉水相会,是为杂曲河。

周希武得之不易的"二源考",可谓"吉光片羽",为后人揭开澜沧江源头之谜,提供了可贵的参考资料。

在国内外前人探寻的基础上,中国的各路英雄好汉纷纷背起行囊,深入澜沧江源区探险考察,为揭开澜沧江源头之谜不遗余力。其中科学家

LSC，依据"河源唯长"的原则（或曰"河源唯远"的原则，即一条河流的整个流域内最长的支流对应的源头为正源），通过先进科学的手段，于2002年最终测定澜沧江的地理源头为青海省杂多县吉富山。源头海拔5160米，地理坐标为东经94°40′52″，北纬33°45′48″，并为"国际组织湄公河委员会所承认和引用"。与长江源头各拉丹冬、黄河源头巴颜喀拉山，同属三江源地区。

出生于津门的LSC是条好汉，像头野牦牛满世界闯荡，"曾徒步去北极考察探险，成为中国在单人无后援条件下成功到达北极点的第一人"。除了北极，他还横跨亚洲、非洲、北美洲和南美洲，"通过卫星遥感影像分析和徒步实地考察相结合的形式"，重新测定尼罗河、亚马孙河、长江、密西西比河、叶尼塞河、黄河、鄂毕河、黑龙江、刚果河和澜沧江—湄公河10条大河的源头和长度，其中澜沧江是他测定源头的第一条河流。

1999年夏天，LSC带领中科院遥感所考察队到达杂多县莫云乡。说是考察队，当时其实只有两个人，另一个又中途退出，只剩下他一个人。由两名藏民做向导，三个人骑着三匹马，带着两匹用来替换和驮负行李的马，他们从莫云乡向澜沧江源头进发。莫云乡地处可可西里大戈壁边缘地区，是"澜沧江源头地区的最后一个居民点"。其土地面积6000多平方千米，人口却仅有3000多，好多地方人迹罕至，铺天盖地的荒凉，"让人感觉意志都没了"。在藏语中，"莫"是一种红里带黑的颜色，"云"是地方的意思，拼在一起就是"褐色的地方"。

在这个"褐色的地方"，生于斯长于斯的藏民，对一切早已习以为常，每天住帐篷、烧牛粪、喝奶茶、吃糌粑，以牛、羊、犬为伴，过着远离尘嚣的日子。可对外来者而言，就不是那么回事了，不管你来过多少次，都不能不把它放在眼里。高原缺氧、气候多变、野兽出没、道路艰险，哪一样都猫喝烧酒让你够呛。曾有驴友野人一样归来，见到一粒小西红柿，这个大老爷们立即竟倒了相，双手捧着：我的娘啊！然后哇哇大哭：我以为见不到你了……

可以说，整个澜沧江源区危机四伏，但又无比壮美、神秘、勾魂。抵挡不住的诱惑，让人前赴后继地"投怀送抱"。比如19世纪末，法国探险家李默德和吕推去拉萨受阻，途经藏北返回的时候，翻越高山和冰川进入杂多境内，到达与莫云乡紧邻的扎青乡后，两个人尽管吃尽了苦头，却仍像呼啦啦的风马旗，冒出了要去探源的想法："如果我们能追溯这条河流（扎曲）的尽头，就能解决湄公河源头的问题，从而确定湄公河北边的界线。"

可惜他们来得不是时候，夏季的扎曲根本无法渡过，只能老老实实放弃想法。后来，他们从杂多到达玉树结古镇，在前往西宁途中，吕推因偷马与土著发生冲突。在三个多小时的枪战中，一颗子弹贯穿他的左腹，血浸透了衣服。临终之际，他望着一碧如洗的天空与远方的五彩经幡，"头和手越来越冷，比路边的石头还冷"，直到没有一丝热气。虽然"事业失败"，但他仍不死心，对怀抱他的同伴说：这是出发的好天气啊！

与一百多年前的两位老外相比，LSC一路上饱尝的苦头自然轻多了，可苦头的味道是一样的。有一次马匹遭受牧羊犬袭击，他从马上栽下来，顿时两眼金星乱迸。他趴在地上把头转了又转，觉得脑袋还好好的，又用手拍拍脑门儿，证实自己的感觉没错，便翻身上马继续前进。令人畏惧而又向往的澜沧江源区，于是在他面前如画卷般展开。

寥廓湛蓝的天宇，静穆圣洁的雪山，还有冰川、草原、湖泊、沼泽，孕育出无数条大河小溪。其中扎阿曲河宽62米，平均水深0.72米，平均流速2.63米/秒，每秒流量117.4立方米，流域面积2364平方千米。扎那曲河宽51米，平均水深0.35米，平均流速1.81米/秒，每秒流量32.3立方米，流域面积1999.3平方千米。扎阿曲的藏语之意是"白色的河"，扎那曲的藏语之意是"红色的河"，两条河在杂多的尕纳松多汇聚后，便形成急流汹涌的扎曲（或曰杂曲）河。

顺着扎曲河的两大支流溯流而上，在扎阿曲上游又分出两条支流——

郭涌曲和昂瓜涌曲，郭涌曲比昂瓜涌曲要长。在扎那曲上游也分出两条支流——加果空桑贡玛曲和萨日喀钦曲（或曰扎加曲），加果空桑贡玛曲比萨日喀钦曲要长。然后再往上，郭涌曲又分出两条支流，右边（南侧）的叫高山谷西，再上游为拉赛贡玛曲，发源于果宗木查山。果宗木查山脚下有三条小溪：拉赛贡玛、拉赛俄玛、拉赛巴玛，其中拉赛贡玛最长。左边（北侧）的叫高扑地，再上游为谷涌曲，发源于吉富山。两源相距六千米左右，都位于唐古拉山北侧的扎纳日根山脉查加日玛峰南坡。两条河于下游的野永松多汇合后，前一条的源头距野永松多21.5千米，后一条的源头距野永松多23.6千米，后一条比前一条长2.1千米。

像树上分杈不断的虬枝，一"曲"接一"曲"追溯下来，以扎阿曲和扎那曲交汇的尕纳松多为"结算点位"，扎阿曲—（支流）郭涌曲—高地扑—谷涌曲，全长203876.8米；扎阿曲—（支流）郭涌曲—高山谷西—拉赛贡玛曲，全长203258.0米；扎那曲—（支流）加果空桑贡玛曲，全长202217.4米。依据河源唯长的原则，三曲"论资排辈"，谷涌曲的源头为澜沧江正源，其他源头都是"副源"。

LSC探寻的正是谷涌曲的源头。在两名向导的指引下，经过四五天跋涉，他从一个其貌不扬的小山口，"进入一处像巨大院落一样的山中空地"，最后到达一个几山相拥的积雪小盆地。小盆地不足半平方千米大，"四周无植被，呈灰褐色，细微的水从碎石地里流出"。他认为这个小盆地就是谷涌曲的源头，而且"与卫星影像所显示的情况基本吻合"，具体位置是东经94°41′37″，北纬33°42′39″，海拔5160米。因为附近最高的一座山，当地藏民叫吉富山，便命名为吉富山源头。

但当时正值雨季，并不代表枯水期源头也有水，而依据河源唯长的原则，不仅要求源流要"长"，还要四季不断流。2002年9月，LSC再次来到吉富山下，发现源流潺潺如故，于是经过进一步测量和修正，最终确认：澜沧江—湄公河发源于中国青海省玉树藏族自治州杂多县的吉富山，源头位置是东经94°40′52″，北纬33°45′48″，海拔5160米。

至此，如果抛开徐霞客不说，仅从1866年6位法国人算起，130多年来扑朔迷离，一度还被怀疑为"无源之水"的澜沧江，历经无所适从的"流浪"之后，终于在吉富山下"认祖归宗"，找到了自己的源头。

·2·
飞流直下万里遥

在澜沧江源区，众多的连长江黄河都不及的支流，像发达的根系哺育着一棵大河之树。发源于杂多县吉富山的扎曲与源自唐古拉山北麓的瓦尔公冰川，以及比扎曲要短得多的昂曲，于藏东明珠昌都汇合后，开始称之为澜沧江。

昌都，古称"康"或"客木"，曾是历史上有名的东女国所在地。当时的东女国疆域辽阔，在牧草丰茂牛羊遍野的土地上，散布着大大小小80余座城，"其所居，皆起重屋（碉房），王至九层，国人至六层"，拥有臣民4万多户，精兵强将一万多人。在这个遥远的国度，"重妇人而轻丈夫"，就像现在印度的梅加拉亚邦。妇人个个如武媚娘，男人只能服服帖帖。女王名叫"宾就"，"服青毛绫裙，下领衫，上披青袍"，侍女前呼后拥，每隔五日"一听政"。王城"康延川，中有弱水南流，用牛皮为船以渡"。"康延川"即今之昌都，"弱水"即今之澜沧江。

在"曲"不离口的藏语中，"昌"是水的意思，"都"为两水交汇处。所谓的两水也就是扎曲和昂曲。由两曲"合奏"的澜沧江，带着东女国的绝色冷艳，从"世界屋脊"奔腾而下，随着青藏高原的隆起，像柔烈的刀急遽下切，一头扎进横断山脉间，历经亿万斯年，开劈出一条V形大峡谷。蜿蜒于谷底的河道，一路下来落差高达几千米，犹如黄河之水天上来，让人想起藏民族那首磅礴的创世歌谣：

> 最初斯巴形成时，
> 天地混合在一起，
> 请问谁把天地分？
> 最初斯巴形成时，
> 阴阳混合在一起，
> 请问谁把阴阳分？
> ……

在重重高山峡谷中，澜沧江途经青海、西藏、云南，南下至云南的南阿河口，在中缅边境夹道而行31千米后，于云南的南腊河口出境。出境后的澜沧江，摇身一变为湄公河，从此走出地域局限，开始中南半岛五国之行，"集内河、界河、国际河多条河流为一体"，成为"印度支那文化的脐带"。

中南半岛，又叫印度支那半岛，是东南亚古文明的摇篮，丛林河谷间散布着数不胜数的古迹。早在东汉时期，中国就与中南半岛建立起人地关系，当时为了加强"蜀身毒道"，也就是南方丝绸之路的管理与经营，打通了进入中南半岛的通道。从中国进入缅甸后，一条经现在的缅北、印度阿萨姆邦西部，向西可达地中海沿岸地区；另一条经缅甸的达杰沙（江头城），沿伊洛瓦底江南下，直至伊洛瓦底江河口出海。20世纪抗战期间，因"支那"一词馊味越来越重，在于右任（一说陈嘉庚）的倡议下改称"中南半岛"，意为中国以南的半岛。

中南半岛西临孟加拉湾、安达曼海和马六甲海峡，东临"千里长沙，万里石塘"的南中国海，是东亚与群岛之间的桥梁，面积200多万平方千米，占东南亚的近半壁江山。主要的山脉河流大多为中国境内所延伸，与中国素有"山同脉，水同源"之说。

踏上中南半岛的澜沧江，将缅甸的掸邦高原、老挝西北部的山地、泰国北部的台地切开，于绵延起伏的两岸间穿行。河道或宽或窄，平阔时波澜不惊，逼仄时飞流激荡，白浪淘击着礁石。经过臭名昭著的金三角，行至老挝下寮的柬老边境后，在"乱石穿空，惊涛拍岸"的礁丛中纵身一跃，抛下波澜壮阔的"孔瀑布"，直奔越南九龙江平原，在那里分成9条汊道，如9条龙扑向大海。在9龙起舞的平原上，留下滚滚稻浪与缕缕果香，也留下华人生生不息的足迹。早在"1778年华人就开发西贡、堤岸一带"，被称为"小香港"的胡志明市堤岸区，至今生活着几十万华人后代，像他们天后宫里供奉的香火一样兴旺。

就这样，雪域高原的壮阔与南中国海的浩瀚，被一条顽强的河流牵连起来：

全长4908千米，其中澜沧江2157.8千米，湄公河2750.2千米。其中有31千米为中缅界河，234千米为缅老界河，976.3千米为泰老界河。在老挝境内长777.4千米，柬埔寨境内长501.7千米，越南境内长229.8千米。

年径流量4750亿立方米，主要补给为降水和雪山融水，其中降水占1/2之多，雪山融水约占1/6。9月至10月为汛位高峰，最大流量曾达到7.57万立方米/秒；1月至2月为枯水期，最小流量为1250立方米/秒。

流域总面积81.1万平方千米，其中中国16.7万平方千米，缅甸2.1万平方千米，老挝21.5万平方千米，泰国18.2万平方千米，柬埔寨16.1万平方千米，越南6.5万平方千米，大都是鱼米膏泽之地。

在世界大河中排名第六，在亚洲排名第三，在东南亚排名第一。

在漫长的征程和广阔的流域，澜沧江—湄公河途经不同的气候带与地理单元，有寒带、寒温带、温带、暖温带、亚热带、热带，有冰川、草甸、高原、高山峡谷、中低山宽谷、冲积平原。假如乘飞舟而下，像李太白当年神游长江，能朝发昌都夕至九龙江的话，真可谓"一日三秋"："早穿皮楚巴，午扎布笼基，晚上一丝不挂会采朗。"

采朗的夜晚波光涟漪，感觉艳遇一般，不管你坐在哪家船头，从铺满河面的风中，都能感受到白昼沉寂的热闹。那热闹就待在水下，等待第二天的到来。越南的水上市场之多，可形容为"密密麻麻"，密密麻麻的河流，培育了密密麻麻的水上市场。采朗是越南芹苴市最大的水上市场，也是湄公河三角洲最大的水上市场。每天清晨，东方被大海淘白时，满载水果的大小船只，在桨声和马达声中赶来。在赶来的船头上，几乎都插着一根竹竿，竿上高高悬挂着待售的水果，不用叫卖，一望便知。满载的五颜六色的水果，有菠萝、木瓜、橘子、龙眼、火龙果，有香蕉、榴莲、柚子、杧果、波罗蜜，当然还有各种各样新鲜的蔬菜，各种各样的吃喝和日用品。随着烈日升起，市场轰轰烈烈地热闹起来，空气中充斥着忙碌的气息，以及蔬菜水果散发出的甜香。

全世界可供出口的热带水果，主要集中在两个地方，一个是西半球的南美洲，一个是东半球的澜沧江—湄公河流域。踏进澜沧江—湄公河流域，便踏进水果的天堂，就像一句民谚描述的："头顶香蕉，脚踩菠萝，跌倒抓把野生果。"在泰国，仅水果之王榴莲就有200多种，什么"金枕头""长柄"呀，什么"谷夜套""差尼"呀，光听名字就让你彻夜难眠，口水直流。待到5月夜深人静时，会听到成熟的榴莲从树上掉下来，"有如臭乳酪与洋葱混合的臭气，又有类似松节油的香味"弥漫开来，郁达夫称其"又臭又香又好吃"。每当榴莲水水的时候，泰国人纷纷走出家门，"典纱笼，买榴莲，榴莲红，衣箱空"。

从源头到采朗遥望的出海口，澜沧江—湄公河一路"海纳百川"，召唤了大大小小的河流，由最初的一股细水汇聚成澎湃的大河。沿途支流主要有子曲、昂曲、盖曲、麦曲、金河、漾濞江、西洱河、罗闸河、小黑江、威远江、南班河、南拉河、南塔河、南乌江、南康河、南俄河、南屯河、邦非河、色邦亨河、蒙河、桑河、洞里萨河，每一条河流都根系着一片土地。在流经的大地上，它们"善利万物而不争"，从高原雪域的虫草到同塔梅平原的魔鬼稻，从雪山脚下帐房的炊烟到热带雨林中寺庙的香火，让世间的繁衍生息长盛不衰。因此，澜沧江—湄公河被视为上天的恩赐，备受苍生的感恩与崇拜。

每年10月末雨季结束，捕鱼期到来的时候，柬埔寨首都金边都要在湄公河畔搭起"连绵的浮宫和观礼台"，举行盛大的"送水节"。上至国王政要，下至庶民百姓倾城而出，赛龙舟、放河灯、祭月亮，感谢母亲河一年来的恩泽，并希望厄运与灾难一同流走。入夜放河灯时，一盏盏精致别样的河灯，"由香蕉叶包上糯米做成，上面插着蜡烛，放着供品"，从岸边晃悠悠漂去，如星辰撒满河面，人间与天上遥相辉映。

早在我国元代，一个叫周达观的"巴丁"（官人）到柬埔寨后，就亲历了"送水节"的盛况。当时，他在柬埔寨的吴哥。

当国宫之前，缚一大棚，上可容千余人，尽挂灯球花朵之属。其对岸远离三十丈地，则以木接续，缚成高棚，如造塔样竿之状，可高二十余丈。每夜设三四座，或五六座，装烟火爆仗于其上；此皆诸属郡及诸府第认真。遇夜则请国主出观点放烟火爆仗，烟火虽百里之外皆见之。爆仗其大如炮，声震一城。其官属贵戚，每人分以巨烛槟榔，所费甚夥。国主亦请奉使观焉。如是者半月而后止。

转过年来，到了犁浪翻滚的五月，又要举行"御耕节"，其隆重的程度不亚于"送水节"。在"御耕节"之前，圣贤"巴古"先要祭拜土地神，请求赐予"圣田"。圣田选好以后，在周围搭建5个光彩夺目的亭子，每个亭子内供奉一尊佛像，每尊佛像前堆一个小土山，在山顶上挖一个坑，在坑的四壁涂上牛粪，再放9根干柴。等一切准备就绪，由国王扮装的"御耕王",点燃坑里面的干柴。在僧侣的一片诵经声中,人们用树叶蘸着蜂蜜和油,往火焰熊熊的坑里抛洒,祈求神灵保佑五谷丰登国泰民安。祭火仪式结束后,御耕王和仙女"麦霍"又去祭拜湿婆神像,然后巴古呜呜地吹响螺号,表示御耕节仪式正式开始。侍从打着金盖伞,御耕王手执双柄犁步入圣田耕种。在御耕王的前后还有两张犁,由其他政府高官驾驭。在第三张犁的后面,麦霍和一群身着艳服的少女,一边撒播稻种,一边祈祷丰收。每张犁由两头公牛驾着,公牛油光水滑,步态四平八稳,耕作三圈后宣布仪式结束。犁田的队伍到供奉毗湿奴的亭子前,把披红挂绿的神牛从犁具上卸下来。

亭子前摆放着七个精美的银盘,依次盛着稻谷、青豆、玉米、芝麻、鲜草、水和酒。众人簇拥着让神牛去挑选食物。如果吃的是稻谷、青豆、玉米、芝麻,就预示着今年风调雨顺五谷丰登,而且哪种食物吃得最多,哪种将会大获丰收。如剩下"鲜草、水和酒"就有些可怕了,分别预示着谷米歉收、水灾和战争。不管神牛"灵验"与否,都让人心上悬起一块石头。

在澜沧江—湄公河流域,包括湿淋淋的泼水节,好多节日都跟水和稻谷有关,一年中不同时期有不同的节日,只是叫法和过节的方式有别而已。比如西双版纳傣族的"闭门节",也就是老挝的"占沙瓦"(迎水节),又叫入腊节、宋夏节、入雨节。西双版纳傣族的"开门节",也就是老挝的"奥沙瓦"(送水节),又叫出腊节、出夏节、出雨节。根据佛教的规矩,僧侣每年都要守三个月的"腊期",守腊期间不得离开寺院,只能老老实实修行。因为守腊期间正逢雨季,湄公河浊浪翻滚,所以又称入腊节和入雨节。三个月的守腊期过去,雨季也即将结束,湄公河也开始退水,僧侣又可以云游四方了,所以又称出腊节和出雨节。再比如柬埔寨的御耕节,在泰国叫春耕节,也是每年5月举行,一样的盛大隆重。神牛吃的也是7种食物,只是每种食物的寓意有所不同,在泰国吃了"水和青草","则象征雨水充足,风调雨顺",吃了酒"则象征交通便利，经济繁荣"。

在我国云南，以开垦"人与自然完美结合"的梯田而闻名的哈尼族人，一年中大大小小的节日，"几乎都含有对水的祭祀"。他们认为"人类是诞生在水中的"，水始终伴随着他们民族的发展史，孕育了他们民族独特的水文化。水是田的命根子，田又是人的命根子，"在以对水认识的基础上，形成了今日哈尼族壮美的梯田"。而水源又是水的灵魂，若水源枯竭命根子就断了。在他们民族往昔的迁徙中，"每一个迁徙之地都有丰美的水源"。水源在他们心目中，既是一眼咕涌的泉，也是一位伟岸的神灵。每当春回大地之时，他们一定要去祭拜水源，而且在众多的神灵当中，总是排在第一位祭拜的。

祭拜的这天早上，一个男孩和一个男青年，背起背篓从家里出发。背篓里装着各种各样的祭品，有必备的稻米和公鸡，还有花朵、石头、草木，每样东西都是精心准备的，所有的祈求与敬畏都包含在里面。他们肩负着村寨的使命，一前一后行走在山路上，像结伴去赶集一样。按照祖先留下的规矩，两个人沉默不语，只有心照不宣的脚步声，告诉寂静的山林和土地，他们一早要去干啥。

到了寨子的水源地，一切按程式进行，先摆好祭品，再扑下身磕头。然后支起锅，点燃发潮的柴火，一口一口吹旺了，将带来的公鸡杀掉，用甘洌的泉水煮熟，与神灵一同分享。一切进行得有条不紊，像两个老成持重的寨佬。他们深信，没有春天对水源的祭拜，就没有河水不断的灌溉，就没有梯田里的波光粼粼，就不会有秋天稻谷的丰登。春天的祭拜，将会让他们秋天如愿以偿，唱起《虎培朗培》，满怀喜悦地去收获：

  找来红椿树的谷船，
  找来竹做的打谷棒，
  找来母亲织的麻袋，
  找来泡竹做的谷箩，

找来金竹标似的镰刀，

去割断父母梯田里的稻谷。

……

·3·
"沧浪"清兮，"沧浪"浊兮

　　傣族人说，水创世，世靠水。在澜沧江—湄公河流域，可以说养育众生的每一穗稻谷，都饱含着源远流长的乳汁。那乳汁的源头，就是包括澜沧江源头在内的三江源地区。三江源地区素有"中华水塔"之称，是中国山水的"麦加"。

　　环绕三江源地区，东面是"富饶青色的"巴颜喀拉山，西面是"美丽的少女"可可西里山，北面是"龙脉之祖"昆仑山，南面是"雄鹰飞不过去的"唐古拉山。它们守卫着一方被幽灵垂涎，却又远离红尘的净土。在蓝得响脆，禁不住想伸手掰一块，像锅巴一样吃掉的天空下，一列列山脉横在天边，衔接着上苍与大地。一座座雄峰终年积雪，再加上从远古而至的冰川，总面积达几千平方千米，蓄水量几千亿立方米。雪与冰融汇而下，汇聚成密织的河网、星罗棋布的湖泽，以及水草丰茂的湿地。长江总水量的25%，黄河总水量的49%，澜沧江总水量的15%，都源于此。

　　在那里生长的植物，有87科、471属、2238种，约占全国植物种数的8%。其中，3种植物被列为国家二级保护植物，31种兰科植物被列入《濒危野生动植物种国际贸易公约》附录Ⅱ。

在那里生存的动物，兽类有8目20科85种，鸟类有16目41科263种（包含亚种），两栖爬行类7目13科48种，分别占全国的16.8%、19%和2%。其中，16种动物为国家一级保护动物，53种动物为国家二级保护动物。

在这里生长的每一样物种都原始、澄澈、蓬勃、野性，得天地之造化，在青藏高原怀抱中，像藏族锅庄舞一样绚烂多姿，像轮回千年的《格萨尔王传》一样生生不息：

雄狮要到雪山去，

只因雄狮住在雪山最适宜；

大鹏要向山上飞，

只因大鹏住在高山最适宜；

猛虎要到紫檀林，

只因虎踞檀林最适宜；

苍鹰要飞高山岩，

只因鹰落石岩最适宜；

……

来自"娘胎"的天赋与一路成长，使澜沧江—湄公河成为"东方多瑙河"。从"多彩"的查加日玛峰，到"绿廊"安南山脉；从白云游牧的草原，到沃畴连绵的平原；从冷峻的油麦吊云杉，到挺拔的望天树；从凶悍的野牦牛，到森林的王者大象；从依山而建的"宗卡尔"，到临水而居的高脚屋；从神奇的"鹿神舞"，到宁静的《森林的低语》，无不与多瑙河一样美丽、诗情、浪漫。

多姿多彩的河流，哺育了多姿多彩的民族。在澜沧江—湄公河流域，生活着300多个（包括跨境而居的）民族和部族，其中越南有54个民族,柬埔寨有20多个民族,泰国有30多个民族,缅甸有135个民族和部族,老挝有三大族系(老龙、老听、老松)68个民族和部族。每个民族和部族都有自己的历史传统、风俗习惯和宗教信仰,即使同一个民族和部族也因地域不同而有所不同。在众多民族和部族中,有90多个沿河而居,正如傣族所言:"泡沫跟着波浪漂,傣家人跟着流水走。"这些民族和部族,大多既勤劳又能歌善舞,只要踏入他们的土地,就会受到无可阻挡的感染,甚至影响一生。

20世纪20年代末,在湄公河一个风和日丽的早晨,一位穿着旧真丝裙衫,戴着玫瑰木色男式平檐呢帽,梳着两条辫子的法国少女,独自斜倚在渡船旁。河水的波光,照在黑苍苍的船舷上,也照在她脸上,看上去她有些痴迷。她从越南的沙沥而来,要到河对岸百千米外的西贡去。在老旧的渡船上,她邂逅了一位身穿浅色柞绸西装,抽着英国香烟,祖籍远在中国东北抚顺的帅哥。这个叫胡陶乐的帅哥,"乐"得她从此开启浪漫的一生,让真丝裙衫飘啊飘的。两年后她回到法国,在一个又一个情人的相伴下,她由一位少女变成古稀老人的时候,写下著名的自传体小说《情人》,一下感染了世界。她在书中深情地写道:

对你说什么好呢,我那时才十五岁半。
那是在湄公河的轮渡上。

河水从洞里萨、柬埔寨森林顺流而下,水流所至,不论遇到什么都被卷去。不论遇到什么,都让它冲走了。茅屋,丛林,熄灭的火烧余烬,死鸟,死狗,淹没在水里的虎、水牛,溺水的人,捕鱼的饵料,长满风信子的泥丘,都被大水裹挟而去,冲向太平洋……

她就是法国女作家玛格丽特·杜拉斯。
在晚年的光景中,尽管半个多世纪过去了,满头金丝已灰白,杜拉斯对她往日的情人，对湄公河仍充满怀念，那"被大水裹挟而去"的实在太多了，不单单是她写出来的，没写出来的还有许多许多。比如对寺宇的记忆："莲开僧舍，一花一世界，一叶一如来。"

在澜沧江—湄公河流经的大地上，可以说佛教就是生活本身，每天炊烟与香火一同消长，迎送日出日落。除了佛教，这里还有基督教、伊斯兰教、中国道教、新兴宗教等等，是世界上宗教最复杂也最包容的地区之一。澜沧江—湄公河也因之被称为"众神之河"。

公元前3世纪，佛教从印度开始外传，传入中越等地的为北传佛教，传入中国西藏地区的为藏传佛教，传入湄公河流域其他大部分地区的为南传佛教。全世界大约有3亿佛教徒，其中90%集中在亚洲，而湄公河流域又是亚洲佛教徒最集中的地方，除越南（将近60%的人信奉佛教）相比之下少一些，老挝、缅甸、柬埔寨、泰国都在百分之八九十以上，有的国家甚至将佛教定为"国教"。佛教在社会、政治、生活中起着举足轻重的作用。

比如缅甸，男人一般都要出家，出家是他们人生的必修课，被视为人生的两件大事之一，另一件大事是娶妻生子。不论年龄大小出身贵贱，谁想出家都可以，至于出家时间的长短，完全由自己决定，可以终身皈依佛门，也可以是几天几十天。比如缅甸前总统吴登盛，2016年一下台，就到达曼巴迪善寺庙祝发空门，虽然只有短短的五天时间，可是一旦穿起袈裟，人们就把他当出家人看待了，即使总统也不例外。不管长幼尊卑，包括自己的亲人，都会对你恭敬有加，在寺庙里给你磕头顶礼，在寺庙外面碰上也会合掌避让，直到哪天你还俗了，方才恢复如常。

"一人出家，万人沾恩"，"恩"在金碧辉煌的佛寺，"恩"在至高无上的佛祖。在湄公河流域，所到之处几乎都有佛寺，仅老挝就有5000多座，寺院已不单单是传播佛经教义的场所，"而是集文化、教育、体育、娱乐、工艺、文学、艺术等各方面于一身"。在老挝人看来，"拥有财富并非人生的终极价值",好多人辛劳一生,临终却把财富捐给了寺院。他们认为"价值连城的寺院比百万富翁更有意义,意味着坚定的信仰和纯净的心灵"。湄公河流域还有到处穆立的佛塔。在缅甸的"万塔之城"蒲甘,只要你走出家门,迎面而立的就是佛塔,合掌相逢的就是菩萨,每一步都在佛的普度之下。

每天日出东方,最先照亮的便是佛塔,瞭望到金光灼目的佛塔,也就瞭望到了佛的金身。还有寺院里的菩提树,也最先感受到阳光的到来,那如心的叶子"有细长的蒂,风微微吹过时,一树的叶子都会颤动,好像灵敏颖悟的心,在感受四方来风"。因佛祖曾于菩提树下"成道",因此菩提树被僧众视为"神圣之树",并成为大彻大悟的象征。印度更是奉为"国树",每个佛教寺院至少要种一棵。

公元502年,第一棵菩提树传入中国,是由天竺智药三藏大师带来的。他将树苗种在广州的法性寺,并预言:"吾过后170年,有肉身菩萨于此树下开演上乘,度无量众。"正如他的预言,后来"肉身菩萨"六祖慧能来到法性寺,"大开东山法门,首次弘扬他创立的顿悟学说"。在此之前,禅宗五祖因传承衣钵,由高徒神秀和当时还在做火头僧的六祖引发的一场"菩提有树无树"之争,至今为中国人乐道。

佛祖永世,圣树永世。它的"血脉"传到了中国,也传遍湄公河流域,每片叶子上的晨露,都像舍利子晶莹剔透。中南半岛早晨的阳光,在照亮佛塔,照亮菩提树之后,也照亮一种与它们格格不入的"恶之花",那就是罂粟花。

距今400多年前,英国殖民者以东印度公司的名义,把黑手伸到印度东南沿海,"开始建立殖民据点,诱使印度农民种植罂粟,并着手垄断鸦片贸易"。之后,罂粟便"随着英国殖民势力扩张,在南亚、东南亚及东亚逐渐蔓延"。湄公河两岸适宜的气候、土壤、环境,使这种连猴子和大象都忌食的毒物泛滥开来。每年结出烟葫芦的时候,缅北许多村寨一片欢腾,"敲响庆祝丰收的铓锣和象脚鼓"。

头人再次请来巫师，村民彻夜不息地跳起传统的象鼓舞和拜神舞，祭拜山神土地，祈祝保佑丰收。最后举行杀牛仪式，将一头公牛绑在柱子上，男人赤裸上身，载歌载舞地用铁矛将牛刺死，人们轮流喝牛血酒，吃下被巫师念过咒语的牛肉，然后带上早已准备好的刀具、刮片和碗盆上山（割烟浆）了。

在村寨年复一年的庆祝中，到了20世纪50年代，被赶出中国大陆的"叱咤金三角，胜败论狗熊"的国民党残军，首开"以毒养军，以军护毒"的毒武相结合的先河后，当地各种武装纷纷效仿，"都成立了专门负责毒品种植、收购、加工、贩运事务的管理机构，使民间自发分散的毒品生产变成有计划、有组织的产、供、销一体化体系，大宗毒品贩运都有武装押运，各级军政官员按级别入股分红"。在暴利的驱使下群魔齐舞，"像韭菜割了一茬又发一茬"。进入20世纪90年代，国际贩毒集团的黑手越伸越长，"在金三角周边国家开辟了全方位辐射的贩毒路线，泰国、缅甸、马来西亚、老挝、越南、柬埔寨、中国（包括香港、澳门地区），直到印度"，随着毒品传输线路的不断拓展，最初的毒品过境国也变成消费国。

在过去的一个多世纪中，罂粟给这片原本圣洁的土地以及我们这个世界带来沉重伤痛，使无数人受害，无数家庭崩溃，并带来纠结不清的集团、种族、地方冲突，甚至国家间的战争。"对人类尊严，对人类的生存权、生命权和幸福权的亵渎性危害已远远超过核武器、环境污染和恐怖活动所造成的危害"。

在深受其害的泰国，"监狱里关满各种毒贩和瘾君子"，使这个一向自信的国家都扛不住了，几乎要向毒品缴械投降。司法部部长派汶·昆察亚2016年竟公开主张毒品合法化，说与毒品的战争是一场无法取胜的战争，尽管各国都在努力打击毒品犯罪，但收效甚微。他绝望地表示，

"我们的世界已经被毒品击败了,就像是一个绝症患者,根本就没有任何办法可以治愈,只能让他继续乐观地活下去。"派汶·昆察亚的主张一出,让世界惊出一身冷汗。网友纷纷骂他脑残,虽然骂得有些过分,堂堂部长也是出于无奈,可是真若按他的主张来,我们这个世界就真的"脑残"了。

金三角就这样令人焦灼头痛,它制造的不光是毒品,还有血腥,给多彩、诗情、浪漫的湄公河蒙上了一层挥之不去的阴影。"10·5"惨案,仅仅是那血腥中的一抹……

第二章
"魔鬼水域"

·4·
再回到10月5日（一）

郝强走出船室的时候，柳志刚也起来了，头发梳得杠杠的。他是昨天从缅甸掸邦第四特区的索累码头下来的，半路碰上华平号，便结伴而至老挝的孟巴里奥，一同靠岸过夜。他的船跟郝强的船不同，运输的货物也不同，他装的是柴油，从泰国清盛装上运到索累，一趟一趟往返。两个人的船不同，早起的习惯却一样。"行船走马三分命"，每次出来跑船最要紧的是平安，大小事出不得，一出就麻烦了。一条船的安危掌握在他手上，所以决不敢轻易放松自己，打个盹也小心翼翼。

柳志刚初中毕业后，就跟人在金沙江跑船，后来湄公河上热闹起来，听说挺能挣钱，他就和现在的船东江乐舟、苏向勇一起来了。他老家云南绥江县，与两位船东的老家四川屏山县隔江相望，河上河下常打交道，老早就称兄道弟了。那时候他们都年轻，鼻头比草莓还嫩，但江乐舟出道比他早，一双眼已淘得老练，朝河里瞟一眼，就知道能不能走船。

苏向勇也一样，二十来岁就成跑船老手，天生吃水饭的料。但一条河有一条河的脾性，河与河大不相同，用他们的话说，如果把金沙江比作高速路，湄公河就是盘山路。两河航道的最窄处，金沙江有40多米，湄公河只有10米,加之滩多、流急、礁林立,到湄公河跑船必须从头学起。苏向勇通过十来年努力,2006年当上了船长。当上船长以后,苏向勇觉得老给别人干不是个事,便与江乐舟合租了一条小船,甩开膀子跑了一年,赚了10万块钱。尝到甜头后又租了4年,每人净挣十来万。越挣心越大,不想再租船干了,于是买下现在这条大船。买船需要40多万元,两个人只能凑20多万,江乐舟就以老家的房子做抵押,又从银行贷了20万。今年年初合伙买下后,便拉他过来做了船长。

从金沙江到湄公河,从一个不谙水深浅的小水手,到熬炼成一位船长,在过去的20多年中,柳志刚和江乐舟、苏向勇一样,也称得上"老江湖"了。可是不跑船不知道,人再"老"也难敌江湖,一块其貌不扬的礁石,一个不起眼的漩涡,就能让你船毁人亡。而且在湄公河上,眼盯的不只是一条大河,还有岸上的密林,说不定啥时候就会遭受一阵弹雨,或者蹿出一伙劫匪来,驾驶长尾快艇将船拦劫。那些王八蛋,连中国的巡逻艇都不放眼里,曾将一艘巡逻艇打得浑身穿孔,将一名中国警察的肠子和膀胱打穿,至今一条蛇似的伤疤仍缠在那位警察的肚子上。

湄公河上的长尾快艇

一想起那明火执仗的情形,柳志刚就心有余悸,如同看警匪大片。他和郝强都受过害,而且郝强已不止一次。最近的一次就发生在两个月前,劫匪带着冲锋枪和火箭筒,上船翻箱倒柜,折腾了几个小时,搜走一瓶红酒、一双拖鞋、几袋面包、10卷卫生纸和7000块钱。事后气得郝强脸都绿了,啃着一根黄瓜大骂:窝囊,真他妈窝囊,为挣几个钱,眼睁睁当孙子!

但以前完全不是这样,湄公河和澜沧江一样祥和,除了航道没整治比现在危险外,再没有什么担忧的。即使五六年前,劫匪也不会对中国船怎样。两岸的老百姓一向友好,看到中国船驶来,不管在河中还是岸上,要么直愣愣看着,要么报以微笑。他们重传统守规矩,从打鱼就能看出来。在泰国和老挝河段,两岸的人一直遵守约定俗成的规矩,一替一天"啥巴"(捕鱼),决不为多打一条鱼破坏规矩,比我们国内还要好。

闲下来听人讲,柳志刚也看过一些上面散发的宣传资料。湄公河的鱼类丰富得很,不是他老家的金沙江能比的,甚至黄河、长江也比不了。各种各样的鱼有1700多种,最大的鲶鱼有六七百斤重,尾巴一撩能把船打翻。上游老挝13%的GDP,来自湄公河鱼类资源;下游柬埔寨人80%的蛋白质,靠湄公河鱼类获取。湄公河的鱼也好吃,像常见的巴沙鱼,只有一根大骨刺,肉是整片整片的,如果用木炭火烤了,吃起来外脆里嫩,有一股木头的清香气。

可以说,湄公河养了一河的鱼,也养了一河的人,包括他们这些吃水饭的中国人。要是还像以前该多好,靠这条跑了十三四年的大河,就像郝强唠叨的,趁年轻力壮再跑上几年,跑得腰包鼓了就不跑了。现在也不是说差到哪里,只是多了一份担忧,怕哪天被咬上一口。可是为了挣钱,而且比过去挣得还多,只能忍声吞气,该跑还得跑。

与柳志刚相比,郝强挣钱的欲望更强烈,好像把小时候欠下的,一下要在这河上补回来,除了跑船几乎没啥爱好。郝强是个命苦之人,出生不足百天，母亲就撒手而去，一到夜里饿得大哭，拱着被窝找母亲的奶头，找不着也哭不行了，就抱住自己的指头吮吸。弟兄们喜欢叫他郝九五，"九五"就是他的身世。母亲去世以后，老爹养活不了一家人，就把他过继给叔父。他在自己家排行老九，到了叔父家排行老五，哪头都是老幺。叔父只有4个姑娘，过继了他栽根立后，便把他当宝贝疙瘩，可叔父也是靠捕鱼为生，和他老爹一样穷得放屁没臭味。叔父的希望原本很大，想让他好好读书，读出个金饭碗来，但心有余力不足，供他上完小学就无力再供了。上不成学只好做事，于是很小的时候，他就跟着叔父下河了，还是逃不脱吃水饭的命运，在赤水河上讨生活。

10多年前，郝强也来到湄公河，由于人品好，在码头上颇有人缘。除了他，还有他的六七位亲人，也先后来湄公河跑船。七哥郝月明来得最早，1991年就来了，现在是永盛号货船的船长。其中一个侄儿郝天飞，在一次翻船事故中身亡。郝强是1971年出生的，虽然比柳志刚大几岁，但是一样处得来。无事的时候，只要碰到一块儿，不管是打麻将喝小酒，还是泡杯茶搓着胳膊上晒黑的老皮闲坐，都免不了"吹一吹"。一吹就乱套，一会儿称兄道弟，一会儿直呼其名：郝九五，这两天想老婆没有？郝强一听他这么张狂，就知道又想拿自己开涮，也不当下回答他，而是憨厚了一张脸，定定地看着他：想呀，怎能不想呢？

想什么啊？

当然是想放水了。

原以为郝强会挤牙膏似的，一点一点挤出来，带腥带味儿的，乐得大家前仰后合，屁股颠着凳子或床板把嘴瘾过足。没想到郝强直通通的，连个弯儿都不打，一家伙就把大家噎住了，大家只好看着他陷入沉默。

郝强的回答让他们无趣，再泛不起话头来。但郝强说的又是大实话，如果嘻嘻哈哈的，乐一乐也就过去了，现在都不吭声了，反倒触动心思。男女如饮食，一年和老婆滚烫不了几天，一双奶子高耸在天边，像他老家贵州的双乳峰，你说怎能不想呢？曾有个福建弟兄，跑船已经跑十来年了，有天夜里吹完，出去撒了一泡尿回来，突然间脑瓜开窍，说明天就跟船老大了结，了结了就回家。弟兄们以为他放大话，吹得找不着北了，没想到第二天他真不干了。收拾好东西回家的时候，对他们说，昨天的吹把他一下吹醒了，他不能再在这河上泡了，就是泡出个金山银山来又能怎样？前半辈子打水漂了，后半辈子得留给老婆，不能让她嫩灵灵地守黄了，再黄兮兮地守殁了。在家种几亩地也能活啊，天天陪着她，咋痛快咋来。听了那弟兄的话，像听了郝强的话一样沉闷，他们也不是不开窍，可就是下不了那决心。

见他们不说话了，郝强反倒有些奇怪：咋，我说得不对？

柳志刚站在船的二层小甲板上，朝华平号望了一眼，跟他船上没什么两样，此刻除了郝强和厨娘黄鹂，其他人大概还赖在床上。郝强背朝着驾驶室活动身子，屁股扭来扭去。这家伙总有那么一股劲，不像自己锻炼，有一天没一天的。黄鹂坐个红塑料小凳，袖头挽在臂弯里，露出半截藕白的胳膊，在一层后甲板的船舷旁洗菜，洗得盆子周围湿淋淋的。

按照跑船规矩，除了船员的老婆或亲人，其他女人一般是不能上船的。一个新手上船后，船老大会告诉他好多，不能随便带女人上船呀，不能站在船头撒尿呀，不能端着碗到岸上吃饭呀，吃鱼的时候不能说翻鱼呀。这这那那，稍不懂就犯忌了。所以船上只要有女人，肯定她男人是跑船的，或者家里人在跑船。

黄鹂就是这样。她男人银老八与哥哥银老大在另一条船上跑船，今年6月也被劫匪抢劫过一次，损失了一架相机和几百块钱。华平号原来的厨娘是郝强的老婆王竹，王竹因为照顾孩子不能干了，才雇来黄鹂。黄鹂一为挣个钱，二为陪伴男人银老八，说陪伴其实见面也不多，只有夫妻俩都歇下，或者两人所在的船碰到一起，在码头停泊了，才能一个被窝里滚一滚，平时仍是聚少离多。不过天天在一条河上，见到河就等于见到人了，总比一个在家一个在船上强。成家六七年了，他们也没敢要孩子，怕影响了跑船。夫妻两个商量好，再打拼上几年，然后回老家过日子，男人干点别的，她安心生养孩子。在一帮船娘中，黄鹂干啥都是一把好手，每天变着花样做饭，而且为人热情开朗，一张嘴像湄公河的哈乐滩，只要她在场就笑声不断，伺候得船上几位爷们很开心。

杨志刚船上的厨娘是赵家玉，是江乐舟的嫂子。早先与丈夫江乐船在老家卖菜，一年四季菜担子不离肩，风里来雨里去，后来江乐舟见两人辛苦半天，也挣不下几个钱，两个孩子上大学又用钱，就一起叫到船上来了，让哥哥当水手，让嫂子做饭，比卖菜轻松多了，挣钱也可以。哥嫂都是实在人，做饭掉粒米也会捡起来，他们对兄弟的帮助很感激，尤其是嫂子赵家玉，一说起小叔子来，话多得像麻辣串儿。

在赵家玉之前，厨娘是船员兼宝来的妻子，因女儿上学不能干了。兼宝来是江乐舟和苏向勇的老乡，也是老早就吃水饭了，2000年来到湄公河，跟着两位老乡一块儿干。现在每月挣几千块钱，在老家算高收入了，前几年刚盖起新房子。但弟弟在家种地，光景过得不如他，父母全靠他接济，生活便有些紧张，妻子也不得不出来打工。老妈患病在床，老爹身体还好。妻子出来打工时，女儿只有两岁多，由老爹照看着。女儿长大上小学后，老爹辅导不了作业，怕耽误了女儿学习，妻子只好回去带孩子。

黄鹂一直在埋头洗菜，并未注意到柳志刚看她。这时菜已洗完，起身甩甩两只湿手，又在裤子上抹一抹，将盆里的水哗地倒进河中，然后将放菜的盆子与洗菜的盆子一摞，把小塑料凳踢到一边，端上回厨房去了。不一会儿就传出炒菜声，鼻子里多了一阵油香。柳志刚从二层小甲板上下来，到一层的厨房里瞭了一眼，见赵家玉也在忙乎，煤气拧得老旺，锅里热气腾腾。他便又返回二层上，吆喝儿子柳荫起床。

儿子已经18岁，为人处事都还行，就是脾气有些犟，不知天生的还是从小惯下的。初中毕业后考上一所中专，学什么计算机数控专业，读了一年多就不读了，连他爷爷也说不响。说与其毕了业打工，还不如趁早找点事干，结果找了几份工作都不满意，便拧住一股劲跟他跑船了。最初他也只是答应试一试，自己在水上漂这么多年，不想让儿子再漂了。原想试上几个月，吃不消船上的苦，儿子自然就不干了，没想到儿子竟铁了心，说将来也要混个船长当当。儿大不由娘，他只好妥协，说好好好，你想干就干吧，反正干啥也是为个生活。妻子嫌他没主意，不想让儿子干，就别让儿子干，干吗和稀泥呢？

儿子枕头边搁着手机，身上胡乱盖着一条被子，柳志刚上前推推儿子：哎，柳柳，该起床了。

柳柳是儿子的小名。儿子被他推醒后，怀里拥着被子翻个身：起呀，这还用你操心……

原来面朝他睡着，现在掉给他个屁股。柳志刚拉拉被角，将儿子的腰盖住，那地方怕着凉，然后把门关上离开了。在通道里刚走了两步，儿子就大声喊他：老爸，你给我妈打电话没有？

柳志刚又返回来，推开门说：我没打，你打呀？

儿子掀过被子，腾地坐起来：当然了，你不打还不得我打？

儿子的意思是，让他给母亲报个平安。

柳志刚一边往驾驶室走去，一边笑笑地想，这臭小子，在家从不把他妈当回事，说啥耳根硬了都不听，一出来却总惦记着。对自己反倒生分了，好话歹话都顶牛。都说有其父必有其子，可自己十八九岁的时候，是断不敢顶撞老爹的，老爹教了一辈子书，脸一肃像把刀。想是这么想，心里却很欣慰，与自己生分不要紧，知道疼他妈就行。每次从码头动身后，他都要给妻子打个电话，让妻子放心。在一帮弟兄当中，他结婚比较早，他家与妻子家是邻居，自幼青梅竹马，老早花心就有了。刚来到湄公河，他3年没沾家边，回去儿子都不认他了。儿子完全是妻子带大的，跟妻子的感情自然要深。而且妻子身体不大好，女儿也在外读书，一个人待在家不容易，需要他关照的时候也关照不上。

柳志刚走进驾驶室时，32岁的武小安已经先到了，正拿抹布擦拭两个高脚凳，一抹一抹擦得很仔细，从凳面上一直擦到凳腿下，擦不净的地方用指甲抠一抠。擦完高脚凳，又去擦舵轮，擦对讲机。与其他货船一样，他船上也装有必不可少的甚高频对讲机，打开以后能听到别人通话。除了甚高频对讲机，他们还备有国外的手机卡，到了哪个国家换上哪个国家的，尽量保持一路通信畅通。

　　武小安是他小舅子，与兼宝来同一年来的湄公河，还开过店、养过鸡、打过工，比他干过的行当都多，在村里叫"养鸡大王"。但都没有干长久，主要是挣不了钱。2010年又回到湄公河上，跟着他重操旧业，转了一大圈，觉得还是跑船比较好。小舅子像他姐一样聪明、耿直、勤快，尤其是能够吃苦耐劳，现在已当上大副了。

　　跑船能做到大副并不容易，不亚于学生考大学，通常当两年水手才能报考二副，二副干上三年才能报考大副，像爬关累码头的大台阶一样。而且并非一考就中，从一个水手做到大副往往得熬大几年，把河水河风喝个够，吐出的气都带着河腥味儿。如果还想当船长，那还得再干三年，才有资格去报考，考船长更是沙里澄金，一般能通过的只有十分之一。按照船上规矩，大副的职责不少，但说白了也简单，就是船上的二把手，或者说第一副船长，协助船长把船上的事做好，船长不在的时候，可以代替船长指挥一条船。

　　见姐夫进来，武小安问：柳柳又咋了？

　　柳志刚说：催我给你姐打电话呢。

·5·
前方就是孟喜岛

吃过早饭,船就启航了。

武小安站在轮舵前,盯着窗外时清时浊、深浅变化不定的河面,目不转睛地驾驶着。柳志刚拖一只高脚凳,坐在旁边的加速器前,同样是目不转睛地,一会儿加速"快进",一会儿减速"慢进",并不时提醒一下小舅子。

驾驶室像楼房的阳台一样居高临下,窗扇左右开合的大窗户一览无余,在窗户下方写着四个大字:中国思茅。越过窗户上方的雨檐,在紧邻雨檐的船顶上,三盏探照灯像警觉的猫鼬,头直竖了注视着前方。若敢晚上跑船,雪亮的光柱会冲破夜幕,在河面上开劈出一条光路来。碰上下雨的话,灯光中乱箭飞舞。在探照灯后面的不远处,竖着一个白底红字的船牌:玉兴8号,下注"yuxing8hao"。

船顺江而下,翻滚了一宿的湄公河,连礁石都水淋淋的,不再像烈日下那么狰狞粗暴。蜿蜒的河道或深陷幽谷,两岸山色浓重,从山脚到山顶时而明亮,时而黑暗,沉积的夜雾从密林中缕缕升起,在山顶与云团纠集,气势汹汹地压下来,压得河水黑森森的,不时有大滴的雨飞下,砸在驾驶室玻璃上,鸟屎一样溅碎;或河面骤然开阔,将两岸远远地推开,一层层的大山愈远愈淡,最后山色与天色融为一体。沿岸的丛林中夹着大片橡胶林,好多是中国帮助缅甸和老挝种下的。早季到来后,橡胶树也会脱叶,脱得灰溜溜的,跟周围的雨林有明显区别,船员们戏称"绿色沙漠"。林中屋舍若隐若现,有的披着灰暗的茅草,茅檐压得低低的，像破帽遮颜怕见人，有的覆盖着铁皮瓦，感觉要轻松一些。屋顶上的炊烟被打湿了，慢吞吞地缭绕着。除了散布的屋舍，还有尖耸的佛塔，面朝大河守望着，等待林雾散去，让阳光照亮金顶。

伴随着浪头的喧哗，河风大团大团地涌入，带着满河的湿气，几乎听不到呼啸声，却感受得到强劲，沾脸沾脸的冷。有时摸一把脸，能摸下半把水来。柳志刚紧紧衣领，又将左右推开的窗扇哗啦一声拉上两扇。但还是不行，他朝小舅子笑笑：今天不知咋了，总觉得有点冷，好像以往不是这样。

不是觉得，小舅子武小安说，今天早上就是冷啊。

是吗？柳志刚说，我还怀疑我感冒了。

尽管天气确实有些冷，但他还是感到身体差劲了，像吃水年久的船帮子，外表看似响当当的，内里却水了。他是这样，其他弟兄也一样。吃水饭，就是人吃水，水吃人，没几个不闹病的。小病好说，想治就治一治，不治硬扛着，扛过去就好了。大病也好说，那已经由不得自己了，把饭碗往河里一扔，卷起铺盖回家。最恼人的是，说病吧也不打紧，该干啥还能干啥，说不病吧又折磨人，不知道如何才好。像得了痛风，疼起来往死里疼，疼得把嘴都捆住了，连啤酒都不敢喝。遇上弟兄们出了事，觉得这跑船没意思；遇上弟兄们被病折磨，也觉得这跑船没意思。还是那撒了一泡尿的弟兄看得开，不吃这水饭也不遭这水罪了。

唉！不管如何吧，跑完这一趟也回去休息上几天，静心养一养身体，陪陪老婆和父母。年年国庆过不上，今年的国庆又过了，也算回去补个国庆。

船经过一片航道狭窄的礁丛后，在一处航道深阔的水域，华平号从后面赶上来，掀起的浊浪冲撞着玉兴8号的左舷，有的浪花还跳上甲板。郝强从驾驶室窗口探出头来，朝柳志刚挤挤眼做个鬼脸，然后伸出右手的3个指头，接着又伸出一个小指头来，得意洋洋比画着，比画完又乌龟一样缩了回去。

看着郝强缩回头去，将船加大马力超过去，柳志刚想这个家伙，别看平时挺闷骚，像坛四川跳水泡菜，歪起来比谁都歪，一点也不老实巴交。每次结伴同行，总要拣个地方和他飙一下。他在家排行老三，大伙都叫他柳三娃。郝强比画的意思是，柳三娃，我又超过你了，甘拜下风吧。他轻轻一笑，对小舅子说，郝九五又躁得不行了。

小舅子没有接他的话茬儿，将另一只高脚凳塞到屁股下，依旧神情专注地驾驶着船。小舅子帅气的脸廓，此时最分明，从颧骨到眉头像生了棱角似的，透出跑船人的刚毅。跑船人缺少了刚毅，是不能迎风劈浪的。在柳志刚眼中，小舅子确实不错，老早就跑船了，也未沾染上码头习气，不会油嘴滑舌，不会抽烟喝酒，嫖赌就更谈不上了。尤其是娶妻生子后，更是一心想着过日子，想着跑船挣钱，为人愈来愈沉稳，做事很能靠得住。

柳志刚目光欣赏地看着小舅子。

俗话说"养儿多像舅"，儿子将来能像小舅子就好了，生活好坏是另一回事，最起码不会惹是生非，让自己少操一些心。现在这世界，就像歌厅里的宇宙球灯，好也好得你晕头，差也差得你转向。在湄公河跑船，特别是到了金三角，一靠码头就是花花世界，黄赌毒样样俱全，稍微把握不住就落水了。

有一个四川小子，应该说是不错的，人生得精明强干，在船上人缘也好。从河运学校毕业后，老子想把他留在身边，在县里托人找关系，给他连找两份工作都不干，说自小就听说湄公河，一定要来湄公河跑船。来到湄公河以后，不几年就当上大副，再干下去就是船长，而且一定是个好船长。却不知何时染上赌博了，跑到金三角天堂赌场赌了3次，前两次玩小的赢了，第三次玩大的栽了，人都被赌场扣下了。弟兄们凑钱把他赎出来，回到家跪在老子面前，自己抽了自己20个耳光，保证以后再不赌了，求老子替他把赌债还了。可是没过一年，又输了个一塌糊涂，按他的说法，是想把输了的钱捞回来，捞回来就不玩了。这次老子也替他把赌债也还了，但是拿斧头剁掉他右手的3个手指，给他买了个漂亮老婆，帮他一起养起来。天天什么也不用干，他只管叠罗汉造人。因为他家3代单传，轮到他又是独子。他老子气得大骂，你这个锤子，要不是怕香火断了，早把你废了。

那老子是个矿老板，不惮乎儿子的几个赌债。如果换成他呢？肯定倾家荡产也不行，要么借遍亲朋好友的钱去还，要么父子两个拿出一条命去抵债，跳进湄公河连同债一起喂了鱼。柳志刚正想着儿子，儿子柳荫就来了，手机里播放着下载的歌曲：

> 生命就像一条大河，
> 时而宁静时而疯狂，
> 现实就像一把枷锁，
> 把我捆住无法挣脱。
> 这谜样的生活锋利如刀，
> 一次次将我重伤。
> ……

这首歌柳志刚也熟悉，应该是2008年吧，一位记者跟随华平号拍了一个短片，叫《湄公河之中国船家》。从关累到泰国清盛，一路拍一路唱，平凡的日子漂泊在大河上，非常触动跑船人的心绪。所拍的人物就是郝强，他头戴一顶线绒帽，鼻梁上贴着一块创可贴，又老土又酷毙。短片放到网上后，弟兄们颇热闹了一阵子，很为郝强骄傲，像缅甸女人脸上的"特纳卡"，觉得他为大家脸上贴了金，原来他们船家也能上电视啊。

那段日子，郝强像天价烟"九五之尊"一样，很是自尊了几天，上厕所小便也得摆出个架势来，解完了拨拉拨拉，一边昂起头往外走，一边把裤门慢条斯理地拉上。只要弟兄们说，郝九五，你行啊，干脆不要跑船了,去拍电影吧。郝强就牛哄哄地一笑:你们倒说对了,我还真有那意思。别人能拍,为啥咱们就不能拍?只可惜,湄公河不是央视的"金光大道",3年后就让他梦断水上了。

柳志刚看着儿子进来,目光便落到儿子手机上,眼皮一翻一翻的。儿子的手机是前不久买的新款诺基亚,比他用了两三年的"步步高"好多了。儿子知道他看不惯,一是嫌自己又换了手机,花钱大手大脚的;二是老觉得自己吊儿郎当,就把歌曲关了。两手扶住驾驶室的门框,笑嘻嘻地问到哪里了。儿子上船没几个月,对水路还不熟悉,柳志刚掉转头说:你没长眼睛的?

当然长的啦。

那你自己看啊。

我看不懂呀。

就这,还想当船长?

喊,你也不是一天两天看懂的。

武小安听后,回头看外甥一眼,说快到孟喜岛了。柳荫吐吐舌头离开了,接住刚才手机里的歌曲,在船室通道里哼唱道:我要飞得更高,飞得更高,狂风一样舞蹈……

沿岸的雾已散去,越走天气越热。太阳照耀着水面,明晃晃地灼眼,盯久了发涩发疼,好多船员因之患上眼疾。两艘老挝"黄瓜船"出现在前方,从华平号侧身而过。船头插着竹竿,竹竿顶端悬挂的红蓝白三色小国旗,手帕似的迎风招展。

"黄瓜船"是老挝的一种商船,有三四米宽,二三十米长,覆盖着绿色船篷。船两头翘起来,就像一根老黄瓜。但真正的"黄瓜船"小多了,是一种独木舟,用原木掏空制成。缅甸的果敢过去就造,在萨尔温江上常见。"黄瓜船"跑得很快,马达突突地一闪而过,透过毫无遮拦的窗口,可看到船上满载的货物,或空荡荡兜着一船河风。包括缅甸的船在内,这些船鱼龙混杂,有的跑的是正当运输,有的跑的是走私货物。走私的货物各种各样,甚至在大宗的货物当中,暗藏着野生动物、军火和毒品。牲畜有活猪活牛,活猪大多来自泰国,活牛大多来自缅甸,运到索累装上小货车,再通过各种渠道进入中国。走私牲畜近年来像毒品一样让中国防不胜防,给中国的养殖业和食品卫生监管带来极大冲击。也有不走水路的,直接运到中缅边境,与本地的猪牛混在一起,然后与中国贩子交易,一旦进入中国价格就猛涨。2011年赚头最大的是鸡肉制品,15元一件(10公斤)贩上,运到中国可卖200元,并且有多少要多少。

"黄瓜船"经过的时候,赤膀的水手常扒在窗口,一张脸风吹日晒得黑黝黝的,要么隔着水面漠然地看你,要么冲你友好地一笑,露出满口白牙。柳志刚招手回应一下,和小舅子同时站起来,前面最危险的一段航程就要到了。从早上动身的孟巴里奥,到下游老挝的孟莫码头,或者再缩小一点,从缅甸的会朗河口,到大其力的万崩码头,是劫匪频繁出没之地,被他们称为"魔鬼水域"。好多中国船只遇袭,都发生在这个水

老挝"黄瓜船"

域。

柳志刚拿起对讲机呼叫：郝九五，郝九五，孟喜岛就要到了，小心再丢掉一双拖鞋！

郝强在对讲机里哈哈大笑：柳三娃，柳三娃，这次我准备了一大箱呢！

孟喜岛距离孟巴里奥40千米，是一个宽不过80米、长2千米左右的小岛。岛的四面大水漫漶，岛上荒草野树茂盛。香蕉上套着蓝色套袋的，是农民种植的大片香蕉林。远望去郁郁葱葱，能感受到人烟气息，但是不见一个人影，连只鸟也没有。除了水声，四周静悄悄的，虽然距两岸并不远，却如弃置世外一般，给人的第一感觉，就是狐兔与贼人出没的地方。在广漠的天空下，河水被小岛一分为二，靠老挝一侧宽阔，但水比较浅，靠缅甸一侧窄多了，但水也深多了，像玉兴8号和华平号这样大吨位的船只能从这一侧通过。

在孟喜岛上游的缅甸一侧沿岸，不知从何时起出现了一些其貌不扬的草棚，有的搭建在丛林中，有的搭建在乱石沙滩间。草棚有大有小，大的分上下两层，中间用木板或竹排隔开，小的像中国北方夏天看瓜的瓜庵，不管大小都搭建得随意简陋。往来的中国船只，最初对这些草棚并不在意，后来却完全变了，望而生畏。

在草棚出现的同时，也出现了一些身份不明之人。他们衣着普通，让你误以为当地的农人或渔民，有时候就很明显了，斜挎着AK47冲锋枪或M16步枪，甚至扛着火箭筒，像当地的地方武装。他们或懒散地待在草棚里，注视着河上过往的船只，或隐匿在草棚周围的密林中，等船只过来后突然冒出来。终于有一天，他们驾驶着湄公河上一种常见的，跑起来像飘的长尾快艇开始拦截过往船只。最初只是登船"检查"，看是否藏有毒品，并不劫财越货。再往后拦截就变成了拦劫，劫匪的身份也亮明了，不光抢劫财物，还收取"保护费"。湄公河的平静就此被打破，有60%的中国船只遭受过拦劫。

就在十多天前，也就是9月22号，载鑫号商船下来，一天被拦截了两次，拦截得船员们心惊肉跳。虽然拦截商船的是军警，第一拨是老挝的，第二拨是缅甸的，并没有损失什么财物，但与其交火的是劫匪。子弹飞来飞去，从驾驶室窗前和船顶飞过，在河面上击起朵朵水花，让船长罗二哥（罗建春）一说起来就后怕，哪天有一颗子弹盯上他，他这辈子就提前报销了。也正是这两次拦截，为华平号和玉兴8号埋下祸根，罗建春与他的船员死里逃生，另一帮弟兄却倒了大霉。

此时，玉兴8号拉响汽笛，超过华平号跑到了前面。大概见阳光灿烂，河上波光闪闪，岸上的佛塔慈眉善眼，那些出现的草棚周围也空无一人。感觉不到任何异常，河上河下一派祥和，柳志刚便以为即将通过的孟喜岛安然无事了，就给船主苏向勇打电话，说马上就到万崩码头了，几十万泰铢的运费昨天也拿到手了。口气爽得像冲了个热澡，他腰里扎一块浴巾，躺在吊床上一手抚摸大腿，一手拔下巴上的胡子。

船过了孟喜岛，又过了与孟喜岛相邻的小岛会汤岛，再行驶三四千米，就是大其力的万崩码头。万崩码头是缅甸境内的最后一个码头，与老挝的孟莫码头隔河相望。驶过万崩码头，再下去就是金三角旅游码头，就是目的地泰国清盛港了。金三角旅游码头所处的水域，湄塞河（或曰美赛河）和湄公河交汇，像个大写的"Y"字，粗的一画是湄公河，细的一撇是湄塞河。缅老泰三国于此交界，将湄公河分为上下游两段，上游称上湄公河，下游称下湄公河。这片水域也危险，是金三角腹地，但是船来船往的，要相对安全多了。

然而，柳志刚刚打完电话，电话的余音还未散尽，前方就出现两艘长尾快艇，9名劫匪疾驰而来，挥舞着枪将船拦下……

·6·
两船被劫持

玉兴8号被逼停控制后,劫匪又将后面的华平号逼停,两艘快艇上除了驾驶员,其余的劫匪都到了船上,3个人拿着9mm手枪,3个人端着AK47冲锋枪,有一个还带着两副手铐。随后又有快艇赶来,其中一艘担任警戒,在附近河上跑了两个来回,看有无军警追来。

所有的劫匪,在一个留着小平头拿着手枪的头目指挥下行动,这个头目船员们自然不会知道他是谁,而且以后也不会知道了。他面皮白净,不像喽啰们那么黑,长相也随和,如果换个时间地点,比如在码头或大街上,哪怕是大其力天堂赌场,或老挝的金木棉碰见,你也绝不会怀疑他是一个悍匪,而相信他是一个遵纪守法的人。与他儒雅的长相大不同的是,他喜欢粗鲁地嚼食槟榔,嚼得满嘴"血沫",然后啪地吐到地上。从那嚼食槟榔的样子,你就能感觉出他心狠手辣。他的名字叫翁蔑,曾被缅军抓去蹲过十年大牢,湄公河上发生的一系列中国船只遇袭事件,几乎都跟他有关。

在翁蔑的指挥下,劫匪的行动干净利落,一切像早预谋好的。紧张不安的河面上,转眼又恢复了平静,像什么也没有发生过。阳光依旧灿烂,河水在肆意奔跑。岸边看不到一个人影,山林和村寨无声无息,茅草屋垂着头像睡了。一只黄嘴河燕鸥溯河而上,贴着发浑的水面,一闪一闪地飞过,能听到翅膀摩擦空气的声音。

这时,华鑫6号商船从上游下来,船长李天民站在驾驶室里,远远就望见两艘船，用不着瞪大眼睛辨认，也知道是谁的船。他习惯性地抓起甚高频对讲机，呼叫罢华平号，又呼叫玉兴8号，可是两艘船都没有回应。他便放慢船速，行至相距两三百米的时候，又用甚高频对讲机呼叫，但两船仍无回应。

李天民很奇怪，郝九五和柳三娃这两个龟儿子，今天咋叫死也不应？以往可不是这样，只要他呼叫，两个人立马就回应，不是一本正经地互致问候，就是嘻嘻哈哈开玩笑。望着毫无反应的两艘船，李天民起先并没有往坏处想，好端端地咋会出乱呢？大概是最近船跑得不错，两个龟儿子又拽得不行了，故意不回应他，等撑上去再说。

等撑上去以后，李天民才看清楚，两艘船原来停在那里。这让他十分纳闷，一是停船的时间不对，正是跑船的时候，停在这里干吗？二是停船的位置离谱，不是老老实实地停在岸边，而是停在河中一块礁石旁。三是停船的地方见鬼，这一带谁都知道危险，平时都躲之不及，而且两艘都受过害，咋还会停在这里？郝强和柳志刚都是老江湖，从哪方面说也不该在这里停呀。

难道是船出了毛病？可也不见有人着忙。

一切都让人摸不着头脑，李天民疑疑惑惑的，开始觉得不对劲。他从窗口探出头去张望，发现两船一前一后的驾驶室里空无一人，郝强和柳志刚不知道哪儿去了。不仅他两个人不见，两个副手也不见了，其他船员也不见了。除了慢吞吞的机声，两艘船静得出奇。又隐隐约约地像有人在走动，但有东西挡着看不清楚。就在他诧异地收回目光时，看到玉兴8号船侧的过道里，有一个背着枪的黑衣人岗哨似的晃动。

他心头一惊，遇上劫匪了！

他的船未被抢劫过，但黑衣人无人不晓，早传得耳熟能详，丢个影子就能对上号。李天民让船加大马力开走，直到过了草木皆兵的孟喜岛，堵在喉咙的一口气才吐出来。他从驾驶室侧面的窗口又探出头去，朝河上游努力眺望几眼，但已经什么也看不到了。他幸运地逃过一劫，那两船的弟兄却沾上了。一路上的好心情没了，像江水淘着乱石。望着窗外的大河，他感到身下的船如一尾芦叶，自己如芦叶上的一只水黾，生死祸福都掌握在天老爷手中。他是这样，郝强和柳志刚是这样，所有跑船的弟兄无不是这样。为了讨一口水饭，为了养活一家老小，他们被这条河绑架了，只要性命不被夺去，就得硬着头皮干下去。

每次遭遇劫匪，他们敢怒不敢犯，事后伤感半天，只能自我宽慰，破了财免了灾。他们也上报过，可事发在境外，尤其是在金三角，处理起来牵涉太多，远非想象的那么简单，有的国家根本管不了。好在他们都习以为常了，每次碰上劫匪怕是怕，损失了财物也心疼，但只要人安然无恙，怕过了，心疼过了，也就马马虎虎过去了，下次跑船时再多加小心些。今天也是这样，两船只要人没事，就自认倒霉好了，否则还能如何？

其实这天，不仅华鑫号的李天民看到了，随后下来的纳鑫号也看到了。纳鑫号昨天因为等客人动身迟了，下午从关累下来，晚上停泊在了老挝另一个地方。郝强当船长的侄儿郝天翔不在船上，但另一个侄儿郝天驰在船上。郝天驰看到两船停在那里，也看到船上有持枪的人，以为又被拦住"检查"，想拿什么拿什么，要钱的话给上几个，根本没想到会杀人。纳鑫号拉的也是水果，按时到达清盛港后，有人问郝天驰，你叔叔咋还没下来，他还不以为然地说，路上被拦住检查呢。谁知竟是噩梦，让他一想起来就后悔，哪怕有一万个理由，不管顶事不顶事，那天他都该做点什么，比如报警……

船被逼停的一刻，柳志刚心里咔哒一下，像自行车脱链了，他高兴得有点早了，今天又遇上了劫匪。他闭上眼深吸一口气，努力使自己镇定下来。按他们以往的经验，劫匪一般是冲财物而来，财物到手后就会放行。至于损失大小，那只有天知道了。他将所带的财物，特别是几十万泰铢的运费放在什么地方，在脑子里迅速过了一遍，只要劫匪上来不搜身，不把船翻个底朝天，应该说是比较安全的。

小舅子武小安的额头上早沁出一层细汗，再沉稳也毕竟年轻，两手紧握着舵轮，目光慌乱地不停地回头看他。有关劫匪的事，小舅子自然听说过不少，但亲身经历还是头一次。他想安慰小舅子"不要怕，没啥大不了的"，可话到嘴边又咽回去了，只将旁边一杯自己准备喝的水，轻轻递到小舅子面前。

小舅子没有看到，他又示意：喝上一口吧。

他想让小舅子压压惊，小舅子却摇摇头：不喝。

就在柳志刚放下水的时候，一阵急促的脚步声冲上船梯，踏得铁船梯嗡嗡响。脚步声在二层的小甲板上打个定顿，便穿过船室通道直扑驾驶室而来。儿子柳荫从房间里冲出来阻拦，说光天化日之下，你们要干什么？可回答他的是很沉闷的一拳，像打在腮帮上，又像打在胸前，将儿子一个趔趄打回房间，身子重重地撞在门上。儿子年轻气盛，上船时间又不长，根本不知道啥叫劫匪，什么光天化日不光天化日的。柳志刚怕儿子再受伤害，想出去阻止儿子，却被两个劫匪堵了回来。

两个家伙满口缅语，他仅能听懂一句半句，总之是要他老老实实，一切听他们指挥，然后不由分说地给他铐上手铐，留下一个劫匪看守着。小舅子武小安两手被捆住，由另一个劫匪带走了。小舅子路过儿子的房间时，他听到儿子也被带走了。

随后，柳志刚被押至一个船室，那船室位于停靠的礁石一侧，也就是缅甸一侧，窗外是一窄溜不能行船的河面。船的另一侧是华平号，但他什么也看不到。那个船室正是他儿子的房间，四五平米大，左右放着两张床，挨窗挤着一个床头柜，船上人少时就他儿子一个人住。儿子睡在左手的一张床上，被子和衣物凌乱地丢在那里，像刚睡起来的样子。儿子从小喜欢画画，墙板上贴着一幅不大的画，一个形状古怪的人，惊恐地捂着耳朵，嘴巴大张了喊叫。为这幅画，他还曾和儿子发生过争执，说那是什么玩意儿，让人看了心里发毛。儿子一听就跟他急了，你懂什么呀你，那是一幅世界名画！然后一本正经地告诉他，是什么荷兰画家画的，叫什么"呐喊"。

他知道自己看不懂，话说得有点过了，赶紧道：好好好，他想喊就叫他喊吧。

儿子被他搞得哭笑不得，不满地说：你还不如我妈呢，我妈还知道那叫艺术。

此刻，画上的人正朝他声嘶力竭地喊叫，他却无心顾及了，心里只挂记着儿子和船员，不知道现在怎么样了。船下脚步声杂沓，他冷静地辨别着哪些是劫匪的，哪些是儿子与船员们的。所有的脚步声，最后都集中到了紧挨的华平号上，听不到船员的反抗，只有劫匪驱赶的喝斥声，还有枪与船的磕碰声。这也正是他所希望的，他担心船员们反抗会受到伤害。

而事实上，船员们也不敢反抗，也没有能力反抗，几乎是束手就擒。他们这样做，也许让人觉得窝火，但他们只能这样做，也只有这样做才能有效地保护自己。柳志刚的经验，无疑也是他们的经验，劫匪是冲财物来的，财物得手后就会离开。还是那句话，破了财免了灾。如果反抗的话，轻则吃一顿拳脚，或被折磨个半死，重则连命也丢了。

6个月前，金木棉的渝西3号被劫持后，劫匪把船长冉曙光带到湄公河的一条小河边，扣押了5天4夜。在一片小竹林里，劫匪用绳子拴住他的脖子，捆住他的双手，强迫他自己给自己栽赃。一个会讲汉话的劫匪问他：你船上装过毒品没有？他说没有。一个劫匪便扭住他的肩膀，另一个用扑克抽他的脸，抽烂一张再换上一张。抽过了又问他，船上装过毒品没有？他挣扎着说，真的没有哇。见他还不服软，就用黑布蒙住他的脸，几个人按住他，从河里舀上水灌他，灌得他喊爹叫娘，继续问他船上装过毒品没有。会讲汉话的劫匪劝他，你承认也得承认，不承认也得承认，承认了少点受罪。冉曙光被灌过四五次后，只好承认船上装过毒品。劫匪做完笔录摄过像，叫他给公司老板打电话，拿3000万泰铢来赎人。同他一起遭绑架的,还有金木棉3号的船长罗泽富。就在劫持他们的第二天,劫匪又劫持了正鑫1号和中油1号两艘船,除了冉曙光和罗泽富,连同头一天劫持的两艘船上的人,一起关到正鑫1号的船舱里,直到公司的人讨价还价,最终给了劫匪2500万泰铢,才把所有人放了。

冉曙光每次讲述的时候,都听得大家后背心发凉。他当然不会知道、料到,弟兄们也不会知道、料到,今天会有血淋淋的惨案发生,而且是那天的同一伙劫匪所为。当时折磨冉曙光的,就有今天的两个劫匪,一个叫扎西卡,一个叫扎波。再往后谈起来,与死难的弟兄相比,冉曙光觉得自己很幸运,要是往死灌他,那天几个也灌死了。

曾听他讲述过的柳志刚,这时只想着如何来对付这帮劫匪,但今天的劫匪似乎有悖于他们的经验,对财物并不像传闻的或他们亲历的那么上心,随意找了找就不找了。再就是,以往劫匪上船后是很少捆人的,只是一起驱赶到甲板上,让两手抱住头蹲在那里,今天不但把弟兄们的手捆了,还都关进华平号船舱中。

柳志刚心里拿不准了,一会儿翻着"花水",一会儿翻着"泡水"。此刻像他一样被铐起来的郝强,还有此刻他并不知情的船员,都感到今天的劫匪行为反常,可他们并不清楚这反常意味着什么,下一步劫匪要干什么。

船下的脚步声没了,除了轮机声和水声,船只安静得像停在码头午休,一种诡异的气息滋生出来,在船的旮旮旯旯流窜。从儿子房间的窗口,柳志刚张望着外面,希望看到一艘弟兄们的船下来,可惜目光不会拐弯儿,他只能看到缅甸岸上的荒野杂树……

·7·
魂断吊车码头

准确地说，是鸡素果树。

又一艘长尾快艇驶来，柳志刚听到船下有人大声说话。在某个劫匪的指挥下，好像往船上搬什么东西，有的搬到了他船上，有的搬到了郝强船上。等重新平静下来，守在门外的劫匪进来，又把他押回驾驶室，拿枪比画着他开船，稍有迟疑就用枪捅他一下。

玉兴8号原来也是条货船，运输各色货物，船东江乐舟和苏向勇买下后，改造成了一艘油船，从泰国清盛装上油运往索累或离索累很近的南累河码头。未改造之前，也和华平号一样是"后驾驶"，舱室都集中在船尾，前面的船甲板非常宽敞。两层高的舱室，上层的最前面是驾驶室，最后面是一个小甲板，可以养花种草、晾晒衣被什么的，背着一个蓄水用的大水箱，有的还安装着太阳能热水器和接收电视信号的"锅盖"。一条狭窄的通道连着两头，从小甲板顺着通道望去，一眼就能望见顶头的驾驶室。打开驾驶室门正对的是轮舵，中间的通道两侧是船员起居的船室。改造后却大不同了，上层向前面延伸出许多，几乎覆盖了下层的大甲板，驾驶室已接近船头，由"后驾驶"变成"前驾驶"。也因为上层前移了，二层的小甲板比通常的大了不少。

如果还是后驾驶，柳志刚一揿脸就能从驾驶室侧面的窗口看到并停的华平号的驾驶室，而现在得掉转头去才能看到。他几次掉转头，想看看郝强在不在驾驶室，都被劫匪用枪管顶住腮帮生硬地顶了回来，顶过处留下一个枪口的红印。

就在华平号拉响汽笛，缓缓驶离并停的玉兴8号，两船的驾驶室相错的一刻，柳志刚看到郝强站在轮舵前，旁边有个劫匪端枪守着。郝强手上也好像戴着手铐，一脸礁疙瘩似的阴沉，心情无疑和他一样糟糕。没想到，他几十分钟前开玩笑的话，还真顺着来了，只是今天魔鬼不喜欢拖鞋，郝强准备一大箱也没用，装一船也没用，不知道魔鬼想要什么。

涌窗而入的河风，已不再潮湿阴冷，而是被阳光蒸得发烫。柳志刚焦灼地期待着一线希望，驾驶着船紧跟在华平号后面。眼看过了孟喜岛，又过了万崩码头，还有对面的老挝孟莫码头，劫匪仍旧没有停船之意。一般来说，过了万崩码头劫匪就收手，因为再下去涉及泰国，泰国的打击比缅甸和老挝严厉，劫匪是轻易不敢为非作歹的。这也再次证实了劫匪的反常，他隐隐预感到凶多吉少了。

他想起吃早饭的时候，轮机长马重生一边吃饭，一边不停地用手揉右眼，说从昨天晚上到现在，右眼皮跳个不停。厨娘赵家玉听了，说好事啊，左眼跳财，右眼跳喜，你准备请客吧。马重生说好个屁，怕是美美在家骂我了。她奶奶这两天又闹病，打电话问我要钱，我说等上两天吧，等我发了工资就寄回去。

赵家玉听后板起脸来：乌鸦嘴，好事就是好事，咋说是屁呢？

马重生赶快改口：呃呃呃，你说得对，到时候我一定请客。

说罢，看着坐在一旁的他哈哈大笑，他知道马重生笑得勉强，一是船上忌讳说不吉利的话，二是他老母在家看病真的没钱了。可再没钱，马重生也是不肯借的，不要说问别人借了，就是兼管着船上的财务，也难得张一口。昨天拿到的几十万运费，就由他保管着。由于家庭负担重，马重生对自己很抠门儿，缝缝隙隙里过日子，不抽烟不喝酒，每月工资下来，除给自己留下点零花钱，其余的都寄回家了。

马重生和他是同村，长他七八岁，比他跑船也早七八年。1992年就来西双版纳，先在澜沧江跑船，后来又到了湄公河上。来之前是大管轮，来之后做了轮机长，只要听听机器的响声，就知道机器舒服不舒服。女人柳霞在广谊号船上做饭，儿子马腾云在念大学，全凭两个女儿照顾家中80岁的老母。美美是他大女儿，奶奶一说病就急了。老母病歪歪的多年，越病越觉得自己有病，三天两头找医生，钱花了不少，病还是老样子。

柳志刚一想到弟兄们的不容易，就更加担心他们的安危。厨娘赵家玉那样说，只是为讨个吉利罢了，其实心里都清楚，俗话说的是"左眼跳财，右眼跳灾"。他双手铐着手铐，但是铐得并不紧，心神不宁地操着轮舵。他怕把船开歪了，极力保持镇定，依旧紧跟在华平号后面，不知道将开往何处，接下来该怎么办……

与往常一样，当金三角水域像"Y"字的双臂张开后，一尊大佛便出现在前方，那就是有名的金三角大佛。金光灿烂的大佛端坐在龙舟形基座上，从落成之日起就成为金三角水域的标志。从上游下来的中国船只，只要远远望见大佛，船员们一路悬着的心就踏实了，就有了依靠和安全感。相信大佛在上，会好好保佑他们。可是今天端坐的大佛，在柳志刚眼中变得虚幻起来，像晨雾中的佛塔。他使劲摇摇头，想摇掉眼中的虚幻，让大佛一如往日真实，可虚幻雾水一样，始终笼罩着他的双眼。

他在心里祈祷：阿弥陀佛！

大佛所在的金三角旅游码头，此时正是热闹的时刻。3月24日，缅甸大其力发生7.2级大地震后，一度笼罩的恐慌气氛早已荡然无存，从一辆辆旅游大巴上下来的游客，不管是金发披肩的，还是黑发飞扬的，只要花上几百印着普密蓬国王头像的泰铢，就可以坐上花花绿绿的旅游快艇在湄公河上兜一圈，领略三国沿岸的风光。最吸引人的除了大佛，还有缅甸的天堂赌场、老挝的金木棉帝国。木棉花盛开的时候，能看到岸边挺立的木棉树新郎一样披红挂绿。三国隔河而望，"Y"字的左侧是老挝，右侧是缅甸，中间拥抱的是泰国。湄公河向左拐一个弯，成为泰老界河，湄塞河于那拐弯处交汇，成为泰缅界河。

金三角大佛侧影

两河汇聚的河面上,各种各样的船只穿梭往来,最牛高马大的是中国商船,一艘艘四平八稳地行驶着,掀起的波浪动荡着江面。它们大多是从关累下来的,将货物在清盛港卸下后,再装上货物满载而去。每次船行于此,柳志刚和弟兄们就有一种自豪感,像上学时历史书上读过的郑和下西洋。可今天他自豪不起来了,不祥之感愈来愈浓,恶闷闷罩在头顶上,汗珠从鬓角一颗一颗滚下来。前面的华平号加大了马力,他在劫匪的威逼下也加大马力,一前一后驶过金三角旅游码头。

劫匪的长尾快艇或前或后,不时喊叫前面的船艇让路,四艘快艇与两艘惊慌的货船,引起江面上一阵骚动。在后来事件的调查中,快艇上的游客、驾驶猪槽船（小舢板）的老挝渔民,以及泰国码头上的工人、岸边饭馆里的小老板,都注意到了那天的异常,但也只是骚动了一下而已。毕竟是光天化日之下啊,又正值傍午热闹之时,谁也不会过多地去想,更不会往坏处想,想到一桩惨案即将发生。

在劫匪快艇的押解下,两船进入一个河湾后,在泰国一侧停下来。河湾面朝老挝方向，正好形成一个僻静的盲区。浑浊的河面漂着一些杂物，懒洋洋地躺在太阳下晒肚皮。慢下来的华平号与玉兴8号，一里一外停靠在岸边的一棵鸡素果树旁。那树就像个皇家守河人，忠心耿耿地守着一湾河水。背后不远处的岸上，是清盛通往泰国湄塞的公路，从公路上往下看，只能看到船上悬挂的国旗。紧邻的还有一个废弃的吊车码头，码头上连一只苍蝇也看不到，只有一座码头吊车形影相吊。过往的中国船只对它很熟悉，它对中国船只也很熟悉。从吊车码头再下去几千米，就是两船落脚的泰国清盛港了。

　　船停好以后，快艇上的劫匪跳上船，与船上的劫匪一道，将关在华平号船舱中的船员，驱赶到华平号大甲板的左舷处。从驾驶室侧面的窗口，柳志刚吃惊地看到，船员们不仅双手被捆着，眼睛也用布条蒙着，嘴也给透明胶带缠上了，像电视里遭绑架的人，一个个跌跌撞撞的，几乎无法辨认。他第一眼认出的是儿子，儿子不停地扭动身子，想挣脱手上的绳索，似乎还在骂什么，但是骂不出声来。第二眼认出的是厨娘赵家玉，腰里系着个腰包，大概是吓得太厉害，浑身的肉直往下坠，坠得腰明显粗了。再一个是马重生，裤裆前一片湿，不知是尿湿了，还是汗渍的，他行动稍微慢了点，就挨了劫匪一脚。

　　他来不及再寻找小舅子，就痴呆呆地吓傻了。

　　就在他吓傻的一刻，劫匪的屠杀开始了，看得见的黑洞洞的枪口，与躲在船中看不见的枪口，一起朝船员们开火。一个船员倒下了，又一个船员倒下了，血从船员的身上流出来，血腥与硝烟纠结、弥漫。外面枪响以后，看守柳志刚的劫匪跑出去了。被枪声惊醒的柳志刚，一把抓起甚高频对讲机，一边张望着外面，一边呼叫：广元，广元！

　　柳志刚呼叫的是广元号（该船也遭受过抢劫，就是眼下的这伙劫匪干的），可广元号叫死也不应答，不知道人哪去了。与广元号一同停在清盛码头正在装货的另一艘船（宝寿9号）的船长李禄民，在驾驶室里听到了呼叫。听到以后，他压根儿没想其他的，以为是柳志刚闲下了，要跟广元号的船长谭庆鸿"煲粥",便接过呼叫来:柳三娃,你挺快的嘛,又跑一趟了。

柳志刚回应道:赶快报警,叫救护车,有人受伤了!

李禄民一惊,立马联系通谭庆鸿,让他快去报警,玉兴8号有人受伤了。

听到柳志刚大声呼叫,看守他的劫匪掉转身来,一边从二层小甲板上往回走,一边端起枪扫射。疯狂的子弹穿过通道,直扑敞开着门的驾驶室,有的从窗口飞出去,有的打在轮舵和墙板上。劫匪的身影堵塞了通道,枪口的火舌烧得空气发烫。柳志刚的胸部被击中,身体向后一倾,接着臀部又被击中,一下跪在了地上。

清盛码头上,已联系过谭庆鸿的李禄民,还不清楚玉兴8号在哪里,船上到底发生了什么。他又呼叫起来:玉兴8号,玉兴8号,你在哪里?

柳志刚一手捂着胸部,血从指缝间溢出来,一手紧握对讲机,声音颤抖地答道:我在吊车码头,快点报警,叫救护车,人要死了!

柳志刚的话劫匪听不懂,但看得出他在干什么,冲进驾驶室又是一通扫射。飞溅的子弹壳落到地上,烫得地上的血嗞嗞地叫。整个驾驶室在震颤,窗玻璃都快碎了。满地的血流淌到门口,又从门槛下的缝隙流到外面。柳志刚被打得趴下了,从头到脚血肉模糊,根本认不出是谁了。劫匪停止射击后,圈起左手被枪震得发麻的指头,弹掉右臂溅上的几星血肉,拣个干净处蹭蹭鞋底上的血,提着枪扬长而去……

第三章
― 追赶金鹿的地方 ―

·8·
插曲：元成宗遣使招谕真腊

1296年农历二月二十，再过3天就是清明节。

这天的温州港，像往常一早就繁忙起来，大小船只出出进进，骚动不安的海腥气沾鼻沾鼻的。在港口的一处区域内，十几艘远洋巨舶昂首待发，桅杆顶端的三角旗哗哗作响，船主、纲首、事头、火长都袖手而立，正待市舶司来"检视"，如无夹带军器、马匹、人口，或者别的什么"违禁之物"，即领"公凭"开洋。

码头上潮潮的，掀不起半点尘土，各色人等穿梭往来，与明州（今宁波）港一样热闹。周达观披着晨光，双手倒背在身后，挺着微微发福的小腹，衣冠楚楚地立在使船船楼上。他的目光逐渐移向远处，越过码头上的货场、库房、廨舍，还有一个忙碌的造船厂（有的船已成形，有的刚造好龙骨，叮叮当当的斧凿声传来）。他看到港外的青山绿水间，一处处山茶花烂漫如云，不由得想起古人的一些诗句，其中倍感亲切的是他们温州人王梅溪的。

一枕春眠到日斜，

梦回喜对小山茶。
道人赠我岁寒种，
不是寻常儿女花。

　　他是二月初从明州到温州的，除了完办有关事务，等候其他使团成员，还趁便回了一趟老家永嘉。平时难得回去，被一顶乌纱帽扣着，官不大事不少，自诩"草庭逸民"，也难逃俗务缠身。距上次回去已有几年时间，店铺前的石阶还是那么光滑，沙岗粉干还是那么鲜美，但在亲切的背后是掩饰不住的生疏。用明州话说，他真成了"人客"。走在春暖闲和的大街上，听着满大街的乡音，有些原本熟悉的话，他居然说起来结结巴巴。

　　那情形不想也罢，一想便酸溜溜的。他不愿再去多想，将目光一节一节收回来，重新注视着码头。十几艘远洋巨舶，市舶司已经开检，有的显然只是走走过场，但船上的人还是一阵着忙，明知道没有夹带违禁之物，也怕差官检出什么来，延误了开洋。

　　周达观乘坐的使船就停在巨舶不远处。他们此行要去的是真腊，也就是当今的柬埔寨，一切手续早有人给办妥，只等到时候开洋。这次成宗皇帝遣使招谕真腊，除了朝廷的一干大员，还有地方上的随员，他便是其中之一。对真腊这样的殊方异域，他一向感兴趣，这次能有幸前往，实在是机会难得。

　　真腊紧邻占城国（今越南中部），又叫占腊、吉蔑、阁蔑等等。他从史志上早已熟知，而且临行前使团也专门做了介绍。真腊原本是古扶南的一个属国，后来羽丰成鸮，一举灭掉扶南，现如今十分强盛。强盛之后连元帝国都不认了。元帅唆都占领占城后曾派使节前往，竟被野蛮地扣留。方今圣上派他们去，自是不言而喻。

　　朝廷去年六月就领命，经过半年多准备，所有使团成员在温州集中了，于今日启程。由于真腊地理遥远，海上要经过七洲洋、交趾洋、昆仑洋，途中充满惊涛骇浪，所以朝廷在确定人选时，除了必去的大员，特别是地方上的随员，尽量选择亲历过这条海路的人去。他就是因此入选的，当然还有朋友的推荐，否则是轮不上他这个小官，他这个"南人"的。

十几个月前，也就是刚解海禁的时候，他搭乘一艘商船去过一次占城，差事不几天就办完，在来去的路上却耗费了好长时间。去的时候，经过七洲洋时，好端端的海面上骤然风浪大作，仿佛万千妖魔鬼怪在海底作祟，偌大的商船险遭倾覆，差点将满船龙泉青瓷翻入海中。从船主到舟师，虽然个个久经风浪，也都吓得面如土色，待风平浪定后，一屁股坐到船板上。他就更不堪了，不光是害怕还吐，哇哇哇伸长脖子，像孕妇一样吐得脸绿了。好在此后一路顺利，再没遭遇翻江倒海的惊险。从占城返回明州后，就像是九死一生，他发誓再不去那鬼地方了，却没想到现在又要去了。

当然，这次要去的是真腊，占城只是路过一下。

太阳爬至桅杆顶端时，市舶司检视完毕，十几艘巨舶扬帆启航。周达观所乘的使船，在码头上送行官员的招手致意下驶离港口。一出港口，北上的北上，南下的南下，点点帆影，融入蓝天碧水。按照既定的"针路"，使船与几艘南下的巨舶结伴而行。成群结队的海鸥追逐在船周围，高悬的巨帆如云翳一般，遮挡住灼目的阳光。好多人不在船室待着，而是站在帆影下或谈笑风生，或像周达观一样眺望大海，既兴奋又保持着耐心。因为行程才刚刚开始，路途还很遥远，甚至说前途未卜。

使船"历闽、广海外诸州港口"，行至岛屿缥缈的七洲洋时，所有人紧张起来，自觉地加入祭祀当中，燃起一把把黄香，盛满一碗碗浊酒。船员们面朝碧波，上身脱得赤光光地跪下，背负如荆条抽打的烈日燎烤，祈求上苍与海神保佑他们平安。祭祀完以后，他们将祭品抛入大海，海鸥像海盗一样，纷纷你争我夺。

自古"上有七洲，下有昆仑"，在变幻莫测的南海，这处是至为凶险的海域。两处海域所处方位历代说法多有出入，七洲洋大致位于今天的台湾海峡西南与海南岛东北之间，昆仑洋大致位于湄公河出海口东南的昆仑列岛以北。两洋作为海上丝绸之路的一部分，一直流传着"去怕七洲，回怕昆仑"，恶劣的海况常使"针迷舵失"，不知有多少船被狂风巨浪吞没。多少船家望而却步，或像永嘉子鲚"涨潮不死，落潮也死"，豁出一条性命去闯荡。

此刻，七洲洋上波光闪闪，也许是祭祀起了作用，一派风平浪静，被树木覆盖、白沙镶边的岛屿上，在麻风桐鲜嫩的树顶端，红脚鲣鸟有的卧着，有的挺起白腹瞭望。待使船顺利通过后，船员们又齐刷刷地跪下，向上苍与海神磕头致谢，有的甚至磕得泪流满面。接着继续南下，经海南岛西南方的交趾洋，于3月15日抵达占城，也就是中国老早的象林邑。与周达观上次来相比，市面上几无变化，日子像载在牛车上，还是呱哒呱哒的老样子。寺宇呀茅舍呀，上穿秃袖短衫下围各色番布手巾的男女呀，还有踱着方步的大象，在狭窄、扰攘、溽热的街头，一切都显得漫不经心。但这并不影响什么，一如既往的异域风情，仍然令周达观新鲜不已，甚至连当地的传说，光有一颗头飞来飞去，喜吃小儿粪便的"尸头蛮"，他都想亲眼见识一下。

从占城街头回到使船上，遥望东方无垠的大海，只见一波接一波的白浪，像他故乡钱塘江的潮头，贴着海面争先恐后地涌来，冲刷着港外黄沙耀眼的海滩。那白浪生起的天边，便是上下渺茫的"千里长沙，万里石塘"，让人充满向往与遐想。

若能穿越时空的话，他当时一定会瞭到100多年后，明朝三保太监率领的船队浩浩荡荡七下西洋造访的国家，就包括占城和他即将要去的真腊。在威风凛凛的宝船上，当时还有他的一位江浙老乡，那就是曾三次跟随三保太监下西洋，后来写下《瀛涯胜览》的马欢。马欢和他一样对占城感兴趣，对这个"南连真腊国，西接交趾界，东北俱临大海"的殊方之国,在《瀛涯胜览》中做了细致描述。当然,他的目光再抻长一些,还会瞭到500多年后,外来的坚船利炮顺着他途经的海路北上,将一个王朝的大门轰开。

在占城停留数日后,又经过半个月航行到达真蒲,真蒲乃真腊属郡之一,此外还有查南、巴涧、莫良、八薛、蒲买、雉棍、木津波、赖敢坑、八厮里诸郡,"皆以木排栅为城"。从真浦"第四港"开始,使船告别大海进入湄公河,不久又转入洞里萨河,行至查南时河水变浅,便改乘小舟北上,于"秋七月"渡过淡洋(洞里萨湖),抵达西北岸的暹粒河口。由于途中"逆风不利",再加上进入湄公河后溯流而上,从占城到渡过淡洋登岸,竟耗时三个多月。

尽管一路上漂洋过海,船上不少人已苦不堪言,脸晒得黑不溜秋,像昆仑岛上的黑奴,没了元帝国的豪气;但周达观仍兴致不减,尤其是进入真腊后,沿途"古树修藤,森阴蒙翳。禽兽之声,杂沓其间",不管风物野蛮还是开化,都令他陌生、新鲜、兴奋,好多时候竟忘记了疲惫。当踏上暹粒河口的码头,前方出现一座辉煌的大城(吴哥)时,他激动得如唐玄奘到达天竺国,遥望见那烂陀寺一样。

在真腊期间,周达观利用他特殊身份之便"谙悉其俗",并为之着迷。即使粗陋的风俗与离奇的传说,也让他这个在元帝国眼里虽为四等公民的"南人",而又不免大国沙文心态的"备世"(中国)"巴丁"(官人),饶有兴致地"可笑"半天。

在他"可笑"的眼中,当时真腊来自中国的"唐货"随处可见,什么金银、缣帛、水银、银朱、纸札,什么硫黄、焰硝、檀香、白芷、麝香,什么麻布、黄草、雨伞、铁锅、铜盘,什么水朱、桐油、篦箕、木梳、针线。好多东西一眼就能认出产自哪里,比如真州的锡镴、泉州的青瓷,比如温州的漆盘、明州的草席,在异国他乡无不透着故土的亲切。

还有带着唐货而来,与其商品如影随形的"唐人",只要有商品出现的地方,就不乏他们的身影。"椎髻袒裼",腰里系着"两头花布",光着一双脚丫,长期湿热的异域生活,已使他们与当地的土著无二,可只要笑口一开,还是掩饰不住他们是"唐人"。在真腊,他们像唐货一样备受青睐,地位高得不得了,"呼之为佛,见则伏地顶礼",即便"暗丁八杀"(不识体例),干下糗事也不怪罪。

从唐货到唐人,仅仅一个温暖平静的"唐"字,就足见当时中国的高大上,足见真腊乃至南海周边诸国与中国往来的密切,以及影响的深远……

·9·
吴哥的微笑

元大德丁酉(1297年)六月,使团结束一年多的真腊之行,于农历八月十二日返回四明(明州)。跟去时相比,返回的时候异乎顺利,一路乘风破浪,满打满算也就两个多月,比去时缩短了许多。

从真腊回来,周达观便写下内容包罗万象的《真腊风土记》,用柬埔寨作家李添丁的话说,"迄今(1971年)为止,有关柬埔寨的任何历史书籍和教科书都没有超过周达观的《真腊风土记》","是一部研究柬埔寨历史的宝贵资料"。即使一些细微的记述,于今也能得到印证。比如男女以布围腰,"出入则加以大布一条,缠于小布之上",与今天缅甸人穿的笼基有多大区别?再比如,"国中多有二形人,每日以十数成群,行于墟场间,常有招徕唐人之意",这"二形人"是否就是今天泰国的人妖?还有"一等野田,不种常生水,高至一丈,而稻亦与之俱高",岂不是今天越南的"魔鬼稻"(也叫漂稻)?

但令人困惑的是,不知元成宗这次遣使招谕真腊之事,是因为对元帝国来说微不足道，还是频繁的战争打得遗忘了，或者是因元史"不立真腊传"，总之是毫无记载。至于周达观这个人就更谈不上了，好在后世官家还留下5个字："达观，温州人。"再就是考据者追踪觅迹，所获得的一鳞半爪。这便造成后人对周达观的诸多猜疑，有的说他只是一名普通随员，有的说他是使团的团长，更有的说他是元帝国的间谍，《真腊风土记》隐藏着重要的机密情报。"抹嘟盖"（帽子）越戴越邪乎，像元人的姑姑冠，周达观的面目也被扭曲了。

最算完整的，大概是他朋友吾丘衍所写的3首诗：

（一）

裸壤无霜雪，西南极目天。

岂知云海外，不到斗天边。

异域闻周化，奇观及壮年。

扬雄好风俗，一一问张骞。

（二）

绝域通南舶，炎方接海涛。

神仙比徐市，使者得王敖。

异俗书能记，夷音孰解操。

相看十年外，回首兴滔滔。

（三）

汉界逾铜柱，蛮邦近越裳。

远行随使节，蹈海及殊方。

鴂舌劳重译，龙波极大荒。

异书君已著，未许剑埋光。

这3首诗是书成之后，周达观"以示吾丘衍"，吾丘衍回赠他的。从诗中不难看出，虽然时过境迁，但周达观仍兴致盎然，"相看十年外，回首兴滔滔"，陶醉于异域的"风土国事"。而对于"圣朝诞膺天命"，遣使招谕真腊的收获，他只写下"遂得臣服"四个字，就算是交代了。

所幸的是，《真腊风土记》逐渐为后世重视，被《四库全书》收录。不管认为"文义颇为赅赡"也好，"犹可补其佚阙"也罢，终归是为世界保留下一份珍贵史料，更拯救了一个文明遗存，那就是东方四大古迹之一的吴哥。就像那个盗取中国敦煌文物，也曾翻译过《真腊风土记》的伯希和所言，假如"没有这本书，我们对吴哥文明可能一无所知"。

《真腊风土记》流传于世后，从19世纪初开始引起海外注意，先后被翻译成法、日、英、柬、德等多种语言文本。其中有两个人物至关重要，一个是法国的雷慕沙，另一个是他的同胞亨利·穆奥。1819年，刚刚三十而立的雷慕沙，第一个将《真腊风土记》翻译成法文，发表在法国《旅行年报》上，向世界重述了一个陌生的古老的东方文明。而穆奥呢，乘着烟囱高耸的火轮远赴中南半岛，向世界证实了这个古老文明的存在，让倒下的吴哥重新站起来，让那沉埋已久的"微笑"再现光芒。

那一年是1861年，世界发生了好多事。

而远在柬埔寨的穆奥，遮天蔽日的雨林让他与世隔绝，他正带着几个仆人考察，寻找他作为一个博物学家所需要的东西。虽说季节选得不错，正值柬埔寨一月份旱季的时候，与雨季相比阳光收敛了不少，但午间的气温仍然灼人，偶有风穿过丛林带来一阵凉爽，也瞬间蒸腾得一干二净。尽管他1857年就踏上中南半岛，早习惯了这种丛林炎热，还是热得气喘如牛，衣服的前胸后背都湿渌了，泅渗出一圈圈地图似的汗碱。

在柬埔寨西部的密林中，穆奥经过连日跋涉，当他到达一个人迹罕至之处，摘下头上的牛仔帽喘口气的时候，一下被眼前的景象惊呆了。一座城市的废墟散布在密林中，一处处规模宏大的建筑，或完好如初黑苍苍地矗立着，或坍塌不堪为泥物所覆盖，到处弥漫着诡谲、潮湿、腐败的气息。被惊呆的穆奥缓过神来后，便让手执砍刀的仆人砍掉脚下纠缠不清的藤蔓，踏着荒草与枯枝败叶，跨过横躺竖卧的石梁，绕过东倒西歪的石柱，提防着头顶上摇摇欲坠的石块，小心地向废墟深处走去。只要他停下来，剥去石头上深锈的苔藓，或者清理掉表面沉积的附着物，就会呈现出一幅幅精美绝伦的图案，即便残缺也令他震撼。

仿佛是白日梦，穆奥手抚着胸口闭上眼睛，按捺住怦怦的心跳，直感到一线深邃的天光洞穿他的头盖骨倾泻下来，让他看到一个遥远璀璨的星空，与星空下一个王朝拥有的辉煌。他隐隐地预感到了什么，比他采集到一万个标本都重要。而后来的事实也证明如此，眼前的发现给他带来的声誉，远超出他在博物学上的成就。这个误打误撞的发现让他深感意外，又似乎在意料之中。他来柬埔寨的主要目的是旅行考察，同时也藏有另外一个目的，那就是探寻一个消失已久的文明。有关这个文明的信息，完全来自一本叫《真腊风土记》的书，当时这本书在法国很火，他也买了一本带在身边，一有空就拿出来翻翻，试图"按书索骥"，找到并证实这个文明的存在。

今天不期而遇，穆奥觉得完全是神助，如果不是神助，还能是什么呢？像站在教堂的穹顶下，他在胸前画个"十"字：感谢上帝，愿主永远与我同在！

但穆奥并没有高兴得过头，而是以一个博物学家特有的冷静，和对一个文明虔诚无比的尊敬，在接下来的日子进行了详细的记录和描绘。后来，他的家人整理出版了《暹罗柬埔寨老挝诸王国旅行记》（还有不同名称的版本），将丛林草莽湮没400多年的吴哥古迹公之于世。他告诉世界，"此地庙宇之宏伟，远胜古希腊、罗马遗留给我们的一切，走出森森的吴哥庙宇，重返人间，刹那间犹如从灿烂的文明堕入蛮荒。"

其实早在穆奥之前，已经有西方人发现，只是没有引起多大注意，上帝把出名的机会留给了他。也许是天机不可泄露吧，或者说他只为吴哥而生,《暹罗柬埔寨老挝诸王国旅行记》出版的时候,他已经病逝,而且就在他发现吴哥的那一年,年仅35岁。

穆奥并未死在他的故乡蒙彼利埃,而是死在了老挝的南康河畔,陪伴他的有他喜爱的动植物,再往后又增添了他同胞带来的罂粟。当时按照他的考察计划,结束吴哥之行后,就从柬埔寨前往老挝。在老挝琅勃拉邦的考察途中,法国驻琅勃拉邦领事馆传令,"出于安全考虑,不让他继续前行"。就在他准备返回琅勃拉邦首府,抵达南康河边的时候病故,时间是1861年11月10日。临终前,穆奥已经昏迷三天,眼窝眍眍的,嘴里呓语不断,像徘徊在天堂门口。守候在他身边的仆人无法相信,这就是他们一向健康、开朗、勇敢,无所畏惧地穿越高山密林的主人?

其中一个仆人叫Phrai,是穆奥在泰国(当时叫暹罗)时碰上的,身体强壮得像一截麦洒(柚木)。他母亲是一位种辣椒的中国寡妇,大概鲜红的辣椒难以维持生计,就让儿子做了穆奥的仆人。Phrai非常忠实能干,一路上成了穆奥的得力助手。穆奥死后留下的考察笔记、昆虫标本等遗物,就是由他和另一个仆人收拾好,运到曼谷的法国领事馆,又由领事馆转交给穆奥家人的。

穆奥去世后,按当地风俗要"树葬",后经仆人协调,土葬在了南康河边。南康河是湄公河的一条支流,暴躁时浊浪滔天,将两岸变成一片汪洋,平静时温驯缠绵,夜晚能听到鱼扑剌剌跳出水面。穆奥原来的墓已被洪水冲毁,现在的墓是法国蒙彼利埃市政府于1990年重新修建的。一具白色大理石棺椁,露天安放在被雨锈黑的水泥基座上,在棺椁一侧写着:蒙彼利埃人民为他们的孩子感到骄傲。除了墓还有墓碑,还有一个简单的小木棚,一根木柱伞柄似的支撑着。木柱上钉着一块方方正正的白纸板,用寥寥数语概述了他的一生。纸板下面又钉着一块木板,上面刻写着他曾经的考察路线。

再就是穆奥的雕像。一看就是依据他生前的形象雕塑的,否则不会那么苍老,比他35岁的年龄大了许多,像老挝富良山区的一位农民。衣服上沾满泥土，腿脚上糊满泥巴，右手拄着一根木棍，左手拿着一个笔记本。一脸墩布似的胡须，肿胀的眼袋下垂着，双目平静而慈祥，却又显得凄迷无助。头戴一顶硕大的牛仔帽，孤独地守候在他的墓地边，目光穿过周围的树丛，不知是在眺望岸下的南康河呢，还是在眺望遥远的吴哥，甚至更远的故乡。默默地像在祈祷着什么，或许就是他临终前日记中写的："怜悯我吧，我的上帝！"

穆奥的发现无疑震惊了世界，最上心的当然是他们的政府了。16世纪新航路开辟以后，伴随着欧洲殖民主义与自由贸易主义的兴起与高涨，从17到18世纪，法国在海外建立了一个又一个殖民地。进入19世纪，特别是拿破仑三世执政后，法国更加速了对外殖民扩张。殖民地版图迅速扩大蔓延，到20世纪初超过欧洲其他列强，成为世界上仅次于英国的第二大殖民帝国，占据了北非、西非、中非、东南亚的大量地区，还有加勒比海和太平洋上的众多岛屿。

穆奥发现吴哥的时候，也正是法国殖民主义狂热之时，仿佛埃菲尔铁塔都被烧红了。在"三色旗"的狂舞之下，无数法国冒险家甚至包括"马尔罗案"的当事者，后来担任过法国文化部长的安德烈·马尔罗，都带着砍刀、杠棒、牛车、向导，深入吴哥盗走大量文物，使吴哥又一次遭受重创。在巴黎的居美东方美术馆里，至今陈列着吴哥的大量石雕，"有巨大完整的石桥护栏神像雕刻，有斑蒂丝蕾（女王宫）玫瑰石精细的门楣装饰，最难得的是几件阇耶跋摩七世和皇后极安静的闭目沉思石雕"。面对吴哥被盗后的一处处"伤疤"，后人甚至痛惜地认为，"吴哥被发现是一个错误"。

也许，这是穆奥压根儿没想到的，也是雷慕沙没想到的，更是周达观没想到的。在穆奥发现吴哥的那一刻，如果雷慕沙和周达观在天有灵的话，他们一定都微笑了，尽管他们死去的时间和地点不同。他们将自己的微笑，当然还有穆奥的微笑，融入吴哥的"微笑"之中，如星豆之火点燃烈焰，轰动了欧洲乃至世界。而此时此刻，面对废墟上强盗出没的身影，他们的微笑都碎了，只有吴哥的"微笑"永恒。因为曾经的劫难比这还要深重，吴哥早已容纳了滚滚红尘的善与恶。

吴哥王朝建立于802年，由"陆真腊"和"水真腊"统一而成，最初定都在湄公河下游，后来迁至洞里萨湖北面的诃里诃罗洛耶，也就是今天著名的罗洛斯遗址。9世纪末，又从诃里诃罗洛耶迁到吴哥，建造了举世无双的吴哥城。"超现实的想象力、精湛无比的工艺以及严谨的几何结构"，让每座建筑无与伦比，"辉煌与诡谲、夸张与具体、浪漫主义与日常世界交相辉映"，就像那迷人的"微笑"令众生倾倒：去触抚每一块石头，去亲吻每一朵雕饰，倾听斑斑雨锈与苍苔之下，仿佛来自大地深处的梵音……

吴哥王朝最初接受的是印度教，到了第22任国王阇耶跋摩七世，才改信"利益众生"的大乘佛教。在印度教中，宇宙的中心是须弥山（众神之所），"山"便成为建筑的"中心"。由于深受印度教影响，吴哥的建筑大都端正方严，围绕"中心"向上发展，一层层石阶由平缓到陡峭，最后近乎90度的垂直。要想攀爬上去，必须五体投地，在忘我的攀爬当中，使"物理空间借建筑转换为心灵朝圣"。

在吴哥现存的古迹中，"大吴哥"和"小吴哥"最为瞩目，小吴哥又叫吴哥寺、吴哥窟，是吴哥文明的巅峰之作，已成为柬埔寨的国家标志印在国旗上。小吴哥由第18任国王苏利耶跋摩二世修建，既是他死后的陵寝，也是供养毗湿奴的寺庙。因为"印度教相信，人间君王是由天神毗湿奴化身"，"死后还要回到须弥山，与毗湿奴合而为一。"吴哥寺历时89年完成，动用1500多万人，30亿吨左右的石头，最大的石头10吨重。每块石头都打磨得精确无比，没有使用任何泥灰，石与石严丝合缝，至微处误差不到0.1%，连刀片都插不进去。整个建筑共分三层，分别代表地狱、人间、天堂，是全世界规模最为宏大的宗教建筑。

大小吴哥就像兄弟俩，忠心耿耿地苦守着家园。城中的另一座建筑巴戎寺，也是建在三层台基上的。围绕最高处的一座宝塔，簇拥着48座宝塔。每座宝塔的塔顶上，四面都雕刻着巨大的观音头像，代表"慈、悲、喜、静"四大境界，整个世界乃至宇宙被装进头颅。不管岁月如何锈蚀，人间怎么变迁，每张头像的脸上保持着端庄慈祥的微笑，一如莲花般迷人，在日出中呈现，在日落中隐去。

和吴哥寺一样，巴戎寺也既是陵寝又是国庙，由伟大的阇耶跋摩七世晚年修建。晚年的阇耶跋摩七世，从印度教改信大乘佛教后，王冠下的雄才大略的神情，"逐渐沉淀升化成一种极其安静祥和的微笑"，与宝塔上的微笑融为一体，一同嵌进石头成为永恒，犹如一部《金刚经》。在柬埔寨人心目中，那雕刻在塔顶的头像，就是阇耶跋摩七世的头像。置身于宝塔脚下的凡夫俗子，被佛迷人的温暖感动的同时，也瞻仰了阇耶跋摩七世的音容笑貌。

那与日月同辉的微笑，凝聚了吴哥文明的光辉，见证了人类的勤劳、智慧、创造，也警醒着人类的贪婪、迷失、罪过……

·10·
从"湄公河探险队"到"大米换高铁"

1431年，吴哥几经繁华之后，惨遭中南半岛新崛起的暹罗族的血洗，"城市被火焚，建筑上的黄金雕饰和珠宝被劫掠，人民被屠杀，尸体堆积如山，无人收埋，致死的传染病快速蔓延，最后连侵略者也不敢停留，匆匆弃城而去"。

对于吴哥的倒下，也有人认为是"由于古城幅员太广难以维持，再加上农耕密集，中世纪天气变暖，以及过度砍伐森林带来的灾难，最后导致文明崩溃"。与世界上不少古老文明一样，"因为过度发展"辉煌一时，也"因为过度发展"灰飞烟灭。不管如何定论，总之一个残酷的事实是，一个令人向慕的王朝沦为一堆堆荒烟蔓草。但吴哥的劫难并未就此结束，19世纪遭受法国人盗窃，进入20世纪又经历无情战火。直到和平的阳光驱散硝烟迎来一拨拨游人，吴哥城中残留着的大量地雷，还不断制造噩梦。当地好多老百姓，"因误触地雷，断手缺足，脸上大片烧灼后的伤疤，没有眼瞳的空洞眼眶看着游人"……

吴哥废弃之后，真腊人便南迁至金边建都，抛下暹粒河和洞里萨湖，再次回到湄公河畔。大概只有母亲河才能庇护他们，即使洪水泛滥，也没有屠城可怕。大约明朝万历以后，中国对真腊之称改为柬埔寨，一直沿用至今。

被废弃的吴哥，自从遭遇亨利·穆奥后就不再平静，幽灵开始频繁地出没。1866年雨季，又一支队伍踏着泥泞来到吴哥，骡马的叫声撕破丛林的寂静，树叶停止雨水的滴答，不安地盯着他们的一举一动。但这次队伍不是来做幽灵的，面对"那些被大树的根挤压纠缠的石块，那些爬满藤蔓、苔藓蛛网的雕像，那些在风雨里支离破碎的残砖断瓦，那些色彩斑驳繁华褪逝后的苍凉"，还有对同胞穆奥的感佩，他们考察一番就走了。他们继续北上，沿着湄公河进入中国境内，对湄公河进行了"有史以来的第一次探险考察"，获得了澜沧江—湄公河的第一手资料。

他们就是"湄公河探险队"，由法属印度支那总督府派遣，1866年6月初从交趾支那首府西贡出发，去考察湄公河流域及其源头，以便打通交趾支那通往中国的"黄金水道"。探险队一共六人，队长叫杜达尔·拉格里，是法国的一位海军舰长；副队长叫弗朗西斯·加尔尼埃，也是一位法国的海军军官。加尔尼埃还有一个很中国的名字"安邺"，可就是这样一个听起来安分守己的名字，却出现在六年前大火三天三夜不灭的圆明园，后来又出现在包括此次探险考察到过的中国的多个地方，最终在越南被黑旗军呼啸的大刀夺命。

拉格里与加尔尼埃受命之后,顺着湄公河溯流而上,途经柬埔寨的时候,考察了他们向往已久的吴哥。探险队除了六名成员,还有向导和脚夫。骡马驮着装备和食物,在崇山峻岭中留下一泡泡马粪。第二年10月,他们进入中国云南,拉格里的皮鞋途中破烂,脚被蚂蟥咬伤,而且伤得不轻。这位可怜的海军舰长万没想到,一路上毒蛇猛兽都无所畏惧,却给一条虫豸送命。说"虫豸",只不过是对拉格里惋惜罢了,事实上它比毒蛇猛兽还可怖。在湄公河流域的密林沼泽中,潜伏着无数恶毒的蚂蟥,有旱蚂蟥也有水蚂蟥,水蚂蟥"粗大如芭蕉,像水蛇那样兴奋地昂着头","一遇空气中有人或动物的气味,立刻争先恐后地聚拢来,张开吸盘,只要数分钟即可将一匹马或者牛变成空壳"。拉格里已属万幸,没有被吃个精光,让他留下一具完尸。

拉格里死后,由加尔尼埃带队继续考察,一直深入到中国四川境内。1868年,历时两年多的探险考察结束,探险队从中国汉口启程,然后顺长江抵达上海,又从上海乘船南下,沿着周达观当年的海路,于6月中旬返回西贡。整整绕了一大圈,行程8600多千米,途经许多蛮荒之地。对于加尔尼埃这个家伙,如果一分为二地看待,在湄公河的探险考察中,他所表现出的精神与做出的贡献都值得肯定。他没有因拉格里倒下,让探险考察半途而废,这或许是他短促的34岁的人生中,最为光彩的一笔。

整个探险考察,包括历史地理、风土人物、水文气象等等,涉及的范围与内容相当广泛丰富。不管拉格里遭遇不幸也罢,没找到湄公河源头也好,对法属印度支那总督府来说,最大的遗憾,恐怕是探险考察的结果未如所愿。浩浩荡荡的湄公河,远非他们想象的那么简单温驯,河中遍布礁石险滩,仅位于柬老边境的"孔瀑布",那犹如万马奔腾的飞流,就让船只望而止步,直到今天也无法逾越。

也就是说,湄公河并非通往中国的理想水道,可他们并未就此作罢。1889年,法国驻老挝琅勃拉邦的副领事帕维又组织了两次考察,依然想打通湄公河水道进入中国内地,与英国争夺在亚洲的势力范围。这两次考察，抛开他们的企图不说，客观上为湄公河流域的开发利用揭开了序幕。

大湄公河次区域经济合作。

1991年，以美苏为首的近半个世纪的冷战结束，白头海雕与北极熊握手言和。和世界其他地区一样，东南亚也"春和景明"，蔚蓝色的信风带着温暖与湿润，从海洋一直深入到中南半岛腹地。几年工夫，相继建立了"东盟南增长三角""东盟北增长三角"与"东盟东增长区"，展开次区域经济合作。

在此期间，大湄公河次区域（英文简称GMS）经济合作也应运而生，1992年在亚行（亚洲开发银行）的倡议下，澜沧江—湄公河流域内的6个国家，柬埔寨、越南、老挝、缅甸、泰国和中国（主要是云南，2005年又增加广西），"共同发起大湄公河次区域经济合作机制，以加强各成员国之间的经济联系，促进次区域经济和社会发展，实现区域共同繁荣"。说白了就是携手发财，都把日子过好。

所谓"次区域"，是相对于"主区域"而言的，可以说是局部与整体的关系。"次区域经济合作"也一样，只不过多戴了一顶"经济"帽子。亚行把促进亚太地区发展中国家之间的合作视为"区域经济合作"，在此框架下的6国合作就定名为"次区域经济合作"。当时，界定大湄公河次区域的理由是：

（一）共同拥有湄公河。湄公河在六国的经济生活中占有重要地位。六国都需要在湄公河开发利用方面加强合作；（二）六国除泰国属市场经济国家外，其他国家均属转型经济；（三）六国都推进对外开放；（四）六国都是资源富集地区，在合理使用低廉价劳动力来进行开发方面各国相互间有巨大互补关系；（五）各国边贸日趋繁荣；（六）基础设施极为落后。次区域国家普遍存在交通、运输、通讯、电力、水利、港口设施落后的状况,其中中国云南省和老挝无出海口;(七)六国发展资金极度匮乏。资金短缺是次区域国家存在的普遍问题,严重制约了基础设施及其他领域发展的规模和速度;(八)六国文化背景极为相似。

因一条大河携起手来的六国,不仅彼此山水相连,而且血脉相承,"越来越多的科学证据表明,澜沧江—湄公河流域是东亚和东南亚地区人类迁徙和民族分化的中心","人类在20万年前走出非洲后,其中一支沿着亚洲南部的海岸线来到澜沧江—湄公河流域,然后在大约一万多年以前,生活在这里的人类继续分化成东亚的蒙古人种和东南亚的马来人种。根据最新的基因研究,大湄公河次区域的人们,拥有相同的遗传特征。这意味着他们拥有共同的祖先,而且这个民族分化的时间,距今并不遥远"。也就是说,都是一条根脉上生出来的。

除泰国以外,其他王国都遭受过殖民统治,还有二战时日本的蹂躏,几乎都在民族的存亡线上挣扎过,也患难与共过。二战期间,中国军队一面在本土御敌,一面深入缅甸协同盟军作战,先后投入40万兵力,死伤近半。有的至今埋在倒下的土地上,就像穆旦写的:"静静的,在那被遗忘的山坡上,还下着密雨,还吹着细风……"

所有这些,注定六国在文化上交往源远流长,在政治上有着相似的历史命运,在经济上具有共同的发展愿望,"形成了各国间历史悠久、深厚广泛的经济与文化联系",相互合作是必然之事。尤其是其他五国与中国的交往,即使官方"藕断",民间也"丝连",历朝历代几乎没有断过。更别说,有的曾是中国的一部分,有的曾是中国的藩属国,这些国家都留下了深深的中国烙印。

越南(全称,略)
国名释义:历史上称大越、安南、南越等,后改越南

国土面积与人口（略）

民族：主要是京族，占总人口的80％多

华人华侨：至少100万

官语：越南语

首都（略）

位于中南半岛东部，形似"一条扁担挑着两个谷筐"。矿藏（略）。海岸线长达3200多千米，海洋生物有6800多种。森林覆盖率22％。农业人口占总人口的72.1％，主要种植水稻、玉米、薯类、咖啡、橡胶、腰果、茶叶、花生、蚕丝等，是世界第一大胡椒出口国，第二大大米出口国。工业主要有冶金、采矿、电力、建材、纺织、石油等，无烟煤出口位居世界第一。属于发展中国家，2017年经济总量约为中国的1.67％，相当于中国山西。主要贸易对象：美国、欧盟、东盟、日本、中国等。中国现为越南第一大贸易伙伴，第一大进口来源地，第四大出口市场。湄公河是其境内最大的河流。被誉为"亚洲最大稻谷粮仓"的九龙江平原，两年可收获七季水稻，占越南稻谷产量的40％。也是亚洲重要的热带水果产区，占越南水果产量的60％。

老挝（全称，略）

国名释义：在老挝语中意为"人"或"人类"

国土面积与人口（略）

民族：主要是老龙族、老听族、老松族，占总人口的90％多

华人华侨：至少10万

官语：老挝语

首都（略）

位于中南半岛腹地，形似"一朵带长柄的莲花"。矿藏（略）。森林覆盖率47％。农业人口占总人口的90％，主要种植水稻、玉

米、薯类、咖啡、烟叶、花生、棉花等。工业基础薄弱，从业人口不足10万。属于世界最不发达国家，2017年经济总量约为中国的0.13%，相当于中国西藏。主要贸易对象：泰国、越南、中国、日本、欧盟、美国等。中国现为老挝第二大贸易伙伴，第一大外资来源国，第一大援助国。湄公河是其境内最大的河流。著名的"孔瀑布"，是世界上流量最大的瀑布，比美国尼加拉瀑布大将近一倍。旱季水浅时，会露出无数小岛，即"四千美岛"。

柬埔寨（全称，略）

国名释义：占族人（高棉祖先）居住的地方

国土面积与人口（略）

民族：主要是高棉族，占总人口的80%

华人华侨：至少70万

官语：高棉语

首都（略）

位于中南半岛东南部，形似"一块马蹄铁"。矿藏（略）。森林覆盖率61.4%。农业人口占总人口的85%，主要种植水稻、玉米、薯类、花生、橡胶、胡椒、棉花、烟叶、甘蔗、咖啡等。工业基础薄弱，仅有一些食品加工和轻工业。属于世界最不发达国家，2017年经济总量约为中国的0.17%，相当于中国西藏。主要贸易对象：美国、欧盟、中国、泰国、越南、日本和加拿大等。中国现为柬埔寨第一大贸易伙伴，第一大外资来源国，第一大稻米出口市场。湄公河是其境内最大的河流。被中国元朝周达观称为"淡洋"的洞里萨湖，是东南亚最大的淡水湖，也是东南亚最大的天然淡水渔场，有"鱼湖"之誉。

缅甸（全称，略）

国名释义：源于梵文，有"坚强、勇敢"之意

国土面积与人口（略）

民族：主要是缅族，占总人口的65％

华人华侨：至少200万

官语：缅甸语

首都（略）

位于中南半岛西北部，形似"一枚菱形钻石"。矿藏主要有石油、天然气、锡、钨、锌、铝、锑、锰、金、银、宝石、玉石等，其中宝石和玉石享誉世界。森林覆盖率52.28%。农业人口占总人口的64%，主要种植水稻、小麦、玉米、花生、芝麻、棉花、豆类、甘蔗、油棕、烟草和黄麻等，是世界第二大豆类出口国。工业主要有粮食加工、林业产品加工、石油和有色金属等开采，所采翡翠和树化玉占世界的95％。属于世界最不发达国家，2017年经济总量约为中国的0.52％，相当于中国海南。主要贸易对象：中国、泰国、新加坡和印度等。中国现为缅甸第一大贸易伙伴，第一大外资来源国，第一大进口来源地，第一大出口市场。缅北的抹谷是世界著名的宝石产地，颇富传奇色彩的卡门·露西娅宝石就产于此。湄公河是缅甸主要的水路运输之一。

泰国（全称，略）

国名释义：泰语意为"自由之国"

国土面积与人口（略）

民族：主要是傣族，占总人口的75％

华人华侨：至少500万

官语：泰语

首都（略）

地处中南半岛中南部，形似"一个大象头部"。矿藏（略）。海岸线长达2700多千米，是亚洲第三大海洋渔业国，世界第一大产虾国。森林覆盖率25%。农业人口占总人口的47%，主要种植稻米、玉米、木薯、橡胶、甘蔗、绿豆、麻、烟草、咖啡豆、棉花、棕油、椰子等，其中大米、木薯、天然橡胶出口均居世界首位。工业主要有采矿、纺织、电子、塑料、食品加工、玩具、汽车装配、建材、石油化工等，是东盟市场汽车制造中心。属于发展中国家，是东南亚第二大经济体，曾被誉为亚洲"四小虎"之一，2017年经济总量约为中国的3.39%，相当于中国上海。主要贸易对象：美国、中国、日本、东盟、欧盟等。中国现为泰国第一大贸易伙伴，第一大进口来源地，第一大出口市场。湄公河是泰国两大水路运输之一，另一条是湄南河。

假如给5国涂以不同颜色，从高空手搭凉棚俯视的话，中南半岛就像一块亚克力拼图，与中国的"七彩"云南和"八桂"广西，一同构成五彩斑斓的大湄公河次区域版图，总面积256万多平方千米，相当于欧洲的北马其顿。

从1992年起到2002年，大湄公河次区域6国经过10年跨世纪经济合作，如同一片新生的次雨林，生机蓬勃地成长起来。3.26亿的区域人口，5900亿美元的GDP总量，将近7%的年均经济增速，使大湄公河次区域成为亚洲乃至全球最具发展潜力的地区之一。但树上的果子还远未结大，区域经济水平仍落后于周边其他国家和地区，特别是处于"世界最不发达国家"之列的缅甸、老挝、柬埔寨。同时，6国都面临着气候变化、自然灾害、跨境传染病、跨国犯罪等挑战，也需要好好携手应对。

2002年11月3日，大湄公河次区域经济合作首次领导人会议在柬埔寨金边举行，出席会议的有中国总理、东道主首相、缅甸国家和平与发展委员会主席、老挝总理、泰国总理和越南总理，以及亚洲开发银行行长。为了让"次雨林"越长越好，会议决定将GMS经济合作提升到国家领导人级别，每3年（按英文字母排序）轮流举办一次。

按照这次会议的决定，先后又举行3次领导人会议，用官宣的话形容，就是会议的主题一次比一次深入广泛，经济合作一年比一年增强扩大。截至2013年，6国在交通、能源、电力、基础设施、农业、旅游、信息通信、人力资源开发、经济走廊等重点领域开展了260个合作项目，投入资金169亿多美元。

2014年12月19日，以"致力于大湄公河次区域的包容性和可持续发展"为主题的GMS经济合作第五次领导人会议在泰国曼谷举行，出席会议的有中国总理、东道主总理、柬埔寨首相、缅甸总统、越南总理和老挝总理。[此次会议后诞生一个新名词，叫"蓝莓（澜湄）合作"。]会议发表的《联合宣言》称，"自上届峰会（2011年）召开以来"，GMS机制在多个领域又取得新成就。其中：

——在贸易和投资领域，GMS成员国之间贸易和投资持续增长。2013年，中国与GMS五国间的贸易量继续增长，总额达到了1318.08亿美元。同时，中国对GMS国家投资也持续增长（除缅甸以外），2013年中国是越南第三大外资来源国，是柬埔寨最大的外资来源国，是老挝第一大外资来源国等。

——在非传统安全领域，GMS各国持续展开合作。2013年5月中国和GMS五国在缅甸首都内比都发表禁毒合作《内比都宣言》。2013年10月，中缅禁毒合作第十一次会议在山西召开，中缅两国代表表示将继续巩固和加强两国在禁毒领域的全面合作，共同推进解决金三角毒品问题，联手打击跨国毒品犯罪活动。GMS各国继续加强湄公河流域联合执法，累积联合执法20余次并取得明显成效，此外在加强疾病防控方面也取得了积极成效。

——在农业和旅游领域，GMS各国相互交流加深。2013年10

月，GMS各国在云南腾冲举行了大湄公河次区域农业科技交流合作组第五届理事会暨农业科技合作交流研讨会。2013年6月，次区域各国在中国广西桂林举行了第31次大湄公河次区域国家旅游工作组会议和"2013年湄公河旅游论坛"。

——在交通与环境合作领域，GMS各国稳步推进。2013年12月，清孔—会晒大桥正式通车，彻底打破了昆曼公路全线贯通的瓶颈。蒙自至河口的铁路建设在2013年快速推进，有望在2014年9月竣工。2014年4月，湄公河委员会第二届峰会在越南胡志明市举行。峰会发表了《胡志明市宣言》，承诺继续履行1995年通过的《湄公河流域可持续发展合作协定》，促进湄公河流域的可持续发展。

像前四次峰会一样，这次中国又做出真金白银的承诺，将出资一亿元人民币用于澜沧江—湄公河的航道整治，出资10亿美元用于支持区域互联互通建设。之外，中国还将向东盟欠发达国家提供30亿元人民币的无偿援助，主要用于支持中南半岛国家的减贫合作。这对资金短缺的五国来说，无疑是最现实最给力的。

在这次峰会期间，中国还同泰国正式签署了《中泰铁路合作谅解备忘录》和《中泰农产品贸易合作谅解备忘录》，重启因泰国政局变动而搁浅的"大米换高铁"合作计划。但重启不久又起波澜，泰国方面一变再变，一直拖到2016年还未敲定。若按2015年变更的计划，由中国参与投资、修建泰国第一条标准轨复线铁路，全长845千米，设计时速180千米，从技术、标准到装备都采用中国的。铁路建成以后，从昆明到曼谷的往返票价，每人只需3600泰铢，约合人民币700元，相当于飞机票价的一半或1/3。更重要的是，"将把泰国与拥有2亿人口、超过一万亿美元经济总量的中国西南部连接起来"，并成为泛亚铁路的重要组成部分，进一步实现东南亚互联互通。

有关泛亚铁路的概念，是1995年时任马来西亚总理马哈蒂尔在东盟第五届首脑会议上提出的，他倡议修建一条超越湄公河流域范围，连接新加坡、马来西亚、泰国、越南、缅甸、柬埔寨和中国的铁路。其实早在老马之前，也就是20世纪60年代初，泛亚铁路的构想就有了。当时是由联合国亚太经济社会委员会提出的，计划修建一条贯穿孟加拉国、印度、巴基斯坦、伊朗等国，从马来半岛南端的新加坡到土耳其的铁路，但是由于后期世界局势的变化与一些无法克服的困难，被搁置了下来。

时隔几十年之后，泛亚铁路的想法再度热络，像煎饼越摊越大，所涉及的28个国家和地区，于2006年达成共识并通过相关协定，使泛亚铁路迈出实质性的一步。整个泛亚铁路网非常宏大，包括连接朝鲜半岛、俄罗斯、中国、蒙古、哈萨克斯坦等国直达欧洲的北部通道，连接中国南部、缅甸、印度、伊朗、土耳其等国的南部通道，连接俄罗斯、中亚、波斯湾的南北通道，连接中国、东盟及中南半岛的中国—东盟通道。四大通道总长8万多千米，将亚欧两大洲连为一体，形成一个巨大的经济合作网络。其中东南亚段，分东、中、西三条线路，都从中国的昆明出发，途经越南、柬埔寨、老挝、缅甸，在泰国曼谷汇合后，然后经马来西亚首都吉隆坡，最终抵达万代兰簇拥的新加坡。现在有的路段待建，有的路段正在建设，有的路段已建成通车。

东南亚国家的铁路普遍落后，老百姓坐一次火车就像"忆苦思甜"，回到中国的20世纪六七十年代。泰国的铁路系统始建于拉玛五世王朝时期，采用的是当时法国的单线一米轨，也就是比标准轨窄435毫米的"米轨铁路"，迄今已运行120多年，与中国的"滇越铁路"，与缅甸的铁路，与越南的部分铁路一样，早老掉牙了。货运时速仅39千米，客运时速也不过60千米。火车在狭窄的铁道上吭哧吭哧爬行，像老爷车蹒跚在三级公路上。

泛亚铁路完全建成以后，将大大提升这些国家的铁路运输能力。

·11·
"彩云之南"

太阳从树林里伸出头
呆呆地望着我写这个故事
公鸡也朝我扇开翅膀
我的故事正在金色的天空中飞翔
美丽的故事像一片艳丽的彩霞
纯洁的爱情就像并蒂开放的鲜花
真心相爱的青年人啊
请把这份礼物收下
我要用最诚实的心
描下他们的欢乐和痛苦
让我的歌啊
像一棵绿茵茵的菩提树
请四面八方飞来的鸟群
都停下翅膀
……

这首名为《召树屯》的傣族长诗，所讲述的板加王子召树屯与孔雀神女婻婼娜的爱情故事流传很广，曾伴随傣家人从云贵高原迁徙南下的身影，"在金色的天空中飞翔"，只要有傣家人的地方，"彩霞"就驻足。长诗有着与"傣族"一样生动而多样的名字，其中给人感觉最美丽的是

《孔雀公主》，让人想起雍容华贵的孔雀，想起傣族的"戞洛涌"（孔雀舞），更想起如孔雀开屏的"七彩云南"。

像孔雀一样多姿多彩的傣族，源于中国的云贵高原，在泰国、柬埔寨、越南叫"泰族"，在老挝叫"佬族"，在缅甸叫"掸族"，在印度叫"阿洪族"。傣族在全世界有6600多万人，中国有将近130万，主要分布于云南。除了傣族，云南还有彝族、白族、苗族、壮族、哈尼族、景颇族、纳西族等24个少数民族，差不多占云南人口的1/3。

与七彩云南一样，广西也拥有多个多民族，少数民族占总人口的37%。两省区不仅拥有丰富多彩的民族，还拥有得天独厚的资源，地上地下资源都堪称"王国"。广西更有云南所不及的海洋资源。在京族人"潮涨潮退不离海"的北部湾，除了蕴藏的丰富资源，沿海岸线还分布着多个良港。比如建于1968年，由毛泽东和周恩来批准的代号"322"工程的防城港，"水深浪静，三面环山，犹如内陆湖泊"。曾作为海上运输线，也就是"海上胡志明小道"的起点，将成千上万吨包括绸缎在内的援越物资，用木船和机帆船运到越南的海防港和锦普港，再通过"陆上胡志明小道"，将其中一部分物资从北越运往南越。

陆上胡志明小道，是1959年胡志明下令开辟的，越南叫"中央走廊"，西方称"胡志明小道"。干道和支道总长近两万千米，途经老挝、柬埔寨到达南越。从一开始人背（最多20公斤），到用中国援助的自行车驮运（最多350公斤），再到用中国援助的汽车运输（最多4000公斤），越共先后向越南南方游击队输送数百万吨物资与100万名北越战士。最初美军只是感受到了它的厉害，并不清楚是怎样的一条小道。曾遭越共围攻的波来姆军营，就是美军为刺探小道情报，训练当地少数民族武装设立的。后来小道被美军发现后，便遭到百般破坏和狂轰滥炸，炸飞的汽车车轮像摆火牛阵。但小道最终还是姓"胡"，残留下大量武器弹药，沿途"家家都成武器博物馆"，至今见证着那段历史。

整个越战期间，中国援越总值超过200亿美元，若按时汇

（1∶2.4618）折算成人民币，拿出1968年中国全部的财政收入（361.25亿元），再加上当年的外汇储备（3.32亿美元）都不够。越战之后，防城港被越南授予"一级抗战勋章"。现在，防城港已成为我国西部地区的第一大港，也是西南地区走向世界的海上主门户。

作为中国西部地区最南端的与中南半岛紧密相连的两个省区，云南和广西参与大湄公河次区域经济合作，仅就地缘关系而言就无可替代。在云南4000多千米与广西1000多千米的边界上，除了官方口岸和公路，还有无数民间小道相通，都是边民祖祖辈辈蹚出来的。有的地方更是"同饮一口井水，同用一根电杆，同走一条边界小道，同在一个山上放牧"。悬挂在桔槔上的吊桶，扑通一声下去就跨越国界，然后在炊烟一同缭绕的蓝天下，一如既往地将日子煮熟了，继续鸡犬之声相闻的生活。

早在2000多年前，云南就是中国陆上的门户。古代，从中国到印度有4条通道，一条经青藏高原穿越喜马拉雅山或喀喇昆仑山前往，一条经西域、葱岭、中亚的戈壁沙漠与今天的阿富汗前往，一条经云南和缅甸的热带雨林前往，一条经中国南海从马六甲海峡绕过马来半岛前往。其中经云南和缅甸去的，就是有名的"蜀身毒道"，也就是南方丝绸之路，既通往"七宝莲花"的印度，也通往东南亚、南亚与中东其他国家。其"毒"，并非今天所谓的毒，它是与"身"合在一起的，是印度爷爷辈的称呼。

从久远的"蜀身毒道"，到如今的"陆水空"一体化，云南现有边境口岸23个，2013年与GMS五国的贸易额为76.198亿美元。广西现有边境口岸25个，与GMS五国的贸易也蒸蒸日上，仅与"离天堂远，离中国近"的越南，2013年就达到126.97亿美元。正如一位常打飞的来往于万象、昆明、南宁，赚足了两国三地钱的老挝"涛给"（老板）说的：

"七彩"如虹，"八桂"飘香哎！

在云南的23个口岸中，有两个属于澜沧江—湄公河，那就是思茅港和景洪港，一个在茶香撩人的普洱市，一个在"黎明之城"景洪市，都是1993年国家批准的一类港口口岸。两个口岸紧随GMS经济合作的脚步，头一年GMS经济合作应运而生，第二年它们就成为国家一类口岸，原本土头土脑的两个小码头，一下牵动紫禁城的视线。

这两个口岸，也可以说是100多年前法国人的梦想，当然梦想的并不一定是它们。前面已经讲过，1866年拉格里的探险结束后，一心想打通通往中国内地"黄金水道"的法国人，于1889年又精心组织了两次考察。从1897年开始，在老挝的琅勃拉邦、万象、沙湾拿吉、巴色建立水文站，在危险的航道上布置固定航标，想方设法让多处原始河段畅通起来。1926年，他们与暹罗（泰国）签订关于湄公河的航运协定，成为第一个开发利用湄公河的国际协定。如果从1866年算起，为了湄公河的开发利用，在前前后后的60年中，法国人没少做出努力，可以说功不可没。

二战以后，英法在东南亚的殖民统治也宣告结束，英属殖民地缅甸、马来亚（后改马来西亚）、新加坡（当时属马来亚）相继独立，法属殖民地老挝、柬埔寨、越南也揭竿而起，在中国参与指挥的奠边府之战中，法国被越南打得满地找牙，最终告别湄公河。从此，湄公河的开发利用交给沿河国家。1957年，在联合国亚洲及远东经济委员会的关注和协调下，成立"下湄公河流域调查协调委员会"（简称"湄委会"，后又叫"老湄委会"），成员有越南、柬埔寨、老挝、泰国，接受国际援助资金1.14亿美元。可惜好景不长，就被越战的炮火搅局了。1978年，在联合国开发计划署的帮助下，又成立"湄公河下游临时委员会"，但限于中南半岛当时复杂的形势，仍有劲使不上。进入20世纪80年代，半岛局势开始发生变化，前泰国总理差猜·春哈旺提出"变印度支那战场为商场"，让商场的烟花取代战场的炮火。到1980年代末，越南从柬埔寨撤军，美苏冷战也结束，湄公河的开发利用几经波折之后，各方又坐下来重新洗牌开局。

这次牌桌上多了中国，而且中国也早该参与了。

对于中国来说，湄公河无论从哪方面考量，都是一条不折不扣的黄金水道，特别是西南地区与东南亚各国的贸易。但过去出于种种原因，被我们长期忽视搁置。据专家测算，直接走湄公河比绕道华南沿海港口，可缩短行程1500至3000千米，降低运输费用40%至60%，节约时间一半多。从云南关累顺流而下，一天之内即达金三角地区，货物在老缅泰三国登岸后，再通过公路、铁路、水路，可至柬埔寨、越南、马来西亚、新加坡甚至更远，可谓"牵一江而动东南亚"。现在中国积极参与进来，无疑大大加快了湄公河的开发利用：

1993年，中老缅泰四国组织澜沧江—湄公河航运考察。

1994年，中国政府成立"澜沧江—湄公河流域开发前期研究协调小组"。

1995年，由越柬老泰四国组成的"新湄委会"成立。

……

澜沧江在云南境内长1240多千米，告别西藏进入云南后，像个"额头写满祖先的故事，云彩托起欢笑"的康巴汉子，一路不知疲倦地"游山玩水"，途经迪庆、怒江、丽江、大理、保山、临沧、普洱、西双版纳8个州（市），流域面积9万多平方千米。

澜沧江南下至普洱后，跟思茅打声招呼继续前行，从思茅港下行85千米，即达景洪港。两个港口都是1994年开工建设，2001年正式对外国船舶开放的。景洪港距金三角335千米，距老挝会晒402千米，距琅勃拉邦701千米。下辖三个码头弟兄，即景洪港中心码头、橄榄坝码头和关累码头，其中关累"脚踏两头"，是进入中国的第一个码头与离开中国的最后一个码头。

关累码头与缅甸隔江而望，距离景洪港81千米。关累的泰语之意，是追赶金鹿的地方。20世纪80年代，这里还是一个荒凉的小码头，怀抱青山绿水，却活得丢盹打瞌睡，不仅丢掉了"金鹿"，连魂也给江水带走了。岸边栖息着十几座茅草屋，从歪歪斜斜的石板路下去，便是灰塌塌的码头，停泊着个把船只。而且多是老挝和缅甸的，船的吨位也小，最大的超不过30吨。入夜以后，从码头到街上漆黑一团，伸手不见五指，临明时嘹亮的鸡啼响起，才将夜幕扯开一道口子。河上河下被唤醒后，浓雾取代了夜色，将近中午雾才退去，几缕炊烟懒洋洋地升起。

在此之后，经过20多年的"追赶"，关累终于重新找回了"金鹿"，现已成为一个繁忙自信的港口。仅2015年，进出口总量就达6.67万吨，进出口总额1500多万美元，出入境船舶3900多艘（次），出入境人员近6万人（次）。每天，小镇上天南地北的人来来往往，最多的是"追赶金鹿"的商人，有来自老挝、缅甸、泰国的，也有来自内地四川、贵州、河南、江西、湖南的，还有来自浙江、福建、广东、广西的。再就是水手，商人们"追赶金鹿"，他们跟着沾点金光。"10·5"惨案的13名船员，就是奔着"金光"而来的。

从往昔的荒凉到当今繁荣，关累完全得益于澜沧江—湄公河的开发利用，否则还是个头窝在胸前的老光棍。若说开发利用，早在20世纪四五十年代我国就开始了，但是仅止于国内澜沧江有限的河段，而且主要是水电开发。那时的澜沧江很惨淡，江面上跑的只有竹筏和木舟，从事一些简单的货物运输。到了20世纪六七十年代，国家对航道进行初步整治，江上也有了生气，开始响起机船的马达声。再往后，随着国家财大气粗，对澜沧江的投入便不在话下，先后完成了思茅到中缅243号界碑、思茅到上游南得坝Ⅵ级航道的整治，建起思茅、景洪两个国家一类口岸。各种机船迅速增多，澜沧江变得繁忙起来。

也就是从这个时候起，澜沧江的开发利用开始延伸出国门。1990年，由中国和老挝18人组成的湄公河联合考察组，乘坐300马力的工程船从景洪出发，一直到老挝的琅勃拉邦，往返1402.4千米。顶着摄氏40多度的酷热，考察组从5月8日到6月7日，对云南南腊河口至琅勃拉邦600千米的河段进行了考察。

这次考察一共涉及滩险139道，按照碍航程度的4类等级划分，有甲等滩险（水流凶险复杂，极易发生事故，但是采取措施后，可勉强通过）三道，乙等滩险（水流较凶险复杂，需要正确选择航线位置，才能安全通过）25道，丙等滩险（航行稍有困难）111道，没有"无法通过"的特等滩险。其中两处河段至为密集，一处是南腊河口至相腊（123.8千米），有碍航滩险38道，平均3.3千米一道；一处是相腊至唐奥急流（72.7千米），有碍航滩险23道，平均3.2千米一道。在所有滩险当中，南累河口礁石险滩，挡石拦溪口急流险滩，帕堆急弯夹槽险滩，挡板基岩险滩等几道险滩，碍航程度最为严重。枯水期面露狰狞，洪水期"泡旋四起，流态紊乱"，根本不把船放在眼里，曾夺走无数船家性命。

但就600千米河段整体看，"两岸植被良好，河床稳定，溪沟不发育，没有泥石流或溪口堆积物产生新碍航滩险迹象"。河道纵坡也比较缓和，"枯季水深一般3米以上，河宽80—100米以上"。139道滩险加起来，只占河段总长的0.5%，而且"成因较单一"，"施工技术难度小"。通过炸礁整治等措施，南腊河口至老挝会晒300千米河段，可达到300吨级通航标准，会晒至琅勃拉邦300千米河段，可达到500吨级通航标准。

> 所谓300吨级通航标准，也就是Ⅴ级（五级）航道标准：水深1.3米—1.6米，单线直线航道宽度22米—35米，弯曲半径270米—280米；限制性航道水深2.5米，直线段双线底宽35米，弯曲半径250米。
>
> 所谓500吨级通航标准，也就是Ⅳ级（四级）航道标准：水深1.6米—1.9米，单线直线航道宽度30米—45米，弯曲半径330米—500米；限制性航道水深2.5米，直线段双线底宽40米，弯曲半径320米。

中老联合考察结束后，按照"先通后畅，由近到远，从小到达，逐步提高"的原则，10月14日进行了"粗通"前的试航，由中老双方95人组成的试航考察团，乘坐西双版纳轮船公司的4艘船，拉着35吨万象塔銮节上参展的货物从景洪出发，经过十来天航行，抵达老挝首都万象。途中，顺便考察了琅勃拉邦到万象河段。在476千米长的河段上，一共有滩险74道（甲等1道，乙等14道，丙等59道），比已考察过的河段"河面更开阔，水流更平稳"，适度整治后"通行500吨级以上机船毫无问题"。

备受GMS六国关注的试航成功，结束了"上湄公河不通航的历史"，实现了法国人曾求之不得的梦想，除了柬老边境的"孔瀑布"，基本打通了澜沧江—湄公河这条黄金水道。

2000年4月20日，中老缅泰四国在金三角大其力签署通航协定，通航范围为中国思茅至老挝琅勃拉邦786千米水域，沿途开放15个（最初14个，2002年又增加了索累）港口或码头，中国有思茅、景洪、勐罕（橄榄坝）、关累，缅甸有万崩、万景、索累，老挝有班赛、班相果、孟莫、万巴伦、会晒、琅勃拉邦，泰国有清盛、清孔。协定签署一年后，澜沧江—湄公河航运正式启动，从此四国船只在规定航道上可以自由航行。截至2016年年初，中国累计货物运输400万吨，出口货物涉及山东、陕西等14个地方，进口货物远销广东、福建等地，进出口额和边民互市贸易额超过300亿元。

而事实上，早在2000年之前的10年间，中国的"淘金"船就已经不断踏上湄公河。当时风险很大，尤其是最初几年，河路还处于原始状态，像野马一样不识调教，好多船"有去无回"，不是中途搁浅触礁，就是肚皮朝天栽了。但风险大利益也大，商家为淘个盆满钵满，横下心把家底押上，水手也为多挣几个，甘愿把命别到裤腰带上。

频繁的事故，除了上述两方面的原因，再就是航道整治跟不上，用当时的话说，"通而不畅"。中国境内的河段已由Ⅵ级（六级，100吨）提升至Ⅴ（五级，300吨）级，境外的河段还几乎是老样子，由于上游河段都是界河，不是一家说了算，所以未能得到有效整治。于是在正式通航之前，中国承诺出资500万美元，帮助改善中缅243号界碑到老挝会晒

331千米的航道。这段险滩麇集的航道，包括了前面提到的两处河段的所有险滩，船只通过时稍有不慎就会遇到麻烦。

2002年3月，由中国派遣的500多人的航道工程队伍进场作业，工程严格按照事前制定的环境影响报告进行："不能改变原有河道的水流流向，不能改变河道的深泓线"，不准"炸鱼、捕猎、砍伐林木、放火烧山和破坏古树名木、温泉等自然遗迹"，不准工作断面"产生可见的水土流失现象"等等。所有施工船都安装了油水分离器，所有工程垃圾和生活垃圾都分类集中处理，确保湄公河在施工中不受污染。此外，还必须尊重当地风俗，在一些有人烟的河段施工时要祭鬼，以免炸醒河中的溺鬼兴风作浪。

每天作业之前，河谷中都会响起嗵嗵的小炮声，还有当当的铛锣声，将河上河下唤醒。小炮声是驱赶河中鱼类的，铛锣声是提醒两岸林中动物的，怕即将展开的爆破伤害它们。施工期间，施工河段实行双日全天封航，单日下午1至6点通航，封航时岸边放置红色的三角牌，施工船上悬挂起黑色"十字"架，解禁后换成黑色的锚球。

在小炮声和铛锣声中，从2002年3月到2004年5月，中国工程队利用湄公河三个枯水期，避开鱼群洄游产卵，完成了331千米的河道整治。自上而下，一共整治11道滩险（灰拉滩、挡弄下滩、青苔滩、龙宋滩、南累河口滩、空丹滩、挡石栏滩、相腊滩、翁微滩、三角石滩、宽皮龙滩）和10处零星礁石（唐龙控制河段、哈塔班莫滩、贯莫待滩、空帕河段、会纳耶滩、挡板滩、鲜皮滩、孟巴里奥滩、南洛河口滩、唐奥滩），安设了20座地名牌、18座岸标、7座眼速标、20座鸣笛标、8座水中标、4把航行水尺，以及挡弄滩、班扎屋滩、哈乐滩、南累河口滩、挡石栏滩、挡板下滩6处船舶岸上绞滩桩。

时隔十多年后，2016年中国决定再投巨资，对航道进行二期整治，"打造升级版的澜沧江—湄公河黄金水道"。升级以后，从中国境内的港口出发，可直达老挝琅勃拉邦，可常年通行500吨级船舶。与此同时，

"港口码头的装卸、航行安全等支持保障能力也将显著提升"。2016年岁末,泰国也通过了由中老缅泰四国制定的《澜沧江—湄公河国际航运发展规划(2015年—2025年)》,并批准中国交通建设集团从2017年4月起,在泰老边境展开为期两个月的礁石勘测,然后对礁石爆破清理。在此之前,云南临沧港至中老缅244号界桩河段的整治已经开工,概算总投资22.4亿元。

当年经过三个枯水期的整治,使上湄公河航运得到大大改善,通航期由半年延长至全年,不再受季节限制。中国商船与日俱增,由刚开始的十来艘增至100多艘,占上湄公河航运船只的90%,成为湄公河航运最大的一方。船的吨位也越来越大,由六七十吨提高到150吨,再提高到300吨左右。2011年10月5日出事的华平号,当时船上就满载着260多吨货物(7车水果与4车大蒜)……

第四章
— 横行湄公河 —

·12·
再回到10月5日（二）

这天天刚亮，老大糯康就醒了，比平时早了一小时，脑袋还有点发僵。他躺在散布岛的草棚里，面朝草棚棚口，双手交叉着垫在头下面。草棚很低矮，和别处的小草棚一样，一个三角架扎起来，搭建在固定的竹排上，覆盖着茅草和树叶，看似简陋非常结实，足以抵挡大雨的浇泼与河水上涨的漂浮。

散布岛距离孟喜岛两千米左右，也紧靠缅甸一侧，蜿蜒的散布河在不远处流过，一头扎进湄公河。虽然也处在令人提心吊胆的"魔鬼水域"，但中国船员没几个人叫得上它的名字。说是岛，却比孟喜岛差远了，不过是一片乱石滩，散布着大大小小的礁石和沙包，生长着一蓬蓬荒草，与湄公河别处的乱石滩无异。河水上涨时，整个岛几乎被淹没，与大河融为一体，草棚漂浮在水上。河水落下去后，礁石和沙包又露出来，草棚又退回到原处。如果不是后来劫匪出没，接二连三地发生劫船事件，让那些草棚笼罩上神秘恐惧的色彩，像它们所在的岛一样，往来船只很少或者根本就不会注意它们，即使注意到了也不当回事，以为是渔民或农人临时用的。

糯康的草棚隐藏在一块礁石后面，周围几个零散的草棚里住着他的手下，包括岸上岸下轮流放哨的喽啰。即将进入旱季，昼夜温差增大，早上大雾弥漫，给草棚披上一层雾水，礁石和沙包也一样，直到太阳出来蒸干。不过今天要好点，只有轻描淡写的几缕。从早起的鸟叫声，或鸟飞动的翅膀就能听出来，没有浓雾纠缠，那叫声格外嘹亮空灵，翅膀也没了一张一翕的沉重。

今天雾淡，但依然很凉。

一天的燥热在夜里散尽后，到了浓雾袭来的后半夜，草棚里越睡越潮湿阴冷，能感到身下的竹排硌人。有时会悄无声息地窜进一条蛇来，盘蜷在脚下蹭暖，或者一只大黑蝎子尾巴翘了，伏在草棚顶上。好在没什么，他早习惯了。被褥可以没有，蛇蝎也无所谓，只要安全保证了，就能抱着身子入睡。他从给坤沙当一名小喽啰，到自己独立山头，成天在荒山野岭中出没，尤其被军警追剿的时候，啥罪没受过？干他们这一行，必须上得起天堂，也下得起地狱，方能生存下来。

湄公河边的茅草棚，糯康曾住的草棚的一种

糯康出生在腊戍的孟瑞，17岁上离家以后，就开始上天堂下地狱。他母亲非常善良勤劳，又种地又念佛，父亲却好吃懒做，每天烟枪不离口，抽得家里四脚朝天，盖着一片茅草度日。家中兄弟姊妹4个，姐姐读过几天书，弟弟妹妹也读过几天，他却一天也没有读过，能识几个字都是姐姐教的。自打17岁出来，他只回过一次家，就是几年前父亲去世，回去把母亲接到大其力，之前只是托人捎过几次钱。从家中出来后，像缅北好多男人一样，为了讨一碗饱饭，没本事干别的，就找支队伍当兵。当时缅共已经不行，靠制贩毒品苟延残喘，其他队伍也不怎么样，唯有坤沙兵强马壮，被泰国从满星叠赶到缅甸，两三年就恢复元气，他便跟人跑到泰缅边境，加入了坤沙的队伍。那一年是1986年，山上的罂粟花开得正浓，让他觉得是个好兆头，一路上信心十足。他原想干上三五年，边干边寻找机会，找到更好的出路就不干了，没想到江湖水深，一头扎进来就出不去了。

一个无依无靠的穷小子，到了队伍只能从喽啰做起，先是给坤沙养马，每天围着马屁股转。坤沙从小就喜欢马，时常挥舞着马鞭，在莱莫山中狂飙，现在满星叠坤沙的旧宅前，还塑着他骑马的铜像。他给坤沙养了两年马，又被派往山中伐木，伐木比养马苦累多了，也提心吊胆多了，一不小心就可能做了肉饼。树木伐倒后，要么靠人力搬运出去，要么拴上铁链用大象来拖。营地离湄公河近的话，也会把木材滚到山下，在河上扎成排漂走，或者装上船运走。那时木材已经吃香，和毒品一样赚钱，有多少木材商要多少，买下后走私到国外。一棵棵大树在刀斧声中倒下，甚至连树根也不放过，挖出来做根雕。特别是后来用上油锯，伐树如割草，满山遍野的呜呜声，好多山被剃了光头，剃得老缅非常恼火，断不了派军警围剿。在一次围剿中，若不是他老婆正好来营地看他，替他挡住三颗子弹，他不死也废了。他抱着老婆逃出来，沿一条荒野小路狂奔，从大其力奔过边境，奔到泰国湄塞的一家医院，才给老婆捡回一条命。

他给坤沙伐木伐了8年，直到坤沙倒台才罢手。其间一边伐木一边打仗，他参加过十八九次战斗，亲手杀死20多个缅兵，由一名喽啰升成少尉。如果坤沙不倒台，他还会往上爬，爬出个理想的样子来。那10年他吃了不少苦，尤其是伐木的8年，雨季时营地一片泥泞，身上都长绿毛了。手头倒是有钱了，但钻在深山老林，不是有钱就用得上，吃的住的跟野人一样，最苦焦的时候，打到一头山猪一个人就能吃掉。

也许是从小苦惯了，再加上当兵出生入死，他并不把苦放在眼里，再大的苦也吃得下。荣华富贵也一样，给个天也能啃个窟窿，不会有什么不忍，所以风平浪静时，他很注意打点自己的生活。在大其力他有公开的豪宅，在金三角密林深处有隐蔽的营地，营地的生活自然不及家中，但是也差不到哪里，无事时让喽啰养鱼种菜，天天能吃上新鲜的肉食和蔬菜。之外，在缅甸和老挝他还有多个情妇，情妇的家也是他的家，要吃要喝要睡都由他。相比之下，散布岛简陋多了，生活自然跟不上，他一般是不来的。

脑子活络以后，糯康下意识地从头底下抽出手来，从枕头下面摸出一把伯莱塔92F型手枪，僵直的目光立刻变得像他略略带卷儿的头发一样柔和，先将枪从头至尾"擦拭"一遍，然后把玩起来。这把手枪已跟随他3年，如需介绍的话，他连眼皮也不眨一下，就能滔滔不绝地道来：

意大利伯莱塔公司造。

全长217mm，空枪重0.96kg。

使用9mm巴拉贝鲁姆弹，初速333.7m/s，有效射程50m。

该枪的优点：一是射击精度高。开闭锁动作由闭锁卡铁上下摆动完成，避免了枪管上下摆动对射弹造成的影响。二是适应性强、维修性好、故障率低。在恶劣条件下也能保持良好状态，一旦出了问题，较大故障平均修理时间不超过半小时，小故障不超过10分钟。三是人机工效设计合理。枪表面为无光泽聚四氯乙烯涂层，不反光，耐腐蚀。

……

当然缺点也是有的，比如枪的闭锁方式为闭锁卡铁摆动式，虽然提高了射击精度，可也带来构造比较复杂的麻烦。除了喜欢玩枪，越是好枪越玩个透，他还喜欢玩车，可再喜欢也用不上，经常在深山老林出没，远不及两条腿方便。开车是坤沙散伙后，生活一时没有着落，帮人跑运输学会的，好车就像良马一样，由不得你不喜欢它。也正是因为喜欢上了车，他才真正明白了坤沙为啥那样爱马。

糯康噗地吹口气，将一只张牙舞爪企图落到枪上的黑蚊子赶走，然后又把枪放回到枕头下。他从衣袋里摸出几粒罂粟籽放到嘴里，一面嚼一面把将要行动的计划在脑子里又滤了一遍。罂粟籽是昨天桑康·乍萨给的，吃得只剩下三五颗了。炒熟的罂粟籽特别香，用到饭菜里也香，他非常喜欢喝罂粟籽做的芙蓉汤，今天的行动就如同一碗芙蓉汤，会喝得很香很爽。结果好像已经摆在面前，一抹会心的微笑在他心头泛起，从带着几丝血丝的眼中流露出来，像河边石上晃动的水光，荡漾一下消失了。

他嚼掉最后一粒罂粟籽，掀过身上的被子坐起来，从堵住大半个棚口的礁石的一侧望出去，穿过岛上的乱石和沙包间，看到彻夜不息的湄公河，仍在波追浪逐地喧哗。再往远处，越过晨光闪耀的河面，对岸的老挝远山苍苍，沿河薄雾缥缈，两三只无人看管的小船拴在岸边晃荡。一个隐蔽在附近的喽啰，发现他坐起来，三步并作两步过来，在草棚口把枪一拄，一条腿嗵地跪下，问他有何吩咐。

他摇摇头：没有。

喽啰立刻起身，啪的一个立正，转身又跑回到哨位上。

他干啥都不动声色，脸上总是温吞吞的，偶尔嘴角抽出一丝笑来。如果胡子没刮，连笑也很难看到。那笑让你感觉谦和，是一个脾气不错的人，给个嘴巴也吃了，背后却透着刻骨的阴冷。他手下的人都知道，谁得罪或背叛了他，谁就会遭到致命报复。要么用钱来赎人，要么悄无声息地失踪，不是曝尸荒野，就是被抛入湄公河。今年3月，掸邦第二特区佤邦头领的外甥被他绑架，掏了190万美元的赎金。不到一个月，老挝金木棉的人又被他绑架，花了2500万泰铢才获释。

这次做局就是这样。

十多天前，一艘中国货船（载鑫号）竟敢拉着老挝和缅甸的军警，一天之内两次清剿他，打了他个措手不及，死伤好几个弟兄。散布岛被清缴一空，锅盆瓢碗都不留，差点连草棚也烧了。当时光顾了招架，他在翁蔑的掩护下逃跑，根本无暇顾及那艘船的名字，只记得船顶上悬挂着中国国旗，与其他中国货船没什么两样。那迎风招展的国旗，一想起来就让他窝火，把子弹都咬出了牙印。

自从2006年遭受缅军围剿，损失一条毒品生产线、十几个弟兄和一百五六十件武器，开始把手伸到湄公河上，他就盯上中国船只了。那次围剿让他醒悟，不能光靠毒品和开赌场赚钱，得再谋一条生财之道，就是在湄公河上收取保护费。他所谓的收取保护费，中国俗称"吃地头"，也就是敲诈勒索，要多少他们说了算，谁不缴收拾谁。这是黑社会最具特征的谋生方式，也是界定黑社会的"红线"，"而走私、贩毒只是补充条件"。如果黑社会"黑"得猖獗，一定是"白"社会出了问题，治不了"白"就去不了"黑"。

最近十来年，湄公河一年比一年繁荣，哪艘货船都是一条肥鱼，一口下去总有肉。当然鱼刺是免不了的，但稍加手段就能搞定。这个"生意"比毒品来钱还冲，成了他收入的主要来源。特别是中国货船，块头越来越大，一看就财大气粗，相比之下缅甸和老挝的货船就像小跟班的。他没有到过中国，但是站在边境上眺望过，即使不用眺望，也不用看电视看报，从那呼隆隆的船只，从那到处兜售的中国商品，从让中国大为光火又屡禁不止的毒品，就能感受到中国近些年发展很快，快得无处不在。在老挝和缅甸的一些地方，用的手机是中国产的，用的网络信号也是中国的。

再就是遍地的中国人。紧靠中国的那些特区不消说，即使在金三角旅游码头，在大其力和湄塞街上，也天天断不了中国人的身影。还有他插手的天堂赌场，与河对面的老挝金木棉帝国。沿河几个国家原来华人就多，曾经金三角的好多大佬，什么李弥呀、罗星汉呀，以及做过他顶头上司的坤沙、张苏泉，甚至连他自己也不例外，都是华人或有着华人血统。他祖父就是中国"土改"时，从中国西双版纳跑过来的。更有不少地方，包括他的老家腊戌与他立足的金三角，最初就是华人开拓出来的，或者跟华人有着扯不断的联系。

在金三角他所知道的中国人中，有一个人令他格外佩服，尽管只见过一面。这个人就是一度名噪金三角，被中国抓回去处死的谭晓林。谭出生于商人家庭，父母都是四川人，一个做丝绸生意，一个做盐巴生意。谭的父亲读过大学，还是中国的一所名牌大学，大学毕业后给政府做事，后来被下放回老家教书，在谭13岁上病逝。谭和他有许多相仿之处，也是兄弟姊妹4个，家里也一样穷，最穷的时候一日三顿红薯。谭也是十七八岁上外出谋生，奔波了不少地方。有一次与人合伙做生意，倒贩罂粟壳和假熊胆被查住，赔了个精光，把之前赚下的钱也搭进去了。在老家混不下去了，他就跑到云南碰运气，因为一个偶然的机会，在木姐对面的中国瑞丽，结识了缅北勐古财长的千金杨妹，从此又时来运转。杨妹是个很不错的女人。谭娶下杨妹以后，杨妹通过她父亲的关系，帮助谭重操旧业，让谭重新翻起身来。也就是坤沙倒台的头一年吧，谭与当地的一位老板进山探路，准备砍伐勐古的柚木卖到中国。一走一个多月，女人以为他在山中出事了去寻找，不料晚上在亲戚家借宿时，被入室行窃的盗贼一棍打死。

女人的意外死亡，而且是因为寻找他，对谭的打击很大，他几天水米不打牙，人都瘦得脱了形。女人给他留下两个孩子，从此日子过得东倒西歪，全凭老财长关照。自己每天昏昏沉沉，几个月才缓过劲来，其间染上玩赌和玩女人。玩赌玩女人，不一定会走上黑道，但是走上黑道的人，一定离不开这两样。缓过劲来的谭，对生活失去耐心，不再靠好好打拼赚钱，像发泄似的只想一夜暴富，于是干起贩毒的勾当。

贩毒比经商赚钱自然要快得多，钱也多得多，几笔生意下来谭就不能自拔了，收购、运输、贩卖、洗钱一条龙。除了贩毒还办起公司，利用贩毒赚来的钱，经营石油、房地产、海产品，在缅北抹谷开采宝石，像罗星汉一样白道黑道通吃。短短几年工夫，就成为金三角大佬，租用万吨货轮贩毒，运到公海上交货，再用潜艇运往美国，金三角没几个人比得了。生活也变得穷奢极欲，买豪车、置豪宅、玩豪赌，在澳门赌场一甩几千万，谁能把谭请到赌场坐一坐，赌场老板就给谁10万元人民币。就此也罢，谁知他野心越来越大，并不满足于做个大佬。他买了一本叫《藤森传》的书，带在身边常看。藤森是一位日裔，由一个移民家庭出身的穷小子，硬是通过一步步努力，登上秘鲁总统的宝座。他要向藤森学习，也要当缅甸的总统，比坤沙野心还大。于是他聘请了两位高参，一位是老缅高官的落魄子弟，对官场人际关系非常熟悉，一位是流亡金三角的国军遗老，因老谋深算绰号"李老怪"。在两位高参的参谋下，谭为他的总统梦开始铺路，一面大把花钱为地方上做好事，一面收买老缅上上下下的官员，很快就当上勐古特区保卫军的财政部部长，还担任了华侨协会副会长，在缅北呼风唤雨，人称"小四川"。

就在谭的梦想月亮一样升起，只差往下摘的时候，他运到中国广州的一批货出事了。原本很顺当的，送货人与接货人已经交接，谁知鬼使神差，他的货与别人的货碰巧放到了一个地方，当地警方搜查时一锅端了。那批货是几个国际大佬的，一共11.8吨500多箱，堆满大半个仓库，价值10多亿人民币。相比之下，这次他的货并不多，只有400公斤冰毒，可在警方眼里也是特大案件了。两个特案一并，震惊中外。

在此之前谭已多次出事，只是手下忠心耿耿，至死不出卖他。他也隐藏得好，没有被警方完全掌握，但他在中国警方已经挂上号。这次撞到枪口上，自然要他"就诊"了。在中国警方紧追不舍的同时，大佬们也在追他，从香港、台湾等地齐聚曼德勒，将最好的皇宫酒店包下，布满荷枪实弹的保镖，不准任何人出入。在酒店的大会客厅里，头发和皮鞋一个比一个光亮的大佬们坐定后，目光齐刷刷地投到谭身上，让他把事情当面讲清楚，一要找出线人来杀了，二要赔偿冰毒损失。大佬们怀疑他的手下被中国警方收买，甚至怀疑他就是中国警方的线人。黑道有黑道的规矩，谁触犯了大家的利益，谁就成众矢之的。

那天，糯康是陪同一个老前辈去的，客厅并没有他的座次，他一直站在老前辈身后，也就是那次会面他见识了谭。谭人生得白白净净，说话温文尔雅，与在座的大佬相比，一点也不恶煞，装束也比较低调，颇像个读书人或教书先生。如果换个处境，一万个人抽扑克，也不会抽他为黑桃K。当时气氛很紧张，大厅内鸦雀无声，只等谭来回答。谭一只手放在大腿上，食指轻轻弹着，但很快就镇定下来。面对追问，谭从容应对，让他打心底里佩服，果然名不虚传。谭把事情的前前后后陈述一遍，说他的手下每人配三部手机，每部手机都是单线联系，只有两个人知道号码，一旦发现手机占线，对方就明白出事了。可是一路上平安无事，他的人与接货人也顺利交接了。而且在金三角这么多年，前辈们可以去查，他从未做过对不起同道的事，这次出事完全是意外巧合，他的货与前辈们的货撞到了一起。事实上，是查住了前辈们的货，才把他的货也牵连出来，如果两家的货不在一处，就不会闹出今天的误会。至于赔偿的事，十多个亿他赔不起，但他可以承担一些损失，不管谁的责任总是出事了。谭的回答很诚恳很实在，别人一下又找不出漏洞，拿不出反驳的证据来。在他陪同的老前辈的调解下，谭才从怒目睽睽中解围，否则那天就大难临头了。

但黑道放过了他，白道却没有放过他。就在谭自以为摆平的时候，缅军39师师长找上门来了，说国防部的高官要来军区见他，让他去汇报一下合作项目的情况。39师师长是他的老朋友，来见他的国防部高官也是老朋友，在他开办的两家公司中都有股份。可去了等待他的不是国防部的高官，而是机枪、火箭炮、装甲车，两三百缅兵把军部包围了。他起先还不明白咋回事，对方告诉他发生兵变了，让他坐直升机离开，送他到一个安全的地方去。他毫不犹豫地坐上直升机，因为兵变在缅北是常事，两句话不对就可能翻脸。他被送到了木姐，直升机一落地，就给他戴上手铐。他一下子蒙了，怒问给他戴手铐的军官：你们为啥抓我？给他戴手铐的军官笑道：不是我们要抓你，是你们中国要引渡你。

原来一切都是安排好的，中国警方和缅甸军方早给他布下天罗地网。转眼间一切皆成云烟，包括他天上悬挂的月亮，直升机上还和他有说有笑，平时少不了找他的那些鸟人，都变得完全不认识似的，没人再跟他说一句话。谭被抓的消息很快就传开了，一些大佬怕他牵连出自己，准备用芭蕉弹干掉他。为确保他的安全，从木姐押送到中国后，据说瑞丽布满岗哨，去昆明时七八辆军车押送。抓他的那天，正是中国清明节期间，他刚给母亲上完坟回家，就被39师师长叫走了，他根本没想到会大难临头。谭发达以后，把母亲也接到了缅甸，母亲临死时一再嘱咐他，将来要把自己埋回老家，却不料永远葬在了缅甸。

谭被抓之前，尤其是被抓之后，糯康对谭用心了解过，想从中学到点东西。但学不到多少，谭就是谭，坤沙也比不了。坤沙给人的是草莽气，谭给人的是书卷气。如果谭走了白道，说不定会干出一番大事来。从谭曲曲折折的身上，就能感受到中国人的精明。在湄公河流经的土地上，中国人过去无法阻挡，现在更阻挡不了。对待中国船只，他起初比较小心，并没有抢劫和收取保护费，因为不摸底细。后来底细摸清了，特别是中国船员的脾性，他们轻易不会反抗，一般都喜欢息事宁人。他便开始下手了。

糯康从草棚钻出来，在草棚前抡抡双臂，然后握起拳头空击几下，接着拉开弓步，做出一个凶悍的姿势，向草棚前的礁石击去。就在拳头触及礁石的一刻，猛地张开五指抓住石缝中生出的一束嫩草，随着指关节咯叭叭一阵响，草碎成了绿汁。他年轻时十分敬仰泰国拳王"通天膝"，给坤沙养马的时候，便跟一位老兵学了一年多泰拳，喜欢的程度不亚于枪和车，平时只要有工夫就伸胳膊蹬腿地练练。

今天，他显然没工夫，只能摆个花架子。

糯康丢掉捻碎的草，将手上的绿汁抹到礁石上，一边顺着河往下游眺望，散步岛下去是万散步村，再下去就是孟喜岛；一边将随身带的两粒毒品服下，要保持良好的精神状态。过去他并不吸毒，是坤沙倒台后染上的。跟随坤沙的时候，坤沙只拿毒品赚钱，决不允许手下吸毒，谁吸毒收拾谁，轻则半死，重则送命。一个同他养马的弟兄，吸毒屡教不改，最后一次吸毒被抓住后，坤沙让那弟兄饱吸了一顿，然后让警卫剥光那弟兄的衣服，丢进黑咕隆咚的土洞，再放入蚂蟥、蝎子、毒蛇。听着洞里的惨叫声，坤沙满面笑容地对他们说，你们不怕为嘴伤心，就像他一样吸吧。

若在家中，他除了打打拳，此刻还会祈祷一番，特别是初一和十五，祈祷得非常虔诚认真。与绝大多数缅甸男人一样，他小时候也参加过隆重的剃度仪式，和一群伙伴穿起漂亮的袈裟，在寺院做过一段时间的小沙弥。但念佛归念佛，该干啥还干啥。自打从老家来到金三角，他的人生就一撕两半，一半行走在白日下，一半出没在暗夜中。也不光是他，金三角能立起山头的都这样，即使是谭晓林也不例外。在白日下行走时，他会不惜钱财去做善事，好多村寨得到过他的好处，村民多次为他通风报信，让他逃脱军警的追捕。在暗夜里出没时，从制贩毒品到绑架杀人，他又会不择手段地去干，连政府都敢对抗。绑架杀人的时候，他也动过善念，但只是一闪而过。他清楚自己罪孽深重，终有一天要遭报应，可是已经无法挽救，只能一条道走到黑。

见时间差不多了，他便给桑康·乍萨打电话：你过来吧。

桑康·乍萨回答得很干脆：我这就过去。

从手机里听得出，桑康·乍萨也早起来了，正等他的电话。

桑康·乍萨原来也是坤沙的部下，而且是一名得力干将，当时级别比他高多了，已经是上校。坤沙向老缅投降后，桑康·乍萨也成了四散猢狲，他拉起队伍以后，桑康·乍萨又重操旧业，2008年加入进来，给他负责人员管理，还有后勤和军事训练。为表达入伙之意，桑康·乍萨送了他那把伯莱塔手枪。桑康·乍萨知道他爱玩枪，送他的时候说，这把枪是坤沙当年给我的，我想你也会喜欢。说着咔地退出弹匣来，取出一粒黄澄澄的子弹，笑笑地给他看过，又装回弹匣，说它也是坤沙给的，一直原封未动。

他对桑康·乍萨的话毫不怀疑。凡是跟随过坤沙的人，都知道时常身着便装，梳着大背头的坤沙既心狠手辣，一双手是血泡出来的，又比较重情义，别说是一支手枪，只要他赏识你，可以卸下一条胳膊给你。

跟随坤沙的时候，桑康·乍萨年纪还不大，现在已是花甲之人了，面容白净清癯，脑门儿宽阔得能跑马，一双浓眉刷子似的。尽管他是团伙老大，桑康·乍萨也认他这个老大，否则就不会跟他干了，可无论从哪方面讲，他对桑康·乍萨还得当回事，给予足够的尊敬。干他们这一行，桑康·乍萨是个黑得伸手不见五指的老手，几乎事事离不开桑康·乍萨的参与，好多事都是他提出主张来，具体行动由桑康·乍萨去操作。这次做局也不例外，没有桑康·乍萨参与不行。

桑康·乍萨也五毒俱全，但是比他节制，晚上如果没事，一般都回满星叠的家中去住。30年前，满星叠（或曰满星迭）是坤沙的大本营，后来坤沙才被泰国赶到贺蒙。满星叠像脑瘤，曾令世界头疼不已。每次晚上回家，桑康·乍萨都格外小心，几乎不走同一条路，像只神出鬼没的老狐狸。和他一样枪不离身，而且玩得比他还精准，只要把枪往身后一撩，谁图谋不轨谁就脑袋被穿孔。

昨晚，桑康·乍萨没有回家，因事去了万散布村。

桑康·乍萨赶来的时候，依莱也匆匆赶来了。依莱排名在桑康·乍萨之后，坐团伙第三把交椅，负责收集情报、管理船只和运输毒品，一般时候不到营地来，有事才露面。

依莱比桑康·乍萨小六岁，个头也矮一截，人也生得老相，可是比桑康·乍萨壮实，像个花梨木墩子。依莱也是坤沙的旧部，级别比桑康·乍萨低一头，在坤沙手下当中校，两年前加入糯康团伙。糯康对他比较器重，他也干得卖力，像今天的事就出力不小。一个星期前，也就是9月27日，糯康把他们叫到一块儿，宣布了自己的行动计划，说要让中国人长长记性，好好教训一下。他已锁定一艘中国油船（玉兴8号），教训的理由很简单，也很冠冕堂皇，就是这艘船运输毒品。但跟以往不同的是，这次他要借刀杀人，所借的刀是泰国军人。如果能把泰国军人拉下水，既教训了中国人，也避免了暴露自己，双方还能得到好处。因为泰国军人缉毒有功会受奖，而且功大了还会加官晋爵。至于自己的好处，一是以后运送毒品进入泰国时，让他们给提供方便；二是可以让他们搞点武器弹药，补充一下装备。

糯康和桑康·乍萨经过商量，决定把"借刀"的任务交给依莱，依莱常住在泰国湄塞，行动起来更方便一些。湄塞是泰国的一个小镇，和缅甸大其力一河之隔，那河就是"Y"字右侧的一撇湄塞河。

依莱一心要将功补过，但接受是接受了，心中并无多大把握，他还得依靠另外一个人弄罗。弄罗是泰国当地的一个老油条，在泰国军人和黑社会混得泥鳅一样，光名字就有三五个，只要换地方就换名字，在江湖上人称"阿叔"。被糯康用毒品和女人收买后，弄罗做了糯康的对外联络人。和依莱一样，他也不常去营地。

那天见到弄罗后，依莱先把事情简单地讲了一遍，然后问弄罗：你觉得能行吗？

弄罗笑而不答，而是问依莱：满河的中国船，咋就选定一条油船？

咳，这我哪知道啊，你问老大去。

商量的时候，人家又没叫我，让我到哪儿去问？

弄罗比依莱小两三岁，留着一撮小胡子，打理得像抹了鞋油一样。依莱一听弄罗的话，就知道这小子又卖乖，看着那小胡子便不顺眼：去去去，他没叫你是他的事，少跟我扯淡。说着推了弄罗一把，老大做事你又不是不知道，他盯上谁就是谁，还需要理由吗？再说了，盯上就是理由，不就是一条船吗？别跟我绕弯子，你觉得到底能行不能行？弄罗胖乎乎的，也是一个花梨木墩子，被依莱推得滚了一下，嘻嘻笑道：我说能行还不成？

依莱眼一瞪：你可要认真啊，玩了我不当紧，玩了老大你看着办。

弄罗依旧嬉皮笑脸的：您又高抬兄弟了，兄弟长几个脑袋呢，敢跟老大玩？

两天之后，按照他们约定的时间，三个人同时到了，另一个是弄罗约来的泰国军人。在泰国咩尖的一家咖啡馆，寻个僻静位子坐定后，依莱不等弄罗开口，就要了三杯象粪咖啡。弄罗吐吐舌头，说黑象牙啊。依莱知道他想喝，可又怕掏腰包，便说你喝就对了。弄罗这小子并不差钱，金子也喝得起，只是每次聚到一起，吃啥喝啥都行，就是怕自己掏钱。

三杯咖啡上来后，泰国军人先端起来闻了闻，又察言观色地看了看，接着品尝一口，说不错不错。依莱装个不懂，说那我就放心了，只怕你喝不惯。于是3个人一边喝，一边头碰头地密商。说密商，其实只限于弄罗和泰国军人，泰国军人不再说傣语，跟弄罗说起了泰语，像瞒着依莱什么似的，让依莱很是不爽。依莱平时说的是傣语，听泰语不亚于鸟语，不知道他们咕叽什么，坐在一旁非常想听个明白，可支棱起耳朵听了半天，也不知所以然。但从两个人越谈越投机，弄罗不时掂掂小胡子的表情，看得出事情谈得比预想的顺利。大约谈了40分钟，泰国军人就起身告辞。

搞定了！目送泰国军人离开后，弄罗对依莱说，他们愿意合作。

好啊！依莱十分高兴，对弄罗大加赞赏，不愧是咱们阿叔。

但他总有些心不甘,还想弄个明白,于是又问弄罗:刚才你到底咋谈的?弄罗说:照你说的谈呀,你不是一直坐在旁边吗?弄罗知道他听不懂泰语,别看他天天在湄塞待着,便随口报了两天前的"一箭之仇":你没听懂是你耳朵有问题。依莱被噎得张口结舌,指着弄罗的鼻子道:你小子竟敢跟我这样说话?

不敢不敢,弄罗说,跟您开个玩笑不行吗?

你小子还记人,依莱真动气了,以后我得防着你点儿。

依莱动气倒不怕,那是摆老三的臭架子。可是依莱的话,让弄罗犯起了嘀咕,依莱防不防他不重要,他得防着点。不过他防的不是依莱,而是他们要做的事。像这样的事,他们早就习以为常,应该说犯不着顾虑,但这次他觉得有些不同寻常。究竟怎么个不同,他也说不清楚,反正是有一种隐隐的担心。可事已至此,他也左右不了,只希望不要搞砸了,自己先多留个心眼。阿叔不愧是江湖老油条,后来的事实证明,他当初的担心是对的,十来天后见大事不妙,他就从金三角"蒸发"了。

对于他们的谈判结果,老大糯康很满意,便叫依莱去放眼线,看那艘中国油船何时下来。这是依莱的分内之事,自然更加卖力。在他们的活动范围内,上至索累下至金三角腹地,他沿河布置了5个点,放了9条眼线,并将船的名字和外貌特征,对几名眼线进行了反复叮嘱。10月4日下午,一个眼线从上游传来消息:"中国油船"第二天上午下来。

得到消息以后,糯康让桑康·乍萨去踩点,看在什么地方杀人。桑康·乍萨眼珠打个转转,就推给一旁的依莱:还是你去吧,我对河下游不熟悉。其实他并非不熟悉,而是按他一贯的做法,又为自己留了一手。依莱也知道桑康·乍萨耍滑头,可是碍于面子,他只能又去跑腿了。依照糯康的意思,"远离码头,人口稀少,方便停船,利于作案",昨天他叫上弄罗去选定了地点。地点选在金三角旅游码头与清盛港之间的一个河湾处,标志是在泰国一侧的岸边长着一棵鸡素果树,紧挨的还有一个码头。紧挨码头,似乎有点违背糯康之意,但那码头早废弃不用了,而且也再找不到比这个地方更合适的地点了。

此刻，糯康还有些不放心，他又问依莱：地点选得没问题吧？

依莱点点头：都是按你的意思办的，应该没问题。

那头呢？

也应该没问题了。

糯康所说的"那头"，是指泰国军人。昨天得到眼线的消息，杀人地点也踩好后，依莱就让弄罗告知对方，对方便做好今天行动的准备。栽赃的毒品也准备好了，是5个月前翁蔑从老缅的两个景拉人手中抢来的8万多克冰毒，到时放置到中国船上。

今天，翁蔑来得有点迟了，像个急急忙忙的小商人，一边用手抹额头上的汗，一边解释路上不好走，有一段路塌方了。糯康听后嘴角抽出一丝笑来：你不是昨晚又去玩女人吧，玩得连我的话也忘了？翁蔑说没有没有，"劫船的时候离营地远些，劫船后先控制船员，然后再放毒品，再押下去动手"。翁蔑也跟着坤沙干过，在一次交火中被缅军俘虏，蹲了10年大牢，从牢中出来当了糯康的行动队长，主要负责劫船、绑架和收取保护费，这次行动他自然是责无旁贷。

糯康对桑康·乍萨说：他说他没有忘记。

桑康·乍萨看着两人笑道：那咱们就行动吧。

·13·
弄要下黑手

本来桑康·乍萨也要去的，临出发却又耍了滑头，一只手装腔作势地按住小腹，说大概着凉了，肚子疼不能去了，与糯康一起留在散布岛。

翁蔑接受了命令，一转身便判若两人，掏出一粒槟榔喂到嘴里，嚼得满嘴血红。带着他带来的8个手下，拿着3支9mm手枪、3支AK47冲锋枪和两副手铐，驾驶两艘长尾快艇出发了。离开散布岛不久，也就是玉兴8号的船长柳志刚刚给船主苏向勇打罢电话，说马上就到缅甸万崩码头，翁蔑开始下手了。他指挥喽啰，一面挥舞着枪示意船停下，一面让快艇加速靠过去，把船团团围住。在散布岛上游一个叫弄要的地方，他先将玉兴8号逼停，又将后面的华平号逼停，一块儿劫持了。

华平号完全是撞上的，翁蔑打电话请示糯康，糯康说一起拦下。原来他们并没有想到华平号，所带的两副手铐都是为玉兴8号的船长和驾驶员准备的。在华平号后面，当时还有一艘中国货船下来，那就是华鑫6号，幸运的是劫匪没有顾及它。

在这段水域（"魔鬼水域"），除了缅老军警，翁蔑无所顾忌，连中国巡逻艇都敢打。3年前，他发现河上冒出一艘中国巡逻艇，越看越觉得好玩，便让几个喽啰玩玩去。几个喽啰驾驶快艇，冲中国巡逻艇一路开

中国巡逻艇停靠老挝孟莫码头

火,三把两下就把中国巡逻艇打趴了。当然,他后来知道那巡逻艇是来干啥的,是从中国西双版纳过来,到老挝孟莫商谈鸦片替代种植的。艇上载着4名中国警察,秦华、张伟、柯占军、孙占云,还有一名随船机械师和一名农业专家。按照外事规定,4名中国警察都没有带枪,所以只能挨打了。他手下带的是冲锋枪,第一拨子弹哒哒哒扫过去,就把巡逻艇的警灯打爆,打得巡逻艇团团打转,6个人缩在艇里抬不起头。张伟的手指被打断,机械师的大膝盖骨被打碎。第二拨子弹扫过去,驾驶员秦华的肠子和膀胱被打穿,脚上也中了一枪。两拨子弹过后,6米长的巡逻艇留下26个弹洞。

这些都是事后他从报纸上,从耳目和一些船员口中断断续续得知的,当时被他们打伤的几个人,都送到泰国清莱医院救治。事发后中国龙颜大怒,老缅出动军队围剿他们,糯康乘船逃到了老挝,在老挝村民的保护下才躲过一劫。但对他擅自行动,与遭受围剿造成的损失,糯康并没有怎么责怪,只是说以后干什么,一定要先同他打招呼。

假如那次行动怪他们的话,这次就全怪中国人了,简直是没事找事。9月22日,用船拉着两伙军警,突然来散布岛攻打他们,从下午一直打到晚上,打得他们丢盔卸甲。逃回山中大本营,一向沉稳的老大暴跳如雷,对湄塞家中的依莱破口大骂,说情报怎么搞的,事先连一点消息也没有?骂罢依莱,又给了一个喽啰俩耳光,打得那喽啰半个脸偏瘫了,对着太阳矫正半天才恢复正常。那喽啰是个草包,抱住头躲在一块礁石后面,不仅让手中的火箭筒变成扒火棍,逃跑的时候还把火箭筒丢了。当时如果干他一家伙,一颗芭蕉弹就让那艘中国货船开花了。

翁蔑倒是受到糯康的表扬,奖励了他一些钱和毒品,拍拍他的肩膀笑道,可以去找女人共享了。老实说,那天要是没有他拼死保护,糯康或许就逃不出散布岛,至少也要受点皮肉之苦,绝不会毫发无损。为保护糯康,一颗M16子弹穿过他的裤裆,把裤裆穿了两个窟窿,险些让他做了泰国人妖。先是感到火辣辣的,大腿间像着了火,后又感觉凉飕飕的，风直往裤裆里钻，逃回山中大本营后，他才发现裤裆穿了洞，从前裆能瞭到后裆。

今天的行动如何，自然也全看他了。

在河中一块礁石旁，翁蔑将先逼停的玉兴8号控制住，又将带下来的华平号控制住，给两个船长（郝强和柳志刚）戴上手铐，把11名船员捆绑了。玉兴8号上的7名船员，除了柳志刚留在船上，其余的都被赶到华平号上。就在这中间，增援的团伙小头目波涛·卡恩，带着五六个人也来了，他们是翁蔑临时打电话叫来的，因为又多出一艘船，人手明显不足了。波涛·卡恩角色扯淡，派头却不小，一路上不是嫌快艇开得慢，便是骂手下没眼色，就差一脚往河里蹎了。扎拖波也在其中，吓得战战兢兢，不知道该咋伺候才好，一见波涛·卡恩动身，就赶紧上前去搀扶。

扎拖波30来岁，生得面善帅气，一看就投错行了。做了糯康的喽啰，先在山中一个制毒厂干活，将制出的毒品装袋打包，后来给波涛·卡恩当小跟班的，平时主要是种地养猪，有时也帮盖盖房子。他曾想洗手不干了，可又怕给糯康杀了。在糯康眼中，他们这些喽啰就像笼养的动物，一旦入伙便身不由己，否则糯康会冷冷一笑抹了你。

扎拖波跟着波涛·卡恩赶到后，一个同伙夺走他的AK47冲锋枪，把自己的机枪塞给他，让他去放风警戒。扎拖波便端着机枪，与另外两三个喽啰，乘快艇在河上来回跑了两趟，直到确认没有什么军警追来。

扎西卡和扎波稍晚一步，他们是坐小木船来的。

扎西卡28岁，一张脸长得像依莱，身高也差不多，就是皮肉嫩了点。加入糯康团伙时，他还不到24岁，在团伙中主要负责开快艇，好多次拦劫中国货船，包括几个月前拦劫渝西3号、金木棉3号、正鑫1号、中油1号，驾驶快艇的都有他。给糯康做事挣钱并不容易，好时一个月能拿到一万泰铢，相当于人民币两千来块，差时几个月分文拿不到，一年下来挣不了几个钱。可是除了种地，他几乎再无别的收入，能挣一个算一个吧。

扎波比扎西卡大9岁，但远不及扎西卡壮实，驼背挑着一颗脑袋，像只非洲鬣狗。他是两年前入伙的，每月挣3000泰铢，并给他配备一部手机，主要给糯康充当耳目。这个家伙别看相貌猥琐，为人十分残忍，渝西3号船长冉曙光被绑架后，他和扎西卡用河水把冉曙光灌得死去活来。甚至连老婆都不当回事，曾将树上采摘果子的老婆，误以为猴子一枪打死。他的枪法向来就准，那天更是神了，子弹砰地穿过树叶，穿透"猴子"心脏的一刻，他特别特别有感觉，像自己变成了子弹，比平时练靶子站在30米外击碎一颗鸡蛋，掀掉一个啤酒瓶盖都酣畅淋漓，可惜当时身边无人喝彩。

结果可想而知，"猴子"哼都没哼一声，就从树上一头栽下来，同时栽下的还有半篮果子。看着躺在地上的"猴子"，与撒落一地的果子，他生出满头雾水，接着哈哈大笑，明明是个猴子，咋就变成我老婆了？走过去，像翻看猎物一样翻了翻老婆，老婆两眼直瞪瞪的，看上去惊恐无比，好像子弹还在眼中飞翔。他试了试老婆的鼻息，便回家拎把铁锹，将果篮踢到一边，就地挖个坑把老婆埋了。

两个人到了船上，翁蔑一人丢给一把枪，让扎波去看守两个女船员，也就是厨娘黄鹂和赵家玉。赵家玉腰里系个鼓鼓囊囊的腰包，在老家卖菜时为方便收钱留下的习惯，到船上还没有改了。翁蔑扭住扎波的耳朵说：你要老老实实，别动歪脑筋，否则我一枪崩了你。然后带上扎西卡，又叫了一名喽啰，冲到华平号驾驶室，将其中一人带走，留下一人交给扎西卡。留下的便是船长郝强，带走的是大副党民兵。

河上已恢复平静，纷乱的阳光像尘埃落定，给人的感觉十分祥和。一只黄嘴河燕鸥贴着水面飞过，对停在礁石旁的两艘船视而不见。这时，又一艘长尾快艇驶来，送来4个装着91.96万粒冰毒的白色编织袋，还有绳索和透明胶带。翁蔑让喽啰将船员们捆绑的手解开，用送来的绳索重新捆绑好，再用胶带把嘴封上。同时，他指使喽啰把4袋毒品分开，两袋放到玉兴8号的船舱，两袋放到华平号船员的船室。等一切就绪，叫郝强和柳志刚开船，由4艘长尾快艇押着，向湄公河下游驶去。

船离开弄要后，翁蔑就给依莱打电话：我们就要下去，拦劫了两艘船。

依莱已经提前到达屠杀地点，听了很是不解：咋变成两艘了，原来不是就一艘吗？

翁蔑迟疑了一下：这个，你还是问老大吧。

依莱便给糯康打电话，糯康笑道：两艘不更好吗？另一艘是送上门来的，都做掉算了。

依莱躲在鸡素果树的不远处，注视着岸上岸下，尽量装出一副闲散之状，避免自己看起来形迹可疑，被泰国巡逻警察盘问。清盛通往湄塞的公路上，不断有车辆驶过，有时会挟起一阵风，将路边晒得发烫的尘土吹下来。公路下的吊车码头上，码头吊车像个空巢老人，看守着一些堆积的与它一样无人过问的码头废弃物，有的废弃物中间长着茂盛的荒草。此时河上的船还不多，从金三角旅游码头飞驶下来的旅游快艇，屁股后面浪花飞溅，艇上穿着救生衣的游客，不时发出惊惊乍乍的叫声，仿佛船要栽跟头了。

太阳早毒辣起来，河面上波光刺目，像撒了一河的针，更加剧了天气的炎热……

· 14 ·

血溅鸡素果树

这时阿叔弄罗打来电话，说泰国军人已在路上。

依莱接电话的时候，也没告弄罗情况有变，一艘船变成两艘了，他想弄罗应该知道了。他想的没错，两艘船一被劫持，糯康就告诉了弄罗，让他跟泰国军人说一下。泰国军人根本无所谓，只要船上栽赃的毒品没变，两艘船和一艘船一样。泰国军人无所谓，弄罗心上却多了块石头，越掂量越不对劲，感到当初的顾虑是对的，这次糯康怕要失算了，自己得有所准备，鞋底上抹油，将来风声一紧就开溜。

依莱接罢电话，觉得翁蔑也该有消息了。但他没有去问翁蔑，而是给桑康·乍萨打了个电话，因为翁蔑是他们的四把手，一般受桑康·乍萨指挥。他问桑康·乍萨，咱们的船怎么样了？泰国军人快要到了。桑康·乍萨也不清楚，他也在等待消息，便给翁蔑打电话，你们现在到哪里了？翁蔑没说到哪里了，只说再过半小时左右就下去。从手机里能听出来，快艇正疾驶着，翁蔑的说话声被河风刮来刮去，时而清晰时而模糊。

桑康·乍萨听后大声道：你们到了以后，做事用心点儿，做完就赶快回来。

接着又吩咐翁蔑：一看见岸边的鸡素果树就停船。

糯康也给翁蔑打了电话，第一个电话告诉他，停船后先不要杀人，朝天放枪就行了，把人交给泰国军人处理。第二个电话又命令他，只给泰国军人留下三四个活口，剩下的人统统做掉。两次电话的时间相隔不长，翁蔑被搞糊涂了，一向做事果断的老大，今天怎么了？到底都交给泰国军人呢，还是只交给三四个？可是又不敢再问，怕把老大问毛了。

老大做事果断是果断，也非常谨慎小心，一块儿吃饭决不第一个动口，怕饭里下了药。包括桑康·乍萨、依莱和他，老大打电话接电话的时候都得回避，其他人就更不用说了。有次老大正打电话，一个弟兄老婆病重，急着想回去看看，一头闯进老大屋里去请假。那弟兄其实啥也没听到，但在老大的追问下，吓得语无伦次，一会儿说没听到，一会儿又说听到了。老大便吆喝人，不管那弟兄听到没听到，按住割掉半截舌头，割得那弟兄满地打滚。然后给了五万泰铢，说以后你别来了，在家好好伺候你老婆吧。

此刻，4艘快艇押着两艘中国货船，已驶过金三角旅游码头，马上就到预定地点了。因为日已傍午，金三角水域的船明显多了，有不少是游艇。喽啰们挥舞着枪，不停地吆喝前方的船艇让路。翁蔑有点急了，不敢问老大糯康，就直接给依莱打电话，说老大先叫我把人交给他们，可刚才又来电话，让给他们留三四个活口，我不明白究竟是啥意思。

留什么留？依莱大声道，杀一个也是杀，全杀掉算了。

翁蔑迟疑一下：我明白了，听你的。

依莱早等得心急火燎，只想把事情办完尽快撤离，一听婆婆妈妈的就烦了，也不管老大怎么安排的，让把船上的人都杀掉。这其实也是糯康的意思，不知翁蔑当初是咋听的。他后来问过糯康，当时为啥还叫翁蔑留活口？糯康把玩着伯莱塔手枪说，翁蔑这家伙耳朵有毛病，我原来就让他全部杀掉。

翁蔑抹一把快艇飞溅起来又被风吹到脸上的河水，觉得依莱说得对，杀一个也是杀，杀两个还是杀，干吗不痛痛快快？这次行动说是借刀杀人，只不过是借泰国军人一个缉毒的假象而已。至于杀人，谁杀不一样，不就十来八个人吗？对他们来说，杀人压根儿就不是个事，更多时候玩的是刺激，杀出新花样来，杀出新鲜感来。跟随坤沙的时候，有次俘虏了3个缅兵，他让喽啰用布条蒙上3个人的眼睛，用树枝撑开他们的嘴巴，然后将手脚反剪了，吊到3棵竹子上。他不打别处，就打3个人的嘴巴，子弹砰地从嘴巴钻进去，噗地从脑后穿出来，一枪一个准确无误。看着喷出来的血，从竹叶上滴滴答答落下，他感到比吸食了毒品都精彩过瘾，那是他杀人记忆最深刻的一次。

他问围观的喽啰：怎么样，我的枪法还行吗？

就在两个人打电话之前，泰国军人已经到达，一共9人，都来自泰国帕莽军营。帕莽军营是泰国的一支老牌部队，1956年由一个装甲团组建而成，隶属于泰国第三军区，与军区其他部队一同驻守泰北，防务范围涉及夜丰颂、清莱、清迈、帕尧、难府、程逸、彭世洛7个府，与缅甸和老挝接壤的边境线有900多千米。在沿线的高山密林中，隐藏着无数条毒贩出没的小道，每年经这些小道流入泰国的毒品，占流入泰国毒品量的一半以上，而能够截获的只有2%左右。毒贩号称"蚂蚁搬家"，让泰军防不胜防。

泰国陆军分为四大军区，第一军区驻守泰国中部地区，第二军区驻守泰国东北部地区，第四军区驻守泰国南部地区。第一军区是王牌军区，肩负着守卫首都曼谷的安全重任，在泰国陆军中的地位无可替代。第三军区远比不上第一军区，但是担当的角色也不一般，因为金三角在其防务范围内，日常防务的一项重要内容就是缉毒，每年都有军人在缉毒中伤亡。

有英雄自然有败类，像今天与糯康勾结的9名不法军人就是。他们之所以被拉下水，首先跟部队军纪松散有关。长期以来，泰国在君主立宪政体下，形成了王室—军队—政府"三权分立"的局面，军队在国家中享有特殊地位，被称为现代泰国政治制度的"助产师"，每次政局动荡几乎都牵涉到军队，"给泰国政治留下难以治愈的后遗症"。军队如此，军人就不消说了，警察也惹不起。加之泰国军队实行开放式管理，通常军人跟上班族一样，8小时之外的生活不受约束，可以说想干啥就干啥，无视军纪的现象自是免不了的。

再一个根本原因，就是受利益驱使。"泰国的禁毒组织系统比较复杂，涉及警察、水警、缉毒警、部队等多支力量"，而且缴获毒品的多少，"直接关系到下层军官的升迁"，明的暗的会赚取不少好处，所以像帕莽军营这样的老牌部队，也会出现铤而走险的不法之徒。在"10·5"惨案之前，帕莽军营已有过不法军人以缉毒为名滥杀无辜的行径。

4艘快艇押着中国货船一进入河湾处，翁蓂就像捞鱼鹳竖起脖子，看到了那棵鸡素果树与等待的依莱。当然，他还看到废弃的吊车码头上，一座码头吊车苦兮兮立着，在它的记忆中即将留下最血腥的场面。

依莱正头顶着阳光朝河上游张望，看到快艇和船出现后，脸像焦灼的芭蕉叶迎来雨一样，从汗津津的脑门儿到下巴舒展开来。他举起胳膊朝快艇挥挥手，又朝被押的中国货船挥挥手，然后将挥手的动作放慢，一勾一勾地从远处勾到近前，指挥船在鸡素果树下停住。两艘船一里一外，紧靠岸边的是华平号，再过去是玉兴8号，中间隔着丈把宽的水面。

华平号还未停稳，翁蔑就张开双臂从快艇上一个飞身跳过去，带着一个左脸上横着刀疤的喽啰冲上二层的驾驶室，暂时由刀疤脸看住郝强，让会开快艇的扎西卡下去，把船缆系到鸡素果树上。在树上草草系好船缆，扎西卡又回船上看守郝强。随后翁蔑又急匆匆上来，拿手枪点着扎西卡的脑门儿说：听到下面枪响就开枪，不然我打死你。

他问扎西卡：记住没有？

扎西卡慌忙点头：记住了，记住了。

因为曾驾驶快艇拉人拦劫过一次华平号，他对华平号是有印象的，与中国其他货船没什么区别。一层是轮机舱、厨房、厕所什么的，二层是驾驶室和船室，最后面是一个小甲板，连结一层和二层的铁船梯踏上去咚咚的。但对船上的人没有印象，若不是郝强戴着手铐，一路被他押着开船的话，他根本分不清是船长还是船员。

这时，郝强被扎西卡从驾驶室里垂头丧气地带出来，带到弄要船被劫持后关押过他的那个房间。那个房间是水手柳向西住的，郝强背朝着门坐到一张床上，床一侧的墙板上挂着柳向西女儿的像。扎西卡持枪守在门口，老实得像头驴，双脚站麻了也不敢替换一下。大概是对他不放心，翁蔑又派来一个喽啰，拿着一把9mm手枪，在船室通道里来回走动，每走几步就掐一下脸上的粉刺疙瘩。这个喽啰扎西卡第一次见面，块头比他大多了，长着一对招风耳，不时停下来叮他一眼，叮得他心里发毛。外面的小甲板上，洒满灼热的阳光，阳光反射到船室通道里，将通道照得明晃晃的。

在华平号一层大甲板上，翁蔑又在嚼槟榔，嚼得两嘴角"血沫"，像喝了猪血。他叫喽啰拿来船员的一条浴巾，用刀嚓嚓嚓割成数条，把船员们的眼蒙上，一起集中到船甲板的左舷处，开始下令屠杀。顷刻间血肉飞溅，子弹打在人身上，像打在草包上，将衣服与皮肉撕开，比电影中的屠杀场面还可怖。

船下枪声大作后，通道里的同伙跑过来，一把夺走扎西卡的AK47，把自己的手枪塞给他，用枪顶住他的腰窝说：你要是敢不开枪，我这会儿就送你见鬼去。扎西卡双手紧握住手枪，对准房间内的郝强，表情痛楚地把头歪向一边。随着枪响，郝强打了个冷战，后背向上一挺，"啊"地惨叫一声，满脸的沮丧崩塌下来。接着扎西卡又开了第二枪，郝强头朝胸前一耷拉，缓缓地倒在床上。柳向西女儿的像，被枪声震得从墙板上掉下来，两大滴血溅在上面。就在郝强倒下的同时，玉兴8号上的柳志刚也倒在驾驶室里被血裹了。

在厨房里看守两个女船员的扎波，在两个女船员被带走以后，他感到肚子有点饿，早上来的时候没吃饭，便埋头寻找食物。狭窄简陋的厨房内，收拾得干净利落，飘荡着一股饭味儿。厨架上的锅盆瓢碗，厨柜上的油盐酱醋，还有地下菜筐里的蔬菜，像往常一样安静地等待着，等待厨娘黄鹂到时候来做饭。

扎波正目光爬上爬下地寻找食物，外面砰砰啪啪枪响了。他当是泰国军人开火了，跑出来准备撤离，刚好碰上路过的翁蔑。翁蔑以为他要当逃兵，啪地吐掉嘴里嚼剩的槟榔，抡起手枪的枪柄砸到他嘴上：你这个胆小鬼，还是不是个男人？

扎波被砸掉一颗牙齿，满嘴是血，疼得心里喊爹叫娘，也不敢发出声来。他这才明白，原来并非泰国军人开火，是同伙们在屠杀中国船员，便慌忙蹲下身子，朝船甲板左舷处开了枪。刚才翁蔑骂他胆小，不是个男人，让他实在是委屈，他连老婆都无所谓，还在乎杀几个中国人？可是人小言微，又不敢在翁蔑面前辩白，只能把委屈同打掉的牙一口吞进肚里，将满腹怒气发泄到中国人身上。

打完以后，他离开华平号，捂着半个脸，跳上守候的快艇。这时，他才感到两臂被枪震得发麻，耳朵也肾虚了似的作鸣。还有被砸的嘴巴，疼倒是不疼了，却火辣辣地发烧。就在他撤离的时候，扎西卡也从华平号上下来，跟其他劫匪一起上了快艇。

扎拖波端着机枪，一直在快艇上警戒。华平号一侧又有玉兴8号挡着，他并没有好好看清楚屠杀的场面，但从那枪声能听出中国船员被杀的惨状。同伙们的凶残他毫不怀疑，可一下捆绑起来杀那么多人，他还是头一次经历。他不知道，自己也去屠杀的话，该是个什么样子……

·15·
穷途末路

按事前说好的，翁蔑带着人跳上快艇一撤离，岸上的泰国不法军人就开火了，一挺M60机枪和8支M16步枪像过狂欢节，五六分钟才罢，抛下一片口吐残烟的弹壳。

河上途经的船只，在江心或老挝一侧，远远听到了枪声，甚至看到了扫射的场面，但都习以为常地过去了，除非是警察。还有公路上的汽车，也和驶过的船只一样。在金三角不稀罕枪声，杀人也不足为奇，只要枪声砰砰响起，不是抢劫行凶、警察与毒贩枪战，就是黑吃黑、杀手在追杀。刚才还好端端的，坐在咖啡馆里喝咖啡，或拿着毒品做交易，或在赌场玩"龙虎斗"，一会儿就可能暴毙街头，漂尸湄公河上。

而且不习以为常也不行，否则会招来杀身之祸。按金三角的规矩，事不关已就闭嘴，看见只当没看见，不要多管闲事。别说是小老百姓，连缅老泰三国政府甚至世界，多少年来都拿金三角没辙。换句话说，如果没有犯罪杀人，也就不是金三角，在金三角杀一个人，如同灭一条狗宰一只鸡那么简单。只是这次太惨无人道，13名中国船员太无辜了，中国从官方到民间一片声讨，网上有关的内容铺天盖地，才引起世界的震惊与关注，才使糯康团伙走上穷途末路。

那天，泰国清盛警察局接到报警，几名警察开车赶到事发地时，劫匪已经乘快艇撤离，9名不法军人正开枪扫射，船上腾起一阵白烟。停止射击后，7名军人上了船，留下两名在岸上警戒，其中一名过来拦住他们，说正在执行任务。

按照泰国法律，军队有权单独采取缉毒行动，几名警察没办法，只能待在离船七八十米远的地方干等着。他们看到登船的泰国军人漫不经心地提着枪，有一个嘴里还叼着香烟，从一个角落晃荡出来，又晃荡到另一个角落去，好似在船上闲逛。间或传出三几声枪响，听起来像是补射，又像是虚张声势。他们还听到了对讲机的通话声：

船上的问岸上的：这么多尸体怎么办？

岸上的回答：留得越少越好，免得惹麻烦。

于是，除了玉兴8号的船长柳志刚，其余船员统统被抛入湄公河。整个抛尸过程，像电影中德国纳粹在集中营清理犹太人的尸体，或者屠宰场往车上搬运宰杀掉的猪羊，一个人抓住船员的胳膊，一个人拽着船员的腿，合力丢进两船之间的水中，溅起的水花落在船帮上。船员被抛下去的时候，身上的血还滴答不止。河水瞬间被染红，一缕缕的血盘桓在遗体周围，然后一起被翻滚的漩涡吞没。

现场被封锁了两三个小时，直到泰国军人离开，警察才得以登船勘察。他们先登上华平号，看到一层左舷甲板上有大量血迹，有肉屑落在船尾的帆布上。厨房内留下11枚弹壳，门窗上遍布弹孔。在一间船室里，子弹穿透床板，床上血迹斑斑。后经弹痕检测，华平号上一共有47处枪击痕迹，至少来自AK47、M16、M60、9mm手枪和11mm手枪5种枪型的8支枪。玉兴8号因停靠在靠江中位置，遭受的袭击相对轻一些，发现15处枪弹痕迹，射进射出的都有，至少来自3种枪型的7支枪。

面对如此的血腥场面，登船勘察的泰国警察，当时自然不会知道，这是一起蓄谋已久的兵匪勾结制造的惨案。糯康没有耍花招，泰国不法军人也未爽约，一切都是按预谋进行的。接下来的事情，如果不出现什么意外，在毒品堂而皇之的掩盖下，双方便完成血淋淋的交易，用13条中国人命换取各自的好处。

第二天，太阳一如既往地在湄公河上升起后，急于邀功求赏的泰国不法军人，就带着"缴获"的价值2000多万人民币的4袋毒品到警察局报案。他们之所以到警察局报案，是按照泰国的缉毒分工，军队有权单独采取缉毒行动，但案件的调查要由警方来办，毒品必须交给专门机构进行鉴定。至于案件的经过，只要毒品"缴获"在手，那太容易编造了，完全可以想见。两艘中国船只走私毒品，在查缉过程中遭到激烈抵抗，船上一人被击毙，其余的弃船而逃，一切行动和处置都合法合理，而且死无对证。若不是中国政府反应强烈，事态变得严重，不管编造得如何漏洞百出，大概像金三角以往类似的案件一样，例行公事地调查一番，就马马虎虎过去了，最终罪恶被栽赃成功勋，所有参与罪恶的人都如愿以偿。

九名泰国不法军人是（音译）：少校车彭、中尉阿奴颂、士兵查仁彭、士兵易提沙、士兵喀尼颂、士兵猜哇、士兵巴扎、士兵彭、士兵潘沙。

翁蔑跳上长尾快艇，回头张望一眼两艘中国货船与岸上即将开火的泰国军人，命令快艇立即返航。砰砰啪啪的枪声又响起后，他打电话告诉桑康·乍萨，事情已经办完。

给桑康·乍萨打完电话，他很想再嚼一颗槟榔，可是兜里没有了，便端起架子迎着河风坐下。今天的行动，他自认干得漂亮，剩下的事和他无干了,他完全可以回去交差。回想刚才船上的情形,特别是那血肉迸溅的场面,他按捺不住地亢奋,不亚于曾拿3个缅兵做活靶。心中仿佛生出一条狗来,正趴在甲板上吧嗒吧嗒舔血,舔得他对河上的过往船只视而不见,对飞溅到脸上的水滴无动于衷。

快艇飞驶着。

一返回散布岛,翁蔑不等快艇停稳,就撸起袖头跳上岸。一只苍蝇追逐在身后,他大步穿过乱石和沙包,去向桑康·乍萨汇报,说13个中国人全被杀了。杀就杀了呗,桑康·乍萨轻描淡写地说,似乎船上人多的话,再杀几个也无所谓。桑康·乍萨伏在一块大礁石后面,脸被礁石上的一丛荒草遮挡着,早瞭见翁蔑急匆匆地过来。然后掉后头来,笑笑地问:那船上的钱财呢?说罢打量着翁蔑,打量得翁蔑浑身不自在,好像他偷藏了财物似的。再说了,今天主要是杀人,又不是抢劫财物。

翁蔑非常扫兴,他说:没什么钱财。

桑康·乍萨便收起笑:那你去报告老大吧。

为了防备不测,糯康已从散布岛回到山中的大本营,翁蔑给他打电话的时候,他正站在大草棚里一边等待消息,一边望着不远处树木掩映的鱼池,有鱼在水面上游来游去,游动的鱼脊黑黑的。鱼池是喽啰们闲下挖的,鱼也是喽啰们闲下养的,用来补给营地的伙食。一条蛇似的小道,从鱼池旁七拐八绕而去,消失在营地外的密林中。那是通往山下的必经之路。临近营地路上布置的暗哨、地雷和手机遥控炸弹,曾让围剿的军警吃过不少苦头。

在电话中,翁蔑把向桑康·乍萨汇报过的话,又向糯康重述了一遍。糯康听完也没表示什么赞许,而是给弄罗打电话,说咱们的人已经做完了,不知道他们怎样,我有点担心。弄罗在电话中笑道:老大放心好了,这点事算啥,他们会处理好的。

弄罗说得没错。

为伪造一个缉毒假象,9名不法军人除了将12具船员的尸体抛入河中，还将玉兴8号上柳志刚的尸体在驾驶室里精心布置了一番。在地上呈左侧卧姿势，右手边放着一支AK47冲锋枪，与劫匪射杀柳志刚时留下的弹壳，现场看上去非常一致，好像进行了激烈抵抗。可人算不如天算，作为一拨军营里久混的兵痞，竟犯了一个常识性错误，那就是冲锋枪的保险并没有打开，"扳机还处于保险挡位"，而且枪上也没留下柳志刚的半点指纹。仅凭这两点，现场的真实性就不堪一击。

等得到泰国军人的可靠消息后，糯康又从大本营返回散布岛，让桑康·乍萨把参加行动的喽啰叫来，说今天的事不能说出去，谁说出去我杀了谁，连你们的老婆孩子也不放过。作为这次行动的奖赏，他每人给了一万泰铢和5颗毒品。

以往一个月才能挣3000泰铢，今天一下就得到这么多，扎波心喜得屁滚尿流，把普密蓬国王的头像贴在嘴上亲吻一下装进衣袋。手里把玩着5颗毒品，越看越抑制不住毒瘾，当下就吸食起来。看着扎波的贱样，翁蔑眼中掠过一丝轻蔑，这小子只要有毒品，再砸一枪柄也不要紧，便说：上午中国船上那么多毒品，你咋不拿上吸呢？

扎波早忘记被砸的疼痛，将一口烟埋头吞进肚里，然后抬起陶醉的脸来，张开丢掉一颗牙齿的嘴巴，讨好地笑道：您不放话，我敢去拿吗？

而扎拖波呢，当时并没有拿到钱，只拿到5颗毒品，钱是扎西卡第二天给他送去的。送去的时候他不在家，给波涛卡恩种地去了，是他老婆打电话告诉他的。给扎拖波送了钱，扎西卡就叫上扎波到山上打猎去了。山上的猎物多啦，有松鼠、野鸡、猴子、麂子、山猪，打到什么算什么，然后带回去煺洗煺洗，架在火上烤熟了，蘸上盐巴朵颐。

两个人拨开迎面的树枝，兴冲冲地穿行在密林中，扎波一边留心观察周围的动静，一边给扎西卡讲述昨天他看守的两个女船员，正讲到一个女船员摘下腰包给他时，头上方冷不丁冒出一只乌鸦，昂首站在一棵望天树的顶端，警告似的向他们发出粗哑的叫声。那棵望天树早死了，树皮已经脱光，浑身透着尸气，像具枯骨挺立着。

扎波停下脚步，仰望着树上的乌鸦说：今天运气不错，肯定能打到鸟。

扎西卡赶紧放下枪，双手合十道：我也相信，咱们不会空手而归。

在他们国土上，牛和乌鸦都不一般，牛被视为"神牛"，乌鸦被视为"神鸟"。但是今天神鸟的出现，并未给他们带来好运，那天他们只打到两三只鸟，也许是身上杀气太重，鸟们一见他们就逃走了。反倒霉运袭来，一时间风声骤紧。

事发后，中国很快就做出本国船只停航的决定，湄公河航运一落千丈，又倒退回从前的光景，往来商船所剩无几。大码头变得冷清水淡，小码头荒了。糯康对团伙成员说，事情闹大了，咱们在河上待不下去了。他站在草棚前，环顾一眼散布岛，最后说：不想散伙的，跟我上山；想散伙的，拿钱走人！

第五章
── 冒险家的乐园 ──

·16·
99个阿妹下凡

那天，糯康拿出带来的250万泰铢，给手下分发完就各自逃生，消失在藏污纳垢的金三角。像以往遭受军警围剿一样，他躲到山中的大本营后，每天关注着山外的消息，想等风声过去好东山再起。可这次他没了再起的可能。

金三角分大金三角和小金三角，也就是广义的金三角与狭义的金三角。大金三角地处湄公河次区域中部，大致包括缅甸的掸邦、克钦邦，泰国的清莱府、清迈府北部，老挝的丰沙里省、琅南塔省、乌多姆塞省以及琅勃拉邦省西部。小金三角缩小了许多，位于大金三角的核心地带，是湄公河与湄塞河交汇后，围绕"Y"字形成的一片三角形区域。

蓝天白云之下的金三角，并非外界想象的荒芜、野蛮，而是那么自然、清新，青山绿水环抱着村寨、寺庙，一派桃源风光。稻谷成熟时，田野一片金黄，与寺宇互相映衬，让你明白为何会叫金三角。在金三角，罂粟"当地话叫'必壳'，意思是会唱歌的花"。传说老早以前，天上有99个阿妹下凡，其中98个找到了如意阿哥，只有最小的一个没有找到。为了找到一个心上人，小阿妹找啊找，结果误入金三角的深山老林，再也没能走出去。于是唱着凄婉的歌而死，化作一片美丽的罂粟花。

可是，就这样一个美好的地方，却给滚滚红尘糟蹋了，成为与阿富汗、巴基斯坦、伊朗三国接壤地区的"金新月"、南美洲哥伦比亚的"银三角"、中东黎巴嫩的"第四产地"沆瀣一气的"世界四大毒窟"。罂粟花失去小阿妹的纯贞，金三角也随之变味儿，毒品金三角取代了地理金三角，鸦片的"黑货"取代了稻谷的"金黄"。

同稻谷天壤之别的罂粟，与大麻、古柯并称为世界三大毒品植物。罂粟在中国的叫法很多，古称象谷、囊子，俗称鸦片、大烟、洋烟，老百姓种罂粟，也叫种鸦片、种大烟、种洋烟。它最早发现于地中海东岸地区，两河流域的苏美尔人称之为"快乐植物"，古希腊诗人荷马称之为"忘忧草"。在古埃及和古希腊人眼中，罂粟花被视为神花，司谷女神手中拿着的就是一支罂粟花。

从"快乐植物"到"忘忧草"，罂粟花征服了世界，从王侯将相到草根，都色眯眯地伸出一双咸猪手。17世纪英国的"鸦片哲人"，也是医生的托马斯·悉登汉姆，曾疯疯癫癫地说："我忍不住要大声歌颂伟大的上帝，这个万物的制造者，它给人类的苦恼带来了舒适的鸦片，无论是从它能控制的疾病数量，还是从它能消除疾病的效率来看，没有一种药物有鸦片那样的价值。"他甚至说，没有鸦片，医学将不过是一个跛子。这位身着白大褂的哲人，之所以把鸦片看成灵丹妙药，是因为鸦片不仅让人飘飘欲仙，还有"医治百病"的作用。直到今天，缅甸一些地方武装打仗的时候，士兵的衣袋里都少不了鸦片，以备受伤后作为自救的药物。

就在悉登汉姆对鸦片大加赞美200多年后，已将印度置于胯下的英帝国，又对缅甸发动三次战争，将缅甸纳为英属印度的一个省。早在第一次英缅战争期间，英国就发现缅甸是种植鸦片的"乐土"。特别是缅北，处于E96°～103°与N18°～22.5°之间，一般海拔900米到1300米，降水不多但土地湿润，日照时间长但不干燥，土壤养分足但酸性小，很适合罂粟种植，而且产出的鸦片也好。

英国人随即带来种植技术，还有鸦片加工和吸食的方法，使缅甸大批土地沦为烟地，成千上万的农民沦为烟农。由于种种历史原因，缅甸的一些地方至今刀耕火种，而这种原始的生产方式又很适合罂粟种植，只要将一片山林砍倒烧毁，也就是果敢人说的"炸地"，肥沃的土壤即可种植。看似娇艳的罂粟非常泼皮，石缝里也能长出来，而且野兽很少问津，也很少闹病虫害，是有名的"懒庄稼"。种子撒下以后，中间只需间上一次苗，就可以坐等收获了。一块块土地养育着罂粟，就像养育着成群的妻妾，待地力耗尽后，烟农们便又开辟新的土地。

英国人所发现的贻害无穷的"乐土"，不但有适宜鸦片种植的气候和土壤，更有有利于鸦片成长的环境："湄公河穿过金三角向南流去、横断的高山、深切的峡谷、难于跨越的河流，形成许多彼此封闭隔绝的地理单元、交通死角和独立部落，是一个国家行政控制鞭长莫及的盲区"，"几个世纪以来，长期处于土司、领主各自为政的统治状态，缅甸政府难以行使直接统治权。"也就是说，种不种罂粟，不是政府说了算。每当鸦片收获之时，在浆果摇曳的田间地头，在通往外界的路口关卡上，都有腰里系着弹匣胸挂，手持冲锋枪的地方武装人员看守，谁来抢夺就向谁开火。

于是，罂粟在包括缅北在内的金三角地区泛滥成灾，20世纪50年代"形成第一个鸦片生产高潮，接着是60年代的'黄金时代'，产量从数十吨上升至500吨左右，经过70年代到80年代初，产量达到了700吨左右"。之后更是猛增，1988年蹿至1535吨，1991年突破3000吨，直到大毒枭坤沙倒台，疯狂的势头才回落。但美国"9·11事件"后，金三角的鸦片产量又出现回升，一度达到3000多吨。在毒害尤为深重的缅甸，已"不是一个简单的'种与不种'的问题，而是一个复杂的政治问题，是介于缅甸政府、地方武装、国际社会和当地农民等不同利益群体之间你死我活的斗争因素"。

回顾金三角毒品的历史,有人将其划分为四个阶段:

(一)殖民地时代。英国人让鸦片在金三角地区落地生根,通过东印度公司不择手段地销往全世界,当时仅在缅甸就开设216家烟铺。缅甸曼同王时期,曼同王对鸦片深恶痛绝,曾向全国颁布禁烟令,但是小腿拗不过大腿,禁烟令最终成了一纸空文。不仅如此,英国人还制定了相关的鸦片法案,使鸦片种植在缅甸完全合法化。

(二)鸦片王朝时代(1950—1970年代)。中国内战结束后,从云南溃逃出境的国军"借土养生",长期盘踞金三角,依靠鸦片维持生存,直到两次"大撤台",剩下的人归顺泰国为止。他们"以毒养军,以军护毒",首开毒品与武装结合的先河。其间鱼鳖虾蟹群起,最猖獗的是"鸦片将军"罗星汉,使金三角一跃成为世界四大毒品产地之一。

(三)海洛因帝国时代(1970—1990年代)。"毒品大王"坤沙崛起,不但大力发展鸦片种植,还建起海洛因加工厂,直接生产和销售毒品,使金三角成为世界的毒品中心。到20世纪80年代末,坤沙控制了金三角地区一多半的毒品贸易,取代老对手罗星汉,成为山姆大叔悬赏200万美元捉拿的世界第一大毒枭。

(四)民族地方武装割据时代(1990年代至今)。1989年以后,缅甸十几支民族地方武装与政府有所和解,金三角地区频繁的战乱有所平息。他们响应缅甸政府、周边国家和国际社会的禁毒号召,在各自地盘上宣布禁毒。但禁得并不彻底,而且也无法彻底,从2006年起又卷土重来,加之新型毒品的兴起,金三角毒品再度猖獗。

据卫星遥感监测数据显示,近年来金三角的罂粟种植面积,一直保持在60万亩到70万亩之间,每年平均"可产600多吨鸦片或制成60多吨海洛因",相当于20世纪50年代中期的面积和产量,仅次于大巫"金新月"。2015年,在"金新月"涉及的三个国家中,仅阿富汗的罂粟种植面积就达274.5万亩,年产鸦片3300吨,可加工海洛因330吨。这些毒品,一路经南亚流向日本和北美地区,一路经西亚流向西欧地区,一路经中亚流向俄罗斯和东欧地区。在荒凉的古道和沙漠中，一队队贩毒队伍大摇大摆地出没……

缅甸的罂粟种植主要集中在缅北的掸邦和克钦邦，尤其是地域辽阔的掸邦，占缅甸罂粟种植的一半以上。掸邦位于缅东的掸邦高原，与中国、泰国、老挝毗邻，是缅甸14个省（邦）中面积最大的一个邦，也是人口最多的一个邦，其中掸族占60％。

掸邦所处的掸邦高原，是一个让红尘无法抑制欲望的高原，除了鸦片还盛产珍贵的木材和宝石。在缅甸曼德勒（瓦城）北部，坐落在群山之中，被称为"恬静之城"的抹谷，拥有世界上最大最优质的宝石产区。在一眼眼"宝井"中，深藏着20多种宝石，其中以红宝石为最，"只有智慧的价值"才能超过它，佩戴上它会"健康长寿、发财致富、爱情美满幸福"，即使性无能也能独占花魁。比如，举世无双的卡门·露西娅红宝石，20世纪30年代在抹谷发现后，所经历的爱情故事迄今动人。

早晨起来，迎着高原点燃寺宇金顶的日出，从珠光宝气的抹谷一路东行，就进入被萨尔温江一分为二的掸邦。萨尔温江是英语叫法，缅语叫丹伦河，傣语叫南控河，在中国叫喳里江、滚弄江、潞江，现在一般叫怒江。发源于青藏高原，与金沙江、澜沧江"三江并流"，从云南出境后像澜沧江一样"改名换姓"，穿越掸邦高原直奔安达曼海。20世纪50年代初，缅军发动的"旱季风暴"曾席卷萨尔温江两岸，企图一举歼灭盘踞在金三角的国军，却被国军打得落花流水，在沿江两岸堆起数不清的坟头，孤儿寡母的哭声盖过大江的呜咽。后来萨尔温江也成为缅共的断魂江，几次想打过江西去均遭失败，损兵折将几千人。

转眼几十年过去，继国军、缅共之后，"毒品大王"坤沙又给老缅添堵，企图在萨尔温江江畔建立掸邦共和国。坤沙是他的泰国名字，汉名叫张奇夫，1933年（一说1934年）出生于萨尔温江西岸莱莫山的一个土司家。父亲是汉族人，母亲是掸族人。坤沙呱呱坠地后，老土司家如获至宝，祖父张纯武大宴宾客三天，把整个寨子都醉倒了。可是三天大宴，也将他一生的父母的福报过完了，紧跟而至的是不幸，父母相继去世，乳臭未干的他只能由祖父来抚养，开始了他日后众说纷纭的人生，甚至连他的出生都充满传奇。传说他刚出生时，"日夜啼哭不止，但是一闻到鸦片烟味，哭声就戛然而止，小脸上露出令人难以置信的笑容"。好像他为鸦片而生，那缥缈的烟魅，是他尘劫未净的孽缘。

跟随祖父长大以后，坤沙18岁就拉起一支队伍，袭击了国军的一个据点，缴获几十件武器。国军抓他没有抓住，一怒之下将他祖父绑架。为了营救祖父，他只能同国军讲和，交还武器救出祖父以后，连夜逃离莱莫山。在外流浪了几年，得知祖父去日无多时，他又返回莱莫山。躺在病榻上的祖父，见到日夜牵挂的他，已不再是个青皮小子，一张脸像铁锻造出来的，足以寄托自己将来的希望时，深陷在眼窝里的目光，便化作一缕蓝幽幽的微笑飘去。

祖父下世之后，坤沙执掌起家族大权，让老土司萎靡的屋头，很快就和从前一样昂扬。在拉杆子占山头，势力盘根错节的莱莫山，坤沙逐渐认识到要想坐大，必须兵强马壮，拿出大把的钱搞武装。可是莱莫山能来钱，来钱又快的物产很少，要想满足他的欲望，唯有依靠传统的鸦片。也就是走别人走过的，大小毒王概不例外，一直都在走的老路。

对于鸦片坤沙自小就熟悉，每当罂粟花开的时候，莱莫山就像皇帝老儿，被争宠斗艳地簇拥着。他的先祖从云南踏进莱莫山时，一手拿着马蹄铁，随时准备给翻山越岭的骡马换掌，一手拿着摆夷长刀，打败当地的"冤家对头"并成为土司后，大概又过了两三代就泡上鸦片了。到了他祖父张纯武手里，已成为家族无可替代的生意。也不光是他祖父，可以说在当时的掸邦，权力与鸦片是绑在一起的，只要是土司或头人，没有一个不经营鸦片的。

为了做好鸦片生意，他祖父拥有一支庞大的马帮，在马锅头的带领下，长年累月奔忙于莱莫山通向外界的商道上，大驮大驮地将鸦片运输出去，再大驮大驮驮着财物回来。他自幼耳濡目染，不仅熟悉了鸦片生意，还熟悉了那些骡马，很小就能自如驾驭，而且对马情有独钟。"10·5"惨案的祸首糯康，刚入伙时就给他养马。

在他15岁的时候，一帮国军的残兵败将来到莱莫山，虽然已成丧家之犬，但是兵架子不倒，一个个身着黄军装，手持美制卡宾枪，让他眼热心仪，远非土司武装可比。（据说后来他还在国军中干过，从中学到不少东西，为日后坐大打下基础。）同时他也目睹了国军的恶劣，不仅垄断鸦片生意，还强征去他家的几十匹骡马，把他祖父气了个半死。祖父留下的一口浊气，一直窝在他心里，直到多年以后，在一次交战中才替祖父一吐为快。

那次交战发生在泰缅边境，双方打得难分难解，当时坤沙已经羽翼丰满，早不是第一次与国军交手时的弱小了。他张开血口，就拣国军屁股上的肥肉咬，让国军付出比几十匹骡马大得多的代价。而为他指挥战斗的，竟是一位与对手出自同一战壕的老兵，那就是比他大几岁的张苏泉。张苏泉是河南人（一说辽宁），早年毕业于"黄埔二十期步兵科"。相传坤沙在国军中混日时，张苏泉曾是他的上司，他从炮火下救过张一命，张也从大猫（老虎）口中救过他一命，炮火和大猫把他们绑到了一起。

两人成为莫逆之后，在张苏泉不遗余力的辅佐下，坤沙的腰杆儿越挺越硬，"横来横对，恶来恶对"，成为缅甸最大的一支反政府武装，也是"唯一一支没有依靠任何外部力量发展起来的武装"。因为两个人都姓张，外界称之为"张家军"。

1969年，也就是在泰缅边境与国军交战的第二年，坤沙落入缅甸政府设下的圈套被捕，被关进仰光国家大监狱，在狱中靠一本中国的《三国演义》消磨日子。在《三国演义》陪伴他的几年中，张苏泉在外面想方设法营救他。1973年在掸邦的泼水节上，张苏泉派特工绑架了"圣上吞"国际医院的两名援缅医生，一个叫勃列柯斯，另一个叫斯达。经过一年多僵持，张苏泉交出两名援缅医生，同时缅甸政府也将坤沙释放。但行动仍受到限制，像动物保护区的动物，仅能在规定的范围内活动（先在仰光，后在曼德勒），最后在张苏泉的精心策划下，乘一辆美式吉普车逃离曼德勒。"一路上，用美金与金条开路，车子很快到达腊戍附近的山区，坤沙下车后换上快马，一溜烟向泰缅边境奔去"。

那天是1976年2月7日，距他被捕已过去六七年。

坤沙如虎归山后，听从高参张苏泉的建议，带着四五千人马在泰北一个叫满星叠的小镇安营扎寨，与金三角国军的最后归宿美斯乐隔山而望。山谷长3千米，宽1.5千米，"四面环山，地势险要，水源丰富，森林密布，是一个易守难攻的地方"。听名字很诗意，像在青藏高原上看星空，事实上风马牛不相及，"满"乃石头之意，"星叠"乃炸裂之意，意思是热得连石头都吃不消。在满星叠落脚以后，坤沙就像前面所说的，不但大力发展鸦片种植，还建起海洛因加工厂，年产海洛因250多吨，占世界产量的85%，其中就有臭名昭著名的"双狮地球标"海洛因。但坤沙自己并不吸毒，也严禁部下吸毒，吸毒三次就枪毙，或者关进地下的土洞。关土洞比枪毙还残酷，轻则暗无天日地待上几天，身上长出一层绿毛来，重则头上生疮脚底流脓，或者喂了放进洞里的蛇蝎，活活变成一堆白骨。

海洛因给坤沙带来的利益比鸦片更巨大，从20世纪90年代中期的一组数字，即可看出海洛因有多暴利。大约10克鸦片能提炼1克海洛因，1克海洛因在当地仅为20元人民币，可一旦走出金三角就扶摇直上，"进入云南边境孟连县为50元人民币，到了澜沧县为90元，到了昆明为400元，到了香港为500元港币，到了荷兰阿姆斯特丹为120美元，到了美国纽约就可卖500美元1克，是等量黄金的十几倍"。

依靠强大的毒品，坤沙不但发展壮大了队伍，把满星叠构筑得铁桶一般，还建起电厂、医院、寺庙、集市、广场，包括现在仍有名的大同中学，让环境优美但贫穷闭塞的满星叠，一下子"改朝换代"，成为一个毒品王国。在满星叠军营的操场上，时常能看到身着戎装手握马鞭的张苏泉，肃立在烈日下训练士兵，衣服的背部被汗水湿透了。张苏泉对士兵要求极为严格，不准吊儿郎当，不准逛寨子泡妞，不准吸大烟喝烧酒，"所有士兵必须令行禁止，违纪者轻则关禁闭，重则鞭笞直至枪毙"。也时常能看到坤沙拎着一根手杖，到学校去看望老师和学生，或将手杖丢在田间地头，挽起裤腿下到水田里，帮助老百姓干活。凡是经历过他的人，好多念念不忘，称其为"昭坤沙"。他的居所，他去世后被改造成纪念馆，馆中悬挂着不少老照片，其中就有毒枭糯康。

满星叠很快引起了世界的关注，最恼火的是山姆大叔，因为满星叠每年生产的海洛因，相当一部分被走私到美国。按照山姆大叔的一贯做法，拿"胡萝卜"收买不成，就挥舞"大棒"，连续向泰国政府施压，3次对坤沙进行围剿，企图将坤沙连人带毒一锅端掉。第三次围剿是1982年年初，泰军动用大炮、坦克、武装直升机，打得满星叠天塌地陷。那天早晨太阳刚起床，一队直升机就杀气腾腾地出现在上空：

"几乎同一时刻，大地像地震一样颤抖起来，数十辆轧轧行进的装甲车和坦克，以及大批戴钢盔的黑色士兵出现在满星叠四周山头上"。"直升机率先开火，向满星叠发射火箭"，"炸弹爆炸的热浪令人窒息，到处硝烟弥漫，机枪嗒嗒，密集的子弹像无数毒蜂，疯狂追逐惊慌逃命的人群，把他们打得血肉横飞"。"很快村子里有了坦克和装甲车令人心悸的钢铁碾压声，各种爆炸声射击声震耳欲聋……"

这次被称为"第二次鸦片战争"的围剿，经过3天激烈厮杀，满星叠最终给泰军拿下了，打死打伤"张家军"260多人，俘虏200多人，缴获武器4000多件。可令泰国军方尴尬的是，他们没找到一块毒品，只有一个士兵拔了一棵罂粟，像凯旋接受"水晶晶"（美女）献花一样，对着哗哗的镁光灯，"让记者作为'战利品'照了一张相"。

坤沙和张苏泉逃到了缅甸，经过两三年疗伤与休整，又在离泰国边境很近的贺蒙（或曰贺猛）扎根，继续依靠毒品以及走私宝石、贩运军火、征收各种税费来维持生存，每年收入高达几亿美元。到20世纪90年代初，坤沙不仅恢复元气，而且变得更加强大，连防空导弹都有了。他建立的蒙泰军，成为"继缅共之后，金三角地区军事实力最强的民族武装"，最多时候有2.5万余人。

1993年，在贺蒙东山再起的坤沙，不再满足于做山大王，宣布成立掸邦共和国，自任总统兼掸族革命委员会主席。但"黄绿红三条横纹，中间一个白圆圈"的大王旗竖起来没几天就倒下了。1996年1月，几百名缅军开进贺蒙，"没费一枪一弹"，坤沙就缴械投降了。名义上说是投降，实际上是与政府"握手言和"。当时的说法很多，最现实的一种说法是他"一箭三雕"，既给缅甸政府脸上贴了金，在国际社会赢得面子，也使自己化险为夷"金盆洗手"。更重要的是，他保护了自己与部下的利益，避免了眼见大势已去，再不缴械就死路一条。所有部下各奔前程，有的过起安分守己的生活，有的仍在江湖上出没，最终又走上死路一条。像屠杀13名中国船员，制造"10·5"惨案的几位祸首就是。

坤沙全身而退后，受到缅甸政府的极大褒奖，近乎立地成佛，说他"响应政府民族和解政策，以大局为重，对民族团结起到了不可低估的作用"，称赞他为"民族领导人"，拒绝了美国出资200万美元引渡他的要求。

那天的贺蒙，阳光一如既往地灿烂，群山一如既往地苍翠，清脆的鸟鸣划过天空。坤沙参加完受降仪式后，用手抚摩一把大背头，环顾一眼他苦心经营多年的老巢，尤其是那一排排摆放的武器，有"美制卡宾枪、冲锋枪、轻重机枪、掷弹筒、火箭弹"，还有"各种火炮、肩扛式导弹"，便带着家人登上直升机，前往20年前囚禁过他的仰光，在缅甸军情局的保护下，住进为他早安排好的别墅。

2007年10月26日，坤沙在家中被死神带走，结束了他传奇的一生。被带走的时候，来自安达曼海的海风，正吹拂着纤尘不染的仰光大金塔，吹拂着熙来攘往的大街小巷。远在千里之外的金三角，一个曾给他养过马伐过木的旧部，开始在湄公河上兴风作浪。日子并未因他的去世改变什么，只是他还有些放不下，一说他火化后葬在了仰光，一说他生前担心日后墓地会遭人破坏，死后将骨灰撒进了孟加拉湾。

他的铁杆弟兄张苏泉，在他去世4年后的一天，也接到阴曹地府的传票。张苏泉生前在仰光经营着一家电影院，还有一家中式餐厅，过着退隐江湖的晚年生活。

·17·
代号"51小组"

其实早在坤沙与缅甸政府讲和之前，在缅甸政府伸出的橄榄枝下，十几支民族地方武装（简称"民地武"）已与政府和解（后来有的又变脸），唯独坤沙不买账，还大张旗鼓地宣布建立掸邦共和国。缅甸政府当然不能容忍了，软的不吃就来硬的，便与已和解的佤邦联手，调兵遣将准备剿平贺蒙。外部大兵压境，据说内部也出现分裂，在一部分人马出走的大势下，坤沙也不得不接过橄榄枝，由张苏泉出面谈判，体面地接受了"招安"。

与缅甸政府联手准备清剿坤沙的佤邦，原为缅共人民军中部军区。1989年，由于世界局势人所共知的变化，早已内外交困的缅共彻底陷入绝境。所属4大军区中的3大军区，东北军区、中部军区、"八一五"军区纷纷易帜，与政府达成"服从中央政府领导、保存地方武装自卫、自己管理、政府给予经济资助"的停火协议，结束多年的武装斗争，成为缅甸掸邦第一特区、第二特区和第四特区，每个特区都享有高度的自治权。

这三个特区都紧邻中国，同中国有着密切而又复杂的地缘关系，若打开不同色块标识的缅甸特区地图，会看到，顺着中缅边界线与中国"唇齿相依"：

第一特区（果敢），面积2026平方千米，与中国云南保山市和临沧市毗邻，现有人口14万左右。由果敢族、掸族、苗族、克钦族等八个民族组成，其中果敢族占80%多。首府老街。（老早也叫"独牛"或"多牛"，意为"攀枝花树平掌"。）特区首领彭家声，原为缅共东北军区副司令，1989年3月11日发动兵变，率先脱离缅共，成立"缅甸民族民主同盟党"与"缅甸民族民主同盟军"，建立掸邦第一特区。

彭家声是汉族人，1933年出生，祖籍中国四川。1967年加入缅共。很小就参加土司武装，一生沉浮不定，被称为"果敢王"。

第二特区（佤邦），由南北两部分组成，北佤和南佤，中间被缅甸政府军控制区隔开，总面积约3万平方千米，与中国云南临沧市、普洱市和西双版纳州接壤，现有人口60万左右。由佤族、拉祜族、老棉族、傈僳族等15个民族组成，其中佤族占70%多。首府邦康。（原名"邦桑"，因"桑"与"伤""丧"谐音，缅共倒台后改为邦康，"希望走上和平建设的康庄大道"。）特区首领鲍有祥，原为缅共中部军区副司令，1989年4月11日率部起义，不再受缅共领导，成立"佤邦联合党"与"佤邦联合军"，建立掸邦第二特区。

鲍有祥是佤族人，1949年出生，祖籍中国云南。1969年加入缅共。17岁同堂叔鲍三板组建昆马游击队，与缅甸政府联手击败坤沙后，成为缅甸最大的民族地方武装，佤族人尊称其"达棒"。

第四特区（"四特"），面积4952平方千米，与中国云南的普洱市和西双版纳州交界，现有人口9万左右。由爱尼族、布朗族、缅族、汉族等13个民族组成，每个民族人口都不多。首府勐拉（又叫小勐拉，傣语的意思是，"河边放骡子的小平坝"。）特区首领林明显，原为缅共"八一五"军区司令，1989年4月19日倒戈，与缅共分道扬镳，成立"缅甸掸邦东部民族民主同盟军政委员会"，建立掸邦第四特区。

林明显是汉族人，1945年出生，祖籍中国海南。是彭家声女婿，娶其长女为妻。1968年到云南插队，插队期间加入缅共，曾为缅共立下赫赫战功，人称"缅甸的小林彪"。

掸邦一共有7个特区，除了上述3个特区，还有第三、第五、第六、第七特区，其中第五特区也紧挨中国，但是不再"高度自治"，已被纳入缅军控制区，与相邻的第七特区一样，只是名义上的一个特区。

缅共三大军区与缅共决裂后，组建最晚的"101"军区也同缅共翻脸，改名"克钦新民主独立军"，成为克钦邦第一特区。克钦邦过去也属于中国，中国的景颇族是克钦族四大支系之一。这个特区经常被外界搞混淆，误认为掸邦第三特区，或者克钦邦第三特区。而真正的掸邦第三特区，也叫"山地特区"，在北掸邦南部，与中国相距甚远。

缅共土崩瓦解的结局，可以说是命中注定。用佤邦日后反省的话说，就是缅共到了后期，根据地越来越小，阶级斗争越搞越激烈，中央主要领导思想僵化，主观主义、教条主义顽固，大民族主义、宗派主义严重，干部中培植亲信、拉帮结伙之风愈演愈烈，革命已经失去前途。像得了帕金森综合征，倒下是迟早的事。

1939年，"黄毛子"（英国人）在缅甸开始动摇的时候，缅共哭声响亮地诞生了。但在寺宇林立的缅甸，它的"啼哭"对老百姓来说，远抵不过钵盂声声，因此并没有产生多大影响。直到两年后日本入侵，它的"啼哭"才变得深入人心。在由几派组成的抗日同盟中，缅共同舟共济表现得很坚决，它的影响力随即大增，连后来在缅甸长期执政，曾大规模推行国有化运动，让本国民众深受其害，让无数华人倾家荡产的奈温，也"参加缅共并成为候补党员"。

但是日本战败后，缅共诞生之初就有的"胎毒"（内部矛盾和斗争）又发作起来，并成为终身顽疾。因为激烈的路线之争，缅共分裂成红白两派。红派组成"红旗共产党"，在缅甸中部地区开展武装斗争，从一开始就气数不足，勉强挣扎到1972年，就被缅军的炮火撕碎。由白派组成的"白旗共产党"，手中的"白旗"打得还算久一些，在缅甸南部的勃固山区建立根据地，武装和地盘不断扩大。可是好景也不长，红了几年就走上下坡路。一是残酷的"党内革命"，对所谓的修正主义分子"一撤职、二开除、三处决"，处决的手段十分残忍，为了节省子弹"由'红卫兵执法队'用竹尖刺死"。大批当初被认为是"革命新鲜血液"的青年知识分子，由于"家庭出身较富裕"而死于竹尖之下。二是缅甸情报部门的策反挖解，与缅军不遗余力的打击。在竹尖与缅刀的交割之下，逐渐丧失原有势力，部队四分五裂，其中一部分退至中缅边境，有不少人逃到中国。

彭家声领导的"掸邦革命军"，遭到缅军和果敢"戛戈也"（自卫队）的重创，在勐乃坝"弹尽粮绝"后，彭家声便跑到中国，同缅共取得联系，并"无条件地接受缅共绝对领导"。与其弟彭家富收罗流亡人员，打起缅共人民军的旗号，组建了人民军第一支队（404部队），并由他担任支队长。支队有220多人，包括战士、"访问组"和机关人员，其中16名"访问组"成员都是中国人。

1968年元旦刚过，在茫茫夜色和大山的掩护下，彭家声带领部队从云南镇康返回果敢红岩。一返回果敢就同对手算账，以"我方阵亡2人，伤1人"的代价，拔掉缅军班永龙塘据点，"毙敌6人，俘虏3人"。首战告捷后，接着在老街进行了第二次战斗，在大新寨进行了第三次战斗，在木花箐大二台进行了第四次战斗，在拱掌进行了第五次战斗，在大水塘进行了第六次战斗，几乎每次战斗都打得对手落花流水。

随着一次次战斗胜利，彭家声声威大震，走到哪都一呼百应，使果敢成为缅共的天下。缅共组建起东北军区，彭家声被任命为副司令，他的部队也成为军区主力。为打通要道和扩大地盘，彭家声攻城略地，最残酷的两次大战，一次是在距老街189千米的腊戍，激战7天7夜；一次是在距老街55千米的滚弄，整整打了42天。

之后，缅共又成立了中部军区、815军区和101军区，以及装备精良的中央警卫旅。东北军区控制腊戍以北的果敢、棒赛、景北、勐固、贵概等地区，有5000多人；中部军区控制邦桑、南邓、龙塘、勐冒、勐波、勐钦、温高等地区，有4000多人；815军区控制景栋以北湄公河西岸的缅老边境一带，有3000多人；101军区控制克钦邦东北部史迪威公路沿线及公路以北的板瓦地区，有2000多人。中央警卫旅驻扎在邦桑，也就是缅共中央所在地，有1000多人。

几个军区的成立使军费大涨，每年需要上亿缅元的开支，而缅共的收入仅够各军区1/10的开支。为了解决军费不足的问题，缅共一改禁种鸦片的初衷，开始允许农民种鸦片，产下的鸦片统一收购，不准个人买卖。在果敢专门成立了税务处，开办"特货贸易公司"，所谓的"特货"就是鸦片。每年播种的时候，特货公司贷款给农民，鸦片收获以后，再"以鸦片抵交贷款，余下的由特货公司收购"。这让缅共很快"心宽体胖"，鸦片收入从最初的2000多万缅元，不几年就增至6000多万，成为缅共财政收入的主要支柱。

由于鸦片体积大、味道浓烈，运输和交易都不便，特货公司便自建加工厂，学习当年金三角国军的做法，将鸦片加工成"黄砒"再出手。差不多8公斤鸦片可加工一公斤黄砒，加工成黄砒后体积大大缩小，把"7驮子变成1驮子"。由于黄砒比鸦片精致多了，不仅便于运输和交易，而且利润也增加不少，深受毒贩团伙欢迎。

随着黄砒的交易量越来越大，缅共又将特货公司改组成一支秘密队伍，负责押运与交易，代号"51小组"。最初的路线是从缅北直接到泰北，后来为安全起见，借道别国国境，避开途中危险区域，绕道运往泰北。1980年8月19日，"51小组"被缅共中央收回，并成立负责该小组行动的专门机构"819"，从此缅共高层除极少数人外，统统被毒品拉下水，也可谓塌方式腐败。好多下级军官也趁机浑水摸鱼，纷纷通过关系参股或建厂加工，然后再卖给"819"。有的干脆走黑道，当起二道贩子来，从坤沙手中赊上货，卖给"819"赚钱。至于"819"成员，更是不放过手中机会，一面替"公家"办事，一面倒卖私货。

当时缅共内部流传着一句话，"既是当猪，就不怕猪屎臭。"尽管"819"组织严密，收支环节卡得很死，最后也变得形同虚设，上下串通里勾外连，通过各种手段中饱私囊。钱都流入了个人腰包，有的年收入高达3亿泰铢，将近6000万人民币，而中央的收入反倒越来越可怜，到了捉襟见肘的地步。

被内斗和腐败缠身的缅共，逐渐蜕变成一个臭皮囊，金玉其外败絮其中，终致1989年"四马分尸"。在此之前，缅共也和缅甸政府谈判过，但是失败了。在"四马分尸"过程中，除了缅共自取灭亡，一个人也起了相当大的作用，那就是它的老对手罗星汉，早把黑心树砍好架起来，只等着火葬缅共。

罗星汉1934年（一说1935年）出生于果敢大竹箐，是南明永历帝在昆明箅子坡被吴三桂用弓弦活活勒死后，一个江西籍副将逃到云南耿马，又从耿马迁至果敢传续下来的后代。他出生的时候，他家已从先祖的落难中翻身，从事炙手可热的贩毒生意。由于财大气粗，其父罗朝兴被称为"罗四老板"，罗四老板一共有5个子女，长子便是罗星汉。罗星汉自幼聪明顽劣，先在果敢官立小学读书，后来又到军事学校受训，与彭家声是同班同学，与坤沙据说是校友，号称"缅北三杰"。3个人香一阵臭一阵，香起来患难与共，臭起来势不两立，打得你死我活。

在军事学校受训完，罗星汉就加入果敢土司杨文炳的武装，追随后来做过李弥第四纵队司令的杨二小姐，"成为护送烟帮南下泰国的负责人"。杨二小姐叫杨金秀，是杨文炳的二女儿，比罗星汉大8岁。4岁就喜欢玩枪，越大越像个爷们儿，左右开弓起来，叭叭叭百步穿杨。19岁上嫁到木邦土司段氏家族，因嫌丈夫"胆小怕事，做事黏黏糊糊"，生下儿子后便与丈夫分居，等儿子长到10岁时，带着儿子又返回果敢。

1963年，缅甸政府一改温和之策，下决心取缔土司武装，以"从事鸦片和军火走私罪"抓捕了杨二小姐，在缅甸印醒监狱关了5年，出狱后定居仰光，于2017年7月去世。就在杨二小姐被抓的同时，罗星汉也在泰缅边境的勐东被捕。被捕以后他立即反水，没有像他先祖一样忠诚到底。他给缅军东北军区司令上书："政府要废除土司制度，我坚决支持拥护，若用得着我，可以赴汤蹈火，在所不辞。"接到他的上书，连同他被扣的200多人的商队，被缅军空运到腊戌，成立了果敢青年前进委员会，并接受军事训练。然后由他率领着进驻滚弄，通过拉拢策反的手段，3个月就将杨家土司政权推翻，因此获得老缅嘉奖，每人"犒赏缅币500元"。使命完成以后，他按照缅甸政府的要求，解散青年前进委员会，又组建起果敢戛戈也，最多时有1600多人。

从此，罗星汉的名字一天比一天响亮，他一面配合缅军清剿缅共，与彭家声多次交战，曾在滚弄打了42天，从果敢带走3000多户老百姓，大约2.5万人；一面为争夺鸦片贸易线路和货源，又与流寇（国军）和坤沙打，与山头（克钦族）兵和摆夷（掸族）兵打，"差不多每一天都有战争"。同时在掸邦政府的默许下，"每3个月下泰国一趟，每趟带领由50至80辆大车及100多匹骡马组成的马帮，运送一切可卖的货物，包括珠宝、玉石、古董"，其中大宗的自然是鸦片，从果敢运往大其力等地，每年高达40吨左右，成为金三角第一代大毒枭。

在他发迹的时候，有一个人总盯着他，那就是日后取代他，成为金三角第二代大毒枭的坤沙。两个人虽然断不了较量，但在罗星汉笑眯眯的像长者一样的眼中,坤沙不过是莱莫山的一只猴子。掸邦有云,猴子是不该与老虎争食的,可坤沙偏要与老虎争食,不与老虎争食就不是坤沙。他一直耐心地寻找机会,那一年机会终于来了。

在力量悬殊的情况下,坤沙依靠张苏泉精心布置的口袋阵,将罗星汉300多匹满载鸦片的骡马,与七八百装备精良的押运队伍,在去大其力途经三阳山的时候,装进口袋扎起来。坤沙是冲罗星汉的鸦片而来的,自他从果敢动身之日起就一直尾随着他。按照他们通常的规矩,他若肯"放血"留下鸦片,坤沙就松开口袋"放生",只抢货物不伤人,如果不听从就"砍货",连人带货一起干掉。为了留得青山在,罗星汉只能选择放弃抵抗,看看围追堵截,山谷两头还在燃烧的残火余烟,乖乖地丢下鸦片走人。这次虎口夺食,被称为"金三角鸦片之战",罗星汉损失惨重,不光丢掉12吨鸦片,还丢掉了面子,再不敢小觑这个"老同学"。而坤沙大发横财,在金三角声威大震。

被坤沙虎口夺食后,罗星汉又遭虎口拔牙,时间是1973年,也就是滚弄大战之后的第三年。为了控制地方势力、缓解毒品带来的国际压力,也为腾出手来有效对付缅共,老缅决定解除当初为了对付果敢人民革命军成立的戛戈也。这对迫于生存,一向信奉枪杆子的少数民族武装来说自然是不能接受的,包括罗星汉的果敢自卫队,同缅甸政府发生激烈冲突。1973年7月16日,罗星汉在泰国蛮通(或曰芒通)逃亡时被捕,半个月后被引渡回缅甸,以叛国罪和贩毒罪判处死刑(后改无期徒刑),关进仰光永盛监狱。

永盛监狱是缅甸一座臭名昭著的监狱。关进这样的监狱,作为一个重罪之人,而且是"二进宫"了,一般会生不如死。可是罗星汉没有,不但坐牢坐得舒服,连刑期也大打折扣。他既是缅甸政府眼中的"虎牙",不拔掉他不行,一定要杀鸡给猴看,同时又是争取利用的对象,以前跟他们合作得不错,以后还需要他合作。再就是他和缅甸高层关系密切,私下有人替他说话。所以监狱对他网开一面,给予了特别优待,除了行动不自由，简直就是休闲度假。直到多年后回想起来，罗星汉仍掩饰不住得意，说他住的"牢房"一应俱全，有客厅、有卧室、有餐厅、有厨房，可以自己开小灶，想吃什么做什么。还有打扫卫生洗衣的，还有专门陪护的军情局人员，家属每两周可探望一次。

1980年6月13日，红光满面的"鸦片将军"，信步走出关了他"6年10个月零8天"、临别时还有些恋恋不舍的永盛监狱。在此之前，缅甸政府颁布的大赦令，好像是专门为他颁布的，从监狱出来的第二天晚上，就受到一帮高官的接见，问他出狱后有何打算和要求，他说一是把"我的兄弟叫回来"，二是"政府把因为我被关押的果敢人都放了"。

他所说的"兄弟"，一是他被捕后继续与政府作对的弟弟罗星明，二是那些投奔缅共的旧友或属下。他所说的"叫回来"，就是动员弟弟向政府投诚，再就是把旧友或属下从缅共瓦解出来。这两方面他后来都做到了，最大的功绩是瓦解了缅共。他给老缅的建议是，要想解决缅共问题，光依仗武力是不行的，必须用政治手段来解决，也就是釜底抽薪。1982年，他派人去说服老对手彭家声，深感缅共已穷途末路的彭家声，接受了他脱离缅共的劝说，只是时机不成熟还需要等待一下。

在之后的五六年中，他又两次派人去见彭家声，直到1989年新春，也就是中国的年三十晚上，彭家声给他来信，说都准备得差不多了，可以跟缅共摊牌了。接到彭家声的信，他便派人去策应，商定3月11日行动。为确保万无一失，在缅军的配合下，他准备了5个师的兵力，3个师用来防备佤邦（缅共中部军区）攻击，一个师用来防备克钦（缅共"101"军区）攻击，一个师用来保护果敢安全。彭家声被策反以后，在他一鼓作气的努力下，其他三大军区也相继脱离缅共，为老缅消除了困扰多年而又无能为力的一大心患。

1990年，罗星汉退出江湖投身商界，成立了亚洲世界发展有限公司，依靠强大的人脉左右逢源，很快实现"华丽转身"，由鸦片将军变成商界大佬。罗星汉与坤沙、彭家声最大的不同，就是始终同缅甸政府关系密切，可以说做毒枭是"红顶毒枭"，做商人是"红顶商人"，白道黑道都如鱼得水。

成为商界大佬以后，罗星汉拿出大把的钱来做善事，在缅甸"修桥补路"，其中一条是从腊戌到木姐的。腊戌是缅北有名的重镇，曾是滇缅公路的落脚点，也是果敢不少头面人物的客居之地。像土司杨振材（杨文炳之子）退位后，就住在腊戌浦甘路3号，从1959年一直住到1963年，在10月的一个深夜被缅兵带走。在腊戌期间，杨振材最爱玩的是高尔夫球，一个叫尼温面的球童，在他的指教下成为缅甸的国手。

木姐距腊戌180多千米，地处瑞丽江南岸，对面便是中国的瑞丽姐告口岸。木姐的缅语之意，是"繁华热闹的城镇"。但过去徒有虚名，直到20世纪90年代，随着中缅边贸升温，才真正"繁华热闹"起来。但是基础设施跟不上，从腊戌到木姐的公路破烂不堪，严重影响了货物运输。罗星汉便投资27亿缅元重修了这条路，大货车过去跑一趟需要一两天，重修以后两三个小时即达。之所以要修这条路，他认为一举三得，"对缅甸，对中国，对华侨都有好处"。木姐现已成为中缅最大的边贸口岸，2015年贸易额达54亿美元，占缅甸边贸的70%多，被称为"缅甸的深圳"。

除了修路架桥，罗星汉还热衷于民族教育，早在他第一次被捕出狱，回到果敢成立青年前进工作委员会，就向老缅提出发展地方教育的要求，理由是"国家中心文化要维护，民族固有文化也要保留"。和许许多多果敢人一样，他不忘自己的中国血统，说自己"是缅甸人，也是真正的中国人"。1966年，由他参与创办的缅北第一所果敢果文学校，"学子来自东西南北"，"同窗好友遍布四面八方"，与坤沙创办的大同中学一样有名。学校创办半个多世纪以来，为果敢乃至掸邦培养出大量人才，"遍及亚洲、欧美、澳洲和非洲"，"或是商场奇子，或是百业能手，或是文教精英"，用他自己的话说："可谓硕果累累矣！"

2013年7月6日，罗星汉因中风（一说心脏衰竭）去世，据说他的最后一顿晚餐,是一碗"莫享嘎"(鱼汤面)。去世以后,一如他生前风光,吊唁的人络绎不绝,白道黑道的都有,更多的是华人华侨。对他的去世,世界褒贬纷纭,但他都充耳不闻了,与比他早走6年的坤沙,一同结束了老一代华裔称霸金三角的历史……

·18·
所有坟头皆向北

罗星汉落幕了,但大其力仍在。

大其力也是掸邦的一个边陲重镇,有280多个村寨,十来万人口。尽管人口少,在金三角却非同一般,时常处于风口浪尖,被视为金三角的"晴雨表",是金三角的中心舞台,自20世纪50年代以来,一直吸引着世界的目光。"10·5"惨案的祸首糯康,还有喽啰扎波、扎拖波就是大其力人。在傣语中,"大"乃渡口之意,"其力"指的是黑心树。黑心树之所以叫黑心树,是因为树心是黑的。黑心树学名铁刀木,木质非常坚硬,像天生挨刀的,生命力极其旺盛,刀砍斧伐之后,很快就冒出新枝来。黑心树也叫劈柴树,傣家人房前屋后种了,常用来烧火做饭,灶膛的火燃得红光光的。除了烧火做饭,人死后还用于火葬,一堆劈柴架起来,将亡魂送上天堂。

大其力紧挨佤邦的南佤,位于缅老泰三国交界地带,与泰国湄塞一河之隔,那河就是细瘦的湄塞河。湄塞河只有十来米宽,向东流入湄公河。一座小桥横跨河上,以小桥中间为界,一头连着泰国国门,一头连着缅甸国门。如果不是两头的国门,还有桥上飘扬的两国国旗,谁也不会在意。早晨开闸后,两边的人赶集似的涌上桥头,从缅甸那头过来的，男人大多穿着笼裙，女的大多脸上涂着"特纳卡"。

小桥像货郎担子一样挑着热闹，平时感受不到紧张的气氛，只有毒品暗流汹涌的时候，泰国方面才如临大敌，荷枪实弹的军警盘查得很严，防止毒贩混入境内。但是防不胜防，防得住桥上，防不住桥下。枯水期的湄塞河很浅，挽起裤腿就能蹚过来，被军警发现后要么逃掉，要么被抓或者丧命。毒贩猖獗的时候，"几乎每天都会有一具尸体从河上漂过，隔两天不见就是奇迹"。

湄塞旧称"夜柿"，糯康团伙的三号人物依莱就常住在湄塞，因沿途山脉状似睡美人，湄塞又被称为"睡美人"。湄塞的华人很多，有不少是当年国军的后裔，和他们的父辈一样，一口汉话永远改变不了。隔岸的大其力也一样，到处可见华人的身影，可见中国商品，集市上各式各样的中文招牌，夹杂在五花八门的缅语、泰语、寮语招牌中。一早从集市上开始的热闹，顺着自由散漫的街道流窜，连躲在菩提树叶下熟睡的露珠也给唤醒。弥漫的晨光不再清新，空气中多了丝丝饭香，寺庙里的红衣僧人便放下功课，手持食钵到街上化斋。善男信女们拿着做好的饭菜，一溜儿恭候在街边，热情有序地敬奉给僧人。

端坐在大其力城中山上的大金塔，默默地注视着山下的红尘俗世。蓝天白云之下，五颜六色的房舍密密匝匝，将细瘦的湄塞河淹没，使湄塞和大其力看上去连成一片。街道上车来人往，嘈杂不堪又不失祥和，就像中国的城乡接合部。让人不敢相信这就是神秘莫测的大其力，不敢相信中老缅泰四国的高官，曾在这里签署《澜沧江—湄公河商船通航协定》，更不敢相信这里发生过里氏7.2级大地震。

与大其力大金塔遥遥相对的，是湄塞蝎子山上的大蝎子。张牙舞爪的大黑蝎子，尾巴像铁戟一样弯起，一双巨螯似乎要将怒视的北方撕碎。240多年前，泰国大城王朝遭受缅甸入侵，使阿瑜陀耶古都葬身火海，结束了该王朝417年的统治。为记住那段惨痛的历史，泰国人塑造了大黑蝎子。阿瑜陀耶古都，中国人称"大城"。

泰国与中国的交往可谓源远流长，17世纪末泰国的华人已达10多万。泰国的首相（或总理），自第18任"阿南·班雅拉春即位起，之后几乎所有即位的首相（或总理）都有华人血统"。对于大城王朝，中国自然不乏记忆。明代曾跟随三保太监3次下西洋，比元朝周达观影响更大的"通士"马欢，在其《瀛涯胜览·暹罗国》中就做过生动记述。他笔下"胜览"的暹罗国（泰国），正是大城王朝时期：

> 自占城国向西南，船行七昼夜，顺风至新门台海口入港，才到其国。地周千里，外山崎岖，内地潮湿，土瘠少堪耕种。气候不正，或寒或热。王居之屋，华丽整洁。民庶房屋如楼起造，上不铺板，却用槟榔木劈如竹片样密摆，用藤扎缚甚坚固，上铺藤席，坐卧食息皆在其上。
>
> 王者之扮，用白布缠头，上不穿衣，下围丝嵌手巾，加以锦绮压腰。出入骑象或乘轿，一人执金柄伞，茭草叶砌做甚好。王系锁俚人氏，崇信释教。国人为僧为尼姑者极多。僧尼服色与中国颇同，亦往庵观受戒持斋。风俗，凡事皆是妇人主掌，其国王及民下若有议谋刑罚轻重，买卖一应巨细之事，皆决于妻。其妇人志量果胜于男子。若有妻与中国人通好，则置酒饭以待，同饮共寝，其夫恬不为怪，乃曰："我妻美，为中国人喜爱。"

书中除了暹罗，马欢还记述了另外19个国家，是"古代中外交往史上影响最大的史籍之一"。印度史学家阿里（Ali）对《瀛涯胜览》极为推崇，1978年在给季羡林的信中称："如果没有法显、玄奘和马欢的著作，重建印度史是完全不可能的。"为了纪念这位马老兄，我国将南沙的一座小岛命名为马欢岛（现被菲律宾占据）。

马欢岛一如既往地沉浸在蓝天碧波中，大城王朝却被240多年的风雨湮没了。那王朝后世塑造的大蝎子，既有忘不掉的惨痛，也有对往昔辉煌的缅怀。可在善恶混浊的金三角，面对张牙舞爪的大蝎子，与雍容端庄的大金塔，给人更多的是现实的联想。如果把金三角比作一个双面神，那么左脸上描绘的是大金塔，右脸上刺的就是大蝎子。

金三角的面孔也是枭雄们的面孔，一张脸掉过去无恶不作，掉过来又行善积德。尽管当今世界比以往任何时候都强大，而且从过去到现在断不了对金三角声讨力伐，但是至今仍拿它没办法。一代又一代的枭雄，像黑心树砍掉又冒出来。作为金三角的"晴雨表"，大其力见证了世界的虚张声势，也目睹了枭雄们的幕起幕落……

20世纪中缅建交的那一年，一个经过乔装打扮的人，在"一队化装成马帮的卫兵"护卫下，踏进大其力"一家简陋的华侨布店"。店内早已恭候的几名旧部，齐刷刷地举起右手迎接老长官的到来。此刻，在他们心中其实比老长官还要激动，台湾终于没有忘记他们，老长官没有忘记他们，像流落的风筝有了一线牵挂。而在此之前，台湾根本无暇顾及他们，让他们"自行解决出路"。一如既往的毕恭毕敬，让前来的老长官很感动很受用，一双手同旧部握了又握：弟兄们，对不住你们啊，让你们受苦了！

像等这句话等了已久似的，一时间眼窝都热辣辣的，寒碜的场面变得温暖而酸楚。老长官已不仅仅是老长官，在他们心中简直如父一般。老长官再三招呼坐下，他们却依旧笔挺挺地站着，直等老长官在正面的椅子上坐定后，几个人才姿态僵硬地依次就座。他们恭迎的老长官叫李弥，只要在当今网上百度一下，即可连篇累牍地找到有关他的资料。抗战时期是有名的战将，参加过昆仑关战役，参加过枣宜会战。在滇西松山战役中，一顶钢盔扣在头上，带领官兵冲锋陷阵，打得两眼恶狼似的，身上两处负伤。拿下松山以后，坐在营帐外面泪流满面。

可跟解放军交战却像换了个人，经常被打得落花流水。在淮海大战中，村庄都打成火海了，解放军还像老君炉里的猴爷，急得李弥焦头烂额,说他们是人又不是神,连钢铁都熔化了,为什么还这样顽强?结果他全军覆灭,只有他一个人化装成伤兵逃了出来。不光是淮海大战,其他战役也如此。这让李弥很烧脑,堂堂国军精锐,哪方面不比解放军强,却就是打不过,几乎每战必败。最后他归咎于命运不济,认为是"个人命运不好",不是"国家命运不好",并且把希望寄托在山姆大叔身上,说"解放军有什么了不起,美国开一个军来就解决问题"。

但美国最终也没有"解决问题",他所效忠的党国与他,还是被解放军赶出了大陆。滇南"最后一战",解放军像拿大网围鱼一样,他的几万人马被歼,只剩下千儿八百人,由眼前这几个弟兄带着逃出来。他乘飞机逃到台湾后,自是凤凰落架不如鸡,昔日拥趸千军万马,如今独坐冷板凳,直以为就此了度残生,没想到又东山再起。而之所以能东山再起,全凭了这些流落异国他乡的弟兄。

前不久,蒋介石迫不及待地要召见他,若换成以往他会很淡定,因为老蒋召见他的次数多了。可是这次大不同,他不能不受宠若惊,一是冷板凳已坐得透心凉,二是预感到云开日出,将有好事降临。在总统官邸见到老蒋之后,果然不出他所料,老蒋犒劳他一顿"娘希匹"后,便委以重任:"云南人民反共救国军总指挥"与"云南省政府主席兼云南靖绥公署主任",指示他尽快前往缅甸,"建立反攻大陆的前沿阵地"。

至于原因,就是眼前的这些患难弟兄,他们逃到缅甸还没喘过气来,就在大其力给了老缅个下马威。前来讨伐他们的缅军,最初不可一世,可几个回合下来,就被打得丢盔卸甲。老缅举国激愤,像蛇吃了大象。消息传到台湾,老蒋得知后也大吃一惊:娘希匹,这样一支部队怎么就丢在了缅甸?自己以前怎么一无所知?便立即打发人去了解,了解到主要是李弥过去的残臣旧部,还有后来死在香港的余程万的一部分旧部,于是老将把李弥召了去。

接受了"娘希匹"和头衔的他,像今天迎接他的旧部一样,两脚啪的一个立正,对委座一表忠心,愿"收率残部,负弩前驱,为国效命",然后回家换下老婆给买的红裤带，重新扎起陆军中将的军腰带。因为这年正逢虎年，是他的"槛儿年"，所以要"扎红"的，红背心、红裤衩、红裤带。槛儿年也就是本命年，本命年爱跟太岁较劲，"太岁当头坐，无喜必有祸"。现在大喜临门，"祸"也就消除了。

结束了"虎落平阳"的恓惶，眉宇间重新焕发出英气的李弥，从台湾先到香港，以"龙惠农"的化名办下澳门护照，然后抵达泰国曼谷，在台湾驻泰武官的协助下，与金三角的国军取得联系。待一切安排妥当后，在一路严密的护卫下，便风尘仆仆地赶来。虽说沦落台湾只有半年多，他却感觉如隔三秋，此时此刻看着鬓角硝烟未净，与他相视而坐的弟兄们，他不能不好生感慨，如果没有这些弟兄孤军奋战，他在台湾会把冷板凳坐穿。

据说李弥在大其力待了五六天，临走给部下从台湾争取到每月8万到14万泰铢的补给，还留下自己给的10万美金和两本书，一本是《中国之命运》，一本是《论持久战》。再返回大其力的时候，李弥就全盘接收了部队，成立了"云南人民反共救国军"，有"一个总部，下辖司政后三部，一个北方作战指挥部，4大军区，3大主力师，18支挺进纵队和4个边区独立支队"。其中第四纵队的司令，就是果敢的"杨二小姐"。当时，东北亚的朝鲜半岛烽烟四起，出于朝鲜战争需要，更出于老蒋不甘失败，一心伺机反攻大陆的需要，李弥得到了美国和台湾的大力援助，人马最多的时候有一万七八千。"反共救国军成立当月"，他就接到台湾的密电：

> 大总统示谕，着你部全力反攻云南，先攻取一地或者数地，使解放军首尾不能相顾。然后相机占领昆明，光复云南乃至西南诸省。反攻计划尽快电告国防部……

"大总统"自然是老蒋，李弥很想好好表现一下，证明自己的忠心与宝刀未老，于是发动了代号"火炬"的行动，一度攻入云南境内，拿下几座阔别已久的县城，激动得一个个涕泗交流，直以为打回老家就扭转乾坤了，却没想到喜泪未干又被赶出来，再次品尝了解放军的厉害。但他并不甘心，总想解放军也是人养的，几个月后又发动进攻，结果一样被打得抱头鼠窜，最后虽然北望故土心不死，也再不敢轻举妄动了。

在解放军面前栽了的李弥，却再度上演了两三年前国军大其力之战的一幕。发动"旱季风暴"企图消灭他们的8000缅军和1000多印度雇佣军，在萨尔温江两岸被打得溃不成军，飞机大炮都成了一堆废铁。遭受两次惨败的老缅，不得不求助于深陷朝鲜战争，弄得两腿泥水的山姆大叔，并向联合国提起控诉，一定要将这群"流寇"驱赶出境。结果联合国以"59票赞成、0票反对、1票弃权"通过决议，"要求其必须放下武器接受收容或立即离开缅甸领土"。迫于各方面的压力，老蒋只好做出从金三角撤军的决定，同时又推脱得一干二净：

> 所有拒绝尊重中华民国政府劝导之游击队人员，非中华民国政府所能左右，中华民国政府重申对此类人员，将不维持任何关系，或给予任何援助或支持。中华民国政府对于彼等继续留缅，或彼等之任何行为，不再担负任何责任。

1953年年末，大批国军和家属汇集到大其力，然后通过泰缅边境，从泰国清莱机场乘专机撤回台湾。这次大撤台历时几个月，撤走军人和家属6500多人。李弥也在撤退之列，被提前召回台湾，对这次撤军他非常不满，就此还上书过老蒋。再次回到台湾以后，虽然给了他不少头衔，什么"国民大会代表"，什么"中央评议委员"，但跟坐冷板凳差不了多少，并且一直坐到"荒冢一堆草没了"。

这次大撤台撤得并不彻底，有一部分人留了下来，更名为"云南人民反共志愿军"，到1950年代末又"起死回生"，搞得老缅鸡犬不宁。缅甸政府一面派兵讨伐，发动了一连串的进攻，一面借助国际社会的力量，于1961年迫使台湾方面再次撤军。但仍有一部分云南籍残军拒绝撤离，并改编成"东南亚人民反共游击总部"，在金三角继续"孤军奋战"，直到走投无路归顺泰国。归顺后屈居一隅，也就是与湄塞相距并不远，与后来的满星叠隔山而望的美斯乐，村口迄今竖立着一个效忠泰国的牌子：

> 我们要时常想着：
> 1. 遵从泰国法律和服从国家命令。
> 2. 以生命来爱护和保卫我们所生存的国土。
> 3. 忠诚拥护当今皇上和皇族。
> 4. 以身体和生命保卫皇上和宝座。

除了被称为"中国村"（有人也叫"云南村"）的美斯乐，泰国还有许多华人村，仅泰北边境就散落着100多个，居住着大约20万华人。美斯乐是它们的代表，美斯乐"乐不乐"，就知道它们"乐不乐"。而美斯乐"乐不乐"，从那村口的牌子就能感受到，就像20世纪80年代初流行于港台的一首歌名就叫《美斯乐》的歌唱的：

> 在遥远的东南半岛
> 有几个小小的村落
> 有一群中国人在那里生活
> 流落的中华儿女
> 在别人的土地上日子难过
> 饱受战争的折磨……

曾经饱受的战争折磨，给那些华人村留下"三多"：寡妇多、坟墓多、残废多。在坟冢绵延的墓地，所有坟头皆向北，即使成了一把枯骨,也"北望长安泪不干"。那死不瞑目的浊泪,像湄公河的水一样,纠结的东西太多了,不单单是魂牵梦绕的故土之情。

当年李弥东山再起后,在金三角宣布了三项政策:"第一,所有金三角地区,北至佤邦果敢,南到孟卯耶县,均为反共救国军管辖区。第二,凡军管区内居民,均要征收赋税和公粮,征收数目由军方决定。土司、山官和头人享有免交特权。第三,对鸦片实行统购政策,由军方统一制订收购价,任何人不得私自买卖鸦片。"对于他的3项政策,凡遵守的受到军队保护,凡不遵守的严惩不贷,一度垄断金三角的鸦片贸易。对金三角毒品的泛滥,无论他们日后怎么开脱,迫于生存"借土养生"也好,只"贸易不种植"也罢,都罪不可逭。

盘踞金三角的国军退出后,罗星汉便成为毒老大,其次是他的老对手,也是他的朋友坤沙。坤沙在贺蒙垮台以后,他的不少手下流落大其力,因他的汉名叫张奇夫,那些手下被称为"老张家的人"。糯康作为"老张家的人",后来又成为大其力的"新宠"。他被中国抓捕处决之后,金三角的贩毒团伙虽有所收敛,但风声一过又猖獗如初。

下面是某报特派记者冒着生命危险,对大其力的一次暗访(内容有所删减),可见金三角还是原来的金三角,大其力还是原来的大其力。

记者刚一入境,就被一群兜售各种假烟和"催情药"的小贩围住。

泰国境内不允许开设赌场,因此与泰国交界的缅甸、老挝、柬埔寨等国,边境上都开设有大大小小、各式各样的赌场,客源主要是相对富裕些的泰国人。几家私人开设的小型赌场就藏在街面上一些不起眼的民宅内,里面的条件相对较差,一般都是熟客才去玩两把。一个好心的当地华人提醒记者,最好不要去这些赌场,此前发生过好几起客人赢了钱却出门被抢的事情。"要玩就去比较大的,相对安全。"大其力赫赫有名的天堂赌场,据称就是大毒枭糯康的场子，而城里大大小小的赌场，都与糯康及其手下有着撇不开的关系。

赌场也兼具酒店的功能，如果兑换的筹码够多，就可以免费在赌场入住。一个会说中文的缅甸小伙子极力向记者推荐要在赌场多玩几天。"你如果对赌不感兴趣，我们这里还有很多好玩的东西。"摇头丸、冰毒、大麻，甚至海洛因，都可以轻松地在赌场内买到，瘾君子们可以肆无忌惮地在赌场的房间内吸食毒品，也可以在这里买货带走。"如果你住这里，我可以送你几颗麻古（摇头丸）。"黄赌毒不分家，除了毒品，色情业也在赌场的经营中占有很大一笔。"我们这里有一栋9层楼，不管是毒品还是女人，你在里面可以找到所有你想要的。"

阿罕今年38岁，精通泰语和缅甸语，常年在金三角讨生活，往来于金三角各国。阿罕赚钱的路子只有两个，一个是帮金三角的毒贩们到泰国曼谷去洗黑钱，另外一个则是贩毒。这两个生意他都做，但他坦言自己顶多只能算个小角色，赚点钱够花就行了。阿罕的钱，基本都花在了金三角的各家赌场。

与记者碰面前一个月，阿罕刚刚到曼谷去帮老板洗了一次黑钱，赚了20万泰铢（约合4万元人民币）的佣金。可惜这笔钱在他手上只停留了不到10天就在老挝的一家赌场输了个精光。心有不甘的他，又跑到缅甸的赌场来搏一把，希望换个场子能换换运气，不过他非但没有把本钱赢回来，还又输了约8万元人民币出去。

阿罕离过两次婚，有两个小孩，老大已经15岁了。两个孩子一个在中国景洪，另外一个则长期在缅甸生活。阿罕的女朋友跟他一样，基本也是靠贩毒为生。去年6月，他的女朋友在赌场输了几十万元人民币，迫切想要捞本，于是不顾阿罕的劝阻，非要在国际禁毒日来临的风头上走货，结果被警方当场抓获，判了15年有期徒刑。

对于女友的不听劝阻，阿罕至今耿耿于怀。

实际上，阿罕也急着希望能做成一笔生意，捞些本钱回来去赌场翻本。阿罕说，到大其力想要买货的买家很多，因为这边的价格非常低廉，买货的路子也多，而且毒品的纯度和品质都比其他地方要好。

跟记者碰面之后，阿罕此后几天还不断打电话来询问，并盛情邀请记者去他已经布置好的场子玩一把。

记者：最近这段时间是不是查得有点紧？

阿罕：查得越严，利润才越大，货少了你散出去的价格才高，不然这边的价格也不会低多了。你做10次，即便被抓了3次，还是有赚头。

记者：做什么风险最小？

阿罕：这个要看你那边的路子了，货往哪里散，安不安全。

记者：散货主要在K房。

阿罕：那就是麻古最合算了，这个往内地做的最多。投资小，利润大，有个二三十万就能玩。就算栽了，损失也小。

记者：麻古这边什么价？

阿罕：这里的进价最贵的也就七八十泰铢一颗，你拿20万（人民币），也就是100万泰铢，就可以拿一批货了。转手出金三角，一般都两三百一颗，你自己算算利润有多大。

记者：万一栽了呢，会不会查到我？

阿罕：放心吧，被抓的都是小猫小狗。你自己用不着出面的，如果是往曼谷走货，即便运气不好被抓了，也查不到你身上。人又不在泰国，你可以在缅甸等消息，如果出事了坐个船（偷渡）回去就得了。

记者：你的路子可靠吗？

阿罕：你如果真想做这个，找我没问题的，走小路很安全。我保证货能到金三角外两三百千米，到了以后你们的人去接。我的路子只能通到这么远，再远就不是我们的地盘了，不安全。你放心好了，外地很多老板都这样操作，赚了不知道多少了。

记者：走水路（湄公河）是不是比陆路安全？

阿罕：差不多，陆路和水路都有。路子有很多，很多线路都是已经搞定的。不过这个也要看运气，被查了也只能认倒霉。

记者：这边还有种大麻的？

阿罕：这里没种的，也是外面进来的，不过价格低得很，要是能运出去那就厉害了。这边的山里就种些罂粟。

2013年3月，中国和老挝联合行动，在湄公河的一艘货船上，一次就截获疑似冰毒579.7公斤，价值5亿多人民币。2015年10月，大其力陆挨朵坎联合检查站，在一辆丰田皮卡上又查获麻黄素56袋，装有448000片麻黄素，价值11.2亿缅币。

·19·
新崛起的帝国

与大其力隔河而望的，是老挝的敦鹏（或曰墩蓬）县。

老挝最早属于扶南王国，之后成为真腊的一部分，曾叫潦查、老抓、南掌。1353年建立澜沧王国，是老挝历史上最强盛的时期，再往后又陷入混乱，狼踹开门狗也来了。法国曾经两度入侵老挝，1893年老挝沦为殖民地，二战时被日本夺走，二战后法国又卷土重来。1954年法国梦断越南奠边府，退出越南，也退出老挝。但是刚降下三色旗，又升起星条旗。1962年迫于国际压力，美国不得不撤出老挝，但是人走心不死，通过老挝亲美势力煽风点火，直到1973年老挝各方签署和平协定，1975年废除君主制成立共和国，才算结束饱受苦难的历史。

法国第一次入侵老挝时，看到英国大发鸦片横财，也便效仿英国的做法，"派遣专门的技术人员到老挝北部地区向山民传授罂粟种植和鸦片加工技术，建立罂粟种植基地和鸦片收购站，从中获取巨额的鸦片种植税和销售税。据统计，法国在第一和第二次世界大战期间，从印度支那掠夺的财富有一半来自鸦片贸易，其中老挝占主要部分"。尝到大甜头的法国，第二次重返老挝后，一方面"为对付共产党"，一方面想再赚个盆满钵满，便"与当地的部落首领和土司以鸦片为交易再次合作"，由他们来收购鸦片，让部落首领和土司协助攻打共产党，"使老挝的罂粟种植和鸦片贸易再次兴盛起来"。

山姆大叔取代法国后，又效仿法国的做法，在老挝推行"扶毒剿共"政策，使老挝的罂粟种植和鸦片贸易兴盛不衰。他们"以合作经营毒品贸易为条件，组建了以苗族武装为主体的'特种部队'，对付共产党和老挝的反殖民主义力量。美国中情局为特种部队装备了先进的武器和专门用于毒品贩运的直升机，使其成为不折不扣的贩毒武装团伙"。可令他们没想到的是，"美国在印度支那的军人，后来有30％以上的人吸毒成瘾"，而且所吸的海洛因除少部分出自缅甸，大多是老挝当地武装依靠中情局建立的毒品加工厂制作的。那些吸毒军人回国时便夹带毒品，"成为海洛因在美国扩散的滥觞"，使美国的毒品消费需求猛增（"垮掉一代"），"也使金三角毒品与美国市场、欧洲市场的联系更加紧密，推动了毒品生产与运输销售的能力大大增强"。山姆大叔叫苦不迭，对毒品挥舞起大棒，给金三角的相关国家施压，又拿出巨额悬赏抓捕毒枭。

老挝俗称寮国，分上寮、中寮、下寮，一共17个省和1个直辖市。上寮包括丰沙里、琅南塔、桑怒、川圹、琅勃拉邦、乌多姆塞、波乔、沙耶武里8个省，总面积12万多平方千米，人口一百三四十万。其中波乔省6000多平方千米，人口十几万，不及中国碣石镇一个镇的人多。敦棚县隶属于波乔省，人口自然更少了，但地理位置不一般，处于金三角心脏地带。由于各方面实力比不上强邻大其力，长期被大其力的声名掩盖，近几年才引起世界的关注。引起关注的最直接原因，就是受老挝金三角经济特区的影响。

老挝金三角经济特区，外界号称"金木棉帝国"，建立帝国的人叫赵伟。像金三角的许多大佬一样，赵伟的身世扑朔迷离，但又真真实实存在，规模宏大的帝国就矗立在金三角，看到它也就看到了赵伟。

赵伟原籍中国东北，后来到了澳门，他为人"谦和、好客、仗义"。其父是一名中医，在他五岁上去世。父亲去世以后，一拨子兄弟姐妹（9个，他排行老五），全靠他母亲一个人抚养，日子过得饥寒交迫。他只读了4年半书就回家，捡起父亲留下的医书，想子承父业谋条生路。就在他做了一名医生的时候，因偶尔一次外出，在火车上结识了一个人，从此改变了他的命运。这个萍水相逢的人，很看得起他，成了他的莫逆之交。对方是做木材生意的，也带他做起木材生意来，在东北的林海雪原，由一只饥不择食的饿猫，成为一头膘肥体壮的大老虎。

2006年前后，已不做木材生意的他，到金三角游玩时被老挝的一片木棉树吸引，让他这只东北虎发现了新的栖息地。在此之前，还是他做木材生意的时候，有次南下广州入住一家酒店后，酒店的两棵木棉树开得正浓，让第一次见到木棉树的他激动不已，天下还有这么灿烂的树，从此念念不忘。现在看到的不是两棵，而是如火如荼的一片，似乎向他昭示着什么。再就是金三角"这个品牌"，在"恐怖、邪恶"的背后，潜藏着巨大的商机。于是一个梦想在他心中升起，希望将自己的后半生交给这片异域的土地："改变金三角'罂粟时代'落后面貌，开拓金三角新'木棉时代'"，在他后来制订的《金木棉特区旅游发展总体规划》中写道：

金三角是世界上最神秘的区域之一，以鸦片的毒枭争霸闻名于世，吸引着全世界目光的这个脱胎于原始社会、生产力发展极不平衡、生活方式极其落后的地区，一方面要摆脱毒品的阴影，另一方面要摆脱贫困和愚昧，探索包括"替代种植""替代经济"在内的新的经济发展途径。由于国际社会各界的关注，金三角地区对旅游、探险者有着极强的吸引力。老挝金木棉旅游开发特区正是位于这个史上闻名而又神秘的金三角中心地带，具有开展生态旅游、休闲度假旅游、观光文化旅游的良好条件。近年来，金三角周边各国政府积极发展旅游业，纷纷开发符合自己本国特色的旅游产品，老挝政府要充分发挥区域优势，携手金木棉集团抓住历史机遇，在老挝北部神秘的金三角地带打造新金三角黄金旅游胜地。

经过两年运筹，2008年7月1日赵伟向老挝提出设立金三角经济特区的申请，得到老挝政府的批准并寄予厚望，希望他把特区打造成老挝革新开放的"试验田"。特区期限为99年，总面积10227公顷，相当于3个澳门大小。范围包括金三角天堂、苏万那空佛教文化发展区、班磨工业区、金龙山原始森林保护区。老挝政府任命他为特区一把手，全面行使特区的管理权和开发权。2009年9月9日，金三角经济特区正式成立，除了军队、外交、司法，这里自成王国，成为世界上首个"企业境外"特区。

特区成立之后，赵伟豪掷数十亿人民币，让一片原始贫穷的土地，发生了天翻地覆的变化。刚开发的时候却相当艰苦，"没有路，没有房子，没有电，处处是荒草和蚊子，睡觉打地铺，喝水从湄公河里挑，甚至自己搬石头、烧砖、修路。"比艰苦更让他头疼的，是地方帮会、土匪和老百姓的干扰，干扰最厉害的时候寸步难行。当这些都成为过去时，首先受益的是当地老百姓，除了大量吸纳他们就业，一个总投资1300万美元，包括学校、医院、寺庙、广场在内的，在老挝首屈一指的"金三角新村",在湄公河畔建起。所有的动迁户都搬入新村,住进一栋栋漂亮的小别墅。在此之前,他们住的都是简陋不堪的茅草屋,一年到头仅靠刀耕火种的几亩薄田过活。额外收入几乎没有,顶多倒贩点"牙色爹"(毒品)挣几个小钱,日子过得又惨淡又懒散,两瓶"鼻呵"(啤酒)就能泡一天。

以往连做梦也不敢想的生活,让老百姓不仅不再阻挠开发,而且对赵伟佩服得五体投地,就像当年真腊的"唐人"一样,只要见了他就合掌行礼。用老挝某领导人的话说,"哨那"(农民)已把他当神了,将来要给他树碑立传。在老挝"哨那"要给他树碑立传的土地上,他要建造一座仅次于老挝首都万象的现代化城市,前来投资的国内外企业涉及"物流、金融、通讯、超市、餐饮酒店、休闲保健、演艺娱乐,以及旅游、农业、珠宝、木器、药材加工等等"。他自己给自己立誓,只许成不许败:

> 要对他的承诺负责,老挝政府租给他一片土地,他要还老挝一座城市。
>
> 要对他的身份负责,如果特区搞砸了,笑的不光是他,他还代表了中国人。

已经初现规模的金三角经济特区,"背依东鹏县金龙山,面临湄公河",在特区专用码头的一面斜坡上,用中文写着:"金三角经济特区欢迎您"。在广告背后的岸上,一个金色的半球形屋顶,像金盔一样熠熠生辉,那就是有名的金木棉赌场,也是金三角最大最豪华的赌场。

夜幕降临以后,站在泰国金三角旅游码头上,顺着北来的湄公河望去,左岸远处一片灯光闪耀的,是大其力天堂赌场,右岸不远处一片灯火辉煌的,便是金木棉赌场。进入金木棉帝国,从天上到地下几乎是一个中国城,第一个迎接你的是"中国信号",让"拖拉沙,某偷"(手机）立马兴奋起来。再就是扑面的中国气息，3000多员工90%是中国人，走到哪里都能听到中国话，大大小小的招牌上唱主角的都是汉字。在所有的场所当中，中国气息最浓的是饭店，什么川菜馆、湘菜馆、粤菜馆，还有必不可少的东北菜馆，轰轰烈烈的炒瓢里尽管掺杂了"异味"，比如泰国的酸酸辣辣，但是仍不失中国味道。

  跟国内"味道"最大的不同是，在这里赌博是合法的，皮肉生意是合法的，都受老挝政府保护。夜幕下的金木棉帝国灯火璀璨，赌场屋顶上的"皇冠"珠光宝气，通过安检进入赌场后，"一片金碧辉煌的色调顿时袭来，仿佛置身于宏伟的皇家城堡。无论是光滑如镜的大理石台阶，还是绣着红黄色大牡丹花的地毯，以及头顶上硕大无比的吊灯，都是一派金黄的富贵色"。赌场一楼的大厅里，中央摆放着一张张牌桌，角落里摆放着一排排老虎机。二楼属于贵宾专区，一圈环形贵宾房里，伺候的都是赌爷阔佬。

  在形形色色的赌客中，泰国赌客喜欢白天来，穿着花衫和大短裤，大摇大摆的像遛弯儿。中国赌客一般是晚上光顾，一是国内明令禁止赌博，二是赌大赌小总非好事，需要夜色掩盖一下。来了大多聚集在大厅内，最常玩的是百家乐，也有玩21点和轮盘赌的。常来的老客戴着耳机，面前放一个计算器，一边眼里血丝红红地下注，一边通话和算计。这些老客不少是"枪手"（代老板下注的马仔），耳机那端遥控的才是真正的赌家，其中以山西、浙江、广东和东北的老板居多，"脖子里戴着粗大的金项链，腋下夹着登喜路皮包。"金木棉赌场究竟赚了中国人多少钱很难统计，但是从一个案子可看出水有多深。2013年10月，山西破获一起跨境网络赌博大案，老根儿就是金木棉赌场，涉案金额3亿多人民币，参赌人员500多人，赌博网站各级代理60多名。

  在另一个较小的厅内，牌桌前里三层外三层围赌的，大多是老挝人和缅甸人，玩的是最简单的"龙虎斗"。每次下注"龙"或"虎"后，开牌的荷官就会喊道："龙——虎！"赢了的欣喜若狂，输了的垂头丧气，尖

金三角腹地的老挝金木棉赌场

叫声和哀叹声四起。

与赌场紧邻的,是特区的木棉花园酒店,和国内的星级酒店大同小异,所有电视频道都是中文的。要说有什么不同的话,就是各色妓女随便出入。有的妓女一本正经,假睫毛一闪一闪的,拿外眼角掐老嫩,是色鬼便逃不脱。有的妓女姿色张扬,前挺肥乳后翘丰臀,让花心爷一看,荷尔蒙就冒泡儿。满是香水味的色情卡,时常会悄悄溜进客房,只要照卡上的电话打一个,就会响起轻轻的敲门声。除了酒店,其他场所妓女也堂而皇之地出入,霓虹灯下的诊所像小跟班一样,玻璃上"贴满堕胎和治疗妇科病的广告语"。

金木棉赌场让人纸醉金迷的时候,隔河而望的天堂赌场也一样。但是与金木棉相比,只能算个体面的小巫,无论规模还是派头都差一码。

在天堂赌场之前,也就是20世纪90年代后期,中国周边的国家大兴赌场,哈萨克斯坦、俄罗斯、蒙古、韩国、日本、菲律宾、新加坡、印尼、马来西亚、柬埔寨、缅甸、印度，以及朝鲜、越南、老挝也大开"赌戒"，有名的如朝鲜的英皇赌场、越南的涂山赌场。而最典型的是新加坡，过去严禁开设赌场，李光耀曾说只要他活着，新加坡就不会有赌场。可是他没死就打嘴，2005年新加坡赌场合法化，仅本国人的入门税就赚了不少，"任何公民或者永久居民进入赌场，每次要支付100新币的入门税"。外国人就更别说了。除了泰国坚持禁赌，围绕中国形成一张巨网，好多国家不准本国人参赌，专捕中国的大鱼小蟹。2013年全球博彩业净赚4400亿美元，其中740亿来自中国，仅次于美国的1190亿，成为全球的"第二大输家"。

在中国的周边国家中，开设赌场最多的是缅甸，从密支那到迈扎央、木姐，再到老街、清水河，再到邦康、勐拉，可以用"林立"来形容，成了中国边境一线"除毒品外的第二大祸害"。这些赌场最初多是小打小闹，慢慢地才演变成吃住乐于一体的高档赌场，天堂赌场就是这种演变的结果。缅甸的赌场大都很黑，浸透着中国赌徒的血和泪，最可恨可怕的是，不少赌徒是栽在同胞手里的。

1991年之前，掸邦第四特区首府勐拉，还是个"河边放骡子的小平坝"，老百姓和老挝的"哨那"一样，"住着茅草屋，活在煤油灯时代"，一到夜晚只有流浪狗的眼贼亮。但自从中国赌客涌入后，十来年工夫就"换了人间"，连当地人自己都说，"勐拉是中国赌客建起的"，被称为东南亚的拉斯维加斯。发达了的小山村，一座座酒店和娱乐城拔地而起，最有名的有东方大酒店、金三角赌场、蓝盾娱乐城、老东方娱乐城、新东方娱乐城。新老东方娱乐城，每年光出租赌台就赚两三个亿，而且承包者也都"上水"（赚钱），"下水"（亏本）的时候很少。每个赌场唱主角的都是中国人，玩累了去洗洗桑拿，然后再回来一掷千金，或者嫌自己手气臭，找个马仔来代打（赌），输三四十万只当"放炮"（给牌手赏钱）。

境外赌场的泛滥，让中国深受其害，不仅造成人民币大量外流，还滋生出一系列事端，绑架软禁、抢劫杀人、走私贩毒，罪魁祸首都是赌博。2004年岁末，中国政府决定"严打"，组织了禁赌专项行动，先是在云南搞试点，转年在全国推开。整个行动历时半年，通过加强出入境管理、与国际执法会晤等手段，"促使境外赌场纷纷关闭"。

据说，赵伟当初来老挝就同中国的打击有关，不单单是木棉花吸引了他，"宁要美人不要江山"。他曾经就在勐拉开赌场，即有名的蓝盾娱乐城。该娱乐城依山而建，围绕赌博的休闲娱乐设施，像金木棉一样一应俱全。在专为赌场开通的"公交"上打着巨幅广告："梦幻人生，激情蓝盾"。转战老挝金木棉帝国后，新的赌场新的做派："愿赌服输，文明博彩"，决不允许"大耳窿"（放高利贷者）在场子里"放水"（高利贷）。赢了的提醒见好就收，输了的劝其早日回家，不管输赢都保证人身安全。

但金木棉赌场的崛起，严重影响了一河之隔的天堂赌场，好多大螃蟹被吸引跑了，让天堂赌场很是窝火。用天堂赌场大佬的话说，就是打破了金三角的利益格局，后来居上的金木棉要重新洗牌。相传天堂赌场有几大股东，糯康就是大股东之一，不管别人出手不出手，他肯定要出手。在金三角除了军警，很少有人敢在他面前做大，更何况是一个中国人，于是开始找茬儿，他要把流走的钱讨回来。第一次下手就狮子口大开，将金木棉的人绑架后，敲诈勒索了830万美元。

第一次得手后，糯康变得愈加嚣张，接二连三地对金木棉的船，或给金木棉跑货的船下手，借口是船上装有毒品，不承认就往死里整。解决的办法很简单，按"票价"来赎人。船长冉曙光就是受害者之一，被绑架了5天4夜，尽管事情已过去一年多，记者采访他的时候他依旧骨酥。

记者：2011年4月2日，你经历了什么？

冉曙光：那天，我开着公司的渝西3号船，在湄公河上行驶。上午10点到11点的时候，下游来了几艘快艇，上来几个持枪的人。这几个人把我的手铐起来，带下船往下游走去。走了两三个小时，来到一条河边。我看到还有金木棉3号的船长罗泽富，手也被反铐着，正在那里哭。

那伙人有的按着我的肩膀，另外一个人用扑克打我的脸，问我有没有装过毒品。我说没有，他们就打我，用水浇我的脸（其实是灌）。四五个人按着我，我挣扎，直到不动了。他们又用水浇我。我说没装过毒品，就不承认。他们就反复折磨我，说今天你承认也得承认，不承认也得承认，不承认今天就弄死你。

记者：当时知道他们是干什么吗？

冉曙光：不知道。只知道糯康一伙人经常在湄公河上拦截水上船只，他们说的外国话我也听不懂，他们有中国翻译。

记者：他们每个人都有枪吗？

冉曙光：有的。他们每个人都有枪，穿着便装。

记者：后来你认了吗？

冉曙光：我被迫认了。他们又做笔录又录像。

记者：认了之后怎么样？

冉曙光：认了之后他们就带我到小河边，我浑身都湿透了，冷极了，一个晚上没睡。直到第二天太阳出来，衣服才干了。

记者：第二天他们做了什么？

冉曙光：他们让我打电话给公司，要公司给3000万泰铢才肯放我们。我就打电话给公司，说他们要3000万。

记者：后来呢？

冉曙光：他们就给点吃的，但晚上我还是睡不着。第二天，我看到他们把罗泽富带走了，到了下午罗泽富回来，又把我们捆在一起，有人专门守着。

记者：那时，你心里怎么想的？

冉曙光：我想着完了，我妻子、儿子还在船上，很担心。后来金木棉公司和正鑫1号公司出资人把钱给了他们，过了5天4夜后才把我们放了。

就在冉曙光倒霉的第二天，糯康又劫持了两艘船，一艘是冉曙光所说的正鑫1号，另一艘是金木棉的中油1号，开价3000万泰铢，最终给了2500万泰铢，约合人民币500多万元。前去金木棉讨赎金的人，正是留着一撮小胡子，几个月后给糯康与泰国不法军人牵线搭桥，参与"10·5"惨案的弄罗。弄罗将钱带回去，糯康拿出500万泰铢，给了他泰国的一个老婆，其余的留下供团伙开销。

最初赵伟不动神色，像喂养王八一样，糯康想吃块肉，就丢给他块肉。但出生于中国白山黑水，深受六味地黄丸熏陶，又久走江湖的赵伟，糯康再不可一世也不是对手，更别说他是个出没山林的土匪，赵伟是一个国家经济特区的大佬。等糯康吃得差不多了，一个飞腿就踹得糯康腰勾了，差点将吃进去的肉吐出来。那就是2011年9月22日，也就是前面所写的载鑫号货船一天之内被两次抓差，拉上缅老军警去散布岛清剿糯康，打得糯康落荒而逃。

赵伟让糯康认识了中国马王爷长几只眼，绝不比他的老上司坤沙差，但也给13名同胞埋下祸根，10多天后命丧湄公河。也许原因还有不少，可是在外界看来，与他背后支使的缅老军警的那次行动有极大关系……

第六章
— 最后一段航程 —

·20·
再回到10月5日（三）

我生来就这么沧桑，
像别人一样没有希望地成长。
一心渴望，背井离乡；
走得越远我就越关不住想象。
从小我就不爱说话，
常幻想在不知名的海上漂荡。
一心渴望，四面八方；
只为埋在血液深处的流浪。
……

一只耳麦塞在左耳朵里，党民兵听了一会儿，没听完就摘下耳麦和手机放到一旁。这首名叫《船长》的歌曲，几年前一出现就走红，现在还有人在听在唱，他就是一个。他算不上什么歌粉，只是喜欢这首歌的感觉，像喜欢拍摄郝九五的那个片子中的插曲一样。以前听这首歌，他都是闲下来在电脑上听，后来轮机长瓦成池给他转到手机上。瓦成池很爱听歌，手机里存着好多，常抱着手机自得其乐，说起歌来一套一套，柳志刚的儿子也比不上，是个名副其实的老歌粉。

看着党民兵摘下耳麦，郝强坏笑道：听靡靡之音呢？

喊，党民兵说，我是听靡靡之音的人吗？

船跟在玉兴8号后面，党民兵昂首挺胸地驾驶着，头快抵住驾驶室的顶板了，那样子颇有点军人气势，就像他的绰号"高炮手"。一双大手操着轮舵，像操着大炮的方向机。党民兵是四川平武人，1997年从重庆河运学校毕业后就来了，跟他一起来的同学有20多个，后来改行当了警察，在巡逻艇上差点被劫匪打死的秦华就是一个。当时，在长江上跑船一个月挣大几百，到湄公河跑船能挣两千多。他们来了的第二年，正赶上泰国举办第13届亚运会，湄公河也跟着火了，货运订单多得接不完。再加上工资高，给每个人吃了颗定心丸，都觉得来对了。

从重庆跑到大西南，党民兵先端的是公家饭碗，在西双版纳轮船公司当水手，2003年公司改制把船都包出去了，他又端起私家饭碗，一端就是十几年，公司早"张冠李戴"，他也不再是青香蕉，由一个水手熬成了大副。唯有他住的地方没变，还是景洪市港口路5号。他住的宿舍也没变，还是6栋6号。一排排进门不低头就进不去的石棉瓦房住着80多户人家，大多是公司的退休职工和改制后另谋生路的船员。当年让职工们很有幸福感的宿舍小区，如今成了仅能遮风挡雨的棚户区。屋顶上的石棉瓦已不知换过多少片，在周围高楼大厦的挤逼下是掩饰不住的寒酸。

郝强去过那大杂院。那段时间船闲，他回景洪家中歇着，听说党民兵也从关累回来了，一天下午出去办点事，路过港口路时他就给党民兵打了个电话，按照电话中的指引顺便去看了看。第一次到党民兵住处，他原本兴冲冲的，甚至打算办完事，再返回来两人喝杯小酒，可是到了家一看，所有的兴劲没了。他没想到党民兵住得这么差，灰塌塌的老式四方木格窗户，外面窗台上铺的砖也没了，裸露的水泥槽得掉渣。屋内又湿闷又杂乱，连船上都不如，由于党民兵很少回来，旮旯缝隙生出的全是霉味儿。一台小风扇蹲在桌子上，扇叶油腻腻地呼噜着，感受不到多少凉爽。

党民兵见他头转来转去，就掏支烟给他：咋，没想到吧？

他还不好意思承认没想到，伸手接住烟一笑：这样的房子我也住过。

他说的不假，甚至比党民兵住的还差，和工地上的工棚差不多。那是刚来云南的时候，几个人为省钱挤在一起，白天石棉瓦被太阳晒塌，热得想裸奔，晚上后半夜浓雾袭来，又冷得用被子裹住才能入睡。最糟的是下大雨，窗外挂一道雨帘，屋顶被雨砸得响天。雨水从挨墙的缝隙钻进来，顺着墙壁往下窜，白一杠黑一道，像窑黑子脸上的汗水。

可是上船以后，他再没住过那样的破房子，现在住的是单元楼，面积倒是不大，也就七八十平米，可与党民兵相比仍算得上天堂了。一时间不知该说啥才好，他常觉得自己活得不容易，没想到民兵比他还不容易。两个人话都烟了，只是一个劲地烧烟。他后悔自己不该来，来了让民兵脸上挂不住。如今房子就是个房子，没房子不仅找对象难，做人也像矮了一截。世道就这样，有钱人把房子当孙子，住房根本不算个事，要几套有几套。无钱人把房子当大爷，在乡下还能展展腰，土房子也能盖几间，到了城市却要拼命，给房子当奴才。有的人拼一辈子，在房价吃天的城市，挣下的钱不够买个厕所。

党民兵是无钱人，他是无钱人，船上的弟兄都一样，有钱就不讨水饭了。即使当船主的，也算不上什么有钱人，在北京买一套大房子的钱，可买十几条他们的船。好多船主买船，钱都是几股头凑的，买下跑好了不用说，跑不好就成三孙子。为还一屁股债，像房奴一样当了船奴。他比党民兵强一些，也不过是年龄大几岁，每月挣钱多几个，好坏也算有了房子，有了老婆孩子，回到家热热络络的。最后还是党民兵打破沉闷，丢掉烟头说，你迟打一会儿电话我就走了，上午我弟弟打来电话，我老爹看病又缺钱，让我寄几个回去。

那你快去寄吧，他起身道，我也有点儿事要办。

实在不好意思，党民兵苦笑一下，我可不是撵你走。

你个锤子，扯哪儿去了？

党民兵为人实在，与弟兄们相处得好，与他更是不一般。两人驾驶一条船，事关弟兄们的身家性命，事关货主上百万的货物，不摽到一起不行。用柳志刚的话说，他们必须同舟共济。再就是几次遭遇劫匪，尽管有惊无险，但枪顶在脑门上，命也就是颗子弹。经历过几次生死，他们的关系就更铁了，几乎无话不谈。党民兵家里很穷，就像他们四川人说的，穷得打光咚咚，跟他过去的情况差不多。弟弟在外打工不行，全靠他跑船接济。前年父亲检查出肝癌，这里看那里看，把他的几个积蓄花光了，最后人也没保住。

自那次去过以后，他再未去那大杂院，没有勇气再去面对党民兵的恓惶。其实一帮子弟兄，没房子的也不光是党民兵，对待房子的心情都一样。那次去看党民兵，是两年前的事了，两年过去了，党民兵回到景洪，依然住在那破屋里。原因是他老爹去世后，本来身体就不行的老母也垮了，断不了看病花钱，仍搞得党民兵紧巴巴的。党民兵至今还未成家，三十五六的人了，也不是不想成家，主要是差人民币，不敢轻易张罗媳妇。再一个明摆着的原因，就是常年在外跑船，找个合适的对象挺难，难来难去就成了"剩男"。他知道这小子苦闷，便打趣说听靡靡之音呢。

听了党民兵的话，郝强又坏笑道：啧啧，涮个坛子不行吗？

他卖四川关子，党民兵就用赤水话回击他：你日丈，涮个鸡蛋。

船进入一条峡谷，两岸山上云遮雾罩，有的地方冒着白气，天空黑压压的，雨在云里翻滚，只等着闪电召唤。树木绿苍苍地吸饱了水，被遮盖的泥土也吸饱了水，感觉随时会承受不住，大半个山塌下来。河中礁石水淋淋的，比烈日下柔滑多了，一些鲜见的白礁石，有的像泼了漆，有的像打了蜡，看上去温润如玉。

被淘得千疮百孔的礁石，颜色大都褐铁似的，或者跟焦炭一样，要么孤零零立着，要么散乱一片，要么成群结队聚集了。吃水之处浸下一道白带，河水上涨时淹没了，河水退去又露出来。每块礁石都我行我素，一块是一块的长相，即使是同一块礁石、同一片礁丛，从不同的方向、不同的时间、不同的距离去看，尊容和姿态也不一样。前看如金刚怒目，后看如厉鬼狰狞；早看像村姑浣纱，晚看像老翁濯足；远看似群牛戏水，近看似草莽啸聚。一个浪头盖过去，不是被狼狈地淹没，就是将浪击碎抛向天空。

这些千奇百怪，船员们习以为常又不敢轻视的礁石，郝强第一次跑船见到时，惊得下巴差点脱臼了。白浪淘着礁石，哗地涌进百孔千疮，又哗地带着白沫退出来，一个个漩涡如沸水翻滚，从河底冒上来卷下去，船稍有不慎就煮了饺子。河下河上野性十足，水野、礁野、山野、风野，连天上的鸟叫声都野，野得像到了另一个世界。在赤水河跑一年船，也不敌在湄公河跑一天，他过去的经历太浅了。来之前听人讲，湄公河跑船是赌命，他还不以为然，只相信挣钱多。

后来为救船员，被船和礁石活活夹死的船老大，端起架势问他：开眼界了吧？

他连声说：开了开了，没想到这么凶险，这船不好跑啊。

不好跑也得跑，你干啥来了？跑上三年五载，就摸水深浅了。

说着，船老大又给他滔滔不绝地侃开了。说当初他也一样，自以为是，大海都跑腻了，还在乎个湄公河？谁知一来眼直了，这还叫河啊？礁石多得数不胜数，险滩一个接一个，滩上的沙子白花花的，跟海上跑船完全两码事，旧有的经验根本用不上。谁马马虎虎，谁就离死不远了。在湄公河跑船，戏称"石林中穿行，沙滩上漫步"。水浅了不行，水深了也不行。你以为涨水的时候好跑船，恰恰是涨水的时候更危险，原来露头的礁石钻到水下去了，航道稍微吃不准就会出事。船老大指着远处的一丛礁石说，你瞧上面那艘破船，就是涨水时触礁，水退后卡在那里的。

那是一艘老挝黄瓜船，船篷早不知去向，船身已泡晒得惨白，像具掀了盖的棺材，老长时间撂在那里，他跑船头两年还见，再后来不见了。船老大说那船没人管，一定是船上人亡了，这河上的老百姓迷信得很，连船也不要了。船老大跺跺船甲板，说这河下的死鬼多了，有时能看到村寨的人由巫师带着在河边祭鬼。船老大刚来的时候，河况比他来时还要差，而且河上没什么标志，仅有的几个航标也朽了。当时从关累下来的船，有一半中途出事，不是搁浅就是翻船，搁浅的时候天崩地裂，船差的话能一折两截。

船老大越说越兴奋，说前不久他听海关的人说，这河道要进行整治，等整治好了他就鸟枪换炮。现在跑的是百八十吨的船，到时候换一条两三百吨的，再撸起袖子干上几年，就回五羊城去。船老大听说的河道整治，就是后来国家投资500万美元，利用三个枯水期进行的整治，也就是现在跑的河道。

船老大爱炫耀，侃起来很是霸道，满船就他一张嘴，但是为人热心肠，只要他能帮忙的绝对帮。他跟上船老大得益不少，经常给他讲湄公河跑船的经验，不管他知道的不知道的，一股脑儿都端给他。什么"先学吃喝嫖赌，再学偷腾忍让"（扳舵技巧），什么"花三埂四泡八尺"等等。说"花水"一定很浅，像刚刚烧开的水，是不能走船的；说"埂水"是埂状的水流，出现在深潭与浅脊的交界区，能走船但要倍加小心；说"泡水"比前两种水都深，像水大开了一样，走船自然不在话下，可也不能掉以轻心。"泡水"又分"枕头泡""分界泡"，还有什么"拦马泡""分迳泡"，这泡那泡的多了去。

讲得次数多了，再讲完的时候船老大就问他：我讲得怎样？

他就给船老大戴高帽：您是湄公河上第一人。

船老大乐得嘴呲了：那你还不健力宝伺候？

他也乐得嘴呲了：伺候伺候，我这就给您取去。

船老大喝饮料就喝他们广东产的健力宝，别人都喜欢的泰国红牛也不喝。

在湄公河上跑船无巧可讨，而且也不敢、不能讨巧，只有将"山形地势、河水流速、水深水浅、礁石位置烂熟于胸"，成为一张活地图才能胜任角色，尤其是当船长的。换句时髦的话说，就是跑船要有"船体感"，人、船、河融为一体。他跟随的船老大，就是大家公认的一张活地图，可惜后来连人带图都没了。船老大死后，那救下的船员也走了，湄公河成了他的伤心地，宁愿回去捡破烂也不干了。最初几年，每次跑船路过那处出事的礁石，他们都要向水中抛食，祭奠一下船老大。后来整治河道，那处礁石给炸掉了，变成一片汪洋，只能辨别个大体位置，现在大体位置也不辨了。

但船老大遇难的惨状，他至今抹不掉，一想起来心就颤抖。他很害怕想起来，像蚂蟥叮进肉里，特别是在船上，一想起来就压下去，怕一路疙疙瘩瘩的，发生不吉利的事情。此刻就是这样，他把注意力扭向窗外，让浪涛声把脑淘干净。

被水喂饱的河风，顺着河谷溯流而上，越过船前面的大甲板涌入窗中，扑在脸上湿冷湿冷的。一颗被风挟带的雨滴砸在郝强鼻梁上，被砸的地方非常光荣，拍《湄公河之中国船家》时曾贴过创可贴。他抹一把砸到鼻梁上的雨滴，将自己面前的一扇窗拉上。他从裤兜里掏出两支烟，递给党民兵一支，党民兵摇摇头不抽。等他点着烟抽了一口，党民兵说昨晚做了个梦，搞得一夜没睡好，让他给解释解释。

郝强停下烟，脸异样地问：啥梦？

党民兵说：我妈的梦。

大概是昨晚后半夜吧，党民兵梦见他妈跑到船上来了，披头散发地撞开他房间的门，一把从床上拽起他来，非要他回去不可，不让他跑船了。他不回去，他妈就抓他，一把抓到他脸上，把他抓醒了。他猛不丁地坐起来，恍恍惚惚的，不知是在梦中呢，还是他妈真来了。他出去在通道里遛了一圈，在小甲板上吹了吹风，脑子才转过向来。那梦太真切了，他妈指头上的指甲老长，被他妈抓过的脸上，天明了还隐隐地疼。他担心他妈是不是有事了，很想给他弟弟打个电话，却又怕真打出事来，可是不打吧又放心不下。怕路上影响开船，他听听歌想清静一下，但不起作用，脑子里仍纠缠不休。

听党民兵讲完了，郝强嘴一努：就这？

党民兵说：就这。

郝强哈哈大笑：我说咋今天早上，从吃饭到现在你小子心重，原来是梦在作怪。那有什么呀，大概是你挂记你老妈了，要不就是她挂记你了，跑完这趟船回去看看，实在不放心先打个电话。

"我不是跟你说过了，怕打出事来嘛。"党民兵叹口气说，"还是到了清盛再说吧，她真要是有事，我弟弟会打来电话的。"

扯淡！既然这样，那你还纠缠啥？

我这不是让你解疙瘩，想不纠缠吗？

郝强拉开驾驶室侧面的窗子，一边把烟屁股丢出去，一边说你小子中邪了，一个梦也能绾成疙瘩？如果把梦当回事，那你天天做梦，天天绾疙瘩吧，一辈子也解不过来。他小时候跟他老子跑船后，晚上在船上一睡下，梦就追着涛声来了。差不多天天做梦，而且梦得稀奇古怪。但梦得最多的不是打鱼，而是船变成了一只空酒瓶，他骑着空酒瓶一路漂去，从赤水河漂到长江，又从长江漂到大海。那时候，他根本没见过大海，进一趟县城都稀罕，梦中的大海却老熟，像他从小在海里长大。他骑着空酒瓶玩啊玩地，直到被一个恶浪打醒。每次做了梦，第二天醒来就给他老子讲，讲完了刨根问底，问他做的梦是咋回事。他老子说，梦就是梦，梦里有啥，你不都见了？起先还回应他两句，再后来问烦了，他一张嘴就给堵住，叫他快起来喂脑袋吧，喂完了下河去。慢慢地他问得少了，觉得梦就是梦，再问也是一个梦。最后一次问他老子的时候，他老子破天荒地端起脸说，你跑船已经跑野了，心不在这赤水河了，再大上两年闯荡去吧。人不出门身不贵，出去就明白你做的梦了。

后来我回想，其实我老子早看出我来了，最初因为我小，懒得跟我磨牙花子，等空酒瓶载不动我了，才一本正经地告诉我。我老子说的没错，那年弟兄们一招呼，我就拔腿跑来了，才知道自己的心真野了，不光是因为湄公河跑船挣钱多。照这么讲，梦也是有道理的，人常说日有所思，夜有所梦吧。依我看，你就是挂记你妈了，挂记多了，梦就做得古怪。

说完，郝强得意地问：疙瘩解开没有？

党民兵点点头：你说得也许对。

还也许？就对！

呃，就对就对，百分之百地。

党民兵不想跟郝强抬杠，天底下就他长着舌头，转过来说别把梦当回事，转过去又说做梦有道理。难怪柳志刚常说，别看这家伙闷骚，像坛跳水泡菜，歪起来比谁都歪。党民兵觉得很好笑，今天咋就给梦扯上了？不但把自己扯上，还搭进个郝九五来。不过这家伙绕来绕去，还是给他绕开了些，脑子里轻松了不少。无论老妈在家有事没事，到了清盛先打个电话，从清盛返回关累后，再回平武去看看。

又快一年过去了，也确实该回趟家了！

·21·
"远离每个昨天"

郝强很受用，不管高炮手心里服不服嘴上是服了，而且是"百分之百地",像当年船老大教导他,让他百分之百地服了一样。他拉只高脚凳垫到屁股下,又掏出一支烟点上。烟是一贯抽的红塔山,原来抽六七块的,现在抽十来块的。再贵的还有,大几十块钱一盒,那太烧钱了。红塔山曾经很牛,不是一般人抽得起的,偶尔买一盒装在上衣小口袋里,口袋深的话垫个纸团,故意露出烟盒来给人看。烟头被窗风吹得红红的,一星烟灰带着火,落到党民兵裤子上,他忙用指头弹掉,不然会烧个窟窿。

没事,党民兵一笑,我的裤子不值钱。

鬼扯火,郝强把烟头凑近了,那我再烫一下?

党民兵知道又杠上了,便岔开话头:你去过索累吗?

郝强头歪了,以为他又在做梦:那破地方还用去?

党民兵从轮舵上腾出一只手来,在郝强面前做个闭嘴的手势:不用去就不用去,你把头掉正了好不好?我只是没去过,听说那地方近几年热闹,随便问问而已,你头歪什么歪?高炮手就是高炮手,郝强被轰得眼瞪了:柳三娃说我是跳水泡菜,我看你小子是芭蕉弹。

说着,嘴巴大张地乐了。他说每次跑船都路过,你在船上也能看到,谁都知道的一个破地方,还用问去过没去过?这几年是热闹了,但热闹得没长进,码头还是那么破烂,村寨还是老样子,离关累差远了。就那点热闹,也是热闹中国船,热闹中国人。码头上的搬运工,一多半是中国人,有的还娶了当地女人,孩子生下一窝。

不过也有你不知道的,郝强讨好似的烂笑道,比如坐在皮卡上兜风的土兵,遇上他们拦路检查,给几个黑钱就能买通。比如吸得脸绿了,像乞丐一样的烟鬼,一双眼盯着你就像盯贼。再早些年,还能看到山上种的鸦片,飘着一股发甜的苦香味。烟民们割烟时唱着歌,什么"满山的洋烟花开了,那是钱来了",什么"外出的亲人你在哪里呀,还不如回家种洋烟"。从烟葫芦里割出的奶奶,沾在衣服上像鼻屎一样,怎么洗也洗不干净。

最有意思的是兜售鸦片，秤的一头放着鸦片，另一头放着秤砣，他们叫"坎丝"。除了坎丝还用其他东西，子弹呀电池呀银圆呀，只要他们认可就行。一颗子弹相当于1甲，一个电池相当于5甲。两个半甲相当于1两，10甲相当于1康，10康相当于1拽，一拽相当于3斤3两。烟摊的一旁堆着钱，但是没有人敢抢，被抓住的话会剁手，会丢进土洞里喂了蛇蝎。后来禁种鸦片，特别是咱们中国帮他们搞替代种植后，鸦片种的卖的明显少了，现在沿河看到的橡胶林，有些就是咱们帮助种下的。

郝强吹的这些，有些党民兵早听说过了，每次跑船路过索累也能感受到，他并非一无所知，刚才只是不想和郝强抬杠，没话找话地问一问罢了。但他不能扫郝强的兴，否则又会跟他较起劲来。

照你这么说，我还真想去看看。

是吗？那破地方危险呀，可不是关累。

这我知道，抢咱们的劫匪不就是老缅的吗？

哈哈！那你搭柳三娃的船去好了，他天天跑索累。

郝强夸夸其谈的时候，并不知道已剑悬头上，危险正一步步逼近。毒枭糯康指派三把手依莱布置下的一条眼线，早在索累码头蹲守柳志刚的船了，昨天下午玉兴8号从索累一动身，在散布岛坐镇指挥的糯康就得到消息，他又让依莱传达给沿途的其他8条眼线。今天早上，玉兴8号离开孟巴里奥后，眼线就像传递接力棒一样盯着，他们一切按计划行动，然后押到金三角旅游码头下游，在依莱踩好的屠杀地点屠杀。屠杀地点的标志是一棵鸡素果树，旁边还有个闲置的吊车码头。柳志刚逃不过，他们也撞上了。

两个人正说着话，厨娘黄鹂上来了，站在驾驶室门口说，你们不好好开船，吹得好热火呀。郝强掉后头来，闻到一丝洗发水的清香，看到黄鹂头发蓬蓬松松的，问是不是洗头了？黄鹂放声大笑：你个鬼九五，倒看出来了？说着两手朝后拢拢头发，拢出两颊一片红润来，洗发水的香气更浓了。她几天没顾上洗头了，吃早饭时头皮痒痒，刚才赶快洗了一把。也就是洗头的时候，她心里突然冲冲动动的，想今天中午给他们好好做顿饭，让他们几个当一回吃货，可又不知道做啥好。她上来问问，问他们中午想吃啥，郝强说中午还早着呢，你天天都做得不错，外甥打灯笼照舅（旧）。

废话！黄鹂扔一句，那我还用问你？

我废话，郝强指指党民兵，那你问炮手吧。

问你就是问你，党民兵认真操着舵，扯我干吗？

好心做了喂猫食，黄鹂板起脸来，两个不识好歹的货。

见黄鹂不悦，郝强忙嬉皮了脸说：识好歹识好歹，我们咋敢不识好歹？你给我们做泰国蒸红咖喱鱼吧，或者缅甸的帕露达也行。缅甸帕露达他吃过，现在景洪饭店就卖，泰国蒸红咖喱鱼只是听说过，他完全是为讨好黄鹂卖乖。不等黄鹂开口，他又说要不这样吧，你给我们做赤水饭好了，弯川颠（弯豆尖）、弯川米（花生米）、华儿颠（红苕尖）、红灰门（臭豆腐），另外还要一斤单碗（酒）、一包烟和一盘鸭儿粑（米糕）。黄鹂被逗笑了：你个鬼九五，嘴里没一句人话，不跟你们扯了，我中午自己看吧。

郝强目送黄鹂离开，一直出了船室通道，船梯咯噔咯噔地响起，从二层的小甲板下去。黄鹂为人热情开朗，和她男人银老八结婚以后，为跑船一直没要孩子，身材保持得相当好。人本来就生得漂亮，洗了发更是可人。他曾开玩笑说，你家银老八真有艳福啊。黄鹂说是呀，你是不是眼馋了？他又不在你船上，你可以尝上一口。他说快算了吧，你家银老八说过，我那老婆放心，狼撵上也不会动心。黄鹂剜他一眼说，你鬼九五知道就好，你要是敢动我一口，我家老八活剥了你。

在船上做饭看似轻松，跟着船天天"游山玩水"，事实上很辛苦，要伺候好几张嘴不容易。现在船上条件好了，用上了冰箱、电磁炉、电饭煲、煤气灶，做饭省事多了。过去啥都谈不上，想带点肉必须煮熟，再把水分沥干了，才能在船上存放住。做饭用的是柴火，用的水是河水。

二层小甲板上备着个大水箱，一根胶皮管子扎到河中，不管河水清浊抽上来，抽满以后撒一把白矾，用棍子搅上半天，把泥泥沙沙澄下去。现在吃的是桶装水，河水只用来洗涮，冲澡也有了太阳能，不再用凉水冲了。条件比过去强多了，但是置办吃喝照旧，船一靠岸就得准备，有时一准备三四天的，一个人跑得腿抽筋儿。

黄鹂下去到了一层大甲板上，试试换上当地卡的手机，见信号还能连接上，就给母亲打了个电话。信号忽强忽弱，她大声问母亲，近来身体好吗？母亲大声回答，你不用管我，管好你自己，我自然就好了。都快30岁的人了，别老让我放心不下。每次给母亲打电话，母亲就这一套，她知道接下来又要说什么了：你不能光记着跑船，快跟老八生个娃吧，再不生我就老得没用了。往后有了娃，想给你们照看，也照看不了啦。

她赶忙打住：我要的背篓呢，你给买好没有？

母亲唉叹道：早买好了，就等你回来拿。

好啊，等跑完这趟船⋯⋯

话还没有说完，信号就扯断了。黄鹂看着手机笑道：这老妈真老了，连手机都嫌烦。上次回去，她让老妈抽空给买个背篓，要不买菜的时候很费事，大袋小袋拎得手忙脚乱。关累也能买到背篓，但用起来不如她老家的得劲。

黄鹂打电话的时候，郝强直起脔子看着，黄鹂背朝驾驶室，一头秀发被风撩拨着，有时吹得飘飘扬扬，像个电影演员。从容貌到心地，黄鹂都是个好女人，他很羡慕银老八，银老八娶上黄鹂，就像他娶上王竹一样，不光是自己的福气，也是弟兄们的福气。他们这帮吃水饭的，能找个好女人太不容易了。每次坐到一起提及黄鹂，银老八就牛哄哄的，说他找他老婆神速，然后跷起大拇指吹嘘，见了一次面就搞定了。

经朋友介绍，他第一次见面就说：我可是跑船的，在湄公河上跑船。

他老婆说：你这个人拽呀，你朋友啥都说了，还用你再啰唆？

他又说：跑船可是一年回不了几天家，搞不好你得守活寡。

他老婆说：你不能常回家，我跟着你到船上不就行了吗？

他原以为拜祖宗一样，能九头十八拜拜下来就不错了，没想到他老婆竟这么痛快，"吗吗"两句就铁心了。他一拍大腿说，你说要什么吧，你要啥我银老八都给买。他老婆说快别吹了，我想要湄公河呢，你能搬回家来吗？能入了我的法眼，全凭你朋友找得好，两片嘴真会忽悠人。再就是看你人模狗样的，在人前也拿得出手，骨子里也应该不水，我这辈子大概靠得住，不会上了贼船。

银老八吹得满面荣光，吹完了两手一摊说，如果天下真有一见钟情的话，非他和他老婆莫属。他娶他老婆就这么简单，结婚没花几个钱，就卖油郎独占花魁。

船驶出阴沉急促的峡谷，天空一下响亮起来，河面像拧着的布匹展开，两岸远远地拥抱着大河，阳光倾泻在松懈散漫的水上，礁石脱去水的柔滑又原形毕露。船从蹲着绞缆机的船头开始变干，顺着甲板向船后面退去，蒸起似有若无的水汽，蒸得甲板渐渐发烫。河风也不再湿冷，越来越热焐焐的。

船变得四平八稳，被河风焐热的260多吨货物，从纸箱和袋子里散发出水果香气和大蒜味儿。这次华平号承揽的是西双版纳金水物流公司的业务，有大蒜、石榴、苹果、雪梨、葡萄，一共9家货主的货物。其中有清盛苏金鲜果公司的，这家公司专门做中国水果生意，每年从中国进口大量水果，这次是18.5吨鲜葡萄。10月份，正是中国葡萄上市的季节，刚下架的葡萄运到泰国会卖得很好。

郝强把面前关上的窗子重新打开，看到水手柳向西从船后面出来，像黄鹂时常闲下的样子，站在甲板上甩打胳膊，甩掉身上在峡谷中沾染的冷气，然后走到绞缆机前观察水面。绞缆机旁放着两三根长短不一的花竿，每根花竿都用红漆标了尺度，需要打花竿的时候，他就穿起救生站在船边，一边用花竿探测水深浅，一边打手语告诉驾驶室的郝强和党民兵，及时调整船速和航向，以防触礁或搁浅。

　　柳向西是云南墨江人，上船只有一年多。上船之前在老家给人开车，每月挣1000多块钱，扳着指头花也仅够柴米油盐。日子过得像绞缆机绞滩，女人实在绞不动了，丢下5岁的女儿走了。为多挣几个钱改变日子，他把女儿留给父母照看，到华平号上做了水手。离家的那天，他跟女儿说什么，女儿都不搭茬儿，他给买什么东西，女儿都摇头拒绝，只是眼勾勾地看着他。

　　他临出门时，女儿才开口：妈妈走了，你也真要走了？

　　一旁的老爹替他打圆场：你爸走了是回来的，他给你挣钱去。

　　女儿扯一把爷爷：我不用他挣钱去。

　　老爹急道：不用他挣钱，拿啥给你买花衣服？

　　女儿又扯一把爷爷：我不要花衣服。

　　老爹唉叹道：这娃咋不听话？

　　柳向西不知如何安慰女儿才好，在老爹的叹息中硬一硬心走了，直到去年过年时才回去半个月。回去以后，女儿高兴得小辫一翘一翘，跟他形影不离，知道过完年他又要走了，再到过年时候才能回来。女儿自从他走后喜欢上攒硬币，去年攒下好多，装在她妈留下的一个筒帕里。爷爷发现她喜欢硬币，明白她的小心思后，给她买零食找钱时，就让商店多找几个硬币，即使不买零食也每天给她一个。一块钱的爷爷舍不得给，五毛钱的也给得少，大都是一角钱的。一个硬币代表一天，代表他在外的日子。攒多了女儿数不来，一数过五十就混乱，便每天晚上睡觉前，从筒帕里倒出来，让爷爷帮她数一遍，然后再装回筒帕里。

　　女儿盼他回去盼得辛苦，他在外面跑船也跑得辛苦。跑船和跑车完全两码事，俗话说隔行如隔山，许多东西得从头学起。和船上弟兄们经历的一样，他也希望跑上三年五载，由一名水手熬炼成船长，最好还能拥有一艘自己的船。

　　所以到了船上，柳向西当水手当得很认真，在弟兄们的口传心授下，一年多就掌握了不少跑船经验，同时也亲眼看到了跑船的危险。去年，也就这个时候吧，一艘前往索累的缅甸船，绞滩时钢丝绳突然断了，像钢鞭一样扫到船上，一名头发花白的船员躲闪不及，双腿被齐刷刷扫断了。血喷洒在甲板上，那船员像杀猪似的号叫，号叫很快变成呻吟，容不得抢救就死了。绞滩既危险又麻烦，船上船下一片着忙，把放下去的钢丝绳系在前面的石上或树上，然后打开绞缆机缓缓绞动，将钢丝绳一圈一圈拉紧，借反向力把船拖过滩去。大拇指粗的钢丝绳绷得嘎巴响，把绳上沾的水绷成白雾。所有的人屏声息气，提防绳断了扫到身上。

遇上船绞滩，不管认识不认识，路过的船一般都会停下，看需不需要帮忙。一条河上讨水饭，谁也有遇到困难的时候，如果绞缆机绞不动，需要自己的船来拖，就小心翼翼地调整好船位，两船间系一根钢丝绳，开足马力往上拖。对方帮完了，船上有什么送什么，一墩啤酒一箱饮料，或别的东西致谢。那天他们的船正好下行路过，同一条老挝船停下。缅甸船开始绞滩时，郝强看到绞缆机绞得不稳，也不知对方听懂没有，大声喊吃住劲吃住劲，就在他的喊声中钢丝绳断了，扫得船上一片惊恐凄惨。但是过后想，那船员死了也好，一个人失去双脚，别说是在缅甸，在中国也会活得艰难。

除了绞滩、触礁、搁浅这些危险，近几年又多了被抢劫的危险，两个月前他就经历过一次，一伙劫匪冲上船来抢走不少财物。望着跳上快艇离开的劫匪，郝强大骂这帮烂匪贼娃子不如，连拖鞋、卫生纸也看得起眼。骂着骂着又失笑起来，说撞见黄鹂的卫生巾他们也会抢走。

去年上船以后，劫匪的事他听说过不少，华平号已不止一次被抢劫，可听说毕竟是听说，远没有亲身经历可怕。劫匪抢劫的时候，他和弟兄们抱住头蹲在甲板上，他心里一个劲地打鼓，他们抢劫完还要干啥？那天晚上，他非常想念女儿，甚至动过不干的念头，回去继续干老本行。老婆丢下女儿走了，女儿不能再失去他。哪天劫匪抢劫完，还要杀人的话，谁又能拦得住？但回去跑车挣钱太少了，而且在船上已待一年多，他下不了不干的决心。郝强看出他心烦意乱，就安慰他不过小事一桩，那些烂匪每次抢劫都一样，看似凶巴巴的，实际上只为财物而来。破了财免了灾，别经历一次就吓坏了。

看着柳向西又回到船后面，郝强想他船上除了黄鹂，剩下的都罗锅子上山前（钱）紧。他两个孩子大的大小的小，虽然读书还不到大把花钱的时候，但妻子必须腾出身来照管孩子，不能在船上做饭帮他了。年龄最大的瓦成池，老家在黔西册亨县，父亲生前是跑船的，哥哥也是跑船的，轮到他也依然跑船，从南盘江、赤水河、长江，一直跑到湄公河。差两岁60岁的人了，跑了40多年还在跑，不是瓦成池放不下，实在是不跑不行啊。他女人也曾在船上做饭，后来身体不行就不做了。为瓦成池离家近一些，一家人团聚方便，女人把家搬到了昆明，与儿子租房子住。儿子在一家保险公司上班，刚上班挣钱也不多，家里全指望他。

瓦成池苦闷时喜欢拿歌解闷，高兴时喜欢拿歌助兴，用他自己的话说叫穷开心，时常听着听着就跟上哼起来：

　　活在疯狂世界 活在美好的明天
　　重重考验 来到今天
　　不知不觉改变 远离每个昨天
　　那些笑和眼泪 没有时间说再见
　　喜怒哀乐 苦辣酸甜
　　终于了解 这就是生活的滋味
　　……

还有年过半百的席丰盛，家中老母快80了，一儿一女读大学，月月都得寄钱回去，就这也应付不了日子，需要两个孩子假期上打工，给饭店端盘洗碗，减轻一点他的负担。有次他去看儿子，儿子正埋头淘洗碗盘,一撂从饭桌上撤下的碗盘堆在水槽里,满槽洗洁精的白沫子,指头肚泡得像雨皴了的墙皮。他二话没说,拉起儿子就走。

儿子一愣:你咋跑来了?

他说:咱不干了。

儿子莫名其妙:好好的为啥不干了?

他指指儿子的手:这能干吗?

儿子自然不会听他的,甩甩手上的水说,平时淘洗盘碗都戴橡皮手套,今天一只手套破了没戴。父子俩吃了一顿饭,席丰盛原准备待两天也不待了,除了自己路上花的,把身上带的钱都留给了儿子。回到关累,跟他们一说起儿子打工,席丰盛就唏嘘不已,说自己当老子当得无能,让娃们在外面受苦了。

柳志刚船上与他船上基本一样,小日子过得最舒服的应是柳志刚,儿子也不吃闲饭了,同他一道跑船挣钱。老爹老妈身体也好,不用他如何接济。在老家盖起三层小楼,听说盖得很气派,玻璃窗明花花的,村里没几家比得上。只是盖起没几年,住还没住够就要拆了,国家要建向家坝水电站,他村也在电站库区的拆迁范围内。想到柳三娃的滋润,郝强便朝前面的玉兴8号扬扬下巴,让党民兵撵过去……

· 22 ·

再次遭遇劫匪

经过一片波涛汹涌的礁丛后,在一处船可放开行驶的水域,华平号机声隆隆地撵上去,掀起的波浪扑打着玉兴8号。与玉兴8号驾驶室齐头并进的一刻,郝强从驾驶室侧面的窗口探出头去,朝柳志刚做个鬼脸,先伸出右手的三个指头，接着又伸出一个小指头比画，示意柳志刚甘拜下风吧。

华平号是"后驾驶"，驾驶室也比玉兴8号的要高，高出船顶一米左右，像多戴了一顶帽子，从船室通道到驾驶室，进门前要踏两个小台阶。"帽子"上的探照灯，也比玉兴8号多一盏。离探照灯不远的船顶上，同玉兴8号一样，竖着一个白底红字的牌子：华平号，意为"中华平安"。

郝强居高临下地比画完，得意扬扬地把头缩回来，重新坐到高脚凳上。每次跑船碰到一起，他总想和柳志刚飙一下，有时飙得柳志刚气急败坏，用甚高频对讲机骂他：郝九五你个锤子，又躁得不行了。昨天晚上都累了，在孟巴里奥停泊后，两船的人早早休息了，他和柳志刚也没坐到一块儿吹。今天更应该飙他一下，也算把昨夜没吹的补上。党民兵瞟一眼对讲机，对郝强笑笑：一会儿就给你送跳水泡菜了。

超过玉兴8号后，迎面驶来一艘老挝黄瓜船，郝强朝扒在船窗口的船员打个响指，打得老挝船员的黑脸一脸灿烂，牙白凌凌地要撒到河里。与老挝黄瓜船侧身而过，前方再下去就是孟喜岛，郝强和柳志刚、柳志刚的小舅子武小安，几乎是在同一刻从高脚凳上站起来。不知从何时起，随着孟喜岛上游缅甸一侧出现一些茅草棚，与起初身份不明、后来发生抢劫才知是劫匪的时候，孟喜岛开始变成噩梦岛。原本一个鸡眼似的小岛，让船员们望而生畏，包括孟喜岛在内，该岛上下游的一段水域，被他们称为"魔鬼水域"。

途经这片水域的中国货船，有一多半吃过苦头，华平号是吃苦头最多的货船之一。除了被抢劫财物、收取保护费，还有不择手段的折磨，有次郝强被劫匪按住头，大把大把地喂橡胶添加剂，喂得他肠子快吐出来了。6个月前，渝西3号、金木棉3号、正鑫1号、中油1号被拦劫，船长冉曙光和船长罗泽富被带走，冉曙光被带到一片竹林里扣了5天4夜。最后金木棉花了一大笔钱，才将4条船上的人赎出来。

这时，甚高频对讲机叫起来：

郝九五，郝九五，孟喜岛就要到了，小心再丢掉一双拖鞋！

郝强拿起对讲机哈哈大笑：

柳三娃，柳三娃，这次我准备了一大箱呢！

两个人斗完嘴，玉兴8号从后面赶上来，拉响汽笛超过华平号，一前一后顺江而下。玉兴8号是空船，昨天在索累卸下油，今天又到清盛去拉，自然比华平号跑得快。望着玉兴8号浪花翻滚的船屁股，郝强对党民兵说柳三娃较劲了。党民兵没有搭理郝强，仍旧目光绷直了盯着前方，似乎已经瞭见孟喜岛，大水包围着一片荒草野树。这个若不是为了跑船，八辈子也不会来的鬼地方，他真不敢掉以轻心。

事实上，郝强也不敢掉以轻心，只是像此刻的柳志刚一样，见天空蓝得响脆，大河仰躺在阳光下，岸上的佛塔金顶闪耀，那些隐现的草棚里也不见有人，河上河下似乎比往常还要祥和，于是心生侥幸，以为平安无事了。可就在他被侥幸忽悠的一刻，也就是柳志刚刚给船主打罢电话，说马上就到万崩码头了，几十万运费昨天也拿到手的时候，前方出现两艘长尾快艇。因为华平号的驾驶室比玉兴8号的高，郝强越过玉兴8号狭长的船顶，看到疾驶的快艇上载着一伙人，身穿黑衣端着枪，便感到情况不妙。他又从驾驶室侧面的窗口探出身去，从玉兴8号一侧眺望一番，然后抽回身来把手一甩，对党民兵说，咱们高兴得太早了，今天又遇上劫匪了。

他提醒党民兵沉住气。

其实用不着他提醒，党民兵也知道该咋做，沉不住气也得沉住。党民兵收起搁在一旁的耳麦和手机，换个姿态操着轮舵。他在郝强之先就看到了，只是想看个清楚再说。他们调头已经来不及，而且调了头也逃不脱，那快艇比货船快得多，跑起来像飞鱼，到时候只能见机行事，能躲过去就躲，躲不过去只好认了。有一次遭抢劫，他抡起巴掌要打一个劫匪，郝强狠狠地踩了他一脚，踩得他把抡起的手放下。事后想，郝强也眦了眼睛骂他，那一巴掌要是抡下去，他可能就活不到今天了，或被一拥而上打个半死。这伙劫匪谁碰上谁倒霉，警察都被打得鼻青脸肿，更何况他们这些人。去年，老缅的警察巡逻队被打死打伤十几人，再早来将中国的一艘巡逻艇打烂。面对劫匪只能委曲求全，这是大家伙儿的经验，再无其他对付的好办法，要么就别在这条河上混。

在一个叫弄要的地方，玉兴8号先被劫匪逼停，停靠在河中一块礁石旁，接着一艘快艇冲上来，又将后面的华平号截住，挥舞着枪指挥华平号下去，同玉兴8号停在一起。停靠的两船像趴了窝，机器吭哧吭哧响着，震得驾驶室一颤一颤。郝强极力保持平静，掏出一支烟叼在嘴上，但打火机连打了两次火，都手抖得没有点着，点着后自顾抽起来。他想看看柳志刚怎么了，但只能瞭到玉兴8号的驾驶室，瞭不到驾驶里的柳志刚。

党民兵也要了一支烟点上，骂道：真他妈憋气！

郝强眼窝里挤出点笑来：不憋气，忍一下就过去了。

郝强不仅担心党民兵沉不住气，也担心其他弟兄沉不住气。他明知道自己的担心是多余的，弟兄们清楚该怎样保护自己，可每次遇上劫匪他还是担心。即使出不了人命，弟兄们被打个鼻青脸肿，他这个船长也没当好，尽管劫匪行凶作恶由不了他。所以每次遇上劫匪，他首先想到的是弟兄们，如果弟兄们遭受折磨，他能代替的话甘愿代替。他也不想自己挨打受辱，可他是一船之主啊，能担当的必须担当。

担心弟兄们沉不住气的时候，其实他自己也快沉不住了，每次遭遇劫匪他就想不干了，可是过后却又不甘心，想再干上几年。今年正月，家人在景洪给他过生日，大姐还劝他跑船太辛苦，跑完今年不要跑了，回家开个面馆吧。他嘴上回答要得要得，心里却并不当回事，受苦人挣钱能不辛苦吗？而且岂止是辛苦，光是辛苦倒不怕了。不管怎样吧，跑完今年一定不跑了，哪怕回去不开面馆，干点别的也行。要像那福建老兄学习，几个人晚上吹了一通，第二天就甩手不干了，说前半辈子打水漂了，剩下的后半辈子要留给老婆。那老兄看得开，他也要看得开，都四十来岁的人了，日子过得去就行了。人活四十不换妻，第一个女人分手了，第二个不能再分手了，求个平安团圆算了。

他出生不到百天母亲就死了，父亲养不起他这个老幺，把他过继给了叔父。叔父没有儿子，对他百般疼爱。但叔父也穷得慌，常年在赤水河打鱼，一样养活不了全家，他很小就跟着下河了。好在叔父活得不急不躁，常跟他说打鱼不怕苦，打多打少也不要紧，最要紧的是平安，一家人能团圆就好。所以每逢过节，叔父总要整一大桌菜，吃钱的菜也没有，最好的是酸菜豆花鱼，把打回来的鱼做好，再加上自家种的菜，还有山上采来的野菜。全家人围坐在一起，吃得热热闹闹开开心心，比现在过节都有味儿。

他们家六七个弟兄，先后来湄公河跑船，弟兄们只要聚到一块儿，也少不了相互叮咛，既要挣钱又要安全，可还是保不住出事。老大郝月晕的儿子，他的侄儿郝天飞，在一次翻船事故中遇难。侄儿从河中捞上来，被水剥得仅剩一件裤衩，看着水淋淋地躺在船甲板上的儿子，老大腿软得站都站不住了。侄儿的死对他们打击很大，都有过不干的想法，但是想法到底拗不过生活，在湄公河上风风雨雨多年，不是说不干就能不干的。

但这船，实在是越来越难跑了，过去出事爱怎么说，原因还是出在自己身上，现在却是强盗找上门来了。不怕贼偷窃，就怕贼惦记，被强盗惦记上，比什么都可怕……

两个人烟还没抽完，就看到窗外劫匪登船了，杂沓的脚步踩得船晃动。郝强从裤兜里掏出一沓钱，装到贴胸的内衣口袋里，船上其他的钱也藏得安全，便轻轻拍一下党民兵的后背，寻思劫匪上来两人该如何应对。劫匪的行动迅速有序，不像以往饿狗一样，扑上船搜的搜抢的抢，看见啥好拿啥。

杂沓的脚步声分成几路，一路朝船的二层冲上来，嗵嗵嗵爬上船梯。冲上来的是劫匪头目翁蔑，身后带着两个喽啰，穿过通道冲进驾驶室，将郝强和党民兵团团围住。两个喽啰一高一矮，矮的叫扎西卡。扎西卡对华平号有印象，几个月前他驾驶快艇，拉人拦劫过一次华平号，但对郝强毫无印象。郝强对他倒是眼熟，只是想不起来哪次被抢劫时见过这小子。翁蔑端着手枪，把带来的手铐丢给扎西卡，让他给郝强铐上，把带来的半截废电线丢给高个子喽啰，将党民兵的双手捆住。留下郝强由扎西卡看守，党民兵被高个子喽啰带走。党民兵被带走的时候，回头看了郝强一眼，那一眼看得很绝望，好像两人再也见不着了，看得郝强低下头，后背心湿了一片。

　　翁蔑凶了脸跟扎西卡鸟语几句也走后，扎西卡把郝强从驾驶室带到船室。那个房间是柳向西住的，一双蓝拖鞋整齐地摆放在床下，床上的被子叠得方方正正，苦着花枕巾的枕头夹在被子中间。侧面墙板上挂着柳向西女儿的照片，照片装在一个仿古相框里。照片中的女儿头歪着，一手抱着只布狗狗，一手在耳边作V字状，左脸上有一个小酒窝，溢满甜甜的笑。孩子的照片最初是贴在墙板上的，用透明胶带粘着四角。有一次他过来看见了，就送了柳向西这个相框。相框是用红木做的，是他的一个朋友送。那朋友做红木家具，利用做家具剩下的边角料，做了几个相框送人，当初送他的时候他没要，朋友骂他有眼无珠，就是卖钱也能卖几个。他说你送我的东西，我怎能卖呢？朋友说我又没让你卖，是让你装你的光辉形象。他说你挖苦死我了，就我这副嘴脸，还光辉形象？后来看到柳向西孩子的照片，觉得那相框的大小正适合，回到景洪便专门跑了一趟，从朋友那里要来。

　　送给柳向西的时候，柳向西很意外，看出是红木做的，觉得有些贵重了，推来推去咋也不要。他把相框塞到柳向西手里，说我也是朋友白送的，你也就当白捡的，把孩子的照片装上多好。孩子的照片装上以后，显得更加漂亮活泼，还多了一种贵气。柳向西挂起来看了又看，对他总有些过意不去,去年过年从老家回来,给他带来两袋墨江紫米。

现在相框中的孩子,正冲他甜津津地笑着,笑得他越发心烦意乱,不知道柳向西怎样了,其他弟兄怎样了。柳向西同老婆离婚后,像其他离婚的弟兄一样,平时除了跑船,心里装着的就是孩子,孩子越小越牵挂。在孩子相框下面的墙脚处,放着一本印制粗糙的《老皇历》,红皮封上印着财神爷、老寿星、送财童子,上批"2011辛卯年",下批"日观大吉,夜观无忌"。一阵窗风诡异地吹进来,从他面前窜过去,像要翻给他看似的,书哗啦一声被吹开了,吹到"丁酉月,癸巳日"一页:

宜:开市 交易 立券 纳财 挂匾 栽种 祭祀 祈福 开光 拆卸 动土
忌:嫁娶 破土 进人口 出行 入宅 移徙 出火 纳畜 词讼 安葬
冲:蛇日冲猪(丁亥)煞东
彭祖百忌:癸不词讼 理弱敌强 巳不远行 财物伏藏
财神:正南 喜神:东南 福神:正西

郝强心头一惊,感到那书在跟他说话。他不会推算天干地支,"丁酉月,癸巳日"是哪月哪天,但从同页的"2011年10月5日"看,应该说的就是今天。

那些话他半懂不懂,最明了的是财神、喜神、福神,现在他跑船的方向是西南,既非"正南"也非"正西",但西和南都沾边,财神和福神都靠谱。湄公河一路弯转,到了越南扎进大海,正是东南方向,喜神也迎得上。也就是说,今天跑船3位神爷都能逢上,应该说是黄道吉日。可是又忌"出行",什么"理弱敌强",好像今天跑船又不好,眼下不就是"理弱敌强"吗?

《老皇历》这种地摊书,其他弟兄也有,都是花几块钱买个消遣,尤其是途中没事干的时候,用它来打发时间。除了跑船必须买的,必须硬着头皮看的书，别的正经书他们一般不买，而且买下也不一定能看懂。湄公河上跑船的人，多半只上过小学初中，常常互相取笑没文化。跑船主要靠"传、帮、带"，跟着船老大闯荡，像河里礁石被淘个够，淘得胆大、心细、熟练了，就把一条河读懂了。

郝强把目光从书上移开，回头朝门口瞟了一眼，看守他的劫匪扎西卡，也正朝房间里瞟他，半张脸躲在门框后面。两人目光相遇时，扎西卡狠狠瞪了他一眼，瞪得他心里直蹿火，想冲过去一脚踹飞那小子，可看看手上的手铐，蹿起的火又蔫了。

船下的劫匪呼喝着，听不懂在说什么，但能听出是呼喝船员，推推搡搡地踩踏着甲板。玉兴8号上的船员，好像都被赶到了他船上。船下劫匪不再呼喝，脚步声也平息后，除了机器的吭哧声，整个船静悄悄的。河水从船下流过的碎响，与河面上奔腾的喧哗，更衬托得船上像屏蔽了，静得有些不真实，刚才发生的一切好似做梦。

郝强在挨床头柜的床边坐下，背后隔着房间、门外的通道，还有通道另一侧的船室，柳志刚的船根本看不到，他船下的情形也看不到，能看到的只有窗外的大河，与河那头山峦起伏的老挝。在远远的山背后，一股烟正由白变黑，愈来愈浓烈地升起，那是老挝山民在烧山，大火顺着山坡往上蔓延，烧光草木种上庄稼。烧焦的土地可以想见，黑苍苍地挂在山上，与途中见到的一样。未烧尽的树桩，有的冒着残烟，风一吹又燃起来。若是在晚上，树桩被夜色隐去，火焰凭空燃烧着，像瘆人的鬼火。沿岸的山林和村寨静静的，树木掩映的佛塔像打坐入定的僧人。岸边不见船不见人，沙滩泛着耀眼的白光。一只河鸟从窗前飞过，翅膀一闪一闪的，能听到扇动的声音。

又一艘长尾快艇驶来，超过两船后耍个急转弯儿，掉转头扎下来，在郝强看不到的船前面停下。快艇掉头经过窗前的时候，他看到艇上放着四个白色编织袋，一个劫匪拿着绳索和胶带什么的。快艇挨船停下后，他听到在一个人的指挥下，劫匪好像把带来的东西，一部分搬到了他船上，一部分搬到了柳志刚船上。同时用带来的绳索，像在重新捆绑船员。他不知道今天劫匪想咋呢，以往上了船只是把船员赶到甲板上，让抱住头蹲在那里，今天不但给他戴上手铐，还把船员都捆绑了，而且对财物也不像以往上心，不知其他的船室怎样，柳向西的房间什么都没有动过。他感到很不对劲，但不对劲是不对劲，他并没有想到劫匪要杀人，更没想到今天他会躺枪，原来劫匪盯的只是玉兴8号。

郝强正纳闷的时候，看到从上游下来的华鑫6号货船匆匆而过，船长李天民站在驾驶室里，一绺头发被窗风吹得站了起来。按照弟兄们的习惯，途中相遇一定要用对讲机打招呼的，他相信华鑫6号呼叫自己了，只是自己听不到，即使听到也无法回应。劫匪就守在门外，不时探进脑袋来瞄他一眼。

其实除了华鑫号，还有一艘船也曾经过，只是郝强没有看到，那就是他侄儿郝天翔当船长的昨天因为等客人拖延了时间的纳鑫号。当时，郝天翔在关累没跟着船下来，但是另一位侄儿郝天驰在船上，他看到两艘船停在那里，也看到了船上拿枪的人，他以为又被拦住"检查"呢，检查完了就会放行，便没放在心上。

望着远去的华鑫6号，郝强眼巴巴的，目光像绞滩的钢丝绳，嘎叭叭快扯断了。他不知道李天民看到坐在窗前的他没有，察觉到异常没有，发现他们被劫持了没有……

·23·

命殒湄公河

船下复归平静后，一个左脸从耳垂到鼻翼横着一条刀疤的劫匪上来，在阳光明晃晃的通道口停下，身影被背后的阳光抻得老长。他冲门口看守的扎西卡呼喝几声，扎西卡赶快进房间把郝强带出来，在同伙的监视下押至驾驶室，用枪比着开船。

郝强的脸阴成礁疙瘩，鼻梁快被压垮了，他呜呜咽咽拉响汽笛，驶离一块停靠的玉兴8号。两船的驾驶室相错时，他没有掉头去注意柳志刚，柳志刚却掉头注意到他了，从他礁疙瘩似的脸上，感到他的心情和自己一样。两个跑船的老江湖都高兴得太早了，没想到途中开玩笑的话真应验了，但这次劫匪要命不要财，一场屠杀正等着他们。

在劫匪快艇的押解下，华平号行驶在前面，玉兴8号跟在后面，一前一后离开停靠的礁石。窗外大水漫漶，反射着灼目的阳光，有时候还出现晕圈，郝强眼前一片迷茫。他眯了眼睛，极力保持心气平和，把注意力集中在驾驶上。船上装着货主上百万的货物，一多半是皮脆肉嫩经不起折腾的水果，一旦失手损失就大了。

可是心气泛上泛下，他仍免不了走神，今天这伙王八蛋，不知道究竟要想干啥。

郝强越想越不安，两年前中油1号返程时，一个叫白军的船员就被打死。那天，中油1号从缅甸万崩码头一动身就被盯上了，两三艘快艇穷追猛打，在孟喜岛附近白军遇难。一颗子弹从腰窝钻进去，把一条命热辣辣夺走了。白军是柳向西的老乡，一个可爱的小兄弟。原来在关累打工，给船装卸货物，几个月前才当了水手，死时刚刚二十出头。因为是家中独苗，对父母打击很大。母亲精神失常，说她儿子没死，过几天就回来。父亲也因悲伤和劳累，患上心脏病和风湿性关节炎。一个姐姐远嫁到了四川，家里只剩下二老，父亲为讨个说法四处奔波，一说起儿子来就老泪纵横。

郝强不敢再往下想了，却又挡不住不想，不安像水里的葫芦，按下去漂起来，跟他死较劲。他尽可能往好处着想，想劫匪同以往一样，今天也是冲财物而来，只是还不到抢劫的时候，到了孟喜岛或许才动手。他甚至产生一种渴望，渴望劫匪现在就抢劫，只要弟兄们好好的，其余的想抢啥就抢啥，就顶这趟船白跑了。他瞟一眼看守他的劫匪，想从劫匪脸上得到点什么，劫匪回头发现他看自己，便脸恶地"嗯"一声，点点枪口示意他认真开船。

两艘船从弄要下来，很快经过散布岛，孟喜岛出现在前方。大水从岛的两侧分开，漂着一堆荒草野树。汪汪洋洋，不是向下漂，而是向上漂，迎着船漂来。往日可怖的孟喜岛，在郝强眼中变成了救命稻草，他想到了孟喜岛劫匪就会动手，一通翻箱倒柜的抢劫后走人。他不由得加快船速，赶快到达孟喜岛。孟喜岛越来越近，岛上挺立的野树像在恭候着他，他支棱起耳朵希望听到船下劫匪的呼喝声，那个曾站在通道口的劫匪跑上来，像先前呼喝他身边的劫匪开船一样，呼喝他停船抢劫。

可船到了孟喜岛，也不见劫匪有抢劫的意思，进入孟喜岛右侧的航道，还不见劫匪有抢劫的意思。孟喜岛右侧的航道水深，但比左侧的航道狭窄多了，两岸看上去离船很近，一个飞身就能跃过去。此刻缅甸一侧静悄悄的，孟喜岛一侧也静悄悄的，都默默注视着经过的两艘船，与劫匪押船的长尾快艇，它们掀起的波浪扑向两岸，冲刷着岸边偃卧的草木。泥土塌陷的地方，露出潮湿的草根和树根，一绺绺须一样垂挂着，或一团团虫似的盘蜷了，有的根白嫩得耀眼。如果蹙起鼻子闻，能闻到一丝根的甜气。

经过孟喜岛的时候，郝强巴望着劫匪赶快抢劫。可是船过了孟喜岛，又过了相邻的沙滩环绕的会汤岛，依然不见王八蛋们行动。郝强一遍又一遍顾盼窗外的快艇，一遍又一遍聆听船下的动静，一遍又一遍拿眼角瞟身边的劫匪，都一遍又一遍地失望了。再下去，就是老缅的万崩码头与对岸的老挝孟莫码头，过了这两个码头很快就进入泰老水域，由于泰国军警巡查得比较紧，劫匪通常是不会动手的。

不安纠集在他心头，郝强感到恶闷闷的：今天这伙王八蛋到底想干啥呢？

他想到了党民兵那绝望的一眼，也想到党民兵昨晚所做的梦。一路上他太自以为是，在党民兵面前太冲壳子了，难道真要发生什么可怕的事情？这个令他发毛，一直害怕冒出来的念头，终于冒出来了。心像血压计的气囊，被狠狠捻了一把，捻得他两眼发直。他赶紧把冒出来的念头，像掐豆芽一样掐掉，依旧拼命往好处着想。

今天劫匪是不同寻常，但不是要杀人放火，大概还另有图谋，比如拿他们做交易，除了船上抢劫的财物，再就是敲诈一笔钱。半年前渝西3号就是这样，劫匪抢劫了船上的财物，又敲诈了金木棉一大笔钱。不管怎么吧，只要能像渝西3号，劫匪最后放人就行。船上的货物他也担心，但劫匪一般是不要的，对水果呀大蒜呀，远不及对日用品感兴趣，连拖鞋和手纸也看得起眼。他想抢劫的地点，劫匪应该是早踩好了，只是不知在何处，真拿他们做交易的话，不知被敲诈的又是何人……

船行至缅甸万崩码头，灰塌塌的码头上不见人，码头下停泊着两三艘船，没有一艘是中国的。半个月前，"二哥"罗建春的载鑫号，就是在这里被缅兵抓差，拉上缅兵去攻打劫匪的。对面的老挝孟莫码头下，也停泊着两三艘船，都是黄瓜船。码头上一样冷清淡水，木棉树漠然地挺立着，几个人面朝河袖手站着或蹲着，有一个躺在树下的吊床上，样子比船还要懒散。看到4艘快艇押着两艘中国船下来，只有躺在吊床上的人吃惊地坐起来，吊床下卧着的黄狗也抬起头，注视一番后跑到岸边汪汪几声。

郝强一面注视着窗外，一面留心船上的动静，劫匪仍没有动手之意。经过两个码头又行驶一段后，在右岸树木郁郁葱葱的背后，出现一片连绵的屋顶，屋顶下的一排排窗口若隐若现。暗红色的屋顶既整齐又漂亮，从屋顶就能感觉出整座建筑的气派，那就是缅甸的天堂赌场。在树木遮挡下透着神秘，能想见里边的纸醉金迷，但看不到有人出入，即便看到了亦如阳光下的影子。只有走进悬挂着巨型水晶吊灯，地面由大理石和柚木铺设的赌场大厅,一个个影子才会变得真实起来。脸比钞票还挺括的赌佬们,"大多身披风衣,穿着聚酯长裤和高尔夫球上衣,脖子里挂着雪茄粗的金项链,手腕上戴着劳力士金表,指头上套着大钻戒,啤酒肚一腆一腆的"。

每次跑船都路过天堂赌场,郝强却从未去见识一下,其他的弟兄也没几个去过,他们不是不想去,是不敢去。去过的大开眼界,说玩的并不都是有钱人,玩小的也玩得起,但是开开眼界就行了,那不是他们去的地方,一旦把持不住就落水。赢多了根本别想走,总要让你把赢下的掏出来,输多了欠下债更别想走,必须拿钱来赎人。有个四川小兄弟,开眼界开得上了瘾,偷偷去玩了3次,结果玩得鼻青脸肿。多亏老子是个矿老板,把欠下的赌债替他还了,如果靠他跑船来还,下辈子也还不完。他们闲下来也赌,只是打打牌,搓搓小麻将,逗个乐子而已。

与天堂赌场远远斜对着的,是下游的老挝金木棉赌场,两个赌场到了晚上灯火辉煌,把半个湄公河照亮了。金木棉赌场比天堂赌场大多了,老挝叫金三角经济特区,外界称"金木棉帝国",除了开赌场还经营别的。去金木棉赌场非常方便,走陆路可从孟莫码头过去,走水路可从河上直接过去,花几个泰铢坐上接送的快艇,比走陆路还快。金木棉赌场郝强也没有去过,其他弟兄去过的倒是不少,他们去了并不是赌博,是为多挣几个钞票,或开快艇接送客人,或开货船运送货物,比给国内的老板跑船挣得多。

郝强驾船驶过天堂赌场,金木棉赌场便出现在左前方,没有树木遮挡一览无余。赌场专用码头的斜坡上,用红字写着一幅广告:"金三角经济特区欢迎您"。一划的水泥码头非常整洁,不是万崩码头和孟莫码头比得了的,码头下停着一艘货船和两艘快艇。岸上一个金色的半球形屋顶异常夺目,夺目的屋顶下便是赌客麇集的赌场,"有3个关累码头大"。那耀眼的屋顶,让人无须光顾即可想见内里的奢华,连大厅的柱子都用金箔包了,也可想见赌客们玩得忘乎所以,尖叫声与唉叹声不断。还有赌场外的灯红酒绿，妖冶的妓女来来往往。

从天堂赌场到金木棉赌场，船就进入金三角核心地段了。湄公河和湄塞河交汇，河面变得海阔起来，一扑一扑地要溢出岸堤，船也明显多起来，各色游艇驶来跑去，载着穿救生衣的游客兜风。老缅泰三国隔河而望，泰国旅游码上端坐的大佛金光闪耀，傍午的旅游码头上熙熙攘攘，不同肤色的笑脸比阳光还灿烂。

郝强的心情也稍稍壮阔起来，尤其是看到大佛后，像往常一样感觉有了依靠，礁疙瘩似的脸舒展了许多。妻子王竹在船上当厨娘时，每次途经这里都会面朝大佛方向，站在房间的窗前双手合十，默默地祈祷一番。今天，他也在心里祈祷起来，"吉地吉地（揭谛揭谛），菠萝吉地（波罗揭谛），菠萝神吉地（波罗僧揭谛），菩提沙坡河（萨婆诃）。"这几句话是妻子教他的，说跑船时只要默念它，佛就会感应保佑。妻子也是嫁给他以后，跟船上的其他厨娘学的。妻子教他的时候，他嘻嘻哈哈的，也不是他不敬佛，只是搞不懂啥意思，像船老大当年给他侃广东民谣一样。他说不就是个菠萝么，菠萝不就叫凤梨嘛！妻子白他一眼说，我不跟你贫嘴，你可要记住了，别平时不烧香，急来抱佛脚。

高高的大佛在上，今天就算他急来抱佛脚吧，相信大佛不会计较，会保佑他和弟兄们的。再一个让他鼓起信心的，是按照他们以往的经验，进入泰国和老挝河段，越往下走越安全，劫匪行凶作恶都是在缅老河段。还有来来往往的船只，也让他增加了安全感。也就是说从现在开始，劫匪有胆量抢财劫物，但不敢轻易伤人害命，他相信劫匪是为财而来的，到了踩好的抢劫地点，得手后就走人。

他想柳志刚想的，也一定和他一样，柳志刚比他经验更丰富。以往一进入这片水域，看着行驶的中国货船，比其他国家的牛高马大，柳志刚就自豪得不得了，感觉像郑和下西洋。柳志刚第一次跟他吹时，他并不知道郑和是谁，可是又好像听说过，郑和不就是个郑和嘛。怕在柳志刚面前丢丑，他说上学的时候听老师讲过，只是脑子差记不清了。但结果还是丢丑了,他问柳志刚,郑和是哪里人,这会儿还活着吗?柳志刚听后笑喷了,笑他真没文化,说郑和是他们云南人,现在在南京的牛首山下养老。

此刻,柳志刚的船紧跟在他的船后面,经过旅游码头后,躲在他船后面的两个劫匪出现在船头,有一个脸上横着刀疤。两个劫匪与快艇上押船的劫匪,一起挥舞着枪呼喊前面的船艇让路,被喊的船艇有的着忙,赶快靠一边行驶,有的依旧漫不经心,好像类似的诈诈唬唬见多了。

两艘船疾驶而下,郝强盘算着里程,很快就到清盛港了。到了清盛港人多船多,中国的船都停在那里,还有码头上的警察,劫匪断不敢伤人害命,甚至抢劫财物也不可能。如果在清盛港为非作歹,劫匪就脑子注水了。可是不在清盛港动手,又会在哪里呢?今天劫匪像玩迷魂阵,他实在想不出来了。

在郝强的疑惑中,船驶入一个僻静的河湾,岸上的一个劫匪向快艇上的劫匪和他船上的劫匪招手致意。看守他的劫匪,拿枪在他背后抵一下,示意他把船慢下来。船慢下来后,郝强仰头吐口气,想劫匪终于要动手了,可他压根儿没想到,会是这么一个地方。对这个不显眼的河湾,他以前并未在意过,还有岸边的那棵树,叫不来名字的树,更是没有在意过,都没有留下什么印象。相邻的吊车码头倒是熟悉,那个挺立的码头吊车,每次路过远远地就能望见,在视线中一寸一寸长高了,眺望着他们的船过来,又目送他们的船远去。今天也一样,他早瞭到了。

河湾位于泰国一侧,在岸上劫匪的指挥下,郝强驾船慢慢靠了岸。翁蔑从快艇跳上郝强的船,带着脸上横着刀疤的劫匪冲上来,叫横着刀疤的劫匪看住郝强,让扎西卡下去系船缆。扎西卡把船缆系到岸边的树上,又返回来看守郝强。过了一会儿翁蔑又上来,拿手枪点着扎西卡的头说,听到下面枪响就开枪,如果不开枪我就打死你。

翁蔑问扎西卡:记住没有?

扎西卡回答:记住了,记住了。

郝强听不懂两人的鸟语，被困在驾驶室也出不去，只想在驾驶室里待着，想通过驾驶室三面的窗口，或多或少了解一下船上的情况。但是看守他的劫匪，用枪比着他离开了驾驶室，他不情愿地瞅一眼劫匪，劫匪凶神恶煞地回敬他一眼。劫匪的目光充满杀气，像眼中捅出两把刀子，他心里不禁打个冷战，想起柳向西那绝望的一眼，又不禁打了个冷战。两个冷战打得他的心重新悬起来，这伙王八蛋，今天真要干啥？

郝强略略舒展的眉头又拧起来，他被劫匪又押到柳向西的房间，背朝门坐到放着那本《老皇历》的床上。《老皇历》被风吹开的书页仍未合上，墙板上相框里的孩子依旧甜甜地笑着。孩子的笑更加剧了他的不安，加剧了他摆脱不安的渴望。在不安与渴望的纠缠中，他继续拼命地往好处着想，准备渡过今天这一劫，回去一定腾出时间来，让弟兄们回家看看妻儿老小。他也回去看望一下，把今年剩下的几个月干完，说什么也不再干了。

窗外阳光乱晃晃的，像窗下凌乱的水声。隔着丈把宽的水面停着玉兴8号，他从挨小甲板房间的窗口一个个看过去，又从驾驶室一个个窗口看过来，窗玻璃有的关着有的大开或半开着，所有窗口看遍了也不见一个人。玉兴8号的驾驶室里，柳志刚即使在他也看不到，但他还是抻长目光看了。他想从玉兴8号得到证实，证实他渴望的准确性，破了财免了灾。他船下的情形啥都看不到，只能听到劫匪呼呼喝喝，与被推搡的脚步杂乱的踩踏声。他已经无心顾及自己船下了，只希望玉兴8号的窗口上出现一张脸，给他一眼或一笑的暗示，暗示大家伙有惊无险，但窗口上半张脸也没有，失望渐渐凝聚成他满脸的沮丧。

就在郝强巴望着玉兴8号窗口，不断有旅游快艇驶过河湾口的时候，翁蔑又打发一个喽啰上来，他在通道里不停地来回走动，每走几步就掐汗毛一样掐一下脸上的粉刺，把掐出的脓随手弹掉，或者抹到通道壁上。这个家伙，扎西卡以前并不认识，块头比他大一围，长着一双大耳朵，像头烦躁的黑熊。扎西卡有点怕这头"黑熊"，"黑熊"在通道里来回走动，他的眼睛也跟着来回走动。船下响起枪声后，"黑熊"过来夺走他的冲锋枪，把自己的手枪塞给他，恶了声对他说：你要是敢不开枪，我就送你见鬼去。

郝强最担心的事发生了，不仅他倒在血泊中，船上的弟兄都倒在了血泊中。就在船下开始屠杀，扎西卡在他背后开枪的一刻，他还在竭力打消自己的忧虑，劫匪只图财不害命。扎西卡双手端着手枪站在门口，对准坐在床边的他扣动枪机。扣动枪机的时候，扎西卡把脸扭向了一边。郝强"啊"的一声。在郝强的惨叫声中，扎西卡又扣动枪机，郝强面朝前一倾，软晃晃地倒在床上。柳向西女儿的像掉了下来，两大滴血溅到相框上。将近一年后，扎西卡被押上中国法庭受审，他回想杀害郝强的一幕，做出的姿势仍很形象……

第七章
― 百年悲歌何时了 ―

·24·
神仙种，神仙地

高高的山坡上，
美丽的罂粟花，
阿妈在罂粟地上辛苦地划，
划出的每一滴罂粟浆，
都是全家生活的保障。
烟农的儿子无知的我，
鸦片用来做什么？
……

在掸邦与中国相邻的几个特区中，可以说果敢最让中国人的情感纠结，一有风吹草动就牵挂起来。至于为什么说"最"，有些话只能闷在心里。像中国丢掉的好多土地一样，果敢也曾是中国身上的一块肉，清末被英国一刀割给了缅甸。在果敢残存的界碑上，至今能看到被割的"刀疤"。

可是肉割走了，并不等于血脉也割断，用果敢王彭家声的话说，"天下华人是一家，打断骨头连着筋"。在果敢，占人口87%的果敢族，老根儿在中国，一百多年来不管如何，都改变不了他们的民族认同感，抹不掉他们身上的"汉味儿"。在缅北流传着一句话，"出国（中国）容易，出省难"，意思是到中国比到缅甸其他地方还容易。这个"容易"，既有地理上的便捷，更有情感上的贴近。几乎"贴近"到了生活的方方面面：

> 讲的是汉语，用的是人民币，耳朵里听到的是中国过时的流行歌曲，《2002年的第一场雪》到2012年还在嘹亮地飘，录像厅里放的是中国武打片，各种店铺都有中文标牌，店中陈列的商品也都是中国货。水、电、煤气供应也来自中国，甚至连电话区号和上网的IP都是中国云南的。大街上最醒目的是中国移动的营业厅，电信广告写着"国内长途××元"，不要以为那"国内"指的是老缅，而是中国。

果敢古称"麻栗坝"，从何时起改叫的"果敢"，一直到现在也扯不清。至于"果敢"的出处，一说源自傣语"高岗"，意为9个伙头管理的地方；一说跟一座山有关，那山叫科干山，由中国境内延伸而至，取其谐音"果敢"；一说"果"是"九"的意思，"敢"是地区之意，也有"人家"之意，传说这里当初只有"九户人家"；一说果敢的英文名是"Kokang"，可解释为"居住在缅甸金三角的一支来自中国的少数民族"。除此之外，还有一种很现实的说法："果"即"果断"，"敢"即"勇敢"，如果没有果断勇敢，他们是生存不下去的。果敢曾饱受苦难，先后被木邦、英军、日军、国军、缅共等占领，赶走一拨又一拨。

在日军占领期间，时任土司杨文炳最初还抱有幻想，给打到家门口（滚弄）的日军，"赶了一批菜牛，驮了些银洋送去"，希望能放果敢一码。但是日军嫌少，向他再要60万大洋，300条枪支。在之后的进攻中，日军将果敢老街、炸地林新衙门烧了个精光，将南湖塘村血洗。杨文炳求助"英国殖民当局不被理睬"，便投奔中国远征军，在重庆受到蒋介石接见，"获得'青天白日满地红'金质奖章及佩剑等馈赠"。他一面给远征军提供帮助（曾"提供米、肉、蔬菜及食盐"16个月），一面拿起武器带领民众抗战。当时的果敢武装"红包头"（之前叫"老差"，也就是土司卫队），被远征军改编为果敢抗日自卫队（后因内讧，又改成果敢抗日自卫支队），一共有4个大队500多人。个个头缠红巾，身着皂白短打装束，腰挎大银刀，肩扛"英造大十子枪"，既有点像印度巡捕，又有点像清朝衙役，看上去不伦不类。就是这样一支队伍，与日军血战百余次，120多人血浴疆场。因为抗日有功，战后杨文炳被英国授予OBE勋章；也因为抗日保土有功，1948年缅甸从英国手中独立后，果敢人得到了缅甸政府的承认，成为缅北的一个少数民族。从此，汉人变成了"果人"，汉语变成了"果语"，汉文变成了"果文"。

在长期的你争我夺中，果敢像一张撕来扯去的水牛皮，被扯得剩下2026平方千米。境内90%是山区，除麻栗坝、大石缸坝、牛坪子坝、小靠坝4大坝子外，再无大块平地，其中麻栗坝是最大的坝子，面积近90平方千米。麻栗坝是汉族人的称谓，因生长着茂盛的麻栗树而得名。在中国的老地图上，所标的麻栗坝就是果敢。1840年以前，"为上、中、下六户地，分设经勐伙头，实行部落领主分治"。1840年之后，"被朝廷册封为统一的地方政区"，由土司世袭统治。最大的寨子有四五百户，最小的寨子仅几户人家。每个寨子由一名伙头管理，到了"乡一级，由一个千总或把总来管"，在千总以上又"有属官，即首领的亲戚或亲信"。所有上传下达的事情，由"兵丁'小催'或守信人员"跑腿。

明末清初，南明永历帝的一些残臣旧部和后代逃到果敢，隐姓埋名苟活下来。其中有一位来自南京柳树湾大石板的叫杨高学的武将，一路追随永历帝到达云南后，在顺宁（今凤庆）看上一位茶商之女，于是放弃反清斗志，在"温柔富贵乡"过起小日子。到了他儿子杨映手里，杨家靠经销茶叶发达，便有人向清廷告密，说他是明朝忠臣的后裔。杨映"意识到危险可能降临"，就带着老婆和3个儿子杨富才、杨献才（一说杨猷才）、杨高才从顺宁逃到果敢。在果敢落脚后，特别是他的二儿子杨献才（习称"杨锅头"）非常能干，不仅重振家业还当上"茅扎"，并为杨家后世当土司立下规矩：

（一）知识和经验超越别人；（二）果断；（三）得到人民的拥护；（四）是遵纪守法和品德高尚的模范；（五）是人民生命财产的保护者；（六）有正义感和仁慈心；（七）要有个人魅力和领导艺术。

杨家土司的世袭大印，传至杨文炳已是好几代，再传至他二儿子杨振材时，被缅甸政府强行收回去，以议事会取代土司行政。一起被收回大印的还有其他土司，缅甸土司的历史从此结束。在二战之前，果敢受木邦土司管辖，是木邦辖下的49个县之一。木邦"又名'兴威''新威''登尼'或'北丹尼'"，原为中国元朝"册封的'大理金齿宣慰司所属木邦路军民总管府'"，明洪武十五年（1382年）"改封木邦府"，万历三十四年（1606年）"归附缅甸东吁王朝，另立'孟密思礼领其众'"。二战以后果敢脱离木邦，"由一个附属邦，晋升为一个独立的邦"，土司地位也由"茅扎"（或曰谬萨，区镇级土司），晋升为"坐把"（或曰诏帕，县级土司），成为掸邦33个大土司之一。

在果敢的风雨变迁中，杨家享尽做土司的荣华富贵，也经历了一次次苦难，尤其是土司的老椅散架以后。1965年在缅军围攻下，一部分杨家人西渡萨尔温江，在金三角国军的帮助下向泰国逃亡。一千来人（"包括妇女、儿童、士兵及带路的200人的国民党残军"），像蚂蚁一样爬行在深山老林，"有时几天找不到食物，孩子哭到哭不出声来，大人累到喘不过气来"，只能以"山茅绿叶充饥，比如芭蕉树、玉麦秆，甚至稻草"。

中途翻越一座大山时，因山上寸草不生，水见不到一滴，"为了解渴，一些人喝牲口的小便，一些人喝孩子的小便，一些人则干脆喝自己的小便"。好不容易发现一个山洞，洞口吹出的习习凉风，让他们误以为洞里有水，十几人不顾一切爬了进去，结果一个也没有再出来。

杨家统治果敢期间，并不像其他地方的土司黑暗，从杨献才立下的规矩就能看出，特别是到了杨文炳一代，不少杨家子弟受过良好的教育，对待老百姓相当开明。杨文炳就是这样，他精通汉、英、缅、傣4种语言，对"世界文化哲理、社会科学，无不熟谙"，一生为果敢的"和平与安宁"奔波，希望和平与安宁"永远降临给"他的人民。

但是，"和平与安宁"在果敢太难了……

1950年冬月的最后一天，杨文炳在果敢竹瓦寨去世。距今已近70年了，在果敢乃至整个缅北，他生前"和平与安宁"的愿望仍是一个梦。动不动烽烟四起，直到今天还在打，再加上贫穷的困扰，好多山区老百姓家徒四壁，"全部家当用一张被单就能卷走"。

由于种粮食不行，"种一山坡，收一锣锅"，老百姓要想活下去，以往只能依靠种鸦片，而且"越穷越种，越种越穷"，种得老百姓本末倒置，种粮食不会种了，种鸦片反倒成了把式。再一个是前面讲过的，金三角种粮食不行，种鸦片却非常受活，"砍一片山，烧一片荒"，拿点种棒点种上就行了。就像"黄毛子"说的，罂粟是"神仙种，随种随长"。在果敢山区，一亩地种粮食打不下几斤，种鸦片至少可产半"拽"，一拽烟行情好时能卖人民币四五千块，行情不好时也能卖一两千块，比种粮食强得多。

鸦片传到果敢，在果敢还属于中国的时候，种植罂粟是受"查禁限制"的，直到1897年果敢被割走，"受到英国殖民当局的鼓励和保护"，才变得"合理合法"。英国在果敢鼓励和保护种植鸦片，主要出于两点："一是，由于果敢在边界战略上的地位，英国政府希望巩固果敢对他们的忠实，不让他们投靠中国。二是，果敢土司一直都在维护边界和平，这样就为政府省下一笔为了维护边界安宁而驻军的军费消耗。"

在英国的鼓励和保护下，"罂粟种植，曾长期成为果敢主要的经济作物；鸦片产出，曾长期成为果敢农业收入的大头；鸦片交易，曾长期成为果敢商贸的大宗"。与之相关的烟课，也曾长期成为果敢财政收入的主要来源。19世纪后期，果敢的罂粟种植，"大约1万英亩，即6万多亩"。进入20世纪，到了1965年，"增至2万英亩，即12万亩左右，产出为3.2万拽（4.8万公斤）"。按当时果敢的户数（8581户）和人口（44945人）计算，"户均种植约14亩，户均产烟约3.7拽（5.6公斤）"。最高峰的时候，也就是1980年代之后，达到15万亩左右，"一度成为东南亚泛金三角鸦片主要产地之一"。

每当鸦片收获时，烟民们就站在齐腰深的罂粟地里，一边割烟一边歌唱："满山的洋烟花开了，那是钱来了，外出的亲人你在哪里呀，还不如回家种洋烟。"

鸦片收获以后，各路烟贩蜂拥而至，最紧俏的年份，鸦片还未收割就急着订货。到了20世纪初，果敢已名扬金三角，成为重要的鸦片集散地，每年都要举办盛大的"烟会"，也就是鸦片交易会。烟会期间，通往果敢的路上尘土飞扬，络绎不绝的商旅，有从四川、云南赶来的，也有从泰国、印度赶来的。当时云南的永昌祥、复义和、茂恒等大商号，都在果敢老街设有分号，每天进出的骡马数以千计。

前来的马帮浩浩荡荡，骡马头上镶嵌的小圆镜，一颠一晃地反射着阳光。每头骡马的脖子里都戴着铃铛，戴大铃铛的表示"重要"，戴小铃铛的表示"配合"。由马锅头带领着，路上不管遇见什么人，只要不妨碍自己，就大路朝天各走半边，看见只当没看见。他们并非影视中演的，敢大声喧哗，敢亮开嗓子唱歌，因为"菩萨不保佑长舌头的人"，那是犯忌的。他们带来的货物每年大同小异，通常除了日用百货，就是大宗的粮食、盐巴、布匹等。老百姓只要手里有烟，啥东西都可以买到，也可以用烟换取，"连小菜佐料都不必麻烦自种"。

在一年一度的烟会上，最大的买家是从印度来的英国人，每年要买"上千驮的鸦片，最多时达到200吨之巨"。由于购买量大，他们不得不雇用当地的马帮，当地人叫"赶洋脚"，报酬比跑单帮高两三倍。早在此之前，也就是英国人刚来的时候，他们就开始雇用果敢的马帮，特别是有了军事行动，"需要上千的骡马运送军需物品"。受雇的马帮从江（萨尔温江）西回来，不但银洋白花花地发了财，还带回各种各样的洋货，香烟呀毛呢大衣呀，"使驮脚成为一种很茂盛的贸易"。彭家声的先祖彭光廷，从四川会理流落到果敢后，就是靠赶洋脚起家的，刚来了只是一个用人，给杨家土司的属官养马喂猪。

手持文明棍的"黄毛子"，在烟会上既抬高了烟价，也使马帮变得吃香起来，直到他们结束对缅甸的统治，对烟会的影响才不复存在。但无论烟价抬得多高，从果敢到偌大的金三角，赚钱的并非老百姓，而是那些操控鸦片的人。老百姓都是受害者，活在"金字塔"的最底层，很多地方的老百姓，现在跟过去一样活得可怜。在黑漆漆的茅草屋里，"火塘边铺上几块草席就是卧床，三角灶上的铁锅和墙角堆放的砍刀、点种棒等简陋的农具就是全部的家当，几串干苞谷挂在房梁上，被烟熏火燎得发黑"。妇女赤裸着上身，孩子腆着营养不良的罗锅肚，跟母亲的奶子比大小。

走进金三角的村镇，你会感到"极大的反差，贫穷与豪华、原始与现代奇异地交织在一起"，赌场、商店、饭馆、卡拉OK厅林立，一到夜晚灯红酒绿。寨子里的头人光着脚，嘴里呼噜着老闷筒，手上戴的却是劳力士手表，身后的小洋楼上安装着"卫星锅盖"，屋里电视机的声音开得老大。凡是"有地位的人家，门前都停着一两辆'大驾'，作为身份的象征"。通往寨子的红土路上，不时扬起滚滚尘土，有奔驰宝马一类的豪车驶过。

从20世纪末开始，随着果敢取缔鸦片种植，果敢烟会也成为历史。

但烟会收场了,并不等于鸦片也收场。在一片喊打之下,金三角的鸦片种植收敛了几年,近年来在新型毒品的掺和下,又大面积死灰复燃。毒贩从山民手中收购下鸦片,然后层层加码倒卖出去。

在缅北一些鞭长莫及的集市上,每当鸦片收获以后,现在仍能看到有人在做交易,"混杂在熙熙攘攘的人流中",蹲在那里兜售鸦片。

"神仙种,神仙地。"追溯罪魁祸首还是英国人,是他们当年打开潘多拉魔盒,在金三角释放出鸦片这个魔鬼。就像坤沙曾经接受美国记者采访时说的:"如果你们哪怕有一点点历史知识的话,请不要忘记,是谁在一两百年前强迫我们接受鸦片,把鸦片播种在我们亚洲土地上的?又是谁,大肆进行鸦片贸易,到处推销毒品,不惜进行鸦片战争?都是你们西方人!"他们留下的恶果已根深蒂固,包括替代种植在内,如果世界为之做出的种种努力,不能让老百姓远离鸦片也一样能活下去的话,鸦片就不会滚出这片土地……

·25·
"却笑野田禾与黍"

金三角鸦片存在一日,就祸害世界一日。对于鸦片的祸害,中国有着切肤之痛,中国近代史不管怎样书写都撇不开它。某种程度上说,它改变了中国近代发展的走向。

罂粟何时传入中国的,很难讨个准确说法,现见最早的有关它的描述,是唐代郭震的一首诗:"开花空道胜于草,结实何曾济得民。却笑野田禾与黍,不闻弦管过青春。"郭震写的是米囊花,也就是罂粟花。罂粟传入中国老久,还保持着小阿妹的纯真,就像金三角传说的那样,只会天真烂漫地"唱歌",被当作"药用植物和观赏植物"。直到鸦片进入中国,罂粟花才变成"红颜祸水",被洋人嘲讽为中国的"国花"。

与罂粟传入相比,鸦片传入中国要晚得多,大约在明朝。到了清代,英国东印度公司开始涉足,康熙四十三年(1704年),从当时还是个小渔村的印度的马德拉斯港出发,由一艘名叫斯特列塞姆号的船,将鸦片首次运往中国。从此鸦片船像贼鸥一样,在前往中国的海上越来越多,有的属于东印度公司,有的属于"港脚商人"。印度鸦片主要有两种,一为"孟加拉土",一为"马尔瓦土",也叫"公班土""白皮土"。除了这两种鸦片,还有"巴特那土""贝拿勒斯土"和"加尔各答土"。之所以都带个"土"字,是因为鸦片也叫"烟土"。运往中国的时候,一般都制成3磅左右,像大炮弹丸似的烟球,每40个烟球装一箱,然后用罂粟叶子盖好,总重量130多磅,相当于60多公斤。

20多年后,到了雍正七年(1729年),东印度公司输入中国的鸦片,每年达到200箱;到了乾隆三十八年(1773年),每年增至1000箱;到了嘉庆年间(1796—1820年),就增长得可怕了,平均每年4000箱;到了道光初年(1821年),便成洪水猛兽,一下飙至8000箱;到了道光十八年(1838年),也就是第一次鸦片战争前夕,已经泛滥成灾,高达20619箱。就像天狗吃了太阳,黑压压铺天盖地,"成为折磨中国社会最大的罪恶之源"。

上至官宦缙绅,下至工商优隶,甚至妇女、僧尼、道士都在吸食。好多官爷成了烟鬼,"讼狱不知问,案牍不知理",每天挺在烟榻上,先将烟膏滚成烟泡(一边在烟灯上烤,一边在烟板上滚,两头一般粗的为"滚子泡",一头稍微细些的为"梢子泡"),然后将烟泡装在烟枪上,就着烟灯吞云吐雾。在广大的乡村,"逢村必有烟灯",走进沉沦的村庄,如同走进坟场。被形容为鬼火一样的烟灯,老百姓也叫"照尸灯",最有名的是山西太谷产的"太谷灯",据《老残游记》介绍,"样式又好,火力又足,光头又大,五大洲数他第一"。

晚清之际的中国，至少有 2500 万人在醉生梦死，甚至越洋过海，连美国的唐人街都传染上了。每到夜晚，"在每一个邋里邋遢，像个黑洞一样的小破屋里，燃香的味道淡淡飘出。为了省一些蜡烛，屋里幽暗一片，但是仍可见二三个面色蜡黄，拖着长辫子的无赖蜷曲在矮床上，一动不动地抽着鸦片"。抽得清王朝穷形尽相，让一帮忠臣痛心疾首，"是使数十年后，中原几无可以御敌之兵，且无可以充饷之银"。两次鸦片战争一败涂地，系着大辫子的头颅被打成蹴鞠，成了不折不扣的"清鼻涕"，擤了一把又一把。

但客观地讲，清王朝对鸦片也不是没有警觉，也不是无所作为，早在 1729 年就颁布了中国第一个禁烟法令，也是世界上第一个禁烟法令，只是"法令尚未明确吸食鸦片的罪名，更没有禁止鸦片进口"，最终成了褪在马蹄袖中的绢头。在之后的 180 多年中，清王朝渐渐为鸦片所困，于是 1839 年派林则徐虎门销烟，这让国人颇为扬眉吐气，尽管结局很悲催，赔了夫人又折兵。与虎门销烟相隔半个多世纪后，已经腰勾了吐血的清王朝，为"挽救垂亡，启动新政"，在全国又掀起禁烟运动，禁种、禁运、禁吸、禁售，而且官民罕见地一致，禁烟呼声一浪高过一浪。

特别是 1909 年的万国禁烟会，可谓清王朝的一次"回光返照"，被称为万国救生大会、万国实业大会、万国体育大会。之所以这样称呼，一是会议"制定的禁烟政策能将处于水火之中的瘾民解救出来"，二是"会议的召开，可以将毒卉铲除净尽，兴种其他经济作物"，三是"烟禁而后国民之体强"。会议意想不到地给力，让清王朝无比长脸，"是中国政府参加的第一次公正、平等的会议"，可以说讨了一个大彩头。正如我们今天所评价的，"是世界近代史上第一次国际性的禁烟会议，首次确认了鸦片等毒品必须在世界范围内禁止，会议决议的内容多被后来的海牙禁烟公约所采纳，成为国际联合反毒禁毒的普遍原则"，在世界禁毒史上具有里程碑意义。

这次会议由山姆大叔倡议，中美联合发起，中国做东承办。原定于

1909年元旦召开，但计划赶不上变化，先是光绪帝"暴崩"，接着老佛爷又归天，会议因此推迟一个月，于2月1日在上海汇中饭店（今和平饭店）举行。与会代表40多人，分别来自中国、美国、英国、法国、德国、俄国、日本、意大利、荷兰、葡萄牙、奥匈帝国、暹罗（泰国）、波斯（伊朗）等13个国家。中国代表团有10人，是与会人数最多的代表团。"南洋大臣、两江总督"端方为代表大臣（团长），"外务部丞参上行走、直隶候补道"刘玉麟、"外务部储才馆学员、试用州同、外务部储才学堂督办"唐国安、"北洋军医学堂总办、直隶补用道"徐华清为专员（正代表），剩下的3人为特别专员，3人为襄理委员。

从2月1日到26日，会议分三个阶段进行：大会章程协商阶段（1—4日），大会实质性讨论阶段（5—22日），大会确定成果总结阶段（23—26日）。在拥有"两台中国最早的电梯"，当时号称上海外滩第一高楼，也是上海"最华丽最摩登"的汇中饭店，先后举行14次会议。除了周六周日休会，每天第一场会议"从10∶30到12∶30"，第二场会议"从2∶00到5∶00"，每场会议都少不了唇枪舌剑。

在将近一个月的会期中，最抢眼的人物是中国代表团的唐国安。对于这个广东香山人，我们以往知道更多的是，他参与创办清华学堂，曾任第一任清华校长，而很少知道他为中国禁毒做出的贡献。当时唐国安既是中方代表团专员，也算中方代表团的发言人，有关的报告、答疑、质询，几乎都由他一人来担当。会议期间，唐国安不负众望，"凭借丰富的学识、经验和娴熟的英语"，会上会下从容应对，出色地完成了自己担当的任务。

唐国安在会上的表现，深得大会主席勃伦脱和代表们的赞赏，尤其是大会进行到第三阶段，他发表的英文演讲更是赢得满堂喝彩，后来成为清华学生英文演说的范本。在"四周有柚木护壁，顶上饰以石膏花饰"的会议厅内，面对一双双专注而不无挑剔的眼睛，他首先"表达了中国政府对禁止鸦片烟毒的严正立场"，其次"指出中国鸦片问题的解决必须依靠中国自己的力量,同时强调争取国际合作的必要性",然后从经济、政治、精神等不同层面阐述了自己的见解和主张。最后,他说:

> 我们总不可忘记,有一项法则高于所有人类的法则,这项法则比所有的经济法则伟大,这项法则甚至凌驾于自然法则之上,那就是永恒的上天的法则,这项法则按孔子的说法是"己所不欲,勿施于人",按耶稣基督的说法是"你应该爱你的邻人像爱你自己一样"!

全文8000字的演讲,"思维缜密,逻辑性强,再加上声情并茂的语言和翔实客观的数据分析,让与会的各国代表信服不已",看到可怜的清王朝并非山穷水尽,朝中还是有人的。时任上海基督教青年会总干事洛克伍德说:"他那优雅而富激情的演讲,表达了中国对列强提出的诉求。它通过完美的英语和印刷传播,使之遍及英国和欧洲。在促使英国政府对华鸦片贸易采取限运政策上,他所做出的努力比其他人要多得多。"

洛克伍德说得没错。为了把会议开成功,给清王朝撑起腰杆儿,唐国安的确付出不少,在会上一度累得病倒。他14岁留学美国,是清末第二批赴美留学幼童。1881年留学归来后,"(在沪)主要从事三方的工作:一是担任环球学生会理事(欧美同学会前身);二是给上海几家报纸做英文主笔;三是参加基督教青年教会的工作(1.反对女人缠小脚;2.反对吸食鸦片)"。1908年,已经调到清政府外务部工作的唐国安,与同为外交官的好友颜惠庆私下闲聊,谈及光绪新政反对吸食鸦片时,一下侃到金点子上了。两个人一拍即合,便找到相识的菲律宾的美国主教勃伦脱,让他给山姆大叔吹风,由中美两国共同组织一次禁烟大会。

对鸦片之害深有感触,并一直关注中国禁烟的勃伦脱,非常赞同他们的意见。在三个人的奔走之下,山姆大叔迫于国内鸦片泛滥,也为进一步推行在华"门户开放"政策,于是决定召集相关国家召开一次禁烟大会。万国禁烟会的召开,不但推动了中国的禁烟运动,也为世界禁烟尽了"洪荒之力"。从1910年5月到第二年5月，晋、陕、甘、川、滇、黔六大产烟省，一年时间就见成效：山西基本上禁种罂粟，陕西种植面积减少约30%，贵州减少约70%，云南减少约75%，甘肃和四川也战绩不错。全国鸦片产量大幅下降，降至158505担（一担约50公斤）。同时，在与英国先前达成禁烟协议的基础上，又签订了《中英禁烟条件》，"按年递减运华洋药（鸦片）数量，一直到1917年完全停止输入为止"。

在鸦片禁吸上，清王朝首先拿官爷开刀，谁限期内不戒掉，就拧谁头上的"红顶子"。怕拧掉头上的红顶子，官爷们自是不敢怠慢，各地纷纷关闭烟馆，设立"戒烟社会局所"，推出相应的戒烟措施，自上而下"缴（烟）枪不杀"。截至1911年，"断净照章供职者652员，京内各衙门自称实以断净者1864员"，"外省咨称验过实以断净者4126员"，"参办戒烟不利革职休致者271员，自行呈明开缺者19员，因戒烟而病故者186员。各省公私立戒烟社会局所，计已断戒者共43万4千5百余人"。

1911年12月1日，第二次万国禁烟会在荷兰"皇家之城"海牙召开，会议开得像马拉松比赛，直到次年元月23日才结束。与会的10多个国家的代表，为各自国家的利益讨价还价。中国代表团去了3人，时任驻德（国）公使梁诚为团长，其余2人一个是唐国安，一个是东北大鼠疫时任总医官的伍连德。3个人"殚精竭虑，为国谋利，奇劳懋著，不辱使命"，又让大限已至的清王朝长了一次脸。会上签订了第一个国际禁毒公约《海牙禁止鸦片公约》，其中涉及中国的有5条，都对中国禁烟有利，既"为中国彻底禁烟提供了法律依据"，也"为中国禁烟创造了一个有利的国际环境"。根据公约条款规定，"各国不能任意向中国贩运鸦片等毒品，并保证在中国属地内配合清廷禁烟；同时也明确了中国应当承担的义务"。

清末禁烟运动前所未有，可惜是"回光返照"，注定好景不长，禁烟无法彻底。究其原因有四，一是"征与禁的对立"，二是"贪官污吏纵容"，三是"禁烟政策存在漏洞"，四是"租界的存在严重妨碍了禁烟运动"。

1906年以前，清王朝因腰包日扁，"始终未放弃巨额的鸦片税，不断地对土烟（本土鸦片）、洋药（进口鸦片）加征税收，实行'寓禁于征'政策，以禁为名，行征之实"。也就是说，实际上是承认鸦片的合法化。在禁烟过程中，大多数官员恪职尽责，但混账的也不少，只不过是交差应付。而且禁烟令本身就存在漏洞，"规定禁烟大臣只能调验二品以下的官员"，二品以上的官员便逍遥法外，照吸不误。再就是外国租界。由于"治外法权的存在，各地租界成了帝国主义贩卖鸦片的桥头堡"，"自1908年开始，尽管上海公共租界和法租界相继宣布禁烟，但是结果并不令人满意。1908年时，租界内的烟土行有112家。到1909年时，增加到206家，1910年时，一跃至317家"。各地租界看似响应清王朝禁烟，实际上玩的是眼前花。"除此之外，租界还是烟贩的避难所，大量的毒品尤其是吗啡、海洛因等危害性更大的新类型的毒品从国外运入租界，再由租界销往全国各地，租界日益变成新的毒品基地，成为中国禁烟的绊脚石。"所有这些，使清末禁烟像放"二踢脚"，第一声很响亮，第二声就瞎捻了。

从清末到民国，有人将这两个时期的禁烟，归纳为3次禁烟运动，让烟云笼罩的天空翻滚出几声惊雷。第一次是林大人虎门销烟，第二次就是上海万国禁烟会召开前后的禁烟。民国粉墨登场后，又推出"6年禁烟""两年禁毒"的计划，包括抗战胜利后的"两年断禁"，被称为第三次禁烟运动。3次禁烟运动，老实说都取得了成效，但"鸦片泛滥的情况并没有真正改善"，仍像唐国安在万国禁烟会上疾呼的，"吸食鸦片是我们国家所必须面对的最紧急的道德问题和经济问题"。1949年中共执政前，全国罂粟种植面积100万公顷，从事种植的农民1000多万。主要分布在西南的云、贵、川和西康，西北的甘肃陇南、陕西的"三边"，华北的山西晋中与晋西南，东北的热河、松江、龙江等地。其中最泛滥的两省是云南和西康（当时是一个省），一个占耕地面积的33%，一个占耕地面积的48%以上，每年出产鸦片六七万吨。

在罂粟卷土重来的同时，鸦片加工也"遍地开花"，仅重庆就有400多家，比火锅生意还兴隆。"有雇请技师使用机器大规模生产的，也有手工作坊式小批量生产的"。所产鸦片竞相"媲美"，像云南的"云土"、甘肃的"水浆"、内蒙的"蒙疆土"、东北的"老北口"，在市场上都叫得很响，有的盖过了果敢的"麻栗坝烟"。

与之紧密相随的是贩毒猖獗，"毒品销售网络遍布全国各地，许多城市都有毒品交易中心"。比如广州、武汉、西安、兰州、长春，当时毒品交易都非常火爆。全国吃"黑饭"的人有30多万，各行各业几乎都蹚水了。以天津为例，在处理的2598人当中，"除在押及在外地的702人外，津内有1896人，其中以行商、小贩、经纪人、西药化学原料业、进出口贸易行等职业为最多，占33.2%；其次是茶业食品业、汽车运输业、五金行、手工业及货栈业，占18.1%；其他如文具、洗澡、照相、理发等30种行业，占23.8%；无业、职业不明者，占24.9%"。

各地烟馆林立，又像倒退回了从前，光昆明就开设1670家，吃黑饭的有6900多人，吸毒的有5万多人。国民党倒台前夕，全国的吸毒人数虽比清末少了，但是仍不下2000万。在烟馆比米铺还多的广东，一杆杆烟枪让倾家荡产的瘾君子，就像今天缅北的烟鬼一样，"面歪嘴斜，说话含混不清，见了毒品眼冒绿光，一口一口吞哈喇子"。

面对这般乌烟瘴气，已"进京赶考"的中共，自然不能袖手坐视，必须出重拳整治，于是刚刚执政几个月，就发布了《关于严禁鸦片烟毒的通令》，在全国掀起空前的禁毒运动。从1950年到1952年，"查实以种植、贩运、销售毒品为业的人员369705名，其中51627名被依法处理，800名罪大恶极的罪犯被判处死刑；缴获鸦片类毒品339万两，制毒机械5716套，用于武装贩毒的枪支882支"。通过自行和强制戒除的办法，使2000多万吸毒者戒毒。短短3年工夫，摧枯拉朽，横扫百年烟毒。1953年，周恩来代表中国政府向世界宣布："中国已经消灭了前人未能消灭的陋习。"

这次禁毒运动，由于各种势力盘根错节，有流氓地痞、地主恶霸，也有帮会成员、敌特分子。在禁毒过程中禁毒与反禁毒双方进行了激烈较量，甚至一度让人产生怀疑，清政府禁过，国民党也禁过，最后都没禁了，现在中共就能禁了？老百姓怀疑得没错，若不是中共铁腕儿，与以往的3次禁毒一样，很可能半途而废。

在运动的暴揍之下，残余毒贩转入地下，但嚣张之气不减。当时的大毒贩朱启明，每次去香港贩毒都打飞的，在香港收购好毒品，由专人护送到广州，再从广州护送到上海，然后再护送至南京，沿途建立起一条严密的地下运输线。一站接着一站，每站都有专人负责，像特务一样靠暗语接头。很多公职人员被拉下水，仅衡阳铁路局就有2000多人。大毒贩崔荣尧，把郑州铁路局旅行服务所的主任收买后，将20多名同伙安插到铁路餐车上，利用铁路之便大肆贩毒，沿线暗设的站点密如蛛网，徐州有13处，商丘有2处，开封有3处，郑州有5处，西安有7处，宝鸡有3处，汉口有2处，北京有3处，济南有1处。一些奸商也浑水摸鱼，最猖獗的是广州奸商，"以香港、澳门为根据地，以广州为转运站"，从水陆两路走私贩毒。陆路以铁路为主，"销售对象主要是内地城镇的烟民"；水路靠渔船和机帆船，"销售对象主要是沿江沿海城镇的烟民"。

1952年4月，中共又发出《关于肃清毒品流行的指示》，继续穷追猛打，最终取得了禁毒胜利。之后近30年，"毒品问题出现了一个由'滥'到'治'的相对稳定期"，实现了别国很少能做到的"无毒国"的愿望。但到了七八十年代，随着封闭的国门的打开，一向无孔不入的毒品又滋生蔓延起来。1986年之前，毒品过境受害的地方，只有滇、黔、川、粤、桂的部分地区，两年后就扩大到30个省市自治区，从南到北都发现罂粟种植，破获的毒品犯罪案件成倍增长。政府不得不再次面对毒品问题，"1979年至1998年间，以'严打'为政策导向，逐渐建立了以刑法为主、行政法与地方立法为辅的禁毒立法体系"，改革命性禁毒为依法治毒。

国门刚打开之初，由于死灰刚刚复燃，火苗还不大，对毒品犯罪的打击比较轻，最重也不过判个十来八年。之后，随着境外毒品"多头入境，全线渗透"，我国的禁毒形势日益严峻，惩治的手腕儿也越来越硬，从1982年到1988年，"连续以特别刑法的形式对刑法典做了三次补充修订"，量刑最高提高至死刑。1997年我国对《刑法》又做了完善，进一步加大对毒品犯罪的打击力度。这次完善，最重要的修改补充是：

第一，根据现实毒品犯罪对象的多样性及各个毒品本身的危害性和流行趋势，在毒品种类中，增加了甲基苯丙胺（即"冰毒"）。

第二，明确毒品犯罪的罪与非罪的界限。走私、贩卖、运输、制造毒品，无论数量多少，都应当追究刑事责任，予以刑事处罚。

第三，明确在定罪量刑时，只按查获的毒品数量计算，不以纯度计算。这一方面统一了司法实践在此问题上的认识，另一方面，也昭示了国家从严惩处毒品犯罪的立场。

第四，设置了新的罪名，并对原有罪名做了调整，确保各种毒品犯罪行为受到法律制裁，并对毒品洗钱犯罪行为做出处罚规定。新增加了两类犯罪：非法买卖制毒物品罪和非法买卖、运输、携带、持有毒品原植物种子、幼苗罪。两处调整体现了立法简化：将容留他人吸食、注射并出售毒品罪修改简化为容留他人吸食、注射毒品罪。将掩饰、隐瞒出售毒品犯罪获得财物的非法性质和来源罪做了调整并入洗钱罪之中。

第五，对各种犯罪的法定刑进行调整。增加不同的量刑幅度，对罚金刑采用并科制，不再适用选科制，旨在剥夺毒品罪犯的非法收益，摧毁其再次实施毒品犯罪的经济能力。

第六，重视对未成年人的保护。向未成年人出售毒品的，从重处罚。除贩卖毒品罪以外，无论数量多少，未成年人不再构成其他毒品犯罪。

第七，对单位犯罪的完善。一是增加单位毒品犯罪的种类，增加了单位非法买卖制毒物品罪。二是规定对单位毒品犯罪均采用双罚制。

第八，限定了从重处罚的国家工作人员的范围。缉毒人员或者其他国家机关工作人员掩护、包庇走私、贩卖、运输、制造毒品的犯罪分子的，从重处罚。

这次修改补充10年后，我国第一部有关毒品犯罪的专门法律《禁毒法》出台了，它"标志着我国把禁毒工作依法纳入了社会协调发展的大局，标志着我国禁毒工作由此进入依法全面推进的新的历史阶段，标志着我国禁毒斗争已经站在了一个新的历史起点上"。

在此期间，我国成立了国家禁毒委员会，公安部增设了禁毒局。"四禁（禁种、禁贩、禁吸、禁制）并举，堵源截流"，对毒品犯罪严惩不贷。可形势仍不尽如人意，就拿2015年来看，"全国共破获毒品刑事案件16.5万起，抓获毒品犯罪嫌疑人19.4万名，缴获各类毒品102.5吨，同比分别增长13.2%、15%和48.7%"，铲除罂粟和大麻2000多亩，缴获各类制毒品近160吨。全国册上挂号的瘾君子有234.5万（不含戒断3年未发现复吸人数、死亡人数和离境人数），没挂号的估计还有1000多万。更可怕的是涉毒人群低龄化，吸毒的18岁以下的有4万多，18岁到35岁的有142万多，贩毒的18岁以下的有3500多，18岁至35岁的有11万多。

与20世纪中共执政初期相比，人口是多多了（当时4亿多，现在14亿），吸毒人数的比例也大幅下降，由1/20下降到了1/100。但这1/100的背后，牵涉的却是一千几百万的吸毒患者，相当于老挝人口的两倍，和柬埔寨的人口差不多，从城市到乡村"全覆盖"，而且还在不断增加。用很官方的话说，"一定要警钟长鸣"，否则像派汶·昆察亚哀叹的，"与毒品的战争是一场无法取胜的战争"。

·26·
"软仔"不软,"替代"艰难

当罂粟失去小阿妹的纯真,由苏美尔人眼中的"快乐植物"变成连猴子和大象都畏惧的毒物,由司谷女神手中的圣花变成"恶之花"时,它便诀别了托马斯·悉登汉姆对鸦片肉麻的赞颂,"我忍不住要大声歌颂伟大的上帝",取而代之的是人类的诅咒。

被人类诅咒的毒品包括好多种,鸦片只是其中的一种,并且随着新型毒品的繁衍,毒品家族还在不断扩大。仅2014年一年,全世界就发现新型毒品190多种。按照我国《刑法》和《禁毒法》的定义,毒品是"指鸦片、海洛因、甲基苯丙胺(冰毒)、吗啡、大麻、可卡因以及国家规定管制的其他能够使人形成瘾癖的麻醉药品和精神药品"。

眼下常见的毒品除了定义中的几种,还有K粉、摇头丸、止咳水、安纳咖等。在这些毒品中,最臭名久远的自然是鸦片,含有20多种生物碱,主要是吗啡和可待因。吗啡的衍生物很多,其中就有海洛因。海洛因俗称"白粉",学名二乙酰吗啡,有"粉末、粒状或凝聚状",有白色、米色、褐色、黑色等。可卡因学名苯甲基芽子碱,是从古柯中提取出来的。大麻出自印度草,也就是印度大麻。印度草在印度曾是"通向天国的向导",由于便宜和吸食的人多,在西方被视为"穷人的毒品"。冰毒是因形似冰块而得名,为无臭、带苦味的半透明晶体。20世纪70年代,冰毒开始在金三角出现,马帮在赶脚时发现,马吃上冰毒体力倍增,于是用它来喂马,被称为"鸦吗"("马药")。从1980年代起,"鸦吗"又变成"鸦把"("疯药"),发现人服用了它也不错,能产生强烈的兴奋作用。进入1990年代之后,吸食冰毒的人猛增,迅速扩展至全世界。金三角的冰毒加工厂一座接一座地冒出来,生产的冰毒源源不断地流向世界。加工设备也越来越先进,不断"精制化、小型化"(便于搬迁和隐蔽)。冰毒的叫法很多,什么去氧麻黄碱,什么甲基安非他明,还叫什么"大力丸",堪比糯康手下的阿叔。摇头丸是冰毒的衍生物,根据不同的形状、颜色和图案,被称为"小鸟""鸽子""恐龙""蓝精灵""白天使",或"狂喜""忘我""M药片""快乐丸""的士高饼干"等等,吸食后特别是在音乐的刺激下会疯狂摇头,摇得能把脖子折断。K粉大名氯胺酮,又称开他敏、可达眠,还叫"K仔""筘",只要"K"上就狂歌乱舞。

鸦片、吗啡、大麻、海洛因、可卡因都属于传统毒品,主要是毒品原植物加工而成的半合成类毒品,多采用吸烟式或注射的方法,对人体作用以镇痛、镇静为主。冰毒、K粉、摇头丸、止咳水、安纳咖属于新型毒品,主要是通过人工合成的化学类毒品,多采用口服或鼻吸式,对人体具有兴奋、抑制或致幻的作用。传统毒品吸食者,一般是在吸食前犯罪,在毒瘾的作怪下盗窃、抢劫、杀人。新型毒品吸食者,多是吸食后出现幻觉、极度兴奋或抑郁等状态,从而导致穷凶极恶。比如"丧尸浴盐",吸食后人会变成野兽。2012年,在美国迈阿密的一座公路立交桥下,一个叫鲁迪·尤金的家伙吸食"丧尸浴盐"后,将流浪汉罗纳德·普普的大半张脸咬掉,鼻子、眼睛和耳朵都咬没了。警察把枪比到了他头上,他还抱住普普狂咬不止,警察只好开枪送他下地狱。

在传统类毒品中,最泛滥的是海洛因。与其祖宗鸦片相比,一是"对贩毒集团来说,具有价值高、重量轻、便于夹带、无异味、加工工艺简单、成本低等特点";二是"对吸毒者来说,具有服用方便(吞服、鼻吸、注射均可),服用工具简单便于隐藏,服后在体内的反应迅速,给生理上和心理上带来的'欣快感'强烈等特点";三是"对种植的烟民来说,由于海洛因加工的存在,生产出的鸦片不愁销路,可在产地一次性卖掉，既省时又省事，而且价格稳定"。

海洛因在香港被称为"软仔"，1874年由英国人率先制成，后来又由德国拜尔药厂制成药物，使用后发现止咳镇痛的效果远胜于吗啡，被认为是"英雄般"的发明，便取名海洛因（heroin），也就是"英雄"之意。软仔从此变成猛男，威风凛凛地笑傲江湖，让拜尔公司大发横财。其他制药公司见拜尔发了大财，也纷纷加入发财行列。

其间，被商业收买的黑医与跟风的庸医推波助澜，像当年悉登汉姆吹嘘鸦片一样，把软仔吹得神乎其神。只要病人上门，就给开海洛因。甚至连疯人院都难逃其劫，用来驱散什么"灵魂的痛苦"，治疗什么"女子慕男狂"，缓解什么"勃起疼痛"。当时拜尔公司的代理人要求下属，谁敢说海洛因是不安全药物，就把谁"打得闭口不言"。在药商与无良医的控制、鼓吹、怂恿下，"从婴幼儿、成年人到老人"都被软仔拉下水，"成千上万的病人争相服用"，越服用越上瘾。像身着羽衣的幽灵，软仔在世界上四处游荡，直到医院被瘾君子充斥，受害国家才开始引起注意，加大对海洛因的控制，限制医生给病人开海洛因。于是软仔被揭下"英雄"的面具，露出恶魔般的狰狞，由炙手可热的灵丹妙药，沦为谈之色变的毒品，由堂而皇之的销售，转入鬼市般的地下交易。

海洛因分"1号""2号""3号"和"4号"，通常把鸦片称为"1号"海洛因。"2号"海洛因又叫次海洛因，形似砖块，颜色为淡灰褐色。"3号"海洛因又名棕色糖块儿，也叫金丹或黄砒，为棕色或灰色颗粒状。加有士的宁、奎宁、莨菪胺、阿司匹林等原料，海洛因含量30%到50%。"4号"海洛因，是从吗啡中精炼出来的，纯度可达99.9%，经过乙酰化、盐酸化和提纯增白，成为轻细的白色粉末。现在走私贩卖的海洛因，大多是"3号""4号"，只是为了增加分量谋取暴利，在倒卖过程中层层掺假，越到最后越水。

除了上述这些，海洛因还有很多令人眼花缭乱的区分和叫法，"以其颜色、性状、作用为基础"，因地区、习惯和语言的不同而不同，是其他任何一种毒品比不了的。比如紧邻金三角的云南：

（一）若称海洛因为"白的"，就把黄砒叫"黄的"，把阿片叫"黑的"，也就是大烟。在瘾君子眼中，吸食"白的"要比吸食"黄的"高一等，吸食"黄的"又比吸食"黑的"高一等。他们认为海洛因是精品，吸食后要比阿片过瘾，而且吸食阿片比较麻烦，比海洛因价钱也便宜，所以吸食阿片的被视为穷鬼。

（二）也有将海洛因称为"药"或"东西"的，购买海洛因叫"拿药""找药""买药"，或者叫"拿东西""找东西"，只要一提到"东西"，彼此就心领神会。

（三）"老海""小海""老四""小四""朋友"，是瘾君子对海洛因的昵称，"情同手足"或"知己"一般，有了它心平气和，没有它六神无主。海洛因还有"吃零包"和"吃克数"一说，分"包""大包""小包""零包"或"克数""整的"，前四者指的是零售，后二者指的是批发。"吃零包"的多为无钱，或者没有"买药"关系的穷鬼，属于"挣一天钱吃一天药"的。"吃克数"的属于既有钱，又有"买药"关系的，坐在家中自得其乐，不必四处奔波。

（四）"吃花烟"是瘾君子对海洛因上瘾前，隔三岔五吸食的一种叫法，是大多依赖者所希望的"理想"方式，认为这种方式既可以获得快感，又不会"上瘾"。在他们看来，"吃花烟"不能算是依赖或成瘾，也是用来搪塞家人、警察和医生的借口。

第一次吸食海洛因，会头晕目眩甚至呕吐，觉得这仔很可恶，不是个玩意儿；第二次吸食就半推半就，开始沾染上了；第三次吸食就"雏儿做了鸡"，销魂而又迫不及待，再想"从良"就难了。

海洛因一般是烫吸，也就是土话说的"哈料子"。除了烫吸还有静脉注射,但是静脉注射很残酷,由于注射后针眼来不及愈合,下次毒瘾发作又要注射,最后注射得体无完肤,满是血迹斑斑的针眼,像塞到茅房喂了恶蚊一样。实在无处可注时,就拿出玩命的绝招,通过大动脉注射,也就是"开天窗",一针下去便灵魂出窍。

从近年我国发布的禁毒报告看,让瘾君子醉生梦死的毒品,有国内制造的,也有境外流入的。我国境外毒品的主要来源仍是金三角,金三角依旧是令我国头痛的"黑老大"。

形同金字塔一样的金三角,"塔底横亘在泰老缅交界处,塔身主体位于缅甸北部,沉重地压在中国云南边境上"。为缓减云南的压力,早在十几年前(2005年),中央就给云南拨款7亿元,特批新增2000名禁毒专业警察,帮助云南沿怒江,澜沧江—湄公河,红河和320、213、214三条国道构筑起3道防线:"边境一线堵,内地二线查,出省口子三线截",形成覆盖口岸、要道、港口、车站、机场、邮路、物流的防控体系。

可是因受主权约束、司法障碍等等掣肘,我国防线构筑得再坚固,仅凭一己之力也不行,必须同别国携手应对。从20世纪90年代起,我国就同东盟和湄公河次区域5国,还有印度、巴基斯坦、哈萨克斯坦、俄罗斯、美国、墨西哥、哥伦比亚等国家,展开禁毒合作。

在禁毒合作中,国际社会形成一致共识,要想有效解决金三角的毒品问题,除了"严打"还得搞好替代种植。金三角毒品久禁不绝,说起来原因很多,但主要是老百姓穷得要命。如前所述,好多人家徒四壁,地里种粮食不行,只能靠种鸦片活命。再一个是,由于鸦片是出名的"懒庄稼",便于种植的同时也把人养懒了,"四肢不勤,精神颓废",像染上毒瘾一样形成强烈的依赖性。

如何改变老百姓的生存现状,让他们摆脱对鸦片的依赖,国际社会和相关国家大伤脑筋,最后选择了比较理想的替代种植。最早推行替代种植的是泰国,1969年由普密蓬国王提出。普密蓬国王在位70年,是全世界在位最久的君主,被泰国民众尊为"神"。他生前足迹遍布泰国,为老百姓大办实事，走到哪里造福到哪里。其中倍受国际社会称道的是，在泰国北部实施替代种植，推广种植300多种经济作物，使成千上万的人受益。2006年春耕节过后，时任联合国秘书长安南亲自赴泰国，为普密蓬国王颁发了全球第一个"联合国开发计划署人类发展终生成就奖"。

1969年普密蓬国王提出替代种植的设想后，泰国便邀请联合国专家协助制定了第一个替代种植计划。从1972年开始，由联合国控制麻醉品基金会出资500万美元，泰国自凑200万美元，在泰北30个村寨付诸实施，历时9年完成。在30个村寨取得成效后，泰国从皇室到政府更加坚定信心，专门成立了"解决山民鸦片问题国家安全委员会"，同时在清迈、清莱、夜丰颂、南奔、南邦、帕府、难府、达府、碧差汶、甘烹碧、帕尧、北碧12个府建立"山民发展扶助中心"，将范围进一步扩大，"在979个村庄推行以毒品替代种植为中心内容的发展规划"，并且得到了国际社会的大力支持。联合国4个机构与15个国家及地区参与，从资金、技术、人力等多方面给予援助。

在包括"夜针山区开发计划""桑蒙山区开发计划""温帕山区开发计划"等在内的9个项目中，"泰国—挪威基督教援助山区开发计划"最具有代性，这个开发计划由联合国控制麻醉品基金会和挪威基督教会共同资助，在清迈、清莱、南邦、帕府4个府的50个村庄实施。整个开发计划采取贷款方式，先向农民提供作物种子、生产工具、化肥和一定的生活费用，等到收获以后再进行偿还。具体目标是：

（一）帮助农民提高农作物的产量，发展多种经营，推广经济作物种植以替代罂粟种植。（二）努力提高各种农产品的商品化率，向村民传授商品意识，提供市场信息，联系农产品收购渠道。（三）开设乡村医疗站，提供医疗、卫生和健康服务，减少疾病。（四）在人口相对集中的乡村建立学校，提高人们的文化素质。（五）帮助乡村进行基础设施建设，如修筑公路、建立饮水设施、兴建社会服务网点和集市贸易点等。（六）改善乡村的经济和社会环境，教育村民自觉放弃吸毒、贩毒和毁林烧荒等不良习惯。

从1985到1989年，原计划用5年时间完成，但头3年就取得显著成效，罂粟种植由830多公顷猛降至20多公顷，鸦片年产量由四五吨锐减到90多公斤。到1989年计划结束，咖啡、红腰子豆、土豆、玉米和蔬菜等替代作物，在50个村庄基本上取代了罂粟种植。不仅田野变了，其他方面也变了，就像目标所制订的，可谓一变百变。

经过长期不懈的努力，替代种植在泰北取得巨大成功，往日漫山遍野的罂粟不见了，取而代之的是茶园和咖啡园。泰国有名的象山咖啡，就是当年替代种植的成果。它的创始人叫披可，是一位阿卡族农民。以前当地农民种鸦片一年一亩地收入200美元，改种咖啡后一年一亩地收入超过4000多美元。过去种鸦片只求温饱，一家老小饿不死就行，现在替代种植却让他们富了。更重要的是，他们摆脱了被鸦片主宰的命运，也改变了他们的精神状态。从世代挣扎的土地上，他们看到了前所未有的希望，由强迫禁种鸦片，变为自觉行动。泰国的罂粟种植一落千丈，由最高时（1965—1966）的17920公顷，下降到最低时（2003—2004）的7公顷，鸦片产量从最高时的14.56万公斤，下降到最低时的110公斤。

但这并不意味着万事大吉，泰国的替代种植仍在路上。首先是替代作物的品种虽多，可具体到每个地方并不是种啥都行，适宜的品种就几个，家家户户都在种，难免供大于求。替代种植的甜头农民还没尝够，有的就成了烂在手里的苦果。其次是，一些山民并未从中真正得到实惠，替来代去还是不如种鸦片，而且种鸦片不愁卖，有多少烟贩要多少，使替代种植的信心大打折扣。再就是，有的山民种鸦片已种得不能自拔，替代作物再好他也不认，"改植区"不让种，就转移到非改植区去种。

除了上述原因，还有不容忽视的一点，就是邻国毒品生产和加工猖獗。阻不断的影响和诱惑，再加上制造成本更低、暴利更大的新兴毒品的兴起，也极大地冲击了泰国的替代种植。仅2003年，泰北就有1.8万到3万人从事毒品交易，6.5万到8万人吸毒，280条路线和371个村庄涉及走私毒品。十几年过去了，"监狱里关满各种毒贩和瘾君子"，连司法部长都心生绝望。似乎越禁越厉害，于是出现一种很烧脑的，不光是泰国才有的现象：鸦片种植总体看大势已去，毒品交易和瘾君子却不降反升。泰国和世界大为纠结，到底有什么样的灵丹妙药，才能彻底根治人类这个顽疾？

泰国的"邻国"，无疑是让泰国又急眼又无奈的缅甸和老挝。从20世纪90年代开始，这两个国家也推行替代种植，像泰国一样取得了成效，也像泰国一样步履维艰。在一些山区鸦片就是命，不让种农民就死给你看。果敢流传的《罂粟花之歌》，描述的就是当时禁种罂粟的真实情形，歌中"阿爸"的命运可悲可叹，又让人心酸而同情：

> 有了浓浓的罂粟花浆，
> 才有阿爸安详的脸庞。
> 就在这个冬季，
> 禁毒运动在大地上猛烈地兴起，
> 当满眼的罂粟花，
> 转眼间都倒下，
> 阿爸一声大吼，
> 转身奔向了山崖。
> ……

·27·
从上寮到缅北

替代种植在泰国取得成功后,缅甸和老挝也借鉴泰国的经验,在国际社会的帮助下推行替代种植。与金三角纠葛很深的老挝上寮,过去是"牙非"(鸦片)的重灾区。特别是二战以后,再度重返老挝的法国,与后来取而代之的美国,"以合作经营毒品贸易为条件",利用部落首领和土司"扶毒剿共",使老挝的鸦片种植如野火燎原。最后"老共"没灭掉,却留下烧不尽的"野火",一度直追缅甸和阿富汗,成为世界第三大鸦片生产国。在上寮山区的不少村寨,老百姓只要交上10万基普,也就是一百来块人民币,就可以种3亩鸦片。

老挝紧邻中国的勐腊县和江城县,在近800千米的边界线上,像中缅、泰缅边界一样,除了官方口岸和公路,还有无数民间小道。用老挝边民的话说,"天上有多少星星,地上就有多少条通道"。这些穿越国境的羊肠通道,有的非常隐蔽曲折,陌生人进去出不来,有的却像稻田里的田埂,寻常得让人不以为然,穿行于两国的村寨间,既为边民交往提供了便利,也给了毒贩可乘之机,成为境外毒品渗透的渠道。

出于缅老两国的需要,更出于中国自身安全的需要,作为"境外除源"的重要战略,中国在边境重重设防的同时,按照平等有偿、互利互惠的原则,与政府支持、企业经营的办法,着手帮助两国实施替代种植,也就是"绿色禁毒工程"。肩负禁毒工程重任的自然是云南了,参与的州市有西双版纳、思茅(后改为普洱市)、临沧、保山、德宏、怒江。1990年,勐腊的一家商行与老挝琅南塔省签订橡胶种植协议,拉开了中国援手的序幕。中方唱主角，老方唱配角，待橡胶林长成产胶后，再按合同价全部收购，几乎是一条龙服务。

中国援手的序幕拉开后，云南的企业纷纷走出国门，踏着当年中国军队援缅援老的足迹，前往缅甸和老挝。一份《2009年云南省境外罂粟替代种植返销国内农产品进口计划申报表》显示，当时光是申报橡胶的公司就有29家，其中多家在老挝从事天然橡胶开发，颇受老方关注的剑峰公司就在此列。这家公司到老挝并不早，2003年才开始扎根，公司投入资金、技术、管理，老挝以土地、劳力入股，产胶后双方六四分成，采用"公司+基地+农户"的模式，在老挝勐昏县和勐边县掀开战幕。橡胶种植面积为20万亩，全部种植完成并投产后，若按当时国内的产量和价格计算，每年可产干胶3万吨，收入6亿元。且不说分成多少，光是3%的税收收入，两县就达1800万人民币，是当时两县财政总收入的20多倍。在中国也许算不了什么，两个县再小再穷也有千儿八百万，可在老挝是不可想象的，如同天上掉下一个大馅儿饼。比如勐昏县，2003年的财政收入，只有37万元人民币，比不上中国的一个小老板。

勐昏县和勐边县都属于老挝乌多姆赛省，乌多姆赛是老挝与中国接壤的3个省之一。（正在修建的中老铁路就途经该省，从云南磨憨口岸出境后，最终抵达老挝首都万象，与泰国廊开至曼谷的铁路相连，是泛亚铁路的重要组成部分。2020年建成以后，老挝的地位将大大提升，"从'陆锁国'变成'陆联国'"。货运成本将大大降低，会使70%的国民受益。）乌多姆赛地广人稀，地盘跟北京差不多，有1.5万多平方千米，人口却不到30万，不及北京零头。

从2003年到2009年，剑峰公司已种植橡胶13万多亩，一行行整齐的橡胶树，取代了往日妖冶的罂粟。由于橡胶见效慢，从种到开割需要六七年时间，当时公司尽管还处于投资开发阶段，但是已给老百姓带来实惠。在公司打零工的，每天挣16元人民币，一年平均能挣5000多元。从事橡胶田间管理的，一个农户管理60亩橡胶林，每亩年收入60元人民

中国援助的"替代种植":湄公河沿岸的橡胶林

币,一年能收入3600元。对当地农民来说,这是相当可观的收入了,有的农民过去辛苦一年,全家也挣不下2000块钱。

走出国门的中国公司大都不是单打一,像剑峰公司不仅种橡胶,还种仁米、香蕉、水稻、玉米、芝麻、龙眼、砂仁、南瓜、西瓜等等。在缅甸和老挝,中国推行的主要替代品种有五六十个,实施的替代项目有二三百个,累计投资不下十几亿元。但实施得并不轻松,尤其是替代种植之初。由于长期贫穷落后,老百姓像遭鬼打墙似的,摆不脱贫困和鸦片的围困,除了种鸦片得心应手,其他的几乎都干不了,有的连地里的草都不会锄。几千斤优质土豆种子送去,满以为他们会用心去种,结果全犒劳了肚子,说中国土豆好吃。种水稻随心所欲,把精心选购的稻种,抛得稠的稠稀的稀,撒化肥就像儿戏,地头抛得白花花一片,地尾却一点也不见。夏季到来后,一旦湿热、多雨、起风,因播种和施肥不均匀,引发的稻瘟病便四处传播,导致水稻大面积减产甚至颗粒无收,眼巴巴地白忙乎一场。

在老挝"牙非"泛滥的上寮地区,为了帮助农民搞好替代种植,中国警察与技术人员吃了不少苦头。江城糖厂在丰沙里省约乌县推行甘蔗种植时,烟农们一开始死活不买账,不相信种甘蔗也能赚了钱。再加上盲目尊崇,他们只相信寨里头人的话,技术人员简直像对牛弹琴。只得走村串户,用三寸不烂之舌,"坐在竹楼前或火塘边,不厌其烦地劝说",一旦劝说通了赶快行动,生怕夜长梦多。种植甘蔗的时候,将一捆捆挑选出来的甘蔗苗,人掮马驮地从江城运到约乌,然后手把手地教如何栽种,种下后又怕管理跟不上,过春节都不敢回家,同农民一起泡在地里。

种甘蔗是这样,种别的也一样。国家禁毒委给了纳莫县50万的无偿援助,在该县5个村寨进行杂交稻和玉米替代种植。勐腊公安局接受任务后,便挑选懂农活的干警与技术人员前往纳莫县。但接受援助的5个村寨,对替代种植却并不上心,因为曾经也种过水稻和玉米,远不如种鸦片省事赚钱。为了说服老百姓,派去的干警和技术人员进村入户,在缺水少电的村里一待就是5个月。他们先动员村里脑子开通的骨干,像教小学生一样悉心教授,然后再在骨干的带动下推广。在过去罂粟统治的土地上,硬是推广种植3000亩杂交稻和玉米,并且连年大获丰收。

看着收获的金黄的稻谷和玉米,老百姓满是腹狐疑的脸上,终于露出认可的笑容:中国警察行啊,当警察厉害,种田也厉害!

除此之外,中国公司还大搞示范田,用示范田跟老百姓说话,耳听是虚眼见为实,看到底是不是欺骗他们。结果老百姓拿自家种的田与示范田一比,从长势到产量一个天上一个地下,不得不心服口服。当然最有说服力的还是钞票,一沓沓"恩金"拿到手时,老百姓不但不再心存疑虑,还想靠替代种植发家致富。政府就更不用说了,希望每个替代品种都生根发芽,长成哗啦啦的摇钱树。再往后,中国人就成了财神爷,说话比寨里的头人还管用,高兴了就用"臭肉"招待他们,像吃枞果蘸盐巴一样闹慵。那所谓的"臭肉"并非坏肉,是将山上打来的野猪肉,抹上盐巴装在瓶里制成的,"臭"到一定时候再吃,是不少老挝人最喜爱的肉食。

　　1998年榨季结束以后，甘蔗大获丰收的丰沙里省奔怒县，从中国糖厂拿回187万"恩金"，激动得"娇门"（县长）差点跳起来，称是"奔怒县有史以来第一次"，成了全县破天荒的大事。以往这个县90%以上的农户种鸦片，人均收入不够买两包"软中华"。187万元糖款有30多万归县里，相当于该县一年的财政收入，一下面对如此大的一笔收入，县里都不知道该怎么花了。分到钱的村寨跟过年似的，男女老少不再为钱胆怯，围着闻讯而至的百货车买个不停，从来不敢享受的日用品，也出手大方地买了。与奔怒县一样，替代种植也给琅南塔省勐新县带来前所未有的变化，变化之前全县有一大半村寨种鸦片，但所有村寨连一辆手扶拖拉机都买不起。老百姓穷得打光咚咚，两三套衣服一家轮流穿。现在村村寨寨都有手扶拖拉机，连汽车也不是什么罕物了。尽管老百姓有的还贫穷，但绝大多数咸鱼翻身了，茅草屋换成了砖瓦房，吃的穿的也变得讲究起来。

　　村看村户看户，好多山民便告别鸦片，从山上搬到山下，要么自己种橡胶种甘蔗，要么给中国公司打工。替代种植动摇了鸦片的深根固蒂，不仅改变了他们的生活方式，还改变了他们的文化习俗，日子从头到脚都变了样。

　　勐新县的帕雅洛村就是这样。该村是一个阿卡人移民聚居村，距离县城不到10千米，距离中老边界只有3千米。阿卡人过去以种鸦片为生，围着一团黑膏团团转。20世纪90年代初，为了让山地民族摆脱鸦片，从根本上改变他们的生存状况，勐新县实施了山地民族移民政策，把他们从山区迁到平坦肥沃的坝区。县里划拨出土地，修通了公路，还送上自来水，条件比山上好多了。可是散居各地的阿卡人，起初就不愿放弃鸦片种植，以惧怕坝区疟疾、风寒、瘴气为由，拒绝迁移下山。勐新县大规模推行替代种植后，一下冒出"许多甘蔗园、橡胶园和香蕉园"，山下的阿卡人都沾了光，生活变得蒸蒸日上。山上的阿卡人便坐不住了，从当初磨破嘴皮动员都不下山，到托人找关系想办法迁移，发生了一百八十度的大转弯。帕雅洛村由最初的7户47人，增加到了75户388人，再后来想迁入都不要了。

帕雅洛村拥有土地13525亩，其中拿出（以2012年为例）4755亩土地搞替代种植，种植255亩甘蔗和4500亩橡胶，年终甘蔗收入18万多元，橡胶收入10万元。（当时橡胶刚刚开始见收益，现在已远不止10万元了。）再加上村民打工收入43万多元，以及村里的其他收入，全村总收入86万多元。按388口人计算，人均2200多元。若以当时汇率兑换成老币，就是280多万基普。

在当时的勐新县，这样的收入可谓"非同一般"，称得上响当当的村寨了，老百姓的日子过得油滋辣味儿。衣食足"思礼仪"，帕雅洛村富起来的阿卡人，便开始谋划"新我"改变"旧我"。他们同其他村寨的阿卡人一道，参考泰北阿卡人的"文化习俗调整方案"，对勐新县本民族的文化习俗做出前所未有的修改。修改的内容很酷，在我们看来不可思议，但在阿卡人已非一朝一夕，那是他们老祖宗流传下来的，能修改或革除需要极大的勇气。

（一）不再处死双胞胎，也不再忌讳有六指或兔唇的人。

（二）不再忌讳母猪在村子里生猪仔，也不忌讳母猪一胎只生一个猪仔和母狗一胎只生下一只狗仔等。

（三）不会再像过去那样把没有儿子的家庭的房屋在男主人死后拆除。

（四）不再歧视离异的女子。离异女子可以选择再嫁，也可以选择不嫁，不再嫁的离异女子死后也可以埋葬于村里的坟山上。

（五）不忌讳已经过年的和尚未过年的村寨的村民参加彼此的葬礼。不同的阿卡人村寨过年（嘎汤帕节）的时间不统一。这样，以猪年和鼠年交替的年份为例，过了嘎汤帕节村寨的人已经生活在鼠年里了,但没有过嘎汤帕节的人还生活在猪年里。一旦这样的两个村寨中任何一个村里死人,另一个村寨的人则不能前往奔丧,即便是亲人也不行。如今不再忌讳这点。

(六)与以前不同,如今一些非正常死亡或死在村外的人,只要举行了相应的仪式,就可以埋葬于村寨的坟山上。

老挝的替代种植,其实早在1978年就开始了,叫"毒品作物改植计划",参与的国家和国际组织有十几个,也出了很大的力,但是收效并不佳。20世纪90年代与中国合作后,替代种植才凸显出它的作用。虽然也免不了失败,一些品种因不服水土,使有的项目栽了跟头,但总体上是成功的。老挝和老挝农民,中国和中国企业,都谈得上双赢。

在推行替代种植的同时,老挝也加大其他方面的禁毒力度,从1978年的"扑灭社会瘟疫运动",到21世纪初的修改刑法,禁毒手段一招比一招硬。2001年出台了《老挝2001年—2005年禁种毒品计划》(简称"五年消灭罂粟计划"),同时修改了有关的刑法条款,"规定贩卖鸦片5000克,海洛因1000克就可判死刑。"对偷种鸦片的农户,第一次进行教育,第二次予以警告,第三次追究刑事责任,若超过一亩就可能"透库"(坐牢),给各级官员也念起紧箍咒,从省长、县长到村长、农户,像中国当年一样层层签订责任状,谁做不到拿谁是问。

尽管与中国相比还不够严厉,但在老挝已是前所未有。2005年国际禁毒日前夕,与缅甸的佤邦一样,老挝向世界宣布全国禁种罂粟。于今已十几年过去了,老挝禁毒取得了举世瞩目的成效,基本上兑现了自己的承诺。但是禁毒依旧路漫漫,受金三角斩不断理还乱的影响,老挝要想彻底禁绝旧毒新毒,还需坚持不懈下"猛药"……

向老挝伸出援手的同时,中国也向缅甸伸出援手,主要是与中国相邻的几个特区。

1991年，西双版纳勐海县组织外事、外经贸、农业、科委等多个部门，在缅甸掸邦第四特区色勒首次试种10亩优质杂交稻，一举取得成功。第二年又在勐拉试种500亩，平均亩产514.8公斤，是当地品种的近3倍。转年又在南板试种，也一样大获丰收。掸邦第四特区分勐拉、南板、色勒3个地区，在3个地区都取得了成功，说明中国杂交稻在四特行得通。之后，逐步扩大推广种植面积，从5000亩到10000亩再到更多，翻滚的稻浪让四特粮食大翻身，从此实现粮食自给。勐海县在四特推广替代种植的成功，被誉为"勐海模式"。

而在此之前，也就是1989年特区成立之初，他们对水稻并不感兴趣，在官民眼中只有鸦片，跟过去没有什么两样，每年种植鸦片两三万亩。鸦片养活着老百姓，养活着特区，特区的财政收入，多半依靠"黑金"。特首林明显决定走"经济发展路线"的时候，刚开始心里还七上八下，担心禁种鸦片后老百姓和特区怎么办，替代种植能撑起他们的天吗？且不说特区的腰包肥瘦，单说老百姓的日子，过去种鸦片是不行，种得脸绿了也填不饱肚子，可再填不饱肚子，也总是有东西可填。老百姓并非一定要靠鸦片为生，但一定得让他们有饭吃，哪怕吃得半饥不饱。如果替代种植搞砸了，老百姓自然要走回头路，不让他们种鸦片也不行。更主要的是，他禁种鸦片的愿望落空，自己抽了自己一个嘴巴。

中国杂交稻的推广成功，便给林明显吃了个定心丸，不仅特区粮仓的肚圆了，老百姓也不再为嘴伤心，还有大量余粮出售。放在以往简直是做梦，90%以上的农民食不果腹，"尤其是山区、半山区，一年只能保证半年粮"。中国杂交稻的推广成功，也使林明显的禁毒愿望如愿以偿，没有红口白牙地给天下人打白条。"禁种、禁制、禁运、禁贩、禁吸、禁卖"，特区制订的《六年禁毒计划》落实不到5年，就"铲除罂粟1.65万亩，销毁毒品10000多公斤，捣毁数十家海洛因加工厂"。1998年在邀请中国参与的检查中，107个村寨只发现少量种植。又经过两年努力，他们完全禁种罂粟，在国内外腰杆一下挺了起来，受到缅甸政府的大加赞赏，林明显被授予一枚勋章。

罂粟彻底禁种以后，老百姓和特区再无退路，一心发展替代种植，"粮、胶、蔗、茶、瓜果蔬菜和传统的药材种植全面发展"。1995年由云南科委立项，并得到国家科委合作司的支持，在四特曼回村试种800多亩甘蔗取得成功，随即像杂交稻一样推广开来。在替代种植的带动下，特区经济一活百活，仅旅游一项就收入颇丰，成为财政收入的重要支柱。2008年，全区人均毛粮790公斤，人均缅币19.9万文，折合人民币1286元。原来的一些鸦片种植大户，也变成替代种植大户，钱的来路正了，日子也过得理直气壮。用林明显自己的话说，四特人心安定、衣食无忧、六畜兴旺，修公路、办学校、建电站、架电网，村村寨寨一派欣欣向荣的景象。

与四特相邻的佤邦，也就是缅甸掸邦第二特区，"被认为是金三角最神秘的地方。"佤邦脱离缅共之初，鸦片种植高达100万亩，金三角60%的毒品产自佤邦。每当鸦片收获之时，是佤邦一年中最热闹的季节，也是烟农最充满希望的季节，他们像押宝一样将一年的希望全押在那几天。鸦片收成的好坏，不仅关系着烟农，也关系到特区，当时仅军费一项，就离不开鸦片支持。包括人头税在内，烟农要缴的税很多，其中烟课是一项铁税，又称"缴鸦片公粮"。别的税缴不上，比如"征收公粮"，可以用钱来代替，烟课却不行，一定要缴鸦片。因为钱是死的，鸦片是活的，以低价纳税，再高价出售，一转手就赚。烟课按劳力缴，一个劳力一抗（约4两），15岁到17岁算半劳力，18岁以上算全劳力。每户烟农的鸦片收入，几乎是全年的收入，别的收入很少。与其他地方的烟农一样，把该缴的都缴了，最后到手的钱落不下几个，但是仍然比种粮食强。

特区成立以后，在国际禁毒潮流的大形势下，佤邦确立了用15年到20年的时间"逐年分片减种，最后达到根除"罂粟的目标。在鲍总老倌（鲍有祥）的一声号令下，全佤邦掀起一场禁毒持久战。经过几年分片减种，1996年岁末佤邦向世界宣布，"公元2005年全佤邦实现无毒源区。"所谓的无毒源区就是"四无"：无鸦片种植，无毒品加工，无毒品交易，无毒品吸食。

在世界的拭目以待下，2005年到来后，佤邦如期兑现承诺。兑现的地方在邦康荣丁乡的一片残塔前，那片残塔是当年英国人传播罂粟时留下的，十口盛满海洛因和冰毒的支起来的大铁锅，在数千人的见证下被浇上煤油点燃。那天是3月6日，消息很快传遍世界，佤邦从此告别了罂粟。只是在鸦片交易上，给了老百姓3年余地，3年内允许鸦片交易，3年后严惩不贷。不光严惩交易者，也严惩吸食者。按照佤邦《毒品管制法》的规定，年龄50岁以下的"一律强制戒毒3年"，年龄50岁以上60岁以下的限期戒毒，限期内戒不了的就强制戒毒。如果屡教不改就蹲大牢，"处7年以上有期徒刑或无期徒刑"。对引诱他人吸毒的也不放过，"处3年以上7年以下有期徒刑"。

刚开始老百姓还有些观望，不相信他们鲍总老倌玩真的，禁就禁吧不会禁得这么绝，断了他们祖祖辈辈生存的命根子。尽管他们毫不怀疑靠3条枪两把长刀起家，从昆马杀出一片天地来的鲍总老倌的厉害："谁砍我部队的一个头，我就砍他一百个一千个。"直到一位官爷以身试法，被撤职并判刑7年，老百姓这才死心塌地认了。据说那位官爷还跟鲍总老倌沾亲带故，只因种了7亩鸦片丢官入狱。

佤邦禁烟最大的举措是移民。从1999年11月开始，8万烟农从北佤陆续迁到南佤，"在缅甸可谓空前绝后"。北佤80%以上是高寒山区，"旱季土地干得冒烟，雨季三天两头狂风大雨"，好多地方种鸦片可以，种粮食不行。老百姓居住在大山上，如果不让他们种鸦片，就必须给他们一条生路，否则不是换个地方继续种，就是头勾了挨饿等死。但对新的生路，老百姓心里根本无底，有的一辈子没走出过大山，只是围着山头转，更别说遥远的南佤了。再一个是故土难离，不肯被萝卜一样连根拔走。佤族的意思就是居住在大山上的人，在他们被大山禁锢的脑中，认为离开大山就活不下去，离开大山就改变了民族的秉性，所以没有几个人愿意搬迁，甚至怀疑鲍总老倌是想抛弃他们。

动员不成就强制迁移，把他们装上一辆辆卡车，由军队押送到南佤。在押送之前，许多人做出最后的挣扎，或连夜举家外逃，或脖子一抹自杀了。"生是佤山人，死是佤山鬼。"被装上卡车的呼天抢地，有的是因搬迁而号啕，有的是被汽车吓坏了，以前从未见过汽车，夜晚"大眼睛"一瞪，能把天穿个窟窿。

南佤与泰国接壤，紧邻"汉人村"美斯乐与"睡美人"湄塞，原是大毒枭坤沙的地盘，坤沙投降后缅甸政府给了佤邦。从北佤到南佤，最近的路也有几百千米，在泥泞不堪的路上，运送移民的卡车，一走就是6天6夜。路上逾千人（一说上万）患上"闷头摆"，"被折磨得死去活来"，死于途中或到达之后。安置他们的地方，原始丛林云遮雾罩，硕大的蚊子望而生畏，唯一比北佤强的是土地肥沃，种一年粮食能吃两三年，有钱没钱肚子不遭罪。

为了安抚住移民，佤邦给移民选好居住地，建起铁皮瓦或石棉瓦房，又给移民规划好耕地，发放给粮食和种子。尽管如此，当时移民的日子仍然很苦，一是要开荒种地，二是要适应新环境，直到土地上有了收获，真正尝到了搬迁的甜头，移民的心才算安稳下来。

鲍有祥下决心禁烟，根本目的自然是为了佤邦生存，因为佤邦要想生存下去，要想赢得国际社会的同情支持，就必须禁烟。他认识得很清楚，"不能开国际玩笑。我们一个小小的佤邦，不能因为毒品问题成为世界人民的嘲笑对象和打击对象。我们要做世界人民的朋友，不能做世界人民的敌人。"特别是20世纪初，国内外的压力愈来愈大，山姆大叔一口咬定他和他的军队不放，说他光毒品加工厂就有38家，说他的军队是与"毒品贸易有关联的恐怖主义组织"，并"以全世界最大最危险的贩毒武装"登上《时代周刊》的封面，给他也扣上"毒品王国君主"的大帽。就在2005年他禁烟的时候，美国一家地方法院仍凭两三页"只有罪名没有事实"的材料，起诉了他和他的另外几名高官。

可是要禁烟，像林明显当初面临的一样，特区收入减少是一方面，最棘手的是老百姓怎么活？2005年禁种鸦片以后，一些山区老百姓的收入暴跌2/3，根本无钱买粮，吃饭全靠种地。2007年，特区粮食缺口达2000吨，有27万人吃不饱肚子，地里打下的粮食，仅够吃七八个月。如果解决不好就会生乱，引发严重的人道主义危机。

鲍有祥不得不求助于国际社会，一是帮助他们发展替代种植，撑起老百姓的腰杆来，从根儿上摆脱对鸦片的依赖；二是帮助他们渡过转型期的难关，由于替代种植并非立竿见影，像茶呀橡胶呀过几年才会受益，在受益之前必须保证老百姓揭得开锅。对于他的求助，国际社会自然不会坐视不理，早在"分片减种"的时候，已经帮他发展替代种植，累计种植橡胶、柚木、茶叶等几十万亩。在老百姓生活上，尤其是粮食方面，国际社会也以不同的方式给予援助。比如联合国世界粮食计划署，烟农修桥筑路每出一个工给3公斤大米，儿童每入学一个一天给0.5千克大米。

在所有援助当中，对于鲍有祥来说，中国的援助至关重要，就像他讲的，"佤邦每天的生活物品几乎全是从中国过来的，没有中国的帮助和支持，佤邦人民将难以生存"。他并没有虚夸，佤邦禁种鸦片以后，仅粮食援助一项，中国就援助几千吨大米。南佤移民能够扎根下来，其中也有中国很大的功劳，中国与国际社会一道，帮助那里的老百姓垦荒拓地，使8万移民不几年就翻身，不但自己丰衣足食，还拿出余粮来支援北佤。与老挝北寮的阿卡人一样，由当初死活不愿迁移，到最后安居乐业，令留在北佤的人对南佤向往不已。

孟连农场是云南最早参与佤邦替代种植的企业之一，为佤邦替代种植（尤其是橡胶）立下汗马功劳。孟连农场与佤邦一江之隔，早在20世纪80年代末，鲍有祥就多次过江，到农场商谈替代种植。他的铁杆副司令李自如也常去，李自如谈的更具体，那就是帮助他们种植橡胶。李自如被称为佤邦政府最聪明的人，他的"'剥皮穿心'的毒招"，曾让坤沙元气大伤而最终把南佤输给了佤邦。现在李自如要发展橡胶种植，从后来的情况看又是一个高招。

缅甸大部分地区雨量足、湿度大、日照强，是种植橡胶"不可多得的宝地"，全国有宜胶地260多万公顷，远不是中国可比的。其中佤邦有13万多公顷，差不多是老挝宜胶地的两倍。过去这些土地大多被罂粟占据，如果能全部改种成橡胶，仅此一项佤邦就吃油泼面了。橡胶树成长慢、寿命长，可连续采（割）胶30年以上，若按6到8亩产一吨干胶计算，每年可收获干胶20多万吨。而且用不着到别处卖，中国就能全部"笑纳"了。

靠山吃山，靠水吃水，靠着大国，就吃大国。1992年11月，他们与孟连农场签订合作协议，12月就迎来6000多人马，在南卡江西岸安营扎寨，3年开垦出2500多亩橡胶园。之后他们觉得不过瘾，想进一步扩大种植面积，又与孟连农场签署补充协议，又开垦1500多亩橡胶园。在孟连农场的带动下，佤邦的橡胶种植发展很快，禁种鸦片的第二年就达到10.8万亩，近5000户2万多人受益。如今佤邦的橡胶种植已超过140万亩，"在昔日罂粟盛开的南卡江西岸的崇山峻岭中，展现出'条条梯田绕山岗'的景观"。

在佤邦的中国企业并不止孟连农场一家，从《2015年云南境外罂粟替代种植农产品返销进口计划汇总表》看，仅普洱市就有18家，返销产品除了大宗的橡胶，还有茶叶、甘蔗、咖啡、坚果等。孟连农场也在"汇总"之内，已种植橡胶6万多亩，比10年前翻了16番。但是"翻"得响亮，也"翻"得痛苦，先后有9人被恶疟夺去生命，有3人被南卡江吞噬。其他中国企业也一样经受了颇多的艰难曲折。当地的一些官爷头人，禁种鸦片后断了财路，看到种橡胶比种鸦片还赚钱，于是生出种种手段来，不是毁约强迫转让橡胶园，就是用武力霸占或敲诈勒索，使有的企业蒙受巨大损失。但总体情况不错，替代种植使佤邦大受其益，我们也得到了丰硕的回报。特别是禁毒方面，比如佤邦明令规定：

> 凡把毒品贩入中国的佤邦居民，被中方抓捕者，由中方按中方的法律严办，任何单位和领导都不得担保。中方未抓到者，佤邦要坚决追捕归案。贩入海洛因1件（含1件）以下者，判5—7年徒刑；贩入1件以上者一律判处死刑，其家产全部没收充公。
>
> 凡把毒品（海洛因）卖给中国者：卖半件以上者，判1—3年徒刑；卖给1件至4件以下者，判5—7年徒刑；卖给5件以上至10件以下者，判10—15年徒刑；卖给10件以上者一律判处死刑。（"1件海洛因"，重约700克。）

老实说，在一度曾是金三角最大的毒源地，老百姓和军队靠毒品生存的佤邦，能做出这样的规定实在是不容易，实在值得我们大加赞赏。而且也见诸行动上，2001年抓获大毒枭谭晓林，2002年侦破"3·30"跨国贩毒案，如果没有佤邦协助，中国警方会增加许多困难。侦破"3·30"案的时候，佤邦全力以赴，鲍有祥亲自带队搜捕，"打死2人，抓获11人"，又亲自带队将案犯移交中方。

也就在这一年（2002年），佤邦多灾多难的"老兄"果敢，也彻底和鸦片告别。果敢与佤邦一水之隔，那"水"就是南汀河。在南汀河两岸，英国人带去的"神仙种"曾竞相开放，开遍果敢的"温凉山区"，出产的"麻栗坝烟"名噪四邻，使首府老街成为金三角有名的鸦片集散地。不管内讧外斗有多残酷，烟花都一如既往地烂漫。从19世纪20年代起到20世纪40年代末，果敢出产的鸦片大多销往中国，在镇康—永德—保山—下关—昆明的古道上，常年不断地散发着马帮的马粪与鸦片散发出的臭气。

1949年中国共产党执政后，果敢鸦片到中国的古道被斩断，便掉头转向泰缅边境，一度为流亡金三角的国民党军队垄断。在此期间，果敢开始加工海洛因，流亡将领李文焕从香港请来4名技术员，"高朝恩、白跃忠、希云清及刘国庆"，用果敢鸦片"加工精制毒品"。先是在萨尔温江西岸的蚂蟥沟加工，后来又迁至果敢的金庙寨、芒岗山，前后"加工精制毒品"10年，直到1966年因战乱终止。早在此之前（1923年），军阀唐继尧曾在日本浪人的怂恿下，用"云土"和"麻栗坝烟"试制过海洛因，企图"远销长江以北"牟取厚利。

被斩断的古道沉寂20多年后，随着中国国门的打开又热闹起来，果敢的毒品又开始悄悄流入中国。从1980年起，紧邻果敢的永德、镇康两县，接二连三地截获果敢毒品，"镇康因此成为全国20个缉毒重点县之一"。坤沙也趁机而入，派部下刘德征北上果敢，在酒房（地名）加工海洛因，海洛因在果敢再度兴起。

1989年3月11日，彭家声发动兵变执政果敢后，谋求"和平、禁毒、发展"，将禁毒列为特区的三件大事之一，制定了"严禁精制毒品在境内加工、贩运、吸食的政策"，提出"恢复发展传统农业，逐渐限种直至禁种罂粟的方案"，并得到缅甸政府的支持。兵变的第二年，他就邀请政府和联合国禁毒委的高官，以及中国等27个国家的驻缅使节，在老街和勐古举行两场禁毒誓师大会，销毁海洛因162.5公斤、黄砒16件、鸦片114公斤、烟渣1500公斤，希望得到国内外的关注、理解、同情和支援。但誓师大会的烟雾未尽，副总参谋长杨茂良就发动"92兵变"，彭家声逃到女婿林明显的首府勐拉，直到1995年击败杨茂良才重返果敢。重新执政果敢以后，彭家声依然坚持禁毒，从1996年到2002年，强制铲除烟苗1.5万亩，捣毁海洛因加工厂多处，缴获各类毒品数千公斤，拘捕涉毒人员两三千人。于是像影视片一样，出现了前面《罂粟花之歌》中的一幕，当手持棍棒和长刀的军警扑进地里，砰砰啪啪将满地罂粟打碎后，守候在一旁而又束手无策的烟农，便丢下一家妻儿老小绝望地奔向地头的悬崖跳崖自尽。"打落了罂粟花，也打碎了我的家。"

死去的烟农解脱了，不再为苦难挣扎，可没死的又如何呢？这是某卫视记者深入果敢采访时，与某寨子里一位烟农的对话：

> 记者：目前你们生活主要靠哪样？
>
> 果敢农民：一样都没有别样不好。
>
> 记者：饭够不够吃？
>
> 果敢农民：不够，80家人家，饭够吃的不到6家。
>
> 记者：种大烟的日子该好过呢？
>
> 果敢农民：种大烟的日子不好过，现在更难了，现在更难了。

烟农的回答满是无奈无望，日子过得像他的话一样艰涩。在接下来的采访中，记者问饭不够吃吃什么，烟农告诉记者挖茅草吃，上山采草药煮了吃，和饲养家畜差不多。稍好一点的吃"干巴菜"，就是将青菜用盐巴腌了，一腌好几大缸，又当饭又当菜。

彭家声非常清楚这些，老百姓活得苦啊，他必须两头兼顾，既要禁毒也要生存。当时他的内心斗争很激烈，"睡着在考虑，走着路也在考虑"。于是2002年禁种后，他一面坚持"每年一至两次严打扫毒统一行动"，一面谋求国际社会多方面的援助。向他伸出援手的有缅甸政府，有联合国相关机构、无国界组织，有中日韩等多个国家。中国的援助自然少不了，运送大米的卡车曾在南伞口岸排成长队。早在20世纪90年代，中国在帮助佤邦、四特的同时，就帮助果敢发展替代种植，其中种植甘蔗最为成功。2006年达到7.67万亩，涉及3500多户2.5万多人，种植最多的农户有四五百亩。之后又经过10年发展，2016年果敢的甘蔗种植面积突破13万亩，产出的甘蔗全部由中国糖厂收购。

尝到甜头的农民，把种植口诀写在家中墙上，每天都念念不忘："发展甘蔗铁饭碗，深耕细作不可忘。"每年一到榨季，"过去叫赶烟会，现在叫赶蔗会"，连砍蔗工都成了香饽饽。但动荡不已的政局，又让农民吃尽苦头。2017年的"3·06事件"，仅果敢东山区就有2000亩蔗园被毁，战火引起的大火烧了一天一夜，使蔗园被毁的农民血本无归。而且祸及中国边境沿线，甘蔗受损面积达2500多亩，直接经济损失570多万元。饱受战乱凄苦的果敢，不知何时才能太平。

除了果敢、佤邦、四特，地处缅甸最北端的克钦邦，中国一样也给予援助，替代种植也取得相当成效。但无论老北、缅北，还是最早推行替代种植的泰北，要想扩大替代种植的战果，就必须走综合替代之路，从种植业拓展到畜牧业、养殖业、加工业、旅游业等等，"通过改善烟农的社会经济状况"，使他们最终放弃毒品生产并远离毒品。换句话说，就是要走包括替代种植、替代产业、替代发展在内的替代经济之路。就像泰北烟农披可，不仅仅是种植咖啡，还种出了"象山"咖啡品牌，在泰国拥有上百家咖啡店，并远销"欧美加日韩马等国家地区"，包括生产茶叶、护肤品、化妆品在内，由单纯的种植发展成为跨国企业。披可赚钱以后又成立了基金会，将收入的30%纳入基金，用于援助本国及邻国的少数民族，特别是贫穷落后的少数民族，帮助办学校、建医院、兴商贸等等。

在综合替代方面，中国与其他援助国相比，应该说也早走一步，帮助当地"开矿、办厂、兴贸"，帮助"修路、输水、架电"，不只限于替代种植。所有参与替代种植援助的中国公司，都八仙过海各显神通。比如云南金晨公司，在佤邦一边投入巨资搞橡胶开发，一边不忘改善当地民生，修建移民房4000多平米，使300多移民告别茅草屋。又投资1200多万元，开山拓路400多千米，把昔日人走都困难的羊肠小道，改造成能通行汽车的大道。

从替代种植到替代发展，中国的"绿色禁毒工程"举世瞩目，对内对外功莫大焉。联合国前副秘书长兼联合国禁毒署执行主席皮诺·阿拉齐说，中国的"罂粟替代种植是全球禁毒史上的一大创举"。他还说中国成功的经验，也是世界成功的经验，应该大力宣传。但中国的"绿色禁毒工程"，还远未到"竣工"之时，金三角禁毒也远未到终结之日，流传的歌谣《大烟花》，仍在金三角恋恋不舍地传唱："大烟花，大烟花，我们的生活永远是大烟花。""完全禁种"也罢，"彻底告别"也好，只是相对而言。单从2015年中国缴获的7.3吨海洛因看，金三角鸦片种植依然厉害，因为加工海洛因离不开鸦片，1公斤鸦片能提炼0.1公斤海洛因。若按一亩地产一"拽"鸦片计算，生产7.3吨海洛因需要种植近4.5万亩鸦片。而7.3吨海洛因，只是中国缴获的，没有缴获的又有多少呢？还有流向别国的，还有烟农未出手的，都换算成种植亩数的话，不会少于10万亩。与过去相比，"毒瘤"明显小了，但并未根除。

再就是，金三角的鸦片种植虽然不再首当其冲，新型毒品却又泛滥成灾，"从金三角汹涌而出，其毒性超过海洛因，其吸食者越来越扩大化，越来越低龄化，打击的难度越来越大，毒情形势依然十分严峻，要想彻底禁绝，更是一项长期的、艰巨的、复杂的工作"。2016年中国在缅方的配合下，在果敢金竹林捣毁一个制毒黑窝，黑窝由生产、包装、储存3个车间组成，两套大型设备日产冰毒上百公斤。如果不捣毁的话，一年可产3.6万多公斤冰毒。一个黑窝就能像乌贼一样，将萨尔温江的半江水染黑。

第八章

― 中国亮剑 ―

·28·
再回到10月5日（四）

  两艘中国船华平号和玉兴8号，被劫匪和泰国不法军人血洗的时候，泰国清盛警方先后接到报警电话，有巡逻警察打的，也有中国船员打的。派出的警察赶到后，却遭到不法军人的阻挡，直到不法军人离开，他们才得以登船。

  中国船员的报警电话，并非中国船员自己打的，是通过一名泰国华商打的。当时，待在清盛港的广元号货船，船长谭庆鸿不在驾驶室，柳志刚拼死呼叫也无人接应。与广元号一同停泊的宝寿9号的船长李禄民听到后接住呼叫，他与柳志刚通过话，赶快联系上正坐在港口等待装货的谭庆鸿。谭庆鸿便找了个懂泰语的华商报警，随后由华商驾驶皮卡车，拉着一伙弟兄前往吊车码头。但码头已被警察封锁，他们无法进入现场，只能远远地观望一番，返回清盛港等待消息。

  那天，一向默默无闻的吊车码头，成了中国船员最关注的地方，一个个电话在天空飞来飞去。从关累码头到清盛港，各种各样的猜测在烈日下发酵、扩散，不安之气愈来愈浓。返回清盛港的谭庆鸿与弟兄们焦急地等待着，被困在吊车码头的两艘船到底发生了什么？柳志刚说有人受伤了,究竟是谁受伤了,现在怎么样了?装船的卸货的都停下手,聚在一起议论着猜测着。所有的议论和猜测,仅凭的是李禄民与柳志刚通话时,柳志刚最后留下的几句话,还有谭庆鸿赶到吊车码头目睹的情形。都预感到两艘船出大事了,但大家都像郝强生前一样尽量往好处着想,并没有想到会是惊天的血光之灾,大得他们事后无法接受,好端端的13位弟兄命殒湄公河。

十几个弟兄生死未卜,时间一分一秒过着。一直熬到下午5点钟左右,泰方才派人找到帮谭庆鸿报警的华商,让他叫上几个人去开船。华商又找到谭庆鸿,谭庆鸿便叫了7位弟兄前往吊车码头,在泰国警察的带领下登船。他们8个人分成两组,谭庆鸿这一组负责玉兴8号,另一组负责华平号。他们登上船的时候,船上不见一个船员,华平号处于停机状态,玉兴8号还残喘着,躺在驾驶室的柳志刚已经被抬走。

谭庆鸿对弟兄们的船都熟悉,玉兴8号就更不用说了。在一帮弟兄眼中,他和柳志刚都是"浪里白条",往河里丢一眼就识水深浅,耸耸耳朵就能听出机器出了啥毛病,可以将柴油机玩似的拆卸掉,再玩似的重新装好。两个人自然惺惺相惜,在码头一同停泊时,不是他到柳志刚船上闲泡,就是柳志刚来他船上闲泡。除了聚到一起闲泡,中途碰上也会"煲粥",用甚高频对讲机呱啦半天,满河弟兄都知道他俩在吹,有时吹得其他弟兄也加入进来,围着对讲机嘻嘻哈哈笑闹。

谭庆鸿爬上二层小甲板,经过船室通道的时候,只有驾驶室的门敞开着,其余房间的门都关着,也没闻到什么枪烟味儿和血腥气,一切都平静如常。河风从驾驶室窗口溜进来,旁若无人地穿过驾驶室,然后越过通道里众人的头顶,又从通道溜出去,在灼热的小甲板上消失得无踪无影。谭庆鸿松了一口气,他想柳志刚和弟兄们一定安全,说不定就在房间里待着,闹半天不过是虚惊一场,等事情处理完就没事了。

他放缓脚步,想多留意几眼,甚至大喊一声,柳三娃你在哪里?但是身后跟着警察,只能径直走向驾驶室。在走进驾驶室之前,从驾驶室敞开的门，他就看到地上铺着被子，脑子里便打个问号，为啥要铺被子？走进驾驶室以后，看着地上的被子他很奇怪，但在警察的督促下，也顾不上胡思乱想，便站到被子上开船。就在开船的一刻，他发现被子边上有血迹，被子盖不住的地方也有血迹，再顺着那些血迹看去，门外的门槛下还有血迹。再瞅瞅面前的舵机，有枪打下的弹孔。他心一惊又悬起来，柳志刚的话回响在耳边，不知那血是柳志刚留下的，还是别的弟兄留下的，他们现在是死是活？他不敢再往下想了，与一起上船的另外3个弟兄驾船与华平号一同离开河湾，前往清盛港警察指定的地点。

被血洗过的两艘船，像遇害船员一样，从此结束它们的航程，将来开回去也不会用了，只能枯守着大河报废——回想着往日的忙碌与温馨，还有今天经历的惨痛，慢慢销蚀成一堆废铁。它们短暂的一生如下：

华平号。诞生地：云南思茅港。生日：2003年10月8日。船龄：8岁。总吨300，净吨168，载重吨288吨，功率368kw，总长46.2米，型宽7.6米，型深2.35米。原船舶所有人×××，现船舶所有人×××等。原名"嘉阳1号"，转卖后更名为华平号。

玉兴8号。诞生地：云南思茅港。生日：2000年9月8日。船龄：11岁。总吨253，净吨141，载重吨220吨，功率440kw，总长42.6米，型宽6.8米，型深2.1米。原船舶所有人×××，现船舶所有人×××等。

案发第二天，泰国老牌英文报纸《曼谷邮报》就开始发声，称泰国军方10月5日接到毒品走私入境的线索，于当天下午发现事发船只，并与船上5名武装人员交火，其中一名被击毙，剩下的落荒而逃。同日的泰国中文报纸《世界新闻》也饶舌，说清莱府警方近期接到报案，邻国有一大批毒品运往金三角，可能通过水路运输，警方便加强巡逻检查，争取将这批毒品拦下。警方的巡逻艇5日在湄公河上，发现两艘从上游下来的货船，分别名叫玉兴8号和华平号。船上装着水果，货物旁也有人看守，但是不像水手。警方发现异常后，示意停船接受检查，两艘船不仅不停，反而加速逃跑，利用庞大的船体逼退巡逻艇。巡逻警方立即用无线电请求支援，边境警方遂派出快艇追赶。货船上的人看到快艇追来，就向快艇上的警员射击，警员开火还击，当场击毙一名毒贩，其余的跳水逃窜。警方通过检查，从两艘船上搜出95万粒麻黄素药丸（另一说是918000粒）和一支AK47自动步枪。

凡此种种，特别是《世界新闻》，报道得有声有色，远比上述摘要详细，但是明显能感到有出入。从两家报纸不难看出，消息来自泰国军方和警方，不管真假与否竞相引用，成为泰国各大媒体的热门新闻。之后随着事态发展，泰国军方与警方一变再变，媒体也跟着一变再变，与最初的说法和报道大相径庭，竟把缅甸佤邦也扯了进来。之所以将佤邦扯进来，背后的原因既复杂又微妙，不是三言两语说得清的。

佤邦随即予以否认，除了新闻发言人李祖烈义正词严的驳斥，还在其官方微博上发表声明：

（一）命案出事地在泰国清盛码头区域，佤邦人从未活动到该地区，泰国也不会允许佤邦人活动到该地区。在泰国警方的管制区域，佤邦人员如何能够在泰警严密的控制下登船杀人，杀人之后又如何能够逃离现场，泰方都没有一个合理的说法。

（二）事发当时有目击证人，看见泰警从岸上对船鸣枪示警，枪响后，中国货船停船，之后泰警登船，发现有5名船员和众船员尸体。片刻之后，目击证人看见泰警枪击5名船员，并将6具尸体丢弃于江面。再片刻之后，大批泰警云集码头，后封锁现场驱离闲杂人等，包括目击证人也在现场被驱离。之后另一中国货船也出现同样的情况，地点也在第一艘货船出事的同一水域，也是在泰警的管制范围。

（三）佤邦建议中国政府组成以中国警方为主的调查团进入肇事现场，对现场展开深入调查，并要求对当天该水域执勤的所有泰警要接受中国警方调查团的调查。佤邦方面也愿意接受同样的调查，我们没有做过的事，我们坦坦荡荡。只要中国或泰国怀疑佤邦的某一个人，我们都愿意配合接受调查。

如果你对佤邦略知一二的话，对李祖烈这个人应该不陌生，他是佤军的副总参谋长。1989年鲍有祥脱离缅共，成立佤邦联合军（最初叫"民族民主联合军"）他就出任此职，是佤邦联合军的元老之一。当时总司令是鲍有祥，副总司令是李自如、波来康，总参谋长是岩伦，副总参谋长是李祖烈、赵新文、赵国安。由李祖烈出面澄清，可见佤邦对此事的重视程度，也足见佤邦政府非常清醒，这次事件非同小可。不管幕后黑手是谁，中国都不会放过，那些船员决不会白死，不是想糊弄就能糊弄过去的。平时用一度电一棵菜，佤邦都得依靠中国，如果无端做了替罪羊，将会吃不了兜着走。

佤邦的声明与李祖烈的口风完全一致，虽非字斟句酌的严谨，但有理有据底气十足，尽管"目击证人"说的，从事后调查看并不准确。不管怎样，佤邦只想洗清自己表明一个态度，两艘中国货船的船员被杀与他们无干，他们不会背这个黑锅。正如声明中说的，"我们没有做过的事，我们坦坦荡荡"。声明除了佤邦对混淆视听嫁祸于己的不满，也透露出事件的复杂性，所以他们"建议中国政府组成以中国警方为主的调查团"进行调查。

二十几天后，也就是10月30日，中国被害船员的冤情得到公开澄清，前来北京参加湄公河流域执法安全合作会议的泰国副总理，在接受新华社记者采访时说，"目前初步的调查结果显示，这些遇害的中国船员都是在流域上从事正常生计的人，并没有参与非法的活动。"也就是说，之前所谓的中国船员运输毒品，不过是栽赃陷害，有关的种种说法都不成立。他"向中方和中国人民保证,案件一定会得到公平公正的审判"。

泰国副总理在北京公开澄清的时候,13名中国船员的遗体已全部找到。最先找到的是郝强,他强被发现是出事的第三天,还有柳志刚的儿子柳荫。最后找到的是柳志刚,他被打得面目全非,最初误以为是战死的匪徒,后来通过DNA鉴定那就是他。

出事的河湾早烟消云散,鸡素果树依旧守望在岸边,码头吊车也是老样子,经历一场噩梦后更显得平静,只有河水四平八稳地喧哗。紧邻的公路上车来车往,对公路下的河湾视而不见。相距不远的清盛港也一如既往,愈接近中午愈热闹。唯无所事事的河风,从热闹的旮旯缝隙里,嗅出一丝焦灼不安,像空气中飘浮不定的尘埃。被热闹包裹的焦灼不安,来自码头上的中国船员,他们都无心干活儿,挂记着两船的弟兄,两三天了还不知下落。

在码头上的一家泰式按摩店里,老板娘看看墙上的挂表,又到该准备午饭的时候了,便吆喝用人南谷去河边买鱼。南谷来自湄塞,三十老几了还在漂,未找到一份满意的工作,一个月前又来清盛打工。虽然来的时间不长,但已经习惯了老板娘的指派,两手往起提提大短裤,便趿拉着拖板去买鱼。午间的河边熙熙攘攘,依傍码头卖什么的都有,南谷穿行在热闹中,寻找价廉物美的摊位。鱼都是从湄公河打上来的,有草鱼、鲤鱼、黄腊丁、绵瓜鱼、巴豪鱼,各种各样的鱼摆在那里,卖的价钱也不一样。南谷离开一处摊位,又走向一处摊位时,在两个卸货码头中间,无意间朝河上瞟了一眼,发现岸边漂来一个东西。河水反射着阳光有些刺目,他揉揉眼窝走上前去细看,竟是一具骇人的尸体。

南谷吓坏了,他后退两步,赶紧掏出手机报警。赶来的警察立即封锁现场,围观的人越聚越多,各种猜测纷纷而起,包括两天前发生的事,是不是那天死掉的人?无心干活的中国船员也跑来了,既想知道是否是自己的弟兄，又怕真是自己的弟兄。尸体打捞上来经过确认，他们担心的事还是发生了，正是他们的老弟兄郝强，有的船员当下就哭了。

两船的被害船员，除柳志刚仍然"失踪"外，其他船员的遗体也相继被发现，都在清盛港附近的水域，有的跟河中杂物漂在一起，让自动组织起来参与打捞的船员又悲又痛。尸体沉入湄公河一般要4天才能漂上来，可被害的弟兄两天就漂上来了。他们觉得之所以这样，是被害的弟兄死得冤啊，不甘心沉没在水底，让活着的他们给申冤。仅凭这一点，他们也认定死难的弟兄清白，有关的说法全是胡诌。打捞上来的遗体，被送到清盛医院保存，每具遗体都惨不忍睹，看一眼头皮发麻。网上流传的更惨，割喉、割耳、割鼻、挖眼。除了郝强眼睛未蒙，手上铐着手铐，其余的都蒙着眼睛，双手用绳捆绑着，一个个皮开肉绽，有的脖颈折断了，有的舌头剩下一半。舌头剩下一半的，是华平号的厨娘黄鹂，最初以为是被割掉的，后来证实是子弹打的，从颈部打进去，从嘴里钻出来。黄鹂的遗体挂在水中的一棵树上，让参与打捞她的船员，不敢相信那是惨遭虐杀的她。

包括最后找到的柳志刚，他们是：

华平号：
郝　强，40岁
党民兵，36岁
席丰盛，52岁
瓦成池，57岁
柳向西，29岁
黄　鹂，28岁
（平均年龄40岁）

玉兴8号：

柳志刚，36岁

武小安，32岁

柳　荫，18岁

马重生，46岁

贾富裕，36岁

江乐船，45岁

赵家玉，41岁

（平均年龄36岁）

当时网上列出的名单中，还有玉兴8号船主苏向勇和江乐舟，幸运的是出事那天两个人并不在船上。苏向勇在景洪，江乐舟在水富。在湄公河跑船后，江乐舟把家搬到了水富，哥嫂也把家搬到了水富。水富西邻绥江，也在金沙江南岸，与四川宜宾隔江而望，两县都属于昭通市，是云南的"北大门"。

死难弟兄们的照片，被中盛号船长吴德昌以网名"北纬21度173"发在天涯论坛上，第一个帖子是《金三角地区发生惊天血案，十多名中国船员惨遭屠杀》，第二个帖子是《中国船员在金三角地区招来疯狂屠杀，满江漂着中国船员的尸体》，两个帖子很快引起网民的极大关注与愤慨，竞相传发和评论。正好国庆假期结束，"10·5"惨案便成为网上热点，各种各样的帖子铺天盖地，质疑和声讨泰方的说法：

"如果真是查缉毒品抓人，为什么要下这样的狠手并抛尸河中？是交火后被杀还是虐杀？是不是为了保守某些秘密而灭口？是什么秘密让外人不能知晓？事件为什么会发生在这样一个地点……"

吴德昌是云南昭通人，比柳志刚大一两岁，是湄公河上的"船二代"。他父亲跑船一辈子，从金沙江跑到湄公河，是码头上有名的舵把子。受父亲影响，他20岁上也来到湄公河，由小水手打拼成船长，从父亲手中接过舵把子。一路打拼过来，40岁不到就显老，感觉像五十出头了。在湄公河上讨生活，每个人的甘苦大同小异，天天滚战在一条河中，打个喷嚏都熟悉。他不相信两船的弟兄会贩毒，那不是他们敢干的事，不是他们敢触碰的红线，他们的死一定有冤情。他把照片发到网上，就是想引起关注，给死去的弟兄讨个说法。

吴德昌的心声，无疑也是其他船员的心声，也是全国人民的心声，从北京中南海到昆明广福路8号高度重视。外交部立即启动应急机制，指示驻泰国使领馆查明情况，全力搜寻失踪船员的下落，并做好后续事宜。10月13日，外交部又召见泰国驻华临时代办王逸生、老挝驻华大使宋迪本库、缅甸驻华大使吴丁乌，"就载有我船员的货船在湄公河遇袭、导致多名中国船员身亡一事提出紧急交涉。"要求三国给予积极协助：

一要加大调查力度，尽快查明事件真相并及时向中方通报，依法缉拿并严惩肇事凶犯。

二要为滞留在泰国清盛港的中国船舶船员回国提供协助和保护，确保船员船舶安全，并对中方公安巡逻艇前往接护提供便利和协助。

三要采取切实有效措施，加强对在湄公河相关水域航行的中国船舶船员的保护，杜绝类似恶性事件再次发生。中方将与有关各方共同研究加强湄公河航道安全的办法，希各方积极支持配合，共同维护这一重要国际航道的安全。

案件侦破有所进展后，我方又给泰国总理英拉打电话，对泰国遭受特大洪灾表示慰问的同时，就中国船员遇害一事，"要求泰方加紧审理此案，依法严惩凶手"。英拉"表示泰国政府一定会查明案情，将凶手绳之以法"。

当时泰国正被洪水泡得焦头烂额，7月末由暴雨引发的洪灾，席卷泰国南部几十个府，给刚刚执政的英拉一个"下马威"。这场被喻为"慢海啸"的洪灾，给泰国造成巨大的人员伤亡和经济损失，进入10月仍未停息，泛滥的湄南河将首都曼谷沦为"漫谷"，上演了现实版的《曼谷奔逃》。曼谷通往北方的主要铁路和200多条公路关闭，唯一通行的昆曼公路汽车扎堆，"每辆车都'严重超载'，人们都希望把全部家当带走"。未出逃的市民疯狂购物，曼谷市中心的几大超市，大米、饼干、方便面等被抢购一空，"3个月买不到桶装和瓶装饮用水"。在能买到食品的店里，矿泉水每人限购1瓶，方便面每人限购6袋，一个鸡蛋10泰铢（约合人民币2.2元），一棵油菜50泰铢（约合人民币11元）。

泰国发生洪灾以后，包括沙袋、排水泵、冲锋舟、净水设备、帐篷、T恤衫、太阳能手电筒等，中国援助了价值4000万元的救灾物资与100万美元的现汇，再加上地方政府和企业解囊，有效缓解了泰国抗洪救灾的燃眉之急。此外还应泰国政府的要求，中国派出水利专家组前去援助。

·29·
北望关累，南思清盛

"10·5"惨案发生当天，西双版纳州公安局澜沧江水上分局与西双版纳州海事局关累海事处也接到报警电话，第二天西双版纳州公安局就派人前往金三角寻找目击者。在寻找目击者的过程中，先后走访30多条船和200多人。

案发10天后，由外交部、公安部、交通运输部组成的联合工作组抵达泰国，我方刑侦专家、法医与泰方专家连夜对遇害船员尸检，基本上掌握了遇害船员的死亡情况，隔日又同泰方对两船进行了实地调查。之后，中国专家又乘泰国警方的快艇，对事发水域进行了现场勘查。他们

不放过任何蛛丝马迹,使隐藏罪恶的黑幕开始被撕开,就像后来写在专案组案件演示板上的一句话:

13名同胞,伟大祖国一定会给你们一个负责任的交代!

在此之前,也就是10月13日上午,28名全副武装的干警登上勐泐号巡逻艇,从景洪港前往泰国清盛港,为滞留在那里的船员保驾护航。与干警一同出发的,还有渝西号船长张世松,他是凌晨一点接到公安部门电话的,让他担任此次护航的向导。张世松已跑船13年,13年前同他的师兄谭建华,瞒着家人从重庆跑来,就再没有离开过湄公河。13名弟兄出事后,他与其他船员一样情绪低落,从关累回到景洪家中,不知下一步怎么办,这船还能不能跑了。接到公安部门的电话,他一下子振作起来。终于能为滞留清盛的弟兄,也算为死难的弟兄做点事,他显得有些迫不及待,不时看看手机几点了,盼望天赶快亮了。

中午巡逻艇到达关累后,弟兄们得知他要去做向导,纷纷叮嘱他一定把向导当好。从关累出发的时候,船员们与自发而来的群众为护航队伍送行,掌声和欢呼声把码头掀翻了,一张张脸上露出多日不见的笑容,有的笑得泪流满面。在他们的目送下,劈风斩浪的巡逻艇让"路断人稀"的湄公河又现生气,最鲜艳的是巡逻艇上的国旗,与护航干警橘红色的防弹救生衣,迎着河风像火炬一样燃烧。

和事发前相比,"一路上平静得有点不正常",特别是经过华平号和玉兴8号被劫持的水域,平静得让张世松心都发慌。劫匪出没的草棚,原本就让人望而生畏,再加上骇人的平静,越发让他头皮绷紧了,让他怀疑平静的背后是不是潜伏着危机,仿佛黑洞洞的枪口与枪口一样的眼睛,在草棚或密林中正跟着巡逻艇移动。在令人不安的平静中,经过一路紧张的航行,于当日抵达泰国清盛港。

那天,吴德昌也在送行人群当中,他是被警笛声惊醒的,当时他正躺在床上睡觉，打发中午炎热的时光，爬起来从船窗上看到巡逻艇来了。警笛声惊动了所有停泊的船只，大伙儿纷纷走出船室，弄明白怎么回事后，有的站在船上欢呼，有的跑下船去迎接。"10·5"惨案发生后，关累港像清盛港一样瘫痪了，滞留20多艘货船，积压上千吨货物。送走护航队伍，吴德昌又把拍下的照片配上文字，图文并茂地发到自己微博上，让网友们了解事件处理的进展情况。

远在清盛港的滞留的船员更是喜出望外，他们终于可以回家了。被困的一个星期，他们比以往任何时候都想家，每天无心做事，抱着手机翻来翻去，期待能够回家的消息。远在家中的妻儿老小，也一样眼巴巴的，甚至到庙里求神拜佛，保佑他们尽快平安返回。

清盛距离上游的湄塞三四十千米，中国历史上戏称"八百媳妇国"。原本是他们很喜爱的地方，尤其是来自云贵川的船员，且不说跑船的关系，血脉中同清盛就有扯不断的瓜葛。清盛不少人的祖先，是老早沿湄公河南下，从中国西南部迁来的。如今，在小城十来万人口中，有九分之一是前来经商的中国人，他们像往昔南下的先民一样勤劳，使清盛"水涨船高"，被认为是清盛"真正的有钱人"。街头大大小小的店铺，与大其力、湄塞一样，销售的大部分是中国产的日用品，还有中国产的水果蔬菜。这些日用品和水果蔬菜，七八成是从湄公河运来的，然后经清盛港分流出去。

清盛港建于2003年，自建以来让清盛沾光不小，由小埠头成为当地的集贸中心与通往大湄公河次区域的门户。清盛港是离中国最近的泰国港口，来自中国的大量货物在这里集散。2011年清盛港进口货物11亿泰铢，其中中国商品占97.3%，出口货物90亿泰铢，其中43.1%出口到中国。但随着湄公河航运的快速发展，只有两个12米×50米的泊位，一次仅能停靠4艘船的清盛港，已变得力不从心。2012年，泰国便投巨资在旧港下游9千米处兴建新港，新建的两个双级倾斜式码头和一个直立式码头，可以同时停泊10艘货船，年吞吐量600万吨。

船停靠清盛港以后，若在惨案发生之前，正是船员们轻松自如的好时光，他们趿拉着拖板上岸去转悠买东西，只要不出清盛范围就行。"游手好闲"上几天，把一路的疲倦释放掉，调整好精神状态，再装上货物返航。眼下却没了那份心思，他们一刻也不想待了。

从13日早晨开始，他们就着忙起来，该检点的检点，该收拾的收拾。有的为弥补损失，加班加点往船上装货。14日一早起来，每艘船都做好准备，船老大和驾驶员待在驾驶室，其他人集中到甲板上等待启航，一分一秒地挨到启航时间，呜呜的汽笛声便响彻港口，所有的滞留船只按编号离港，排成一队浩浩荡荡地驶去。领头的是护航巡逻艇，守尾的是广元号货船。

大河茫茫，广元号船长谭庆鸿站在驾驶室里，望着船队又激动又伤感，本不该少的少下了，除了生死未卜的柳志刚，少下的船和人再也回不到队伍里了。10月5日好端端出来，没想到竟成永诀。那天拼死呼叫他，他却不在船上的柳志刚，直到现在还没有找到。无论生死，柳志刚那天呼叫的话，今生刻在他心上：

"赶快报警，叫救护车，有人受伤了！"

"我在吊车码头，快点报警，叫救护车，人要死了！"

为保证这次护航成功，从北京到云南做了大量工作，协调泰缅老三国为护航巡逻艇提供便利，为返航船队提供安全保障，要求当地海事、边防、海关等部门做好船员回国后的有关事宜。还为巡逻艇安装了北斗导航系统，为护航干警配备了卫星通信电话，保证一路通讯畅通。除了沿途三国提供保障，按照三级应急响应预案，护航干警分成若干小组，守卫在相应的船上，坚守巡逻艇的小组，负责全程警卫和救援任务。

船队出发以后，泰国派遣的6艘护航艇穿梭其间，船队经过金三角大佛，驶出泰老水域进入缅老水域后，再由缅老护航艇协助护航。尽管如此，一路上船员们还是紧张得不行，既担心水上劫匪的"明枪"，又担心水下莫测的"暗箭"，稍有风吹草动心就发毛。正像他们所担心的，虽然没有遭受劫匪的"明枪",却遭遇了水下的"暗箭",造成的麻烦还不少。"在湄公河挡石拦、哈乐滩等水域,由于航道窄水急、水浅礁多,而且船只载重量大、吃水较深,几乎所有货船都不得不靠绞滩通行。"货船绞滩的时候,护航巡逻艇靠岸警戒,随船战斗小组高度戒备,警惕可能发生的突发情况。

经过两天航行,船队进入劫匪不敢造次的河段,船员们的心才真正踏实了,其中十几艘船在缅甸索累靠岸卸货,剩下的在停泊点停泊过夜。第二天剩下的船继续赶路,眼看着离关累越来越近,船员们也越来越迫不及待,计算着赶中午就到家了。消息从关累不断传来,包括大大小小的记者,好多人聚集在码头等候他们归来。

就这样,除了华平号和玉兴8号,其余滞留清盛港的26艘船与164名船员,在护航干警的保护下先后回国。在整个护航行动中,护航干警最辛苦,不光是为职责操心,遇到船上有事还得帮助船上处理事情。途中饱一顿饥一顿,有的干警满嘴起泡,船员们看着过意不去,就把自己做好的饭菜送去。返回关累的一刻,他们真想高呼:

警察万岁!

祖国万岁!

也还是10月13日,就在勐泐号护航巡逻艇出发的同时,两辆载着49人的大巴也离开景洪,10点半到达勐腊磨憨口岸,从专门开通的绿色通道出境,再从老挝磨丁口岸入境,然后经老挝前往泰国清盛。车上29人是遇害者亲属,6人是两船的船东,10人是西双版纳的工作人员,4人是普洱市的工作人员。

那天沿途行驶的车辆,两辆大巴无疑是承载最重的,亲属们的憔悴可想而知,既悲伤、迫切又疲倦、木然,有的强打精神支撑着,有的在不停地流泪,有的仰面靠着座椅背,有的脸贴在车窗边,对窗外的景致都视而不见。如果换个时间,假如是出来旅游的话,该是多美的异国风情,该是如何的欢声笑语。好多亲属都没有出过国,可第一次走出国门,竟是去哀吊亲人。

夹道的浓荫时断时续,偶尔闪现的寺庙佛塔与来来往往的车辆,伴随着两辆行色匆匆的大巴。车内除了工作人员的照管之语与大巴的奔驰声,都沉陷在凄楚当中,时间一分一秒都嫌漫长。从景洪出发不到一小时,有的亲属就晕车了,晕得脸色苍白,但为了见到日夜思念的亲人,再吃不消也得挺住。

中午到达老挝南塔,在一家中餐馆稍事休息,草草吃了口饭就继续赶路,下午4点多赶到老挝会晒。会晒位于湄公河左岸,是老挝波乔省的首府,与泰国清孔隔河而望,从会晒口岸进入右岸的清孔后,沿着湄公河北上,又经过一个多小时跋涉,于傍晚抵达清盛,路上走了近12个小时。到达清盛以后,没有一位亲属想吃饭,在工作人员的再三恳求下,才勉强动了动筷头,然后上车直奔清盛码头,参加亲人的追思会。

追思会的会场早已经布置好,就在华平号和玉兴8号停靠的码头边,是滞留在清盛港的船员布置的。那天他们得到返航消息的同时,也得到为遇难弟兄举办追思会的消息,便腾出身来提前将会场布置好。布置会场的时候,船员们边布置边流泪,在曾经一同滚战过,笑声依稀还在的码头上,送死难弟兄一路走好。会场布置得简单而令人心痛:

> 3个香案,中间一个香案上摆着3只金色香炉,里面插着3根巨大的白蜡烛,每一根都有成年男人的手臂粗。两旁的两个香案各约2.5米长、50厘米宽,案台的香炉上同样插满了略细些的白蜡烛。3个香案的上方,挂着一条黑色的横幅,上书"追思会"3个白色的大字。香案背后,走下30多级台阶,就能触摸到湄公河的河水。

遇难者亲属们经过8个日夜的煎熬,终于来到了清盛码头,只是亲人们已不在。他们默默地点燃蜡烛,放飞孔明灯,此时没有任何语言能表达他们对亲人的追思，也没有任何语言能表达他们对亲人惨遭虐杀的心痛。追思会开始，船员们展开要求严惩凶手的横幅，遇难者的遗像也被亲属一一捧出。人们手持蜡烛列队入场，家属们悲痛的情绪开始不可控制地奔泻出来，现场顿时泪如雨下，哭声一片。即将返航的中国船员和遇难者亲属们融在了一起，陪着他们哭，扶着他们敬香、烧纸钱，与亲属们一起在江边点燃13盏孔明灯。

一盏盏孔明灯点亮了夜空，也倒映在湄公河上，带着肝肠寸断的悲痛，带着刻骨铭心的思念，带着泣泪泣血的祝愿，在一双双泪眼相送下，依依不舍地远去。越过夜雾泛起的码头，越过万家灯火的清盛小城，越过湄公河两岸的异国大地，一盏盏孔明灯渐渐变成一个个红点，像隐退的星辰消失在夜空深处。它们消失的方向，一定是"彩云之南"，因为"彩云"之下有故土，故土之上才是归栖的天堂。

泪断了，心碎了！

祝愿13位亲人，

祝愿13位弟兄，

一路相携，

一路走好！

由泰国警察维持，1小时40分的追思会结束后，亲属们便去存放亲人遗体的清盛医院进行DNA采样。经过大半夜的等待，到次日凌晨一点左右，警方通过DNA辨认出遇难者的身份。在之后3天中，泰国法医对遗体进行了尸检，"所有船员都系枪弹伤致死。死者尸体都有弹孔，最多的有七八处，中弹的情况不一样，应该是多种枪支造成的"。

第二天早上9点钟，亲属们又到医院附近的盟来佛寺，参加为亲人举行的追悼会。在盟来佛寺敞亮的超度堂里，正面墙上贴着巨大的黑边白底的"奠"字，"奠"字下面挨墙摆放着12位船员的遗像，遗像周围簇拥着一朵朵菊花，菊花前摆放的是各自红色的灵柩，与灵柩前亲属捧上的鲜花。由于柳志刚仍下落不明，他的遗像没有摆出来，但综合各方面的情况看，生还的希望已经很小。追悼会结合了中泰两国的风俗，在僧人的诵经声中，超度堂被泪洗了，有的亲属哭得当场晕了过去。

追思会结束后，亲属们一步一回头地告别亲人，一步一回头地告别盟来佛寺，身心俱疲地踏上归途。顺原路返回磨憨后，在磨憨休息了一夜，于次日中午回到景洪，几位亲属回到景洪就病倒了。在亲属们入住的油乡宾馆，专门设立了一个临时医务室，尽力为患病的亲属提供治疗，让饱受悲痛折磨的他们，不再遭受疾病的折磨。

就在亲属们前往清盛的前一天，中国大地财产保险股份有限公司和中国人民财产保险股份有限公司启动快速理赔程序，两家公司的西双版纳分公司分别于当天下午和晚上进行了赔付，向遇难者家属一共支付130万元的保险赔偿金。中国大地保险承保的是华平号，向每位船员赔付13多万元，一共赔付80万元。中国人保财险承保的是玉兴8号，7名船员除两人未投保外，其余每位赔付10万元，一共赔付50万元。

拿到赔付金时家属泪如雨下，没想到亲人风里来雨里去，常年泡在湄公河上，换来的竟是这样的结果……

·30·
一次足以载入史册的会议

这是周末的最后一天，准确地说是10月23日，第二天就"霜降"大地。

北方的早晨，原野上开始一片白茫茫，直到太阳升起才会消退。与北方相比，"彩云之南"的西双版纳依旧青山绿水，霜降只是日历上的一个词语。炎日仍像赤膀的小伙，流盼着街头的花伞与花伞下袅袅娜娜的彩裙，心被撩拨得火辣辣的。西双版纳是炎日的"勐巴拉娜西"，更是游

人的"勐巴拉娜西",在这片"理想而神奇的乐土"上流连忘返:

> 你是一杯甘甜的美酒
> 醉了蓝天 醉了那白云
> 醉了太阳 醉了月亮
> 醉了丛林 醉了那山冈
> ……

然而此时此刻,13名遇难船员的家属却无心于它的美丽,仍然沉浸在悲痛中不能自拔。还有来自北京的一群高官也无心于它的美丽,他们在下榻的宾馆正紧张地进行一场会议。会议唱主角的是公安部一把手,受国务院委托,就"10·5"惨案情况和处置工作进展情况,在听取"外交部、公安部、交通运输部、民政部、商务部等部门和云南省有关负责人"的汇报后,主要讲了三方面的意见:

一是事件发生后,党中央、国务院高度重视,要求尽快查明案情,缉拿凶手,保护我国人民生命财产安全。各有关地区和部门要坚决贯彻落实中央领导同志重要指示精神,会同有关国家加快案件调查处理工作。当前,要以更坚决的态度、更有力的措施,敦促有关国家全力查清案情,尽快缉拿凶手,给遇难者家属一个认真的交代。

二是在确保安全的前提下,力争及早恢复通航。要尽快推动建立中老缅泰四国维护澜沧江——湄公河国际航运安全执法合作机制,加强情报信息交流,联合巡逻执法,联合整治治安突出问题,联合打击跨国犯罪,共同应对突发事件。

三是"10·5"事件导致13名中国船员遇害,我们深感悲痛,相关地方政府要妥善处理善后,继续做好遇害者家属的接待、安抚、慰问和服务工作。遇害者家庭确实存在实际困难的,要给予生活救助。

也就在这一天，公安部发布消息，柳志刚的遗体找到了。

也就在这一天，一个中国公安部高级代表团，于当晚飞抵泰国曼谷。

这个代表团是在西双版纳会议上决定的，奔赴泰国的目的是加快案件的查办进程。代表团一共8人，个个可谓行家里手。其中有担任代表团团长的公安部副部长张新枫，一名久经沙场、阅历丰富的老将，自"从警以来破获大案无数"。有时任公安部禁毒局局长的刘跃进，从泰国回来后就受命担任专案组组长，为侦破"10·5"案立下汗马功劳。还有公安部物证鉴定中心痕迹鉴定处处长班茂森，随便上网查一下就知道此人的厉害，他曾参与破获多起震惊中外的大案，称呼一声"班爷"也不过分。

这样一个代表团前往泰国，如果不引起关注就怪了，于是一些外媒开始聒噪，说什么中国向泰国施压，好像中国以势压人。但压不压一个事实明摆着，"10·5"案被害的都是中国人，金三角周边三国，不管惨案发生在谁家地盘上，都无手足之痛。该配合的也配合，但不会着急，"如果中国不强力出手，这个案件或许就会成为永远的悬案。"

代表团抵达泰国的第二天，上午会见了泰国警察总监飘潘，下午会见了泰国副总理差林。第三天下午从曼谷赶到清莱府，"听取了泰国警察总署助理总监乌德和当地警察部门负责人就'10·5'案件调查工作情况的介绍。"第四天又前往清盛码头，哀悼了13位死难同胞，随后登上两船察看了现场。船上已经发暗的血迹，与黑洞洞的弹孔，见证着那场残酷的屠杀。代表团每个人悲愤的同时深感此行责任重大，由不得心峻脸峻起来，即使不做任何表态，他们的神情也告诉对方，我们的同胞决不能白死。

会见泰国副总理差林时，张新枫曾讲了一段话，后来广为流传：

"案件发生在大白天，又非一人所为。在湄公河上，河里有船、岸上有人，在这种情况下，作了案想销声匿迹，杀了人想瞒天过海，那是办不到的！"

他的话说得相当明白了，就像29位家属在清盛祭奠亲人时倾诉的，"我们要求必须真相大白"。之前，代表团与泰国警察总监飘潘会谈时，飘潘就表示"泰国警方高度重视'10·5'案件，已从总部调派高官和刑侦专家专门负责此案的侦查工作，将会继续与中国警方密切合作，加快侦查工作，早日查明真相并向中方通报"。

代表团还没有离开泰国，案件就"有了重大进展"。10月28日上午，泰国9名不法军人到当地警察局自首，但是去了一下就打道回府，"被移送泰国军事法庭进行裁决，警方未能对他们进行详细询问"。泰国军方一向强势，警方自然不能"详细询问"，案件刚现一线曙光就又云遮雾罩。用中国官方的话说，"看似柳暗花明，实则仍疑无路"。之后泰国军警双方各唱各的调，一度军方的调门儿很硬，但一个不容改变的事实，是9名不法军人参与了事件。在军警双方的龃龉中，与事件无干的佤邦躺枪，让佤邦很是不爽，同时也让毒枭糯康"第一次在公开信息中与湄公河'10·5'血案联系在了一起"。

就中国而言，最紧迫的是破案，老百姓等着要个说法，政府也想尽快给个交代，可棘手的是案发在境外，凶手又都是外国人，"两头"不着边儿，破案的难度极大，没有国际合作根本不行。可处在当时的情况之下，且不说泰国如何，"事态没有明朗之前，缅甸和老挝也只是旁观"，都清楚这个山芋烫手。也就是说，中国在争取合作的同时，必须拿出自己的主张，拿出自己的行动，该出手时就出手。

这天又是一个星期日，再过一天就告别10月，中外媒体关注的目光，从金三角跟踪到了北京。位于京西的钓鱼台国宾馆迎来3位外国高官，一位是泰国副总理哥威，一位是老挝副总理兼国防部长当斋，一位是缅甸内政部部长哥哥。就在他们到来的前一天，中国领导人给泰国总理英拉打电话，电话内容除了前面写的，他们还谈了一个问题，就是希望中泰老缅四国协商建立联合执法安全合作机制，共同维护湄公河的航运秩序。（这也是公安部一把手在西双版纳会议上谈的三点意见之一，张新枫率团去泰国也向泰方传达了这个意思。）除此之外，中方还希望GMS第4次领导人会议12月份在缅甸内比都召开之前恢复湄公河通航。可是要想恢复通航就得有保障，而能够提供保障的正是四国联合巡逻执法，否则悲剧还有可能重演，而且没有保障船员们也不敢跑船。

GMS第4次领导人会议，像前3次领导人会议一样重要，会议的主题是"超越2012：建立新十年大湄公河次区域经济合作战略发展伙伴关系"。后来会议通过的"《大湄公河次区域经济合作新十年（2012 - 2022）战略框架》，为次区域未来十年合作发展确定了大方向，规划了新蓝图"。如今"新十年"早已过半，"新蓝图"风光无限，就像第5次领导人会议总结的，"自上届峰会（2011年）召开以来，GMS机制在多个领域又取得了成就"，湄公河沿岸六国都从中受益。当时，若能在会议召开之前恢复通航，无疑是给会议献上一份贺礼。

10月的北京秋冬交替，天气变得忽冷忽热。可在泰老缅3位高官到来的那两天，北京像刻意要迎接他们似的，白天气温保持在15℃，晚上气温保持在八九度，表现得格外平稳有范儿。10月31日，笼罩的细雨也停了，成为一个清爽的好天气。街头的国庆气氛犹存，随处能看到摆放的鲜花与店铺门前飘扬的国旗，钓鱼台国宾馆"小河中野鸭戏水，主会场外的大草坪绿意葱茏"。

主会场内正在召开湄公河流域执法安全合作会议，与会的泰缅老3位高官代表本国，都表示愿与中方共同努力，加强在湄公河流域的执法安全合作，采取有效措施打击危害本流域安全的跨国犯罪活动，维护湄公河的国际航运安全。会议通过《湄公河流域执法安全合作会议纪要》，发表了《关于湄公河流域执法安全合作的联合声明》，声明主要有以下8点：

一、同意进一步采取有力措施，加大联合办案力度，尽快彻底查清"10·5"案件案情，缉拿惩办凶手。

二、同意为应对湄公河流域安全出现的新形势，正式建立中老缅泰湄公河流域执法安全合作机制。

三、同意在四国湄公河流域执法安全合作机制框架下，具体建立情报交流、联合巡逻执法、联合整治治安突出问题、联合打击跨国犯罪、共同应对突发事件合作机制。

四、同意各自采取有效措施，尽快开展联合巡逻执法，为恢复湄公河航运创造安全条件，争取在12月大湄公河次区域经济合作领导人会议召开之前恢复湄公河通航；尽快联合开展打击跨国毒品犯罪集团行动，防止危害本流域安全的活动发生。

五、同意在四国水上执法部门之间建立直接联络窗口，通过信函、电话、传真、电子邮件进行联络。

六、同意根据工作需要适时再次举行四国湄公河流域执法安全合作会议。遇紧急情况或个案，可随时举行工作会晤。

七、同意在平等互利、相互尊重主权的基础上进一步加强合作，通过协商解决出现的问题和分歧。

八、同意尽快商签中老缅泰《湄公河流域执法安全合作协议》。

如果留意一下这天的日历，我们会发现恰好是万圣节，不管万圣节什么"万圣"，中国主导的这次会议是"完胜"了，"最具突破性的内容，就是建立史无前例的湄公河流域执法安全合作机制"，被新华社记者形容为"一次足以载入史册的会议"。也就是在这次会议期间，泰国副总理哥威公开澄清了中国被害船员的冤情，说他们是"从事正常生计的人，并没有参与非法活动"。

既然是一次非同寻常的会议，对世界的震动当然大了，一些对中国看不顺眼的国家，就开始咸吃萝卜淡操心，说什么"中国打算以湄公河'10·5'案件为借口，派出武装执法力量进驻，进一步插手东南亚事务，扩张自身的影响力，成为'世界警察'"，说什么"中国倡议推动湄公河巡逻执法，实质是对其他三国主权的侵犯，或将招致三国民众的强烈反对"，总之是中国图谋不轨吧。

按照中国的一贯做法，你说你的我干我的，像南海"吹填"一样，不能因为你感到不爽，我就啥也不敢干了。3个多星期后，也就是11月25日，中老缅泰湄公河联合巡逻执法部长级会议又在北京举行（从2015年开始，每两年举行一次），旨在落实上次会议的联合声明，四方就尽快开展湄公河联合巡逻执法达成以下共识：

——自12月中旬开始，四国在湄公河开展联合巡逻执法工作，并于12月15日之前在中国关累港举行四国联合巡逻执法首航仪式，确保于大湄公河次区域经济合作领导人会议召开前恢复通航。

——在中国关累港设立中老缅泰湄公河联合巡逻执法联合指挥部，四国派驻官员和联络官，根据本国司法管辖权和法律规定协调、交流情报信息，按照协商一致的原则统一协调各国执法船艇及执法人员开展联合执法工作。

——中方在老方和缅方提出请求的情况下，派遣专家支援小组赴老挝、缅甸协助驾驶船艇并延伸操作培训。

——老方和缅方同意为联合巡逻执法船艇及执法人员及联络小组提供安全保障和补给便利。泰方同意应请求并依据相关国内法提供安全保障和补给便利。

——针对湄公河流域发生的突出治安问题，经四国协商一致，共同组织实施联合行动，打击危害流域安全的严重治安问题。

——原则同意成立维护湄公河治安联合工作组，对突出治安问题进行实地调研、磋商、拟定合作改善流域治安状况的工作措施，报请四国执法安全部门批准后实施。

——寻求合适方式推动湄公河沿岸社会经济发展，以提高湄公河沿岸可持续性发展和民众生活水平。

——在联合指挥部协调下，立足实践，不断完善合作机制，以便推动早日签署湄公河流域执法安全合作协定。

上述3次会议对恢复湄公河通航的重要性显而易见，也是"对糯康等武装贩毒集团敲山震虎，为案件侦破打下牢固的支持框架和合作基础"。尤其是北京第一会议，能在短时间内举行并取得成果真非易事，叫3个国家的领导人来开会，若按"外交渠道的正式程序走完一遍，差不多就得俩月"。现在却要一个星期办成，当时就有人怀疑，这可能吗？

可能与不可能是"相扑"，扑倒不可能就是可能。用公安部官员的话说，非常规时候就得打破常规。由于"打破了常规"，西双版纳会议6天之后，泰缅老的高官就如约而至，山姆大叔抛出的评价是："这一次，中国没按外交常规出牌，展现出的效率也不像中国外交的一贯风格。"山姆大叔甚至产生警觉，"必须引起我们的重视"。

北京会议能够打破常规如期举行，其中有我国驻外警务联络官的很大功劳。警务联络官是一国警察机构派驻到另一国或者双方进行固定联系的警官，目的是收集犯罪情报和寻求合作途径。警务联络官始于20世纪70年代的欧洲，"当时主要是为了同毒品犯罪展开有效的斗争"。中国是从1998年开始的，首次向我国驻美使馆派出警务联络官，至今已向30多个国家派驻了警务联络官。他们既是警察又是外交官，被称为华人同胞的"境外110"，"在国际执法合作前沿，在境外追逃一线，在保护华人华侨现场，都能看到他们的身影"。

"10·5"惨案发生后，我国驻泰国的警务联络官迅速行动，"将泰国各方面的情况进行汇总，和现场调查反复印证，确定案件疑点，从中找到破绽"。当时有关泰国军人参与事件的讯息，案发第5天还未公开的时候，他们就已经将讯息传回了国内。

跟我国派驻其他国家的警务联络官一样，他们平时既要"联络"好工作，又要"联络"好感情，把有关的人际关系搞铁，在紧要关头"找得到人，说得上话，办得成事"。像2010年吉尔吉斯斯坦发生骚乱，我国在危急时刻决定撤侨，为确保华侨前往奥什机场途中的安全，驻吉警务联络官与大使馆其他人员通过当地军警，动用装甲车和坦克护送华侨。动用装甲车和坦克可不是一般事情，若关系没处到分儿上根本办不到，而且当时要撤侨的国家不止是中国。正因为平时关系搞得铁，早在北京会议之前，我国驻泰缅老三国的警务联络官，就"按照公安部的直接命令"，将我方意见传递给了所在国高层，通过他们坦陈利弊穿针引线，三国的领导人都十分重视，很快就答应下来。

当然了，上述方方面面的努力能成功，都离不开一个大背景，那就是祖国的强大。弱国无外交人所共知，一呼百应要看是谁呼，如果没有祖国的强大做背景，不可能的事情就是不可能，使出浑身解数也白搭。

·31·
"我的部队，我的兵"

GMS第四次领导人会议，在缅甸首都内比都举行的时间，是2011年12月19日至20日。按照中老缅泰四国达成的共识，在此之前要恢复湄公河通航，可是把11月份连皮加进来，满打满算也就一个多月，一个多月要完成通航前的所有准备工作，时间比召开北京会议还紧张，只能再一次撸起袖子加油干。

2011年11月初，全国多地被选拔上的官兵接到命令，迅速到西双版纳的橄榄坝集结。按照上边的决策部署，组建云南边防总队水上支队，肩负起湄公河联合巡逻执法任务，支队将成为我国第一支承担国际河流联合巡逻执法的专业队伍。接到命令的官兵，是从十几个地方的相关部队挑选出来的，个个称得上玻璃钢盾牌，仅参加过海地维和的就有好几名。支队政委刘建宏就是其中一个，他先后3次赴海地维和，经历了海地战乱和大地震的考验，他的3位战友为海地维和付出了生命。

接到命令以后，他们先赶到昆明，再乘包机奔赴西双版纳。有的来不及跟家里打招呼就走了，到了集结地才告诉家人自己干啥去了。有的父母卧病在床，原打算请假回去好好照料一下，接到命令也泡汤了，只能在电话里安慰几句。有的从繁华的沿海城市，突然跑到西南边陲，热恋的对象也不热了，西伯利亚寒流袭来，动身之日成了分手之日。事后说起这些来都免不了叹息，用手掌抹一把生涩的眼睛，但是一身戎装在身，再儿女情长也得放下。

他们集结的橄榄坝（也叫勐罕），位于澜沧江下游，北距景洪近30千米，南距关累50多千米，是累洪港下辖的三个码头弟兄之一，是一个四季花果飘香的地方。但橄榄坝与橄榄树无关，与坝子也无关，并非长满橄榄树的坝子。在傣语中，"'橄'意为鹿，'榄'意为潜入，'坝'意为森林，意思是'金鹿潜藏的森林'。"很早以前这里树多鹿多，跟追逐金鹿的关累一样。

可2011年11月的橄榄坝，还真长满了"橄榄树"，仿佛一夜间冒出来的，到处是警营的橄榄绿，小镇人气旺得爆表。除了集结的官兵，还有前来造船的工匠，修建临时营房的民工，镇上的两三家宾馆都被包了。官兵们先占用的是别人的空房，几十个人打地铺挤在一起，建起活动板房才睡上床。打地铺睡的时候，半夜里蛇也来凑热闹，觉得谁的脖子舒服，就盘到谁脖子上。梦中以为是女友的胳膊，绵腾腾地搂着，就是皮肤有点凉，醒来一看才是条蛇。吃饭是野外做野外吃，开饭时端着饭碗蹲在那里，一片狼吞虎咽之声。遇上老天恶作剧，一阵骤雨袭来，半碗饭半碗雨，雨泡着饭吃。想冲澡去找水龙头，哗哗地从头浇到脚。想上厕所去排队，高峰时"一位难求"，比过年回家抢票都紧张。

为了赶时间盖营房，官兵们白天训练，晚上参加劳动，不干到12点不休息，站着都能打起呼噜来。工地上灯火通明，若不是一身作训服，根本分不清战士和民工，都埋了头干活儿。有的民工干得扛不住了，每天工资加到两百多都不干，说再干下去就散架了。参加劳动的官兵如此，在机关忙碌的官兵也一样，通宵达旦成家常便饭，首航前夕最紧张的时候，有的趴在桌子上累倒，有的跑得人虚脱了。当时的情形可谓玩命，官兵们至今说起来都感叹，那一个多月最渴望的是睡觉。

经过一个多月的努力万事就绪，用官兵们的话讲就是"三超"："以超常决心、超常气魄、超常力度，20天完成人员集结，25天完成通信网络连接，35天完成执法船改装，38天完成临时营房建设……"12月9日，湄公河四国联合巡逻执法联合指挥部在关累揭牌，按照执法合作框架都派驻了官员和联络官，同时老缅泰三国也建立了联合指挥部联络点与四国主管部门湄公河联合巡逻执法全天候联络渠道。第二天在关累码头举行了首航仪式，比内比都GMS领导人会议召开时间提早一个多星期。

这天，沉寂多日的关累港又喧闹起来，"中国公安部、财政部、交通运输部等部门和云南省的领导，老挝、缅甸、泰国执法安全部门的官员，以及当地边防官兵、群众齐聚码头"，锣鼓声和鞭炮声响彻河谷。中国3艘巡逻艇53901、53902、53903，以及老挝和缅甸的两艘巡逻艇，还有担任护卫的摩托艇，10艘加满油装满货的货船，整齐地停泊在码头下。从橄榄坝开拔过来的官兵，身着橘黄色防弹救生衣，手执95式步枪，在巡逻艇和摩托艇上列队待发。锣鼓间歇的时候，能听到江水的激荡，船与船磕碰的声响，江风吹散鞭炮刺鼻的硝烟后，能闻到橡胶、水果、大蒜等混杂的味道。

参加首航的官兵，中国有120多名，缅甸有42名，老挝有15名。泰国没有派巡逻艇来，只派来3名执法人员。中国3艘由民船改造的巡逻艇，甲板上方覆盖着绿色的铁皮棚，棚顶下从靠近船头的绞缆机处，到后面紧挨轮机舱的指挥室，三面围着近一人高的双层防弹钢板，"像盾牌一样保护着船内"。两侧钢板上分布着数个射击孔，一旦遇袭即可迅速还击。最给力的是安装在船前钢板后面的一前一后两挺国产89式重机枪，打起来火力相当威猛。巡逻艇的指挥室内装有视频指挥系统，与四国联合指挥部和公安部边防局指挥中心连接，途中有什么情况可以随时报告。

10点多首航仪式结束，随着几发绿色信号弹升空，船队开始鸣笛启航，5艘巡逻艇在前面开道，10艘货船跟在后面，护卫摩托艇在两旁警戒，浩浩荡荡地向下游驶去。船与船保持500米的距离，以防遇到情况时攒在一起，有足够的时间和距离做出反应。船队经过南腊河口244号界桩，驶出中老缅三国交界的"绿三角"，进入缅老水域后，两国沿途的村寨只要河边有人或护航的士兵，就向船队挥手致意。老挝村民还打出"兄弟"的牌子，两个黑字写在一块木板上，"兄"字写得头重脚轻，上面的"口"大，下面的"儿"小，像个刚从河里玩水爬上来，光着屁股给船队做表演的大头娃。

一路上船队小心翼翼，遇到激流险滩，巡逻艇先去试水探路，确定可以放心通过时，"再引导后面的商船逐一通过。"在劫匪频繁出没的河段，巡逻艇排出多种队形护卫商船，并"随时与联合指挥部、商船互通信息，掌握最新动态，密切注意河道和两岸的情况变化"。一旦指挥室下达警戒令，官兵便按战术队形迅整就位，埋伏在防弹钢板后面，把枪口伸出射击孔，进入高度戒备状态。

经过多半天航行，船队夜泊老挝班相果码头，巡逻艇将10艘货船围在里面，四国警察在外围轮流执勤。第二天上午出发后，在金三角大佛的佛光普照下，驶过最危险的"魔鬼水域"，于下午5点多抵达泰缅老三国交界的水域。为迎接中国船队到来，三国的老百姓和华侨倾注了极大热情，"在当地几乎是破天荒的"，好多人头天就到湄公河边等候，打出"清盛港欢迎中国船员"和"中泰两国友谊永远美丽"的标语。泰国官方举行了澜沧江—湄公河恢复通航仪式，隆重的程度不亚于关累首航仪式。清盛港因为等候的人多，有的是大老远赶来的，当地政府特地准备了盒饭，中午用皮卡车拉来发给大家。

船队即将到达时，泰国出动武装巡逻艇与直升机，马达轰鸣地在大佛居高临下的水域迎接。泰国派出的水陆空军警，加起来有300多名。在中国船队到来的前两天，缅甸和老挝也派出军警，对沿河两岸进行了整治，确保恢复通航首航安全。下午5点10分，打头的顺安6号货船远远出现后，泰国的巡逻艇立即迎上去护卫，直升机隆隆地盘旋在上空，待全部船只到达后举行了交接仪式，3名泰国执法人员登上本国的巡逻艇，继续护送中国货船向下游航行。缅甸的巡逻艇返了回去，中老巡逻艇停靠在老挝金木棉码头，老方在码头又举行了欢迎仪式，欢呼声和鞭炮声再次响起。

在泰国巡逻艇的护送下，10艘中国货船到达清盛港后，等候的群众和华侨涌向码头，与上岸的船员拥抱、献花，有的被货主和华侨拉去吃饭，有的同货主招呼早准备好的车辆和工人，将船上的货物卸下来运往批发市场和超市。那夜清盛港彻夜无眠，欢庆之气像泛起的夜雾笼罩着码头，那夜中国的护航官兵睡了个好觉，将一路的紧张疲劳化作鼾声。他们次日就又踏上归途，于第三天下午返回关累，码头上又一次人头攒动，像走时一样迎接他们归来。同时，新华社的电讯也飞向全世界：

> 在为期四天三夜的首航任务中，四国巡逻执法人员密切协作，并肩作战，护送10艘中国商船如期安全抵达目的地。中老缅泰湄公河联合巡逻执法首航全线安全圆满成功，开创了中国与周边国家执法安全合作的新模式。

在参加首航的中国官兵中，有10个人比较特殊，他们原是跑民船的，部队组建时被特招入伍，其中有遇害船长郝强的侄儿郝天驰。郝天驰1989年出生，是10个人中年龄最小的。人生得有些瘦小单薄，看上去远不及他叔叔强壮，但浑身透着精干气，一看就是跑船跑出来的。2007

年郝天驰高中一毕业，就跟上父亲郝月明来到湄公河。他父亲是个老江湖，在这次的首航队伍中，就有他父亲驾驶的船，那就是打头的顺安6号，装着100多吨水果。

从父辈到他这一辈，他家两代人在湄公河上跑船，湄公河给他们家带来了富裕，也给他们家带来莫大的伤痛，大伯郝月晕的儿子郝天飞出事，如今叔叔郝强又遭横祸，让他们对这条河又爱又恨。叔叔郝强的死，他最为刻骨铭心，到现在也接受不了，怎么想叔叔都不该死，有时候像做梦一样，总觉得叔叔还活着。两个多月前，叔叔从河里捞上来，运到清盛医院太平间，他跟船上的人去辨认，一眼就认出叔叔了，但就是不相信。叔叔应该躺在船上，躺在他们家中，怎么会躺在这里？给父亲打电话的时候，他哭得稀里哗啦，那咋会是我叔叔，我叔叔咋会死了呢？

叔叔死得太惨太意外了。今年正月，全家人给叔叔过40岁生日，叔叔还不听姑姑们的劝说，干完今年不要干了，从景洪返回关累后，乐呵呵地对他说，你几个姑姑老说跑船辛苦，可不辛苦能挣了钱吗？再辛苦也得跑啊，等把你两个弟弟供出书来，叔叔就讨个清闲去。叔叔的两个孩子，一个是他同头一个幺妈生的，一个是后一个幺妈带来的，后一个幺妈也是二婚。两个孩子都念书，他们希望能念出个样子来，将来活得比他们有出息。

得知叔叔遇害后，幺妈当下就晕过去了，头顶的天塌下一片，可为了两个孩子她还得挺住。幺妈已经死了再嫁的念头，只愿将两个孩子抚养成人，让叔叔九泉之下安心。叔叔的死对幺妈打击很大，对他们的打击也很大，一度时间都想不干了。但父亲想是想下不了决心，从小跟河打交道实在是舍不得，再一个跟河打交道就被河绑架了，像所有在湄公河讨生活的人一样，身家性命已和这条河摽在一起，离开这条河到别处去既不适应，而且年龄也不允许再改行了，即使改了也干不好。他倒是坚定，因为年龄还小，不同于父亲，再学啥都可以，如果不是部队特招，他真的离开关累了。

他最后之所以动了心来部队，一是部队的待遇不比跑船差，更主要的是咽不下叔叔被害这口气，要靠部队去收拾那些杀害叔叔的人；二是要好好保护这条河，不让跑船人再受气再受害。当他穿起一身军装，尤其是首航时站在轮舵前，驾驶着巡逻艇劈波斩浪时，心中挺拔起的自豪感，让他感到自己的选择是对的，他的愿望一定能够实现，而且已经开始实现。他是家中第一个当兵的，一家人都支持他，父亲只要有空跟他见面，就叮嘱他好好干，不光是给他自己干，也是给一家人干，给所有跑船的弟兄干，给咱们国家干啊。

与郝天驰一起被部队特招的，还有渝州3号船长谭建华、载鑫号船长罗建春。谭建华在53901号巡逻艇，郝天驰在53902号巡逻艇，罗建春在53903号巡逻艇。特招他们的时候，最初挑选了13个人，最后淘汰了3个人，留下他们10个人。部队之所以特招他们，是因为从外面调来的船长，在湄公河开不了船，湄公河的河路太复杂了，新手根本不摸水性。在别处是一名响当当的船长，到了湄公河连水手也不如。用谭建华的话讲，湄公河太野了，跟你较起劲来寸步难行。他是从长江跑船跑出来的，长江三五年可成就一名船长，在湄公河至少得七八年。长江跑船跑得人心平气和，湄公河跑船跑得人脾气暴躁，要想脾气不暴躁在湄公河跑好船，只有懂得了它的喜怒才能做到。

谭建华比郝天驰大十几岁，他来湄公河的时候，郝天驰还在老家上小学。在谭建华眼中，郝天驰是块跑船的料，像他父辈一样天生吃水饭的。谭建华没有走眼，郝天驰到部队没几天，就通过考试取得船长资格。谭建华不像郝天驰，家人大多以跑船为业，从金沙江跑到湄公河，他跑船有点阴差阳错。他是重庆万州人，父母在家种地，起早贪黑很辛苦，便叫他好好读书，有天能从农村走出去。他听从父母的意愿，初中毕业就报考了中专，那时中专还吃香，不像现在大学上出来，也会被社会踢皮球。他本想考的是工商税务学校，当时工商税务学校很牛，上出来就能抱个"金饭碗"，但因中考分数差几分黄了，最终被重庆河运学校录取。

河运学校就河运学校吧，将来吃水饭也不错。因为他从小在长江边长大，和船上在江边长大的弟兄无二，骨子里对水有一种特殊感情。他小的时候，夏天每当父母不在家时，就将老屋的门板卸下来，吃力地背到池塘边，把门板放到水面上，然后晃悠悠地站上去，撑一根竹竿当船划起来。有时踩翻门板掉到水里，湿淋淋地背着门板回去，就会被父母揍一顿。父母倒不是怪他卸门板，是怕他被池塘淹死。

从河运学校毕业出来，谭建华到重庆东方旅游公司当了一名水手。风光倒是风光，就是每月800块钱的工资少了点，听说澜沧江跑船能挣钱，比在长江当水手多一倍多，便与师弟张世松跑来了。两个人担心家里阻拦，到了云南才给家里打电话，说不想在老家干了，要去澜沧江跑船。在一帮跑船弟兄当中，他与师弟算有文化的人，很快就被西南水运中心聘用，他在大西南3号当水手，师弟在鸿运号当水手，从小水手一步步打拼成船长。

13位弟兄遇害后，远在重庆的老母天天挂记着，几次三番打电话，让他不要再待在湄公河了，回老家做点事吧。可是他舍不下这条河，舍不下多年的打拼，觉得还不到回老家的地步。当时已经有人不干了，即使干的也回家了，先跟家人团聚上几天再说。关累码头上几乎只剩下他们当船长的，还有为积压下的货物发愁的货主。每天无所事事，船上船下晃荡，心情糟糕到了极点。他们左右为难，不知道停航要停多久，通航肯定是要通的，可停个一年半载的话，该怎么办？

就在他们左右为难之时，好消息从上面传来了，不仅要尽快恢复通航，还要组建部队为他们护航。关累码头一下子活了，又有了欢声笑语。让谭建华没料到的是，这一活竟改变了他的人生。他被部队特招入伍，他的师弟也被特招入伍，干的是同样的工作，但性质不一样了，身份更是大不一样了。过去是靠这条河谋生，现在是来保护这条河，保护靠这条河吃饭的弟兄们。他压根儿没想到自己会当兵，像当初没想到他会跑船一样,他觉得完全是一种机缘。特招入伍后他慢慢回想,原来自以为跑船是阴差阳错,事实上并不然,是在为机缘做准备,为一身军装埋伏笔。既然有幸当了兵,他愿将后半生交给部队,什么时候不转业,什么时候不脱下军装,什么时候都与这条河在一起。

和谭建华和郝天驰不同的是,罗建春当兵可谓"子承父业",父亲和外祖父都是当兵出身,只是他当得晚了点,三十出头才穿起军装。他老家在贵州毕节,出生在云南江城。父亲从部队转业后到了江城国营农场,与从昆明来农场插队的母亲结婚,便永远扎根在了远离家乡的土地上。军人出身的父亲很严厉,惹怒了就像手榴弹,炸得天昏地暗。父亲只读过几天小学,希望他能读到大学,可他读书就是不上心,三天打鱼两日晒网,为之没少受皮肉之苦。父亲常拎着一根棍棒,让他褪下裤子揍他的屁股,揍得他叫喊连天:"记住了,记住了,以后一定好好念书。"可是一提起裤子他就忘了,挨下逃学照样逃学。

哥哥学习用功,考上了昭通航校,他却半途而废,初中毕业就回家了。哥哥到航运公司工作后,把他也从家里带出来,上船做了一名水手。有时连他自己也奇怪,竟然非常喜欢干这一行,做水手的种种辛苦都不在话下。哥哥叫他好好干,将来也当个船长。父亲对他的希望泡汤了,哥哥的鼓励却实现了,而且当得自认为还可以,一帮弟兄尊称他"罗二哥",码头上说起来也算个人物。

可正当他和弟兄们干得风生水起时,半路杀出一伙劫匪,搞得大伙儿提心吊胆。惨案发生前的9月份,他的船一天被拦截两次,尽管拦截的都是军警,第一拨是老挝的,第二拨是缅甸的,也没损失什么财物,但与军警交火的却是劫匪,把他和船上的弟兄吓了个半死。

那天,他是从索累放空船下来的,早上在索累码头卸完货,准备又到清盛去拉,下午快到孟喜岛时被拦截,拿他的船做掩护去攻打劫匪。第一拨打完时间已经不早了,他开船就近停靠万崩码头,不想又被一伙缅兵抓差,让他拉上再去攻打劫匪。缅兵在船上架起两挺轻机枪、一挺重机枪和一门小钢炮,比第一次打得时间短,但是比第一次打得凶。当时天已经黑下来,双方的子弹像烟花乱窜,拖着哧溜溜的尾巴。再返回万崩码头的时候,已经是第二天凌晨。所幸虚惊一场,船和人都未伤及。

"10·5"惨案发生后,关累人心惶惶,有不少船员回家休息或不干了,他与剩下的弟兄等待观望着,不知道下一步该如何是好。就那样消磨了两个月后,他和谭建华、郝天驰几个被部队特招入伍。但入伍不是泡码头,一身军装换了一个世界,必须改变身上的码头习气,"走有走相,站有站相,坐有坐相"。

特别是巡航的时候,随时处于"准备战斗状态",指挥员要保证指挥到位,观察员要保证做好观察,通导兵要保证视频指挥系统联络好,机电兵要保证机器不出毛病,枪帆兵要保证第一时间把子弹装上,关键时刻能打响。驾驶员就更不用说了,必须随机应变把巡逻艇开好。根据沿途的情况,勤务执行共分三级:"一级勤务全员值勤,所有武器都要上,二级勤务一半人值勤,三级勤务安排警戒哨,四面部署警力。发布一级勤务时,战斗员要在30秒内完成准备,包括运弹、子弹上膛、进行瞄准,如果完不成就可能挨打。"

即使不巡航闲着,也再不能像过去那样自由散漫,想到哪里就到哪里,每天除了训练上一下岸,其余时间都待在巡逻艇上。艇上虽然配备有娱乐设施,可再娱乐也就巴掌大个地方,像用樟脑丸给蚂蚁画了个圈圈,只能在圈圈里面打转,不管岸上多么灯红酒绿,都不能"越雷池一步"。从二层的船室,到一层甲板下面,尤其是甲板下的船舱,实在是太狭小太憋促了,转周挤着几张高低床,一架铁梯扒在船舱口,踏着铁梯下去闷气扑面,就像钻进了潜水艇。船舱口是唯一可以出入的地方,也是唯一的通风透气处。由于紧挨着轮机舱,机器吵起来震得床发颤,透过单薄的褥子,铁床板硬邦邦地硌人。因为船舱在吃水线以下,躺在床上就等于躺在水中,船舱中的热气被隔壁的水吸走后,到了后半夜不盖被子不能入睡。

可是军装一穿就身不由己了，环境再憋屈也要耐得住，条件再艰苦也要吃得消。尤其是半路出家当兵，最初有好多的不适应，用罗建春的话说，必须"脱胎换骨"，否则你不要来当兵。他脱胎换骨了，谭建华脱胎换骨了，郝天驰脱胎换骨了，被特招的战友都脱胎换骨了，由一名普通船员转变成了军人。

从首航那天算起，云南边防总队水上支队成立快10年了，从设施、装备到生活条件都已经发生很大改变，但是铁的纪律依旧，格式化的生活一如既往。参加首航的官兵有的已退伍了，郝天驰、谭建华、罗建春他们也一样，有一天也会脱下军装告别部队，把手中的枪与脚下的河交给新战友。铁打的营盘流水的兵，流去的是与军营相伴，与湄公河守望的岁月，留下的是曾经的付出，与此生此世抹不掉的记忆。

截至2019年4月，中老缅泰湄公河联合巡逻执法已进行80多次，四国创立的湄公河流域执法安全机制越运行越好，"有力打击了流域内跨国犯罪活动，有效保障了国际航运安全，切实维护了沿岸各国人民的合法权益"，让湄公河航运一天比一天繁荣。80多次联合巡逻执法行动，累计检查的船只、人员、货物和救助的商船、船员，如果用数字来罗列，可列出长长一大串……

· 32 ·

缉拿凶手归案

在组建云南边防总队水上支队，准备四国联合巡逻执法的同时，2011年11月"10·5"案专案组也在西双版纳成立，由公安部、云南省公安厅、西双版纳州公安局等相关执法部门联合组成，刘跃进任组长。在之后长达10个多月的侦破中，200多名参战弟兄几乎没沾过家边，有的甚至与家人断了联系，玩起"失踪"来。

专案组设在距景洪嘎洒机场10多千米，安保措施高度严密的一家宾馆内。因为案涉几个国家，刘跃进在专案组成立之初，就给弟兄们立下一条规矩，"办案工作要始终严格遵循和平共处五项原则来处理国际事务，要充分尊重他国的主权"，同时在专案组证据组的办公室的案件演示板上写下一句话：

13名同胞，伟大祖国一定会给你们一个负责任的交代！

但是规矩好立，要给遇害船员"一个负责任的交代"就难了，难在事发在境外，案犯又是外国人，侦查抓捕也在境外，这在中国公安史上前所未有。当时面对的案情异常棘手，搞不好就竹篮打水一场空。刘跃进虽然从警30年，"身兼资深刑侦专家和熟谙禁毒工作的双重优势"，跟许多狡诈、难缠、凶恶的对手较量过，但这个案子仍让他感到莫大的压力，如果拿不下来对自己都没法交代，更别说其他的了。

专案组所在的宾馆环境优美，铁树、芭蕉、杧果、荔枝、龙眼，各种叫来叫不来名字的热带植物郁郁葱葱，充满特有的南国风情。绿荫丛中有一条六七百米长的环形小路，每当案件侦破卡壳的时候，刘跃进就沿着小路遛弯儿，一边遛一边调动脑细胞，对周围的一切视而不见。眼下他遇到的第一个难关，就是确定犯罪嫌疑人，凶手到底是谁？

种种迹象表明，凶手来自金三角，可金三角势力多了，又会是哪一股呢？

金三角白道黑道错综复杂，有几杆枪就能占山为王，像湄公河乱礁林立，"是全世界治安最混乱的地区之一"。对这个"三不管"之地，身为公安部禁毒局局长的刘跃进当然了解，不仅了解还头疼，鸦片久禁不绝，新型毒品又泛滥成灾，让中国深受其害，年年断不了围追堵截。综合多方面的情况判断，专案组最后把目标指向了糯康，这个家伙无恶不作，贩毒、运枪、劫财、绑架、杀人，是"盘踞金三角水域最大的武装团伙"。6个多月前，渝西3号船长冉曙光和金木棉3号船长罗泽富遭绑架，绑架的喽啰就曾自报家门，说他们是糯康的人，"回去告诉你们老板，以后放聪明点"。

这伙人越来越猖獗，四国联合巡逻执法开始后仍不收敛，又接连制造两起事端：一起是2012年1月4日凌晨，用火箭弹袭击了宝寿8号和宝寿9号两艘中国货船，所幸两枚火箭弹只是虚张声势，一枚扎进水中乘凉去了，一枚在船附近爆炸。另一起是10天后的晚上，中国货船盛泰11号遭到枪击，也多亏子弹开了小差，船和人都没有受伤。

可糯康这个家伙，船员们根本没有见过，每次劫船都是手下人干，他从不抛头露面，像黑寡妇蜘蛛躲在幕后。用专案组的话说，只闻其声，不见其人，就像跟一个影子过招。有关他的传说很多，说他是缅北勐古保卫军司令蒙莎拉的儿子，说他"村村都有丈母娘"，其中一个女人很香艳，名叫库喜娜·卡吉利，出生于阿联酋，长着一副"天使模样，世界小姐的身段"，嫩灵灵地能掐出水来，曾在美国宾夕法尼亚大学留学，毕业后到缅甸做了他的情妇，被喽啰们称为"二当家的"，外界叫"罂粟皇后"。后来当然知道，他并非蒙莎拉的儿子，但是女人多名不虚传，他挂在心上的有3个，玉香嫩、玉蕃、玉满，特别是原配玉香嫩，曾冒死救过他的命。但当时都无从证实，尤其是关键性的材料，专案组掌握得极少，仅有的一张照片还是20年前国际刑警组织通缉他的旧照。20年足以让一个人"旧貌换新颜"，旧照上的糯康又帅又嫩，现在还是那个样子吗？总之是扑朔迷离，最初的侦破近乎捕风捉影，或者说大海捞针。

面对危险重重的金三角与神出鬼没的毒枭，专案组抽调的自然是敢于出生入死的精兵强将，其中有前面讲过的两位好弟兄秦华和柯占军，后来柯占军又被派去侦破一起特大武装贩毒案时牺牲。他们在专案组的统一指挥下分头行动，包括调查访问、情报搜集、国际合作、联合抓捕等多路出击,最终"九九归一",那就是抓获凶手。

由西双版纳州公安局副局长Ａ率领的工作组,化装成种橡胶的商人深入金三角进行侦查,3个人穿着旧Ｔ恤、大裤衩、拖板鞋,骑着租来的摩托车走村串寨,拿租地种橡胶做幌子跟老百姓接触。他们有个形象的说法,叫"跑断腿,磨破嘴"。所跑的村寨都是估计糯康出没的地方,这些地方"大都沿河而建,房屋低矮破落,石板路高低不平,街市里扔着腐败的瓜果和生活垃圾",像日子馊得发酸的光棍村一样,是超乎想象的差。"里面赌博的摊子很多,时不时就听见赌棍们的吆喝声;还有一些身材瘦削、眼圈泛黑的吸毒者,穿着褪了色的衣服坐在屋前。从这些当地人面前经过,会引起狐疑、异样的目光,盯着你看上好久"。直到他们想方设法套近乎,跟对方闲泡上半天,把生硬的目光泡软了,一张脸才变得友善起来。见对方放松警惕,他们就打探上几句,然后赶快转换话题,以免露出马脚。

可是3个人再化装,行动再小心翼翼,也是外来的不速之客,蹙蹙鼻子就能嗅出异味来。正如他们事后回想的,走到哪里都危机四伏:

> 在田里劳作的农民,在河边洗衣服的村妇,在寨子里四处逛荡的吸毒仔,说不定都可能是糯康的眼线。因此,三人的落脚点必须不断变换,住宿的旅馆尽量找偏僻的所在,房间破落、蚊虫叮咬、被褥发霉什么都顾不得了,两三天就得换一个地方,有的敏感地区住一个晚上就必须马上转移。生活变得极不正常,有时一天只吃一顿饭。

11月上旬的一天夜里,Ａ三人骑着摩托车对某个目标人物进行盯梢,经过一处树林边,突然"砰"的一声,不知从什么地方射来一枪,子弹在一名侦查员的耳边飞过。

"不好!被发现了!"Ａ和同事情急之下,把油门一脚踩到底,以最快速度远离树林,只听得身后枪声不断,打得摩托车后面噗噗直响。三人等到听不到枪声了，下车一看，人都没中枪，但摩托车上有好几个深深的弹孔，每个人都惊出一身冷汗。

就这样一个个村寨跑下来，证实"糯康确实在这一带活动"，被称为"金三角新教父"的糯康开始浮现出来，不再是一个飘忽的影子。对于他们的行动，糯康自然也早有察觉，而且如影随形地与他们"不止一次擦身而过"，只是他们不认得。有一次，他们前脚刚离开一户人家，糯康后脚就带人找上门来，吓得主人再不敢接触他们，害怕大难临头。糯康被抓捕到中国，A去审讯的时候，他一走进审讯室，糯康嘴角就挂出笑来，说我见过你，便报出寨子的名字。那天糯康就在那个寨子里，"随身携带着长枪、短枪和弹药，包里还有两颗手榴弹，身边跟着好几个全副武装的马仔，附近还有100多人散布在各个村寨"，如果收拾他们根本不在话下。

当时，糯康已经猜测到他们的身份，知道他们为何而来，之所以没有对他们下手，是认为他们只是来调查一下，走走过场而已。他压根儿没想到，中国会下这么大的决心，"最后会直接来抓他"。换句话说，他太狂妄自大了，从A审讯时见到他的表现就能看出来，已经死路一条仍心有不甘。他把中国当成了金三角，杀几个人不会有什么，却不想中国咬住他不放，他"大错特错"地栽了。不把中国放在眼里的他，自然无视四国联合巡逻执法，"10·5"惨案血腥未净，就又让手下的人接连制造事端，将自己进一步推向绝路。

既然摸清了这个家伙的活动范围，专案组便撒开捕网，开始小鱼小虾地有所收获，其中一名毒贩像小麻虾一样，看似不起眼却珍贵，"成为整个案件凿破冰山的第一个缺口"。这个小麻虾贩运的毒品多半走湄公河，走湄公河就撇不开糯康，跟糯康团伙就免不了交往。根据他的供述，常跟他打交道的一个叫岩相宰的人，是糯康手下的一个小头目，岩相宰经营着几条黑船，每隔一段时间就前往缅甸掸邦第四特区，运送毒品和其他黑货。

岩相宰被秘密抓捕后，经过一次又一次审讯，将他知道的情况都交代了出来。糯康的蚁穴被挖开，为首的自然是糯康，其次是桑康·乍萨、依莱、翁蔑，按照他们各自的分工做事，喽啰最多的时候有400多人。其中依莱是岩相宰的上司，屠杀中国船员后曾对他讲，那是他们团伙干的，让他知道一下就行了，若说出去要他的脑袋。

至此，"10·5"惨案的主要凶手全部锁定，下一步该是抓获了，但4名主要凶手绝非一般草莽，都是金三角淘出来的黑道精英，经历丰富、见多识广、老奸巨猾、心狠手辣，能不能抓获全看专案组的本事了，其中相关国家的配合极其重要。为此，中国向老缅泰三国派出3个工作组，组长分别是B、C、D，都是公安部禁毒局独当一面的高手。派往老挝的工作组，老挝警方和军方非常重视，警方给了6副万象市的车牌，军方给了10张特别通行证，路上任何军警都不得上车检查，在他们力所能及的范围内，"对中方的要求几乎有求必应"。派往缅甸的工作组，缅甸方面最初还有所顾虑，但在工作组的公关之下，最后也配合得不错。派往泰国的工作组，泰国限于一些难言之隐，配合得并不顺畅，但是华人华侨很给力，表现出浓浓的手足之情。工作组有时急需要见泰国官员，走官场程序又来不及，华人华侨便通过私人关系帮助搞定。一位老华侨得知他们要到泰国各地去跑，在泰国又人生地不熟，自己行动不便不能帮忙，就让年近花甲的太太出面，陪他们跑了将近3个月，连路费和住宿费都是自己花。工作组实在过意不去要给补偿，对方却无论如何不要，说帮助他们破案是应该的。像这样的事例当时还有不少，让工作组在异国他乡感受到一种无比的亲情和力量，更增添了完成任务的信心。

第一个被抓获归案的是依莱。此人满腹经纶，"据说佛学造诣很高，还写得一手好字"，是糯康出谋划策的军师。案发后逃到老挝，躲藏在万象的一个地方，根据工作组获得的情报，2011年12月12日，依莱同他儿子乘坐一辆旅行车，正离开万象往波乔省转移，准备潜伏回金三角。在老方的全力协助下，双方人员在依莱的必经之路上严密布控，将其一举抓获并押解到中国。

在往日来去过不知多少次，自认为比较安全的土地上，依莱做梦也没想到他会被抓获。对他这个跟随过坤沙，在金三角混得如鱼得水，最起码在糯康手下算个人物的毒枭来说，栽得太出乎意料太有点窝囊了，他原以为中国鞭长莫及，避避风头就无事了，却不想成了瓮中之鳖。审讯时依莱拒不交代，对他出示什么证据，他都装疯卖傻与己无干，声称一切都是道听途说的。依莱对审讯员察言观色，甚至像后来审讯糯康一样，想套取审讯员掌握的情况，"是不是我说真的你们才记，说假的你们就不记？"

经过七八天针锋相对的较量，直到让他看到一个被抓的喽啰，那喽啰曾是他沿河布置的9个眼线之一，心里死硬顽抗的防线才崩溃，"交代了糯康组织内部构成，他本人的角色分工等情况"。其中至为重要的是，他交代了"10·5"惨案的全过程，包括同9名泰国不法军人在内，一如本书前面第四章所写的。依莱这条大鲶鱼的落网，标志着案件侦破工作进入实质性阶段。

第二个被抓获归案的是桑康·乍萨，与抓获依莱相隔4个多月，面对军警的围捕束手就擒，同依莱一样没有想象的惊心动魄。但在侦查他的过程中，侦查人员冒了极大危险。E是侦查人员之一，为摸清桑康·乍萨的行踪，曾多次深入桑康·乍萨居住的满星叠，有一次差点进去出不来。

满星叠地处泰缅边境，过去是坤沙的老巢，好多村民在坤沙手下干过，是泰北最危险的村寨之一。坤沙倒台后依然嚣张，村里枪支、毒品泛滥，先后有20多名泰国警察缉毒时死在那里。满星叠有桑康·乍萨的不少亲信，周围村寨也有他的耳目，稍有风吹草动他就会察觉，而且他杀人不眨眼，老百姓十分惧怕他。桑康·乍萨比依莱老谋深算得多，军事素质和反侦查意识也很强，每次从营地回家都绕道而行，几乎不走同一条路。

为摸清这个老狐狸的行踪，E与同事盯梢了20多天，有天他和当地的一名朋友驾车到满星叠，发现桑康·乍萨正开车出来，便在后面跟踪。却不知何故，桑康·乍萨刚出村就停下了，朋友立马被吓坏了，说可能是发现了他们，加大油门就要逃走。他让停下来观察一下再说，朋友怒气冲冲地吼道，那家伙太残暴了，真要是被他发现，我们就没命了，你不怕死我还怕呢！他再三要求朋友停下，要不今天就白来了。朋友把他丢下后，连车门都来不及关，就开车跑了。他不得不躲到山里，一边观察桑康·乍萨，一边向同事打电话求助，直到同事来了把他接走。他事后非常理解那位朋友，在一个小时的蹲守过程中，时间过得极为恐惧漫长，身上的衣服被汗水湿透了。那天幸亏桑康·乍萨没有发现他，如果发现了后果不堪设想。

E在公安部禁毒情报技术中心工作，专案组抽调他的时候，他正在广东侦办一起毒品案件。头天晚上接到命令，第二天一早乘飞机赶到西双版纳，与工作组的其他同事到了泰国。出国之前，他给爱人发了一条短信："出差。"由于工作性质特殊，他想多说也不能多说，但有两个字足够了，爱人早习惯了他的工作，知道他不能从广东回家，一定是又到别的地方去了。从那一天起，他10个月没有回家，其中284天在境外，直到完成任务才回到北京。其间爱人因病住院做手术，怕影响他工作也没告诉他，而且告诉他也没用，都是老丈人老丈母照管的。回到北京面对记者的采访，他说做警察的妻子很辛苦，太多的奉献，太多的担当，太多的无奈。他最想对妻子说的，只有一句话：感谢你的理解和包容！

在境外侦查除了时时面临危险，还有令人煎熬的气候和环境，他们去的大多是小县城、山区和农村，几乎每天都要面对蚊虫毒蛇，攻击起人来又恶劣又凶狠。但最折磨人的是高温湿热，他们一般选择中午行动，因为中午边境上人少，不容易暴露自己。可是中午最为炎热，有时高达摄氏四十多度，顶着烈日一蹲几个小时，皮肤被晒得发红发烫，在境外的280多天，每个人都脱了几层皮。桑康·乍萨居住的满星叠，听名字好像是避暑胜地，实际上是个热得人要死，"连石头都吃不消的地方"。

但是石头吃不消，他们也要吃得消。因为现场不能画图，拍照又怕暴露了，一草一木全凭记忆，回去再逐一画出来，记不住或模糊之处再去核实，有时为一个地方要跑好多遍。他们把侦查到的情况提供给专案组，再落实到一张六七平方米的作战地图上：

> 在河流、码头、山头等常规标示的基础上，还有一些特殊标注，标注得密密麻麻。如涉案人员的名字、绰号、高矮、长相、肤色，开船经常在何处停靠，在何处加油，当地码头啥时候停大船，啥时候停小船。再如，哪些村寨糯康经常出没，哪些村寨有他的情人、手下、铁杆村长，村寨里一共多少人、多少房子，草屋还是木屋，房屋的高度、间数、住几人，进村或进山有多少条路，每条路的状况如何，哪一段可开越野车，哪一段适合骑摩托，哪一段只能步行，如果搜捕糯康可能会有几条逃跑路线……

作战地图当然是以糯康为主，一张地图就是一面撒开的大网，每个标注都是侦察人员出生入死换来的。2012年4月20日，他们发现桑康·乍萨独自离开营地回家，立即报告给专案组，专案组又"通知有关国家警方"，双方联手将回家途中的桑康·乍萨抓获，也就是糯康被捕的5天前。

与抓捕依莱和桑康·乍萨相比，抓捕糯康可谓一波三折，一度让专案组陷入有劲使不上的困境，明知他在哪里活动就是抓不着。用刘跃进的话说，就像黑夜里渴望亮光一样，弟兄们百折不挠全凭信念支撑着。从抓捕糯康的一波三折，就能看出这个家伙不愧是大毒枭，包括桑康·乍萨、依莱、翁蔑在内，团伙中任何人都比不了他，所以他们才甘愿认他做老大，服服帖帖地由他指挥摆布。

第一次抓捕糯康是2011年12月，在老挝敦棚县的希拉米村。那天，根据线人提供的确切情报，糯康在希拉米村出现，专案组如获至宝，迅速通报老挝方面，出动军警包围了希拉米村。眼看糯康插翅难逃，却没想到糯康在该村扎根很深，被他收买的村长死硬阻挠，不让军警进村搜查，说村里没有糯康，搜查会吓坏女人和孩子。双方僵持不下，他们只好搬动老挝军方高层，得到老挝军方的明确命令后，军警推开村长强行进村，刚搜查了五六户人家，就搜到糯康一个情妇和几名团伙成员，搜出一批枪支弹药和大量泰铢、毒品。

可就在胜利在望，糯康即将被抓获的时候，却又杀出当地的一名高官来，这位高官强硬阻止了他们继续搜查，理由是按照当地风俗，天黑了不能搜查村子，要搜查必须等到第二天天亮。当时天已经黑下来，军警只好终止搜查，眼睁睁地让煮熟的鸭子又飞了。事后了解到，也就在那天夜里，在6位村民的掩护下，糯康乘船渡过湄公河，逃回缅甸的大山中。

从希拉米逃掉的糯康，不停地变换躲藏之处，与最初一样，又成了金三角的一个影子。为尽快掌握糯康的行踪，专案组派出一个情报小组，由云南省公安厅的F带领，任务是"传递关于糯康的一切最新情报"。情报小组一共3个人，潜入金三角以后，伪装成当地的边民，住进一个破旧的小木屋，养了3条狗做帮手。专案组从糯康使用的泰国手机号入手，从中锁定一个叫占拉的人，这个人跟糯康联系频繁，"替糯康出面打点'业务'"。专案组便通过缅方人员，对占拉秘密抓捕并审讯，从占拉口中得知糯康藏在大其力的深山里。

根据占拉的供述，情报小组在深山里经过多日搜寻，有天夜里爬上一个山头后，通过夜视仪发现，在前方一千米左右的山坳里，有几顶占拉描述的蓝色帐篷。在那个山头上，情报小组蹲守了3天3夜，确认那就是糯康藏匿的新营地，距离他们潜伏的小木屋十几千米。营地周围原始森林茂密，雾气弥漫时能见度不足10米，传出的鸟叫声怪声怪气，一般人大白天进去也害怕。专案组立刻协调缅甸方面，于2012年2月22日对糯康新营地进行了突袭。突袭之前有人曾设想，用无人机载上20公斤炸药，飞过去一下就送糯康上西天了，但这个设想被上面否定了，要求他们必须抓活的。

因为营地在深山老林，通往营地的路异常难走，摩托车也只能爬一半，剩下的一半全靠步行。临近营地的路上，地下埋着地雷，树上挂着挂雷，明哨暗哨密布，别说是大队人马，连只山猪也进不去。搜捕队伍只能晚上绕道而行，由熟悉地形的当地武装打头阵，缅甸政府军紧随其后，大家冒着蚊虫瘴疠，经过5天5夜跋涉，到达距离营地几百米的地方。望着糯康静悄悄的营地，如果不出现意外，他很快就被生擒了。可怕什么来什么，一名队员撞上了暗哨，顿时枪声大作，夹着火箭弹的爆炸，与糯康第一次大规模交火。树枝树叶被打得纷飞，好多树木被拦腰折断，地上的泥土浪一样掀起，有两顶帐篷燃起大火，山坳里腾起一股股黑烟。搜捕队伍压制住对方火力，经过半个小时激战，突破糯康抵抗的防线，十来名喽啰被击毙或俘虏。但是没有抓住糯康，趁搜捕队伍合围之际，他带领大部分成员逃跑了。冲进营地以后，发现糯康的生活出人意料，东奔西逃也不忘养尊处优，像大本营一样有新鲜的肉，碗边放着洁白的餐巾纸，锅里的肉汤正冒着热气。

第二次抓捕，糯康又逃脱后，消失得无踪无影，连手机信号也没有了，手机信号再次出现时，已是好多天之后。专案组又通过技术定位，发现糯康仍躲在深山老林中，然后用无人机锁定准确位置，摸清他藏身的具体地方。可就在专案组协调当地军警，准备对糯康再一次突袭时，"不料因某些干扰，行动被迫半途而废"，让糯康又逃脱了抓捕。

3次抓捕功败垂成，专案组又窝火又无奈，尤其是"某些干扰"，让他们哑巴吃黄连，甚至怀疑这样下去，这个家伙到底能不能抓住？读者也许纳闷儿，"某些干扰"公然为毒枭当保护伞，还不把他们一起抓了？可你别忘了那是在金三角，白道黑道错综复杂，"某些干扰"是很平常的事。3次抓捕尽管失败，但给了糯康沉重的打击，团伙开始分崩离析，有的喽啰冒死逃跑了，有的向当地政府投降，身边只剩下20多人。也就是这个时候，桑康·乍萨独自离开营地，他被捕后的第五天，糯康也终于落网了。

糯康第3次逃脱以后，专案组又派出一个6人行动小组，由神枪手、抓捕专家、翻译人员、情报人员组成，深入金三角展开行动。从人员配备可看出，行动小组只要发现糯康，就完全有能力击毙他，但上面仍要求抓活的，"必须让糯康在我国接受审判，才能给国人和遇害者家属一个满意的交代"。

行动小组开始给糯康"修爪"，先将他身边的爪牙一个个剪掉，包括送饭送情报的，相继抓捕了10多名。失去依莱和桑康·乍萨两个左膀右臂，现在又损失10多名铁杆儿喽啰，糯康的虎爪彻底丧失了锋利，由前呼后拥沦为孤家寡人。同时行动小组与缅方一道，不断对糯康躲藏的地方清剿，一股股硝烟在密林上空升起，将他东躲西藏的空间越挤压越小，逼迫他离开缅甸的深山老林，把他逼到老挝境内抓捕。

2012年4月25日，沦为孤家寡人的糯康，在缅甸再也待不下去了，在金三角大佛远远的注视下，走向自己的末日。这天，行动小组发现糯康离开躲藏的地方，便将情报迅速传给专案组。专案组判断，糯康可能要逃到老挝，寻找新的贼窝躲避，于是协调老方做好准备，在湄公河沿岸撒开捕网。为使这次抓捕不再落空，专案组严令保密，"把知密范围控制在很少人中间，不到最后一刻，不向一线抓捕人员下达具体命令"。

正如专案组所判断的，糯康确实是要逃到老挝去，寻找新的安身之地。4月25日傍晚，糯康经过乔装打扮，带着两个喽啰钻出深山老林，其中一个喽啰叫迈恩，正是迈恩帮他找到新的地方，一起过河到老挝去躲藏。他们来到湄公河边，目光越过宽阔的河面四处张望，见河上和老挝一侧静悄悄地无人，河中大水缓缓流淌，炎热退却凉气升起。确认安全以后，3个人便乘一艘安排好的小船，披着暮色小心翼翼地过河，然后在老挝孟莫码头的一个僻静处停下，猫腰上岸向密林奔去。就在他们快要进入密林时，一幕酷似电影的场面出现了：

不许动！

站住！

随着一片抓捕声，大批埋伏的老挝警察冒出来，从沿河的三面包围过来，黑洞洞的枪口迅速逼近。3个人的去路被斩断，糯康东奔西逃，边逃边开枪还击，但手里的枪已经救不了他，包围圈像索套越收越紧，最后勒到他脖子上，与两名喽啰束手就擒。他被摁倒在地，脸贴住地面的一刻，表现得狼狈至极：迈恩快救我，我要死了！

被擒后，抓捕人员问他：你是糯康吗？

他老老实实回答：我就是糯康。

糯康落网之后，剩下的团伙成员如惊弓之鸟，害怕落到中国手里，纷纷向缅军投降。翁蔑也觉得保命要紧，一个人背着几杆枪，汗流满面地向缅军投降，在此之前还放大话，要为他老大报仇。因为缅甸有个连法律也无语的习俗，"不管你之前犯过什么事，只要向军队投降，起码可以免其一死，如果多交点钱疏通关系，很可能最后就没啥事了"。

几个月以后，翁蔑经缅甸掸邦第四特区首府勐拉，从打洛口岸被押解到中国，接受中国的审讯，但不受中国惩罚。按照中缅签订的协议，审讯完又将他送回缅甸，由缅甸进行审判。缅甸向中国承诺，"可以随时去检查，看他们是否真的执行对翁蔑的判决"。可是无论怎么判决，老缅的奇葩习俗都会免他一死，比他老大老二老三侥幸，但免不了他的牢狱之灾，像他当年跟随坤沙蹲了10年大牢一样，再去一根一根数铁窗上的钢筋……

— 尾 声 —

·33·
脱下"教父"教袍

那天全世界传播最快的消息,对"10·5"案专案组来说,无疑是糯康被捕的消息了。糯康一喊完"迈恩救我",消息就生出翅膀,飞越千山万水,在第一时间飞向西双版纳。在满是尼古丁的专案组的办公室内,密切关注着抓捕进展情况,等待前方消息的刘跃进与身边的弟兄们,得到消息后欢呼起来:

抓住了!

糯康被抓住了!

刘跃进"抚了抚斑白的头发,长长地舒了一口气",那口气好像是从节骨眼释放出来的,能听到骨骼在响。几个月来,他与弟兄们压力山大,反反复复的抓捕让他们备受煎熬,像煎饼一样煎得里外都煳了。在境外抓捕毒枭,以前只有山姆大叔干过,那就是抓捕本·拉登,但山姆大叔扛回的是一具尸体,糯康却是抓了活的。仅就躲藏的环境而言,阿伯塔巴德就不能与金三角相比,险象环生的热带丛林,给抓捕糯康增加了莫大的难度,让抓捕队员吃尽苦头。从"捕风捉影"到生擒,抓捕糯康可用几个"千"来概括:

动用了千军万马，踏遍了千山万水，想尽了千方百计，历尽了千辛万苦，经历了千回百转，排除了千难万险……

可是刚刚缓了口气，一个很紧迫的问题又摆在专案组面前，羁押在老挝的糯康能不能交给中国？当时专案组预计，缅甸和泰国肯定要争，果不其然两国都希望老挝把糯康交给自己，而且都有自己能够摆上桌面的理由。至于老挝就更有理由了，是糯康落网的所在国。哪国都心知肚明，糯康长期盘踞金三角，根子扎得很深，"身上背负了太多的价值"，他不仅仅是一个残忍杀害中国船员的毒枭。

4月25日当晚，一封糯康被捕的绝密报告传到公安部，公安部一把手连夜作出指示，让专案组与老方火速沟通，争取把糯康交给咱们。又亲笔修书两封，一封给老挝国防部长当斋，一封给老挝公安部部长通班，"表明中国方面希望老挝移交糯康的决心和态度"。

两封信披星戴月地交到刘跃进手上后，他原准备第二天乘车走陆路去万象，又觉得那有点太慢了，便决定打飞的前往。两封信自然分量不轻，给交涉增加了砝码，刘跃进带在身上沉甸甸的，此行能否"唐雎不辱使命"，全看他刘组长的本事了。飞机隆隆地穿越云层，当日上午抵达万象后，刘跃进一下飞机就直奔"主题"，会见了班通和警察总局局长西沙瓦，第二天又马不停蹄地会见了当斋，同时把两封信交给两位高官。中国的理由直截了当：

一、"10·5"案件发生在中国船舶即中国领土上（船舶是"浮动的领土"），被害者都是中国公民，按照国际惯例和有关司法合作协议，中国拥有司法管辖权。

二、糯康是中老警方联合抓获的，两国公安部签有协议，事前也有过协商，依法移交不存在障碍。

三、糯康犯罪集团的二、三号人物都已被中国警方控制，一个案件不应当在两个国家审理。糯康在交给中国审讯之后，案情真相将进一步水落石出。

在中国交涉的同时，泰缅双方也展开了交涉，最终交给谁全看老挝方面了。"各国之间的交涉和谈判持续了足足半个月，中国的耐心和努力终于得到回报：老挝政府郑重决定，将糯康移交给中方处理。"老实说，老挝的这个决定实在够意思，给足了他老大哥面子，老大哥也由衷地感谢，道一声"靠再"（谢谢），再道一声"靠再"！

2012年5月10日，也就是"足足半个月"头上，老挝将糯康正式移交中国。那天万象的天气格外好，被记者形容为"阳光万丈"。在瓦岱机场最大的贵宾室内，正面摆放着一张钢木桌子，桌子上手摆放着老挝国旗，后面坐着老方代表坎朋，桌子下手摆放着中国国旗，后面坐着中方代表刘跃进，其他交接的官员有的坐在两边的沙发上，有的背手站着。糯康被老挝警察押进贵宾室后，在记者的镜头下公开了真容：

168厘米的身高，浓密的略带卷的头发，黑里泛黄的皮肤，神情有些憔悴和落寞，两道眉毛长得很凌厉，眼中透着掩饰不住的戾气，不甘心而又无奈。

就在所有目光围着他转的时候，糯康背对着双方代表，在移交现场突然跪下了，成为那天有关报道最抢眼的一幕。中国网民纷纷猜测，那是恶魔心生忏悔的表现，忏悔他屠杀了13名中国船员。猜测得实在是太善良了，其实那是按照老挝民俗，戴罪之人是不能同正常人平起平坐的，他不得不跪下。他真有所悔的话，也不是忏悔而是后悔，后悔自己马失前蹄，竟也成了戴罪之人，脱下"金三角新教父"的教袍，穿上蓝色白道的囚服。

在贵宾室办理完移交司法程序，半小时的移交仪式结束后，糯康被老挝警察押上警车，押至中国包机停泊的停机坪，在飞机舷梯前更换戒具，脱下老挝的手铐脚镣，戴上中国的手铐脚镣。（给他更换戒具，出于某种考虑换了3处地方，原准备在移交现场进行，临时改为贵宾室旁边的一间小屋，最后又移至飞机舷梯前。）往下卸脚镣时，由于脚镣的螺丝拧得过紧，老挝警察拿扳手折腾了半天，折腾得糯康多少有些痛苦。更换完戒具，用安检仪扫描了他全身，又让他张大嘴检查了舌头，然后由中国特警押上包机。从押上包机的一刻起，他作别了自己在金三角的毒枭生涯，再返回金三角的时候，他40多年的人生已盖棺定论，被装进一个油漆光亮的盒子。

这次执行押解糯康任务的，是北京特警总队二支队，这个支队非常牛，9个多月前赖昌星被引渡回国，前往机场押解的就是他们。这次押解的规格和标准，要比押解赖昌星严格得多，直到昨天他们才获悉押解的内容和时间，之前只知道执行押解任务。今天早晨，他们3点钟起床，4点钟集结到位，6点钟乘包机起飞，10点钟到达万象。与他们一同前往的，有公安部官员、医生和翻译，就像去接一头大熊猫。

糯康被押上包机后，给他戴上红色眼罩，将他的双手铐到背后，然后坐在机舱隔离区，由两名特警左右夹着。他身后的座位上坐着翻译，转周围坐着其余特警。按照规定，押解对象一般要戴头套，像依来和桑康·乍萨就是，但考虑到糯康情况特殊，押解队员没有给他戴头套，以便随时观察他的面部表情。因为这次押解非同一般，来之前押解队员颇费了一番心思，包括糯康的年龄、身高、体态、嗜好等都做了研判，特别是对他的约束程度做了精心准备。比如他吸毒有毒瘾，途中发作了怎么办？又比如，如果他不配合押解，反抗自残该如何处置？从牙齿到脚上的鞋，每个细节都不放过。

根据糯康的身高估计出他脚的大小，去时给他买了一双43码的"懒汉鞋"，返回北京下飞机的时候给他换上，换下他穿的拖鞋。衣服也是如此，既要让他穿得舒服，又防止他暗藏危险东西，像在衣领里藏剧毒，袖口中藏刀片什么的。怕他毒瘾发作咬舌自残，押解队员准备了自制的适合他的防咬舌"装置"：先是在口罩里缝一块纱布，让他咬住纱布，然后把口罩带在脑后系紧，使他上下牙无法咬合，咬不到舌头；后又考虑到他毒瘾发作起来，口罩捂住他鼻子会呼吸困难，有可能造成缺氧昏厥，便改用另一种办法，将警用背包的背包带从中间对折起来，让他咬住中间的对折部分，再在背包带两头系上松紧束到他头上，既防止了他咬舌，也能露出鼻孔保证他呼吸顺畅。怕糯康上厕所借机自残，或飞机发生颠簸时受到伤害，卫生间的镜子、门框都用软物包起来。总之是要万无一失，路上不能出丝毫差错。

这天下午3点42分，押解糯康的包机降落在首都机场，比预定时间提前了3分钟。工作人员先下飞机，几分钟后糯康被押出舱门。摘掉眼罩以后，扑面而来的光亮与豁然的空旷，使他的双眼似乎有些不适应。他眯一眯眼睛看到，眼前的机场比瓦岱机场大多了，远处停泊的飞机翅膀亮闪闪的。走下舷梯的时候，押解他的8名特警按各自分工站位，前两名相当于"探马"，随时观察周围的情况，一旦有什么意外发生，第一时间先行处置。中间两名一左一右贴身押送，负责糯康的安全，保证不受任何干扰。挨后的两名是现场指挥员，随机应变临场指挥。最后的两名负责全程录像，同时也是支援力量，有了情况及时支援。

停机坪上早已人声鼎沸，各路记者将镜头对准糯康，机场的风吹得他头发有点凌乱，戴着手铐的双手交叉在胸前，像在瓦岱机场一样面无表情，偶尔扭头看看两旁的人。中国警方宣布对他正式逮捕后，由两名特警架着他的胳膊，走到苫着绿色台布的桌子前，在已摆好的逮捕文件上，按要求机械地拿起笔签字画押，然后从旁边的印泥盒中蘸上印泥，认真地按上自己的手印。中国正式逮捕糯康，之所以把地点选在北京，是因为老挝对移交糯康非常重视，把移交仪式选在了首都万象，"出于对等和尊重的原则"，中国也选在首都北京。

在首都机场的临时看守所短暂停留后，糯康又被押上包机飞往云南，在那里他将度过他的余生。糯康被押到云南关押，而不是北京或者别的地方，是因为遇害船员的遇害地点离云南最近，并且遇害船员多是云南籍或在云南居住，便于下一步对他的罪行查实、查证、起诉、审判。这天从万象到北京，除了糯康备受关注以外，再就是押解他的特警，"灰黑色的头盔，特制的蝶形墨镜，黑色的战术背心，盾形'SWAT'臂章，高勒警靴"，用网友的话说酷毙了。押解特警的年龄都不大，几乎是清一色的"80后"，那种帅气威猛的身姿，那种昂扬潇洒的风采，整个押解过程就像拍宣传片，太高大上了。

他们押送完糯康，从云南返回北京已是次日凌晨，24个小时未休息，又坐了一回"瞪眼班"。其中一名队员，5月10日恰好是他的生日，从云南返回北京途中，他才不好意思地透露给战友们。战友们想给他庆贺一下，飞机上又没有蛋糕蜡烛，就让乘务长搜罗来一些小面包小饼干，在"祝你生日快乐"声中，与他一同度过27岁生日。

那天下午，与特警队员押解糯康一同回京的，还有专案组组长刘跃进，这是他奋战几个月来第一次回北京。长安大街上依旧车水马龙，位于东长安街的公安部，平时很少打开的正北门打开了，公安部领导与手捧鲜花的机关人员列队，欢迎刘跃进和其他归来的专案组同志，在公安部北广场举行了隆重的欢迎仪式。在随后的座谈会上，公安部领导对专案组的侦办工作，对刘跃进给予了高度评价：

什么是公安英雄？其实英雄并不是不食人间烟火的高不可攀的"圣人"，英雄就在我们身边！

糯康被押到云南以后，先关押在西双版纳州看守所，后来又移送到云南省看守所，穿上"省看050"的黄马夹。黄马夹上的"50"，如果表示时间的话，正好是他在中国已关押的天数。那天在包机上，糯康两眼埋在眼罩里，表现得很平静配合，并没有发生什么事情，预防他自残的"装置"也未用上。在4个小时的飞行中，他有时仰头靠在坐椅后背上，有时埋头抵在前排的椅背上，前排的椅背上系着一个靠枕，不会把他的头抵伤。途中他只喝过一点水，问过特警一句话，我要去哪儿？特警告知他去北京后，他陷入长久的沉默。

事实上，中国如此费尽周折抓他，他在老挝被移交以后，就该也应该知道去哪儿了。这个"哪儿"曾是养育他祖父的国度，好多年前他祖父从西双版纳跑到了缅甸。一路的沉默他不能不想，也许想到了他祖父，也许根本就想不到，但不管他想到没想到，他生命中排除不掉他祖父的基因，割不断的某种瓜葛，让他此行踏上的也算故土。但令人伤痛的是，他不是回来寻根问祖，而是双手沾满鲜血，被押回来接受审判的。

糯康被押解到中国的第8天，检察机关就开始介入，引导公安机关侦查取证，确认在案证据是否确实充分，调查取证是否合乎法律程序。虽然对他恨之入骨，但仍要保障他的合法权益，无论他在哪个看守所关押，都必须和国内在押人员一样，一视同仁地对待。包括另外几名凶手，一入牢门就告知他们，享有什么样的权利，履行什么样的义务。给他们安装了报警呼唤装置，只要有投诉第一时间就会得到处理。

当然，作为"10·5"惨案的罪魁祸首，再加上毒枭身份、外国国籍和"背负了太多的价值"，看守所对他的看守肯定有所不同，在严密看守的同时给了他最人道的尊重和照顾，从宗教信仰到民族语言，从衣、食、住到生病治疗，可以用无微不至来形容，有些待遇连干警也享受不到。在云南省看守所关押期间，负责看守他的干警没过过一个节假日，他的体重增加了20公斤，干警们却都"减肥"了。24小时心里悬着他，就怕自己当班期间他出事，一旦出事不仅个人担不起，看守所集体也担不起，因为压力太大，吃饭睡觉都乱套了，熬到最后快扛不住了。看守所所长陆永昌，半夜里只要接到电话，首先想到的是他，是不是出什么事了？糯康4人被执行死刑后，陆永昌第一个想到的，就是赶快让弟兄们休整一下。

糯康刚移送到云南省看守所时，看守所见他缺少夏天替换的衣服，就给他买来替换的衣服，到了冬天见他没有冬天的衣服，又给他买来冬天的衣服。既让他穿好也让他吃好，饮食上尽可能满足他的习惯和口味，他爱吃猪肉、鸡肉、鱼肉之类的肉食，就让厨师每天给他调剂了吃，并且尽量搭配得营养一些。有几次他提出来，想吃他一向爱吃的米干，米干跟米线不同，厨师也想办法满足他。对待其他几个也一样，"谁平时吃素食，谁平时吃清真餐，看守所都按照每个人的要求予以安排"。这样下来，他们不但克服了水土不服和身体不适，生活也变得规律了：早上7点起床洗漱，7点半去吃早餐，一个小时后回监室；中午12点吃午饭，吃完休息一个多小时，然后活动锻炼；下午5点吃晚饭，吃完饭回监室休息。几个人的身体都不同程度发福，桑康·乍萨与家人见面时，跟家人说：这里有吃有喝，身体比以前好多了。

  桑康·乍萨没有说谎，以前他们虽然生活奢侈，亡命时也不忘吃活鱼喝肉汤，但是长期在深山老林出没，生活再奢侈也难免不规律，有时饥一顿饱一顿。押送到中国，监狱给他们体检后发现，几个人都是"外强中干"，身体表面看似强悍，内里却毛病不少，从肠胃到心脑血管，有的问题还挺严重。糯康主要是血压偏高，高起来很怕人。

  为保证他们的身体健康，看守所除了饮食上照顾，医疗上也认真对待，一有病就赶紧给治疗。就是受审的时候，法庭上也安排有医护人员，有专供他们使用的厕所。几个人尽管"身体比以前好多了"，但情绪一不稳老毛病就作怪。特别是最高人民法院死刑复核裁定下达后，都表现得不安、紧张、恐惧、焦虑，糯康的收缩压飙升至170mmHg，桑康·乍萨像得了前列腺炎夹不住尿，依莱出现心慌胸闷，有次抢救了半个小时，观察了一个小时，才稳定好转。那段日子，看守所每天至少给他们检查两次，防止他们临刑前发生意外。

  医务室的各种设备，心电图呀，心脏除颤仪呀，心电监护仪呀，配备得都十分齐全，但看守所仍觉得不够保险，怕万一发病来不及救治，就在糯康的监室外面，又专门准备了一套急救设备。原来他们住6到8人房间，和其他犯人住在一起，死刑复核裁定书下达后，糯康、桑康·乍萨、依莱、扎西卡都改成单独羁押。糯康由24名干警看护，24小时3班倒，每班8名干警，再配一名翻译。临刑的两三天，糯康天天睡不着觉，怕死怕到了极点，一睡不着就血压升高，看护的干警就赶快给他服药，一边看着他把药服下，一边安抚他睡觉，直到他慢慢地睡去。

在云南高院二审之前，糯康的情绪波动很大，不管是大审小审，一审完回到监室情绪就变了。原本说话就不多，更显得沉默寡言，平时喜欢看佛教方面的书，便抱一本书坐在那里去看。看守所规定，在押人员要刮胡子，他连胡子也不刮了。直到二审结束，糯康才放下反复被审的包袱，再加上干警的心理疏导，他的情绪才算平稳了。

干警们对他的心理疏导，从他一进看守所就开始了，怕他想家时焦虑不安，专门找来一张照片给他，照片上有他的子女，想家了就拿出来看看。每天轮流跟他聊天，聊一些他感兴趣的话题，比如他喜爱的泰拳，比如他喜爱的汽车，比如他喜爱的武器，尽量分散他的注意力，减轻他的心理压力。兴致一旦被调动起来，糯康就变得和颜悦色，与干警津津乐道如数家珍，哪种枪支和汽车不错，哪种枪支和汽车差劲，对汽车和武器的了解，有些干警也比不上。此时的糯康像换了个人，表现出很人性的一面。有时候聊完天，像在生活上照顾得他满意了一样，会双手合十指尖触额，向干警道声谢谢。通过干警跟他聊天，糯康也学会只言片语汉语，也能半懂不懂地看看电视，越到后期心理越平稳正常，能遵守监规、服从管理，较好地配合审讯。

最初审讯的时候，糯康像个街头小混混，完全谈不上什么"金三角新教父"，给审讯员出尽洋相。要么眼皮一翻不省人事了，审讯员以为他真病了，手忙脚乱地叫来医生急救，医生翻开他的眼皮看时，眼珠却白翻黑吊很正常，再检查身体也无异常；要么是小便失禁，尿得裤裆淋漓尽致；要么是头痛得不行，连话也不能说了。装死卖活多次后，审讯员便将计就计，像对待小儿一样，他说头痛就医头，他说脚疼就医脚，给他一些维C片，说是治头治脚的良药，让他吃上就病好了。

发现自己耍赖被识破后,他便不好意思地承认:是的,我刚才是假装,现在你们可以继续问我了。

·34·
中国审判

从上面就能看出,对糯康审讯有多难,不亚于抓捕他的难度,每次审讯都得斗智斗勇,"或正面施压,或迂回突破,逐步固定证据,步步推进审讯",像抓捕时挤压他的生存空间一样,挤压他百般抵赖的余地,直至攻破他的心理防线。专案组给他的交代过程归纳了一下,分为三个阶段:"第一阶段,矢口否认,拒不交代","第二阶段,逐渐松口,有所交代","第三阶段,放弃顽抗,全部交代"。

最初糯康连自己的国籍都否认,说自己是双重国籍,一个是越南国籍,一个是泰国国籍,跟缅甸毫无关系。专案组只好去缅甸调查,奔波一个多月取得官方证明,才把他的国籍确定下来,否则有关的司法程序无法正常展开。他不仅是缅甸人,而且缅甸得很,缅语和傣语都溜,甚至连泰语也熟悉。傣语翻译跟他交流,说到"律师"的时候,傣语没有很对应的词,不知如何准确翻译,他立刻告诉翻译,"泰语里称律师是'他囡'(音)",可用"他囡"来代替。但刚开始审讯时,一连给他换了3个翻译,他都装得傻乎乎的,摇头表示听不懂。审讯员只能耐住性子,跟他和颜悦色地较劲,一个翻译不行再换一个,换上第四个以后对他说,如果这个你还听不懂,我们可以继续换翻译。看来不听懂不行了,他才说不用再换了,这个人的话我能听懂。

其实专案组早料到他会这样,几名翻译都是通过辨别他的语腔语调,同时满足三方面要求挑选出来的：一要有办案经验，熟悉审讯工作；二要精通缅语或傣语，能将双方的话精准传达；三要身体素质好，承受得住劳累。每次审讯之前，翻译和审讯员一样要熟悉案情，同审讯员研究讯问策略，尽量做到滴水不漏。并且做好身心准备，不能较量几个回合就烦躁，通宵达旦翻译也要挺得住，也能保持注意力高度集中。可以说，每次审讯对翻译都是考验，像织布机上的梭子，在两个嘴巴间来回穿梭，有时一句话要翻译好几次，一场审讯下来唾沫都干了，比审讯员要累得多。审讯桑康·乍萨的时候，一位年长的翻译，虽然身体不错也扛不住了，竟累得当场晕过去。

在审讯糯康几人的同时，翁蔑也被押解到中国审讯，那天是2012年8月28日。缅方移交的时候他目露凶光，"嘴里嚼着槟榔，牙齿、嘴唇都沾满鲜血般红色汁液，边嚼边吐，吐出来都是红的，像吸血鬼一样"。可从打洛口岸进入中国后，居然吓得在车上呕吐起来，开始以为他像糯康一样要赖，后来发现并不是，是因为"极度惊恐引起剧烈的肠胃反应"，他以为他此行死定了。

对他们的审讯全部录音录像，"每一句话，每一个表情都记录下来，确保经得起法律审判和历史检验"。包括审讯记录在内，专案组收集整理了37卷近万页的证据材料，摞起来快抵住屋顶了，所有证据都经过反复核实，"对证明效力不高的证据该补强的补强，该排除的排除"。在此期间，还多次派人前往老挝和缅甸，提审一些"小鱼小虾"，老缅泰三国也来中国提审糯康等人，相互通报案件进展情况，交换证据材料，为各自完善证据链提供了有力支持。对9名泰国不法军人，由于军人的特殊性，中国无法直接提审他们，但可以提供相关证据，支持泰国警方的工作。我方先后3次向泰方提供600多页的证据材料，泰方向我方提供包括现场勘验报告、尸检报告等17份480多页证据材料。

在收集整理证据材料时，专案组发现从2008年到2011年，糯康团伙在湄公河上行凶作恶28起，打伤打死19人。其中2011年最为猖獗，从年初开始就不断抢劫杀人,"10·5"惨案发生的时候疯狂到了极点。

侦查终结以后,所有证据材料都移送检察机关审查起诉,"根据侦查机关的报捕意见,检察机关依法批捕6名犯罪嫌疑人","经过深入论证,认定本案被告人涉及故意杀人罪、运输毒品罪、绑架罪、劫持船只罪四个罪名"。在认定起诉过程中,"严格区分各被告人的刑事责任,对组织领导犯罪集团的首要分子,按犯罪集团所犯全部罪行提起公诉,其余犯罪嫌疑人按参与的犯罪提起公诉"。另有两名未予起诉,一名是犯罪故意证据不足,一名是经骨龄鉴定不达刑事责任年龄。

检察机关提起公诉后,将起诉书制成中老缅泰四国文字,送达被告人、被害人及其近亲属,告知他们相关的诉讼权利。"10·5"案共涉及18户45名适格的被害人、被害人近亲属,根据他们住址偏远分散的情况,检察机关共派出8个告知小组,奔赴滇、黔、川、鄂、苏的多个地方完成告知任务,行程4万多千米,相当于绕了地球一圈。

依据我国有关法律,上级检察院可以指定下级检察院受理需要改变管辖的案件,云南省人民检察院便指定昆明市人民检察院受理"10·5"案,该院于2012年8月12日以"2012昆检刑诉字第414号起诉书"向昆明市中级人民法院提起公诉。提起公诉不久,昆明市检察院又依据移送的"缅甸、泰国关于糯康、桑康·乍萨、依莱的身份证明材料","将3名被告人的身份依法由自报变更为上诉身份",并"将起诉书变更部分,民事起诉部分,及翻译译本送达被告人"。起诉书显示:

> 被告人糯康,男,1969年11月8日出生,缅甸籍,掸族,身份证明卡号MYI090282,曾居住于缅甸联邦共和国掸邦勐耶镇第7区第2街区。2012年4月27日,因涉嫌故意杀人罪、贩卖毒品罪、劫持船只罪,经中华人民共和国云南省西双版纳傣族自治州人民检察院批准逮捕。2012年5月10日,老挝人民民主共和国公安部将糯康移交给中华人民共和国公安部。同日,由中华人民共和国云南省西双版

纳傣族自治州公安局执行逮捕。

被告人桑康·乍萨，男，1951年8月6日生，泰国籍，掸族，身份证号8571576077706，住泰王国清莱府麦法峦县和泰区1乡204号。2012年4月22日，因涉嫌故意杀人罪、劫持船只罪，被中华人民共和国云南省西双版纳傣族自治州公安局刑事拘留。2012年7月18日，经中华人民共和国云南省西双版纳傣族自治州人民检察院批准逮捕。2012年7月19日，由中华人民共和国云南省西双版纳傣族自治州公安局执行逮捕。

被告人依莱，男，1957年10月21日生，无国籍，泰仂族，住泰王国清莱府湄赛县央磅堪区5乡47号。2011年12月13日，因涉嫌故意杀人罪、劫持船只罪，被中华人民共和国云南省西双版纳傣族自治州公安局刑事拘留。2012年7月18日，经中华人民共和国云南省西双版纳傣族自治州人民检察院批准逮捕。2012年7月19日，由中华人民共和国云南省西双版纳傣族自治州公安局执行逮捕。

被告人扎西卡，男，28岁，老挝籍，拉祜族，住缅甸联邦共和国大其力县孟果回郎村（以上情况系自报）。2012年5月8日，因涉嫌故意杀人罪、劫持船只罪，被中华人民共和国云南省西双版纳傣族自治州公安局刑事拘留。2012年7月18日，经中华人民共和国云南省西双版纳傣族自治州人民检察院批准逮捕。2012年7月19日，由中华人民共和国云南省西双版纳傣族自治州公安局执行逮捕。

被告人扎波，又名扎波古、扎波怪，男，35岁，缅甸籍，拉祜族，住缅甸联邦共和国大其力县勐捧村（以上情况系自报）。2012年6月16日，因涉嫌故意杀人罪、劫持船只罪，被中华人民共和国云南省西双版纳傣族自治州公安局刑事拘留。2012年7月18日,经中华人民共和国云南省西双版纳傣族自治州人民检察院批准逮捕。2012年7月19日,由中华人民共和国云南省西双版纳傣族自治州公安局执行逮捕。

被告人扎拖波,男,30岁,缅甸籍,拉祜族,住缅甸联邦共和国大其力县勐捧村娜捧寨(以上情况系自报)。2012年7月7日,因涉嫌故意杀人罪、劫持船只罪,被中华人民共和国云南省西双版纳傣族自治州公安局刑事拘留。2012年7月18日,经中华人民共和国云南省西双版纳傣族自治州人民检察院批准逮捕。2012年7月19日,由中华人民共和国云南省西双版纳傣族自治州公安局执行逮捕。

以上6名被告人的情况,是一审开庭公诉人宣读起诉书时,央视现场直播的实录,其中糯康、桑康·乍萨、依莱3人的情况,与当日媒体公布的"变更后的起诉书"有所不同。与实录的不同之处是:糯康"曾居住于"变为"住",原为"掸邦勐耶镇第7区第2街区",变为"大其力县曼多果乃村120号"。桑康·乍萨原住"麦法峦县和泰区1乡204号",变为"麦法隆县满星叠村207号"。依莱原为"无国籍",变为"泰国籍",原住"湄赛县央磅堪区5乡47号",变为"米赛市邦麦村"。并且在3人的住址后面,像扎西卡、扎波、扎拖波一样,都加注了"(以上情况系自报)"。再就是依莱原为"泰仂族",糯康和桑康·乍萨为"掸族",在"变更后的起诉书"中,3人都统一为"傣族"。泰仂族、掸族、傣族,实际上是一个民族,源于我国的云贵高原,只是境域不同叫法不同。至于地名用字不同是音译所致,"麦法峦县"也就是"麦法隆县","湄赛"也说"湄塞"或"米赛"。

昆明市中院受理起诉后,便抽调本院的精兵强将(刑一庭副庭长G、刑二庭副庭长H、刑三庭审判员J)组成合议庭,由H担任审判长。同时法院根据被告人的权利和意愿，为6名被告人聘请了律师，并通知律师可提前调阅卷宗。依照我国法律规定，外国律师是不能在中国执业的，为他们聘请的全是中国律师，是从当时云南500多名律师中挑选出来的，糯康的辩护律师是云南某律师事务所的林丽。林丽1998年开始执业，曾被评为云南省优秀律师与"全国优秀辩手"。其他5位律师也一样，都是"执业经验丰富，精通法律，综合素质好"的辩手。

糯康双手沾满同胞的鲜血，林丽和所有国人一样也愤慨，但作为一名律师不能感情用事，必须依法维护被告人的合法权益，不能"因为他是谁，或者不是谁，就尽全力或者不尽全力"。第一次为外国人辩护，从8月13日被指派为糯康的律师，到9月20日开庭糯康受审，林丽在一个多月的时间里，看了几十本证据材料，对每一本都进行了复制、研究，尽力为开庭做好充分准备，希望能为糯康辩护好，让他享受到应享有的诉讼权利。

在一审开庭之前，林丽会见了糯康3次，每次谈一两个小时，糯康给她的印象是，喜怒不形于色，很少主动提问，她问什么回答什么。回答的时候很绕，常不正面回答问题，或不太明确回答问题，总要回避一些东西。谈到起诉书中他涉及的4项罪名时，糯康表现得比较平静，并没有什么特别反应。与糯康3次会见，与专案组审讯时的感受一样，林丽最感耗时费力的是翻译，会见的一半时间要用于翻译。但又无法替代，没有翻译"寸步难行"，而且被告人也有接受本民族语言进行诉讼的权利。

事实上，"10·5"案件"两头在外"，从一开始侦破就离不开翻译，现在九九归一要审判，更是离不开翻译，翻译不好就审判不好。为了翻译好保证审判质量，昆明市中院在审判大厅专门设置了同声传译室，为被告席配备了同声传译系统，这样的系统一般国际会议才使用，并且在现场还设立了翻译席，聘请了泰语、傣语、拉祜语、老挝语等翻译，采用同声传译和现场翻译相结合的方式庭审。当审判长、公诉人、受害人家属、辩护律师向被告人发问时，他们的问话会被同步翻译传送到被告人耳机上，各被告人回答完问话后翻译再将回答翻译成汉语，审判长根据翻译的进度来推进庭审，如果传译机翻译得效果不好，审判长就请翻译用被告人能听懂的语言来翻译。

2012年9月20日，高原春城时阴时晴，像头天一样下阵雨。

这天早晨，云南省看守所门前特警、法警严阵以待，看守所内正办理提押交接手续，6名被告人签字按手印。扎西卡、扎波、扎拖波比他们"三颗头"签得还溜，因为不识字只能画圈圈。早此前，专案组审讯他们的时候，扎西卡和扎波连时间都说不清楚，不是"谷子熟了的时候"，就是"我们当地稻谷成熟季节的一天早上"。3个人交代得很痛快，没有像他们"三颗头"耍赖，扎西卡被捕当天就全说了，说完了问审讯员，我可以回家了吗？

履行完提押手续，看守所将6名被告人移交法警，法警给他们戴上黑色头套，押上看守所门外的警车。位于昆明市滇池路的昆明市中院，公告栏里贴着3天前发布的公告：本院定于2012年9月20日上午9：30时在本院第一法庭公开开庭审理被告人糯康、桑康、依莱、扎西卡、扎波、扎拖波犯故意杀人罪、运输毒品罪、绑架罪、劫持船只罪一审一案。众多的媒体记者老早就到了，随着"来了，来了"几声喊叫，在两辆防爆装甲车的护卫下，6辆法院押送的警车，迎着记者的长枪短炮，迅速驶入法院大院。由于还不到开庭时间，6名被告人先被带到候审室。

被告人候审的时候，应邀前来旁听的观众，开始通过安检进入法庭，其中有受害者的家属，有公检法部门的代表，还有缅老泰三国的领事人员。央视进行现场直播，负责侦破"10·5"案的功臣，被主持人称为"刘局"的刘跃进被请到演播室，与主持人和一同请来的法律专家解说。看着大屏幕上法庭开庭前的准备场面，想到即将受审的抓捕归案的6名凶手，刘跃进心情激动，那句一直写在案件演示板上的"13名同胞，伟大祖国一定会给你们一个负责任的交代"，没有打水漂，今天就要兑现了!

刘跃进一面同主持人聊，一面等待开庭时刻，按程序一切就绪后，9点30分随着法槌一声敲响，庄严的审判大厅静了下来。6名被告人被押上法庭，经审判长同意后，法警打开他们手上的戒具，坐进被告席戴上耳机。审判大厅所有的摄像头都对准了他们，依次为糯康、桑康·乍萨、依莱、扎西卡、扎波、扎拖波，每个人身后都挺胸抬头地坐着两名法警，法警后面是应邀前来旁听的观众。

6个人都没穿囚服，穿着日常便装。糯康头发理短了，胡须也刮干净了，上身穿一件浅色运动休闲服，面色和他的5名同伙一样发白发胖。几个人被抓捕到中国后，平时在牢里分管分押，今天是他们第一次见面，但没有想象中的复杂表情，连往日最亲近的老大老二老三，彼此间也就那么几眼，反倒像不认识似的，表情平静甚至有点冷漠。

整个审判将进行3天，第一天是法庭调查，第二天是举证质证，第三天是法庭辩论以及附带民事诉讼审理。（除了"10·5"案，法庭审判的还有一个"4·02"案，也就是2011年4月2日渝西3号船长冉曙光和金木棉3号船长罗泽富被绑架一案。）法庭调查开始后，审判长首先宣布4条规定，控辩双方都必须遵守：一是发问、询问、陈述及举证需向法庭提出申请，二是举证应围绕起诉事实、情节进行，三是禁止提出具有提示性、诱导性的倾向问题，四是不得威胁证人、不得损害证人的人格尊严。接着审判长请公诉人宣读起诉书，这次的起诉书与往常的有点不一样，多加了一个印有中华人民共和国国徽的封面。

起诉书的内容不一而足，同前面写的一样。公诉人宣读完起诉书，被告人确认自己的身份后，法庭先留下糯康进行询问，其余5人被法警带下法庭。被告人使用的语言自己选择，糯康选择的是用傣语回答。当公诉人问到"10·5"案是否是他策划、组织的，糯康当场翻供推得一干二净，又像以前一样耍起赖来，说自己一般住在寨子里，翁蔑、桑康、依莱在水上，2009年就不和他们在一起了，是他们自己决定干的。

公诉人：好的。审判长，鉴于被告人糯康否认其策划、指挥起诉书指控的第一起犯罪事实，在这里公诉人将不就该问题进行继续发问。当然，公诉人要在下面的质证环节向法庭全面、完整地出示被告人糯康指挥、参与、策划"10·5"案的有关情况。接下来将就其他公诉人第二起指控事实，对被告人糯康继续发问。

审判长：可以。

公诉人：审判长，公诉人将围绕本院对被告人的第二部分犯罪指控继续发问。被告人糯康，2011年4月，扣押中国船只，扣押中国船员，勒索赎金人的事实，你是否知道？

糯康：事后知道的。

公诉人：这件事情具体是谁做的？

糯康：翁蔑、依莱他们。

公诉人：你知道为什么要劫持船只、扣押人质吗？

糯康：我不知道，他们没有告诉我。

公诉人：事后是否收到了赎金？

糯康：我没有问过依莱、翁蔑他们。

公诉人：再确认一下，有没有收到赎金？

糯康：我不知道，是由翁蔑、依莱他们（做的）。

公诉人：审判长，鉴于被告人对第二起犯罪指控没有完全如实供述，公诉人将在随后的法庭取证阶段通过出示证据来证明被告人所犯罪行，公诉人在此不再继续发问。

审判长：其他公诉人针对起诉指控事实还有需要发问的吗？

公诉人：没有。

审判长：被害人对被告人有无发问？附带民事诉讼原告人及其诉讼代理人对被告人有无发问？（没有。）辩护人对被告人有无发问？

糯康辩护人：有。糯康，我是你的辩护律师，我向你询问以下问题，起诉书指控的2011年4月2日这起案件中,你是否事先向翁蔑、桑康、依莱等人做出具体安排?

糯康:我是事后知道的,他们去做了以后。

糯康辩护人:我没有其他问题了。

审判长:其他辩护人对被告人糯康有无发问?

桑康辩护人:有的。糯康,我是桑康的辩护人,向你问几个问题。"10·5"案,请您回忆一下是谁提议和预谋的?

糯康:(我)是事后知道的。

桑康辩护人:第二个问题,桑康是否参与了"4·02"案?

糯康:他去不去,我不知道,我去了泰国,我是事后才知道这件事的。

依莱辩护人:糯康,我是依莱辩护人,我向你发问一个问题,关于起诉书指控的第二起犯罪案件,也就是"4·02"案件,你在布置集团绑架之前,有没有和依莱通过气,有没有和他商量过?

糯康:我是事后知道的,他们也没有告诉我。

依莱辩护人:没有其他问题了。

扎西卡辩护人:被告人糯康,我是扎西卡的辩护人,向你提一个问题,在起诉书指控的第一起案件,也就是"10·5"案里面,10月5日以后,事后翁蔑、温那等人向你汇报这个案子的时候,有没有向你提及扎西卡在案件里面起到什么作用,是如何开枪杀人的?

糯康:我在寨子里面,我是事后知道的,我也没有遇见他们。

扎西卡辩护人:没有其他问题了。

扎拖波辩护人:糯康,我是扎拖波的辩护人,向你询问以下问题。你是否认识扎拖波?如果认识的话,据你所知,他在你们组织当中是什么地位,平时主要负责什么事情?

糯康:扎拖波是事后知道的,我不认识他。

扎拖波辩护人:第二个问题,你是否认识一个叫波涛·卡恩的人,这个人在你们组织当中是什么地位?

糯康:他是跟他们在一起认识的。

扎拖波辩护人:提问完毕。

审判长:其他辩护人对被告人糯康还有发问的吗?

辩护人:没有。

审判员:被告人糯康,10月5号你是当天知道这个事的,还是第二天才知道的?请现场翻译。

糯康:这个事情我是事后看了电视以后,是7号、8号才知道的。

审判员:知道这个事情以后你有什么反应?

糯康:是泰国人做的这件事,我是事后知道的。

审判员:你们的收入是怎样处理和分配的?

糯康:由翁蔑、依莱等人做,我没有掌握。

审判长:将被告人糯康带出法庭,将桑康·乍萨带上法庭。

公诉人:你是否参与了2011年10月5日劫持中国船只,放置毒品,杀害中国船员的犯罪行动?

桑康:我没有去,7点多的时候,就由翁蔑组织人上去。中国船10点左右下来以后,他们上船劫船,把人拴了以后,往下游押去。

公诉人:你们组织为什么要针对中国船只实施本案?

桑康:中国船只上下不交费用,还拉缅甸、老挝人来攻打我们组织的基地。

公诉人:在组织里面,是谁决定要作案的?

桑康:是糯康。

公诉人:糯康对于作案是怎样具体进行安排的?

桑康:是翁蔑组织人去劫船,依莱主要是负责搜集船只的信息,我自己在岛上守着。

公诉人:在2011年10月5日作案的当天,你自己具体干了些什么?

桑康：我是在岛上，我没有跟他们去。糯康安排，告诉翁蔑，同时也告诉我，我也告诉了翁蔑，安排劫船的事情。

公诉人：作案当天，你和依莱、翁蔑电话联系过吗？说了些什么？

桑康：是他们主动跟我联系的，依莱、翁蔑他们主动跟我联系的。当天10点左右，翁蔑打电话来问，说是船已经到了。

公诉人：和依莱的联系，具体说了些什么？

桑康：大约10点40分左右的时候，依莱主动打电话找我，说（船）下来到哪里了，然后我回答说你跟翁蔑联系一下。

公诉人：你和翁蔑当天电话联系过几次？

桑康：我跟翁蔑联系过两次，当天是两次。依莱是一次。

公诉人：和翁蔑联系的第二次内容是什么？

桑康：翁蔑他们下到金三角下游以后，就打电话跟我联系，说已经完事了。我就回答，完事你们就回吧。

公诉人：翁蔑回到散布岛以后，对你和糯康都说了些什么？

桑康：翁蔑上来散布岛以后，我本人在翁蔑的住处，翁蔑来了以后我就问，翁蔑报告说杀了13个人。然后我又问，船上的钱财、财物呢？翁蔑回答，没有。我说没有就报告一下糯康，然后我本人就到糯康的住处去。

公诉人：中国船上的毒品是谁放上去的？

桑康：据我所知，听说，是翁蔑他们放的。

公诉人：放了多少？

桑康：放了两袋，数量不清（楚）。

公诉人：你们组织里面，和泰国军人联系的事，是谁去做的？

桑康：可能是依莱、弄罗在下面与泰国军人联系。

公诉人：在中国船上放毒品，跟泰国军人这么做，对他们有什么好处？

桑康：放置毒品是为了让泰国军人上船以后查获毒品，然后发生冲突，制造这个假象。

公诉人：让泰国军人查毒，对泰国军人本身有什么好处，对你们组织有什么好处？

桑康：据说放置毒品是糯康组织的，争取获取进出泰国方便的码头。另一方面，放置毒品，泰国军人查获以后有成绩。

公诉人："10·5"这个案件作案以后，糯康对组织的成员就劫船、杀人的事情说过什么、发过钱物没有？

桑康：钱的事情我没有看到，"10·5"事件过后，不知道是10号还是几号，组织里面的人，谁想回家就报上来。

公诉人：这个话是糯康说的吗？

桑康：是糯康。

公诉人：糯康除了说组织里面的人想回家就回家，其他的话还说过没有？

桑康：说过。说是我们以后不能在江上生存了，上下船也不让通过，老缅都禁止船上下。

公诉人：审判长，对于起诉书指控桑康·乍萨第一起犯罪事实询问完毕。接下来将由其他公诉人对第二起指控事实对被告人桑康·乍萨继续发问。

审判长：可以。

公诉人：被告人桑康·乍萨，2011年4月间，发生在湄公河上的劫持3艘中国船只、扣押中国船员的事，你是否知道？

桑康：这件事我不知道，我回家去过节了，5月份回来的时候，他们也没有告诉我。

公诉人：确认一下，事后你是否听说过这件事是谁干的？

桑康：事后我是听糯康说的，我才知道这件事，据说是船只偷运毒品，其他更多的我也不知道。

公诉人：审判长，鉴于被告人并没有完全如实供述本院对其第二起犯罪指控，公诉人不再继续发问，我们将在随后通过举证来证明被告人参与了犯罪。

审判长：被害人对被告人桑康·乍萨有无发问？

江小舟：没有发问。

审判长：附带民事诉讼原告人及其代理人对被告人有无发问？

附带民事诉讼原告人及其代理人：可以。我想问桑康·乍萨，你刚才说你们组织的收入是在船上收保护费，你们对中国船只收多少保护费？

桑康：糯康和别人说好以后，到时候他们就来交。

附带民事诉讼原告人及其代理人：你具体知道有多少中国船到你那儿交保护费吗？

桑康：这个数字我不清楚，要交都是找糯康，没有找我。

审判长：被害人听清楚了没有，还有没有向被告人发问？

附带民事诉讼原告人及其代理人：没有。

审判长：辩护人对被告人有无发问？

桑康辩护人：桑康，我是你的辩护人，我向你问两个问题，第一个问题，2011年10月5日当天，你是否在案发现场，你做了什么？

桑康：我什么也没有做，我在散布岛上，现场我都没有看到。

桑康辩护人：第二个问题，你是否参与了"4·02"绑架案？

桑康：我没有去，见也没有见，听也没有听到。

桑康辩护人：提问完毕。

糯康辩护人：桑康·乍萨，我是糯康的辩护人，我向你询问以下问题，起诉书指控的2011年4月2日这一起案件中，在实施之前，糯康是否向你交代要做起诉书所指控的这一件事？

桑康：没有告诉我，我回家回来以后，他们也还没有告诉过我。

糯康辩护人：没有其他问题。

依莱辩护人：桑康·乍萨，我是依莱的辩护人，我向你发问以下问题，对于起诉书指控的2011年10月5日这起犯罪，围绕这起犯罪，依莱具体做了什么,是谁安排他做的?

桑康:是糯康安排翁蔑去下游,依莱、弄罗联系泰国军人,是糯康安排的。

依莱辩护人:在具体实施犯罪以前,糯康有没有指示翁蔑,在离开船舶之前要杀害中国船员?

桑康:是糯康交代做的,事前要把中国人捆绑以后杀掉。

依莱辩护人:发问完毕。

扎西卡辩护人:桑康·乍萨,我是扎西卡的辩护人,向你发问几个问题,你刚才说糯康交代过要杀中国船员,那么你明确一下,在交代的时候,有没有扎西卡在场?

桑康:扎西卡应该不在,那天扎西卡不在,扎西卡来来去去,应该在他们寨子里面。

以上是庭审桑康·乍萨的摘录,他也把自己洗刷得一干二净,把洗下的脏水泼给老大糯康或同伙。其后带上法庭的依莱、扎西卡、扎波、扎拖波,也与桑康·乍萨一样尽量洗清或减少自己的罪责,把主要罪责推给糯康。被带下去的糯康也许想到了,也许压根儿就没去想,尤其两个一起在坤沙手下干过的铁杆儿弟兄,泥菩萨过河时会把他往河里踹,而非挺身而出替他分担罪责。下面是专案组审讯糯康时的录音摘录:

问:你是因为什么被中国司法机关逮捕和起诉的?

答:因为2011年10月5日,劫持中国船,杀害了13名中国人,所以被抓。

问:你们为什么要选择中国船只作为犯罪目标?

答:因为2011年9月22日,这两艘中国船拉了缅甸兵和老挝兵来攻打我们的驻地,所以要报复这两艘中国船,要教训他们。

问:你是否想过实施这次犯罪会受到法律的制裁?你现在有什么想

法?

答：事情已经发生了，我做的这个事情大错特错，对不起受害的13名中国船员，希望中国政府和中国法律能对我从轻处理。想法是有，但是自己还是尊重中国法律对自己的裁决，希望中国政府和法律能从轻处理。我向13名船员家属道歉。

问："10·5"案件是不是你们组织实施的？

答：是我们组织的人去做的，是我们组织实施的"10·5"案。

问：目的是什么？

答：目的就是2011年9月22日，这两艘中国船拉了两个国家老挝和缅甸的军方来攻打我们，要报复、教训他们。

问：你们组织的首领是谁？

答：我们组织首领是我。因为我名声在外，他们都叫我大哥、老大。

两次供述相比较，糯康"翻了个底朝天"，他把翻供当成了金钟罩，以为免不了牢狱之灾，也会保全他的性命。可事实是，他的口供并非最重要的，按照我国法律规定，只要证据充分确凿，能证实他确实已经构成犯罪，即使零口供也可以给他定罪。

第二天，进入举证质证阶段。

公诉人当庭出示"底牌"，用大量证据来证实对糯康的指控，有很多证据是泰国、缅甸、老挝等方面提供的。除了实物证据，还有13名来自泰国、老挝的证人，包括第一时间赶到案发现场的泰国清盛警察局局长和警察、对中国船员进行尸检的法医、抓获糯康等人的老挝警察等。

首先出庭的是泰国1号证人，一位身着深色西服的泰国法医。根据他的陈述，2011年10月5日，13名中国船员被枪杀在湄公河后，10月14、15、16日，他奉命对尸体进行了尸检。他发现，所有遇害船员均系枪弹伤致死。死者尸体都有弹孔，最多的有七八处，中弹情况不一样，应该是多种枪支射击造成。

泰国2号证人是泰国清盛警察局的一名警察。他在法庭上说，2011年10月5日上午11时左右，他和同事在案发现场附近巡逻的时候，发现河上有快艇朝金三角方向飞驶，每艘快艇上有3到4名黑衣人，还看见几名泰国军人站在岸上，向停靠在岸边的两艘中国船只开枪射击。他感觉情况不对，立即向上司做了汇报。这些军人继续向中国船只开枪射击，现场一阵浓烟后，几名泰国军人登船，船上又传来断断续续的枪声。

泰国3号证人是清盛警察局局长，当时2号证人正是向他汇报的。他说听完汇报，很快就赶到了案发现场，在距离中国船只大约80米的岸边停车。两名泰国军人马上向他过来示意不能靠近，说正在中国船上执行缉毒任务。说完，这两名军人又跑向岸边。他也听到了中国船上传来的枪声，并看见几名泰国军人站在船上。后来他登上中国船只，听见一名泰国军人在电话里向岸上的头头请示：

"这么多尸体怎么办？"

"尸体留得越少越好。"头头回答。

随后的几名泰国证人也证实，中国船只被枪击惊动了泰国警察，他们很快赶到了现场。泰国1号证人提到过，中国船员是被多种枪支射击造成的。对此，泰国7号证人、一名参与现场勘验的泰国警察进行了详细证实，13名中国船员是被5种枪型13支枪射击的，包括M15、AK47、M60以及9mm和11mm手枪。华平号船员遭到5种枪型射击，玉兴8号船员遭到3种枪型射击。

泰国9号、10号证人都是对船上搜缴出的毒品进行鉴定的专业人员。他们说从两艘中国船上发现的毒品都是甲基苯丙胺，共计84561克。华平号船员休息室里放着两个白色编织袋，清点后是52万粒毒品。玉兴8号船舱里两个装苹果的纸箱下面，发现藏有40万粒毒品。这些毒品的数量、特征、发现位置，都和几名被告人的供述完全相符。

老挝方面的几名证人也先后出庭，证实了糯康被抓捕、被拘留的过程。其中，老挝2号证人、一名老挝警察说，老挝警察在糯康的住所搜到大量毒品，还有枪支和炸药。

公诉人还出示了大量书证、物证，帮助证实了案件的多个疑点：

——糯康究竟是不是作案的首犯？

糯康在审讯中供述：在分工上，2009年他们加入组织后我就安排好了，他们都听我的，这次又不是第一次劫船，不用特别分工。

依莱以及其他集团成员翁蔑、岩囡、岩相宰等多人的供述、证言均指出，糯康为报复中国船只，也为获取不法泰国军人的支持，提议劫船、杀人、放置毒品栽赃。

——犯罪集团成员是否直接实施了犯罪？

根据现场勘查笔录、证物清单、枪弹鉴定、弹道调查报告，华平号和玉兴8号上的中国船员被捆绑后遭到枪击，有的枪支分别射击过不同的被害人，有的同一被害人被不同的枪支射击过。

现场勘验发现，华平号上有47处弹痕，一层左舷甲板有大量新鲜血迹，还有肉屑溅在船尾的帆布上，这就是中国船员被集中射杀的地方。

尸检结果显示，郝强尸体的头部有两处弹孔，其中有一个0.7cm的弹孔，子弹贯穿头部。尸检表明，死者是在毫无防备的情况下被人开枪杀害的。在华平号驾驶室右边房间的床上、墙上、枕头套上提取到郝强的大量血迹，再次佐证扎西卡供述在该房间向郝强射击的事实。在华平号上提取到玉兴8号船员赵家玉的肉屑和华平号船员黄鹏、柳向西的血迹，也再次印证了被告人扎西卡、扎波供述将两艘船的船员集中到华平号上射杀的事实。

——9名不法泰国军人扮演了什么角色？

证据显示，9名不法泰国军人不仅参与策划了"10·5"案件，13名船员被杀当天，他们还在案发地点的岸上向两艘中国船只开枪，登船后也开了枪。

根据泰国方面提供的现场勘查笔录，岸边公路上发现1片7.62mm北约制式枪支的子弹链甲碎片,土坎上发现两枚5.56mm步枪子弹弹壳,它们分别来自泰国军人配备的M60机枪和M16步枪。

弹道调查报告指出,华平号遭到来自岸边的枪击。枪弹鉴定显示,一支使用5.56mm子弹的步枪,既在岸边射击过,又在玉兴8号上射击过,使用北约制式7.62mm子弹的M16机枪击中过被害人。

依莱、翁蔑也供述,泰国不法军人在岸边向两艘中国船只射击罢,登船后又继续射击。在华平号上提取的烟蒂上的DNA,与一名泰国军人的DNA比对吻合,能够佐证泰国军人登船的事实。

玉兴8号上有15处弹痕。在二层驾驶舱门口发现一具男尸,呈左侧卧姿势,头部、胸部、臀部中弹,尸体附近发现大量血迹,血迹显示尸体被拖动过,DNA检测确定是船长柳志刚。右手旁放着一支AK47步枪,扳机处于保险挡位,经鉴定枪上没有发现任何指纹。事后查明,现场是泰国不法军人制造的枪战假象,那支枪是他们放上去的。

还有一名证人说,有目击者告诉他,看见7名泰国军人登上中国船时带着M16步枪,有一名泰国军人抓住中国船员尸体的手,另一名泰国军人提起尸体的脚,一起用力把尸体扔进两船之间的水域。

公诉人认为,当庭出示的证据取证程序合法,客观真实,证人证言和诸多物证环环相扣,形成了一条完证、严密的证据体系。

一审时昆明市检察院派出的7位公诉人,像6位"辩手"一样,都是经验丰富的"铁嘴"。在"铁嘴"公诉的铁证面前,6名被告人服服帖帖地认罪了。尤其是糯康,每个铁证都是铁板上钉钉,他翻供抵赖是徒劳的。他不再为自己开脱罪责,承认了所有指控的罪行。举证质证的时候,最紧张的是扎西卡和扎波,面对公诉人的铁证就像面对千夫所指,法官让他们比画一下当时开枪的姿势,两个人便赶紧从被告席上起立,举起胳膊认认真真地比画起来,唯恐有不形象之处。

13名出庭的外籍证人,都是头天抵达昆明的。为了保护好证人,打消他们出庭作证的顾虑，法庭以不公开方式核实证人身份，13名外籍证人都编了号，按他们的编号出庭作证，并且专门设立了视频作证室，作证时需要视频遮挡的，都进行了面部遮挡。

原定3天时间的一审，由于比预期进行得顺利，次日晚上就宣告结束，整个过程"中规中矩"。缅老泰三国应邀旁听的驻华领事人员给予的评价是，"庭审公开透明，体现了中方法治的文明和规范"。糯康和桑康·乍萨在最后陈述时，在被告席上双手合十，诚恳地说他们做错了，对不起死者家属，请求量刑上从轻处理。糯康当庭表示，他愿意拿出3000万泰铢（相当于600多万人民币），赔偿13名船员的家属。

· 35 ·

愿他们有来生，愿他们做好人

2012年11月6日，昆明市中院做出一审宣判：以故意杀人罪、运输毒品罪、绑架罪、劫持船只罪数罪并罚，判处被告人糯康、桑康·乍萨、依莱死刑；以故意杀人罪、绑架罪、劫持船只罪数罪并罚，判处被告人扎西卡死刑；以故意杀人罪、绑架罪、劫持船只罪数罪并罚，判处被告人扎波死刑，缓期两年执行；以劫持船只罪判处被告人扎拖波有期徒刑8年；同时判决6名被告人连带赔偿各附带民事诉讼原告人共计人民币600万元。判决理由是：

4名被告人被判处死刑，是因为糯康、桑康·乍萨、依莱是犯罪集团的首要分子，扎西卡是犯罪集团的骨干分子，是案件的实施者。根据我国刑法相关规定，4人犯罪手段残忍，犯罪情节恶劣，犯罪后果严重，依法应当予以严惩。至于600万元赔偿，是基于受害者亲属的赔偿诉求，法院综合各方面的实情，最后做出的赔偿判决。

一审宣判以后，6名被告人不服判决，都当庭表示上诉。44天后云南省高院二审开庭，反复无常的糯康又当庭翻供，问啥都"我不知道，我不清楚"，把罪责推给其他人。法庭上再次见面，一同受审的5名同伙都急眼了，他妈的要死一块儿死，你怎能推卸得干干净净？当下同糯康翻脸，他早不是什么老大了，也不把他当老大了，只是一个拴在一起的大蚂蚱。除了咬糯康，他们也相互咬起来，都为自己开脱罪责。桑康·乍萨和依莱不承认自己是"首要分子"，说绑架杀害中国船员他们并没有参与策划。扎西卡和扎波抱怨是被胁迫，当时他们不开枪不行啊，不开枪就把他们杀了。扎拖波诉说自己是个小喽啰，那天只是在快艇上巡逻放哨，并未杀人。

6名辩护律师也认为一审量刑过重，希望二审从轻、减轻处罚。糯康的辩护律师认为，"在共同犯罪中，糯康权力下放后，手下的行为已远远超出他的控制范围，并没有实施犯罪的主观故意，不应当数罪并罚。从实施手段和目的看，糯康事先并没有进行布置，检方也并没有直接证据证明糯康是主犯，所出示的那些证据也是孤证。另外糯康进行了一定的民事赔偿，应当减轻处罚。"桑康·乍萨的辩护律师认为，"桑康·乍萨虽是集团二号人物，但在'10·5'案件的具体实施中，并非二号犯罪主体，只是参加者而非具体指挥者，不符合首要犯罪分子的定性量刑标准。同时，看在他归案后积极主动配合办案的份上，希望法庭酌情从轻处罚。"其余4人的辩护律师也进行了辩护，扎西卡和扎波的律师提出，这两个人均系胁从犯，也就是"被胁迫、被诱骗参加犯罪的"。"同时，被杀的中国船员身中数枪，没有证据证实就是扎西卡和扎波的枪弹。此外，扎西卡属于犯罪未遂。"

法庭上的"硝烟味"愈来愈浓，目光都盯着"铁嘴"和"辩手"，6名被告人更是屏气凝声，知道围绕他们的定罪量刑，控辩双方正展开激烈交锋。

针对律师的辩护观点，公诉人逐一反驳：

首先，一审判决认定的证据可以证实，糯康集团以糯康为首领，长期在湄公河流域进行违法犯罪活动，属于成员众多、组织结构完备、以犯罪为业的典型武装犯罪集团。

其次，所谓首要分子是指犯罪集团中起组织、领导、策划、指挥作用的成员。根据法律规定首要分子可以是一名，也可以是多名。在糯康犯罪集团中，糯康负责集团犯罪活动的指挥、策划和集团的管理、保障，桑康·乍萨负责集团具体活动的指挥、集团成员的训练，监督指挥翁蔑等人执行指令。依莱负责管理船只、收集湄公河船只信息、组织具体行动。扎西卡、扎波等集团成员接受糯康等人的指挥，实施具体犯罪行为。由此可见，糯康、桑康·乍萨、依莱等人在集团中分工负责、共同管理，3人都是犯罪集团的首要分子。

再次，具体到2011年10月5日的案件中，桑康·乍萨和依莱虽非犯意的提出者，但是二人与糯康共同预谋、策划了整个犯罪计划，按照糯康的安排，由依莱指挥眼线、选择地点、勾结不法泰国军人，并在现场直接下令开枪杀人，桑康·乍萨则负责指挥督促翁蔑等人劫船、杀人、放毒。正是在3人的合力操控下，翁蔑带领扎西卡、扎波、扎拖波等集团成员实施了犯罪行为，整个过程充分体现了3人作为犯罪集团首要分子的作用。

扎西卡和扎波是不是胁从犯？公诉人提出，从糯康集团的惯常实施模式看，二人是长期以参与糯康犯罪集团为业，犯罪具有明显的主动性，其根据集团的指挥，长期、多次伙同他人实施武装劫船、绑架等严重暴力犯罪，此次参与劫船杀人，没有违背其根本意志。从事实证据看，二人在参与"10·5"案件过程中都向中国船员开过枪，在案的其他证据不能证实二人受到过胁迫。因此，他们不是胁从犯。

还有,扎西卡是不是犯罪未遂?公诉人也予以反驳,证实扎西卡是犯罪既遂,而非犯罪未遂。第一,被害人郝强的尸检报告证实其死亡原因为脑部中枪,现场勘验、枪弹鉴定、弹道调查报告也均证实郝强脑部枪伤系口径9mm手枪子弹形成。第二,扎西卡本人的供述始终认可其枪击郝强时所持的就是该种手枪,并且是第一个近距离向郝强开枪的人。第三,在一审中泰国的专家证人证实,扎西卡所用子弹、射击方向能够形成郝强头部的致命创口。第四,扎波也证实扎西卡射击郝强的犯罪事实。

"铁嘴"刚收起唇枪,"辩手"又亮出舌剑,说本案有泰国不法军人参与,是"多因一果",应当对上诉人从轻、减轻处罚。"铁嘴"又立即应战:

刑法理论中的"多因一果"是指多个相互没有关系性的原因共同造成了一个结果。在本案中,虽然存在糯康集团和不法泰国军人两个原因,但二者是相互关联、相互联系的,是共同犯罪,不是多因一果。本案中糯康犯罪集团与不法泰国军人相互勾结,在事前进行合谋,双方的行为共同造成了中国船员的死亡这个结果,他们的行为是共同犯罪的有机组成部分,是典型的一因一果。糯康犯罪集团是犯意的提出者、劫持船只和运输毒品的实施者,更先于不法泰国军人对中国船员开枪射杀,不能因为不法泰国军人的参与而对各上诉人从轻、减轻处罚。本案是有组织、有预谋的严重集团暴力犯罪,相较于一般的共同犯罪,具有更大的主观恶性、更严重的社会危害性和人身危险性,因此对该集团的首要分子和主要成员应当从重处罚。

经过3个多小时的生死之辩，唇枪舌剑的硝烟平定后，"鉴于案情重大"，审判长宣布休庭后合议庭进行评议，择期再做宣判。2012年圣诞节的第二天，云南省高院做出二审宣判："裁定驳回上诉，维持原判，并根据《中华人民共和国刑事诉法》的规定，对糯康、桑康·乍萨、依莱、扎西卡的死刑裁定，依法报请中华人民共和国最高人民法院核准。"

转年2月22日，也就是农历正月十三，昆明市中院收到4人的死刑复核裁定和死刑执行命令。最高人民法院复核认为，被告人糯康、桑康·乍萨、依莱的行为构成故意杀人罪、运输毒品罪、绑架罪、劫持船只罪，被告人扎西卡的行为构成故意杀人罪、绑架罪、劫持船只罪，4名被告人犯罪手段特别残忍，情节特别恶劣，后果特别严重，且均无法定从轻、减轻处罚情节，应依法惩处。第一审判决、第二审裁定认定的事实清楚，证据确凿充分，定罪准确，量刑适当，审判程序合法。

在铁门与电网封锁的高墙内，向4人宣布死刑复核裁定后，扎西卡吓得眼痴了，依莱吓得当场昏了过去，桑康·乍萨吓得不停去厕所小便。糯康的收缩压一下升至170mmHg，还出现剧烈的肠胃反应，睡眠也变得糟糕，不服药睡不着。事实上二审宣判以后，他们就意识到了这一天，只是不知道具体哪天而已。二审宣判时，审判长的宣判声，通过同声传译器，传到他们耳朵里，4张脸当下就僵直了。

2013年2月是个小月，没有29号和30号，从宣布死刑复核裁定之日算起，离他们大限之日一星期都不足了。在短暂的几天中，云南省看守所加强对他们的看护，在法律允许的范围内，尽量多地给予他们关照，陪他们度过人生的最后时光。看护糯康的干警，每天3班轮流陪着他，晚上他上床入睡后，他们在一旁守着。昆明市中院按照涉外程序，及时通知泰缅驻昆领事馆，联系4个人的近亲属，于2月28日上午安排了探视。4个人的亲属除糯康的没来（老婆、情妇、子女一个都没来），其他3人的亲属都来了。桑康·乍萨与家人见面时还特别说，这里有吃有喝，身体比以前好多了。

在亲属探视的前一天，央视记者到看守所采访了糯康，与一审时"头发理短了，胡须也刮得很干净"相比，进入生命倒计时的糯康满眼血丝，两腮胡子拉碴：

记者：你这几天睡得好吗？

糯康：两天睡不着。

记者：这句中文，"两天睡不着"是你刚学会的？

糯康：想多了（睡不着），想多了睡不着。

记者：你说想多了，想什么想多了？

糯康：想我妈。

记者：吸毒对你有什么影响？

糯康：已经吃了五六年了。吃了以后都不想休息，不想睡觉，对心理造成一种压力。

记者：金三角这个地方有枪、有毒品，你现在怎么看金三角？

糯康：金三角不好，贩卖毒品的人很多，在金三角好人都会变成坏人。

记者：好人怎么变成坏人？

糯康：在金三角一带，贩卖毒品的人很多，也很猖獗，好人去了以后禁不住诱惑，参与去做（毒品）生意，一做就变成贩毒的了。有时候又吸毒，贩毒有钱以后到赌场去赌，赌得没钱了又去贩毒，所以就变成坏人了。我希望我的子女不要像我一样，希望他们好好读书，有一份工作，（好好）生活就行了，不要像我一样。

记者：你觉得不能跟孩子在一起，是特别痛苦的一件事？

糯康：是一件痛苦的事。被抓的时候母亲都不知道，怕知道了以后受不了。

记者：有张照片我也得给你看一下，你看这个哭泣的老人，你能知道她是谁吗？正在流眼泪的这个老人，是遇害船员的母亲。

糯康：就是13名受害者，事发以后，通过电视我也见过，到了中国法庭之后，我也把钱打过来给受害者家属。

记者：你有没有想过，她也不能跟自己的孩子在一起，而且永远也不能在一起，她会不会很痛苦？

糯康：他们的痛苦也就像我的痛苦一样，我也有子女的，我想的就是抚养子女，给他们读书，以后我老了也跟他们在一起。我也是怕死的，我也想活不想死，因为我有子女，还是恐惧。

在记者的采访中，糯康临终对金三角的认识，既道出了金三角的险恶，也道出了金三角险恶的根由。如果再追问下去，金三角险恶的根由因何生成，就牵出我们这个世界的种种弊端来，仅是无休止的冲突战乱，就给那片土地播下祸患无穷的种子。在那个青山绿水，却藏污纳垢、魔如影随、恶性循环的"三不管"之地，谁都有可能被魔爪拉下水，由"好人"变成"坏人"。由"好人"变成"坏人"，就是糯康40多年的人生历程，从一个缅北的贫寒子弟，沦为大恶不赦的毒枭，一步步走向自己的末日。金三角造就了他，也无情地毁灭了他。金三角的毒枭几乎都和他一样，只是毁灭的程度不同而已，有的在毁灭之际求得新生，不管是被迫的还是自觉的，没有在黑道上走到穷途日暮，由"坏人"又开始做"好人"。

面对记者的提问，糯康语气平和，多少带些歉疚，透出人的善性。他想念自己的老母亲和子女，充满做一个普通人的渴望，希望子女日后好好读书，有一份工作能生活就行了，千万不要像他一样。在以前的审讯和采访中，当问到他曾有什么理想时，他回答得很美好很善良，说自己没有读过书，也没有什么理想，只是不想有战争，不想有纷争，和家人一起安心过日子，种地呀养鱼呀。

可是一切都迟了，他必须为自己的罪行付出生命代价：再怕死，不想死，也得死。他曾想以钱来赎罪，说他钱也花了，希望能放他回家。但那是金三角的丛林法则，从他被抓的一刻就失效。中国不是金三角，一个最简单的道理，就是杀人偿命。而且他是信佛之人，在家初一、十五都要吃斋念佛，在监狱里也不忘看佛书。不过西方有谚，魔鬼需要的时候，也会捧起《圣经》。人之将死其言也善，如果真把他放出去，说不定照样为非作歹。

这样说，也许有些残酷……

2013年3月1日，春节过后的春城春和景明，在"彩云之南"的阳光下，大街上一如往常车水马龙，商场内一如往常人来人往，公园里一如往常欢乐散漫。云南省看守所也一样，一切按部就班，与昨天多少不同的是，气氛有些紧张忙碌。除多了不少全副武装的特警，还来了许多扛着摄像器材的记者。

从上午10点多开始，看守所内的一些重点路段就实施警戒，负责糯康4人最后一顿午餐的厨师，也穿上厨衣张罗起来。与以往一样，在允许的范围内，他们想吃点什么都尽可能满足。今天还多了他们一个满足，就是临终可选穿什么衣服。糯康选择的是一件浅绿色上衣，一条蓝色裤子，一双松紧口黑布鞋。昨天他已洗过澡，头发又重新理短了，胡子也刮得干干净净，下巴显得很饱满。

最后一顿午餐，是干警给他打回监室，坐在小桌子前吃的。他默默面对着饭菜，饭菜也默默面对着他，同他人生的酸甜苦辣一道，送他踏上来生的路。小桌上除了午餐，还有水果和香烟，看守干警让他吃，他都没有动。用过午餐以后，在四面防撞墙的挤逼下，一个声音冥冥中清晰起来，时间在一分一秒地行走，室内室外的警察不时看看手表。

13：20 昆明市中院、昆明市检察院负责执行死刑的法官、检察官到达看守所，与看守所方面进行相关交谈。与此同时，在警察寸步不离的监视下，糯康上床穿好裤子，下床快步走到洗手池前，用手从水龙头上接上水，像要清醒一下浇到额头上，并喝下一小口。拿毛巾擦过脸以后，他开始整理自己的衣服，低头用嘴咬住上衣的衣角，两手转周拢着裤腰口，把白色内衣露在外面的下摆塞进裤子里。裤子没有裤带，裤腰是松紧的。在椅子上坐下不到5分钟，又起身拿起一小卷卫生纸，撕下一段装进裤口袋。在椅子上重新坐下后，他弯腰将袜勒拉直，从布鞋外露的脚面到脚腕，把袜子抻得平平展展，然后褪下裤脚盖上。

13：35　一辆辆法院的警车驶入看守所，糯康4人每人将乘一辆警车，每人将由两名特警、两名警察、两名法官、两名检察官负责。

13：52　特警列队严阵以待。

13：58　两名警察在看守所窗口履行提押犯人的交接手续。

14：01　两名特警和两名警察将糯康从过渡监室押出来。

14：03　法官向糯康宣读执行死刑的相关裁定，随后卸下手铐脚镣给他换上警绳，将双手反剪到背后捆住。两名警察戴上白手套一左一右押着，左边的警察左手抓着他的左胳膊，右手按在他的左肩膀上，右边的警察右手抓着他的右胳膊，左手按在他的右肩膀上，迎着记者闪耀的镜头把他押出去，押上他乘的刑车。

14时06分后，桑康·乍萨被押上刑车。

14时10分后，依莱被押上刑车。

14时15分后，扎西卡被押上刑车。

被押上刑车的时候，桑康·乍萨表情凝重，依莱满脸天塌地陷的沮丧，扎西卡恐慌得眼珠乱转，不停地东张西望。糯康与他们不同，从监室到刑场几乎是面带微笑，只是用警绳捆绑他时略显得痛苦，在央视直播中，那微笑成了他"留给人们印象最深刻的表情"。如果仅就微笑而言，不管它包含什么，他表现得还像个毒枭，不像受审时那么无赖。押上刑车以后，他坐在车厢左边紧靠驾驶室的角落，浅绿色上衣被警绳勒得走形，对面坐着两名押解他的警察，都戴着灰黑色头盔，穿着黑色战术背心，左胸前印着白色中英文：警POLICE察。车门关上之前，糯康一直扭头望着车外面，脸上的微笑惨淡了许多，白眼珠泛红的双眼，显得无神、无力、无助,有一丝游丝般的留恋。

车外蓝天白云,午后的阳光洒满看守所,越过一栋栋房舍,越过架着电网的高墙,外面就是热闹的大千世界。再越过千山万水,就是他往日的金三角,在炎热的太阳下,一山一水一草一木依旧,金顶闪耀的寺宇依旧,端坐的金三角大佛依旧,可一切都将与他无缘。说无缘有些绝对,他还得哪里来哪里去,回归到那片泥土中。

14时19分,所有的警车缓缓驶离监所,警灯闪烁着驶向刑场,驶向一处对外保密的地方。检察机关进行了临场监督:"查明最高法院核准死刑的裁定、命令;死刑执行场所、方式是否合法,核对罪犯身份,询问是否有遗言、遗札;询问是否有需要停止死刑执行的事项如检举等;询问执行过程中是否侵犯罪犯人身权、财产权及亲属合法权利。"

14时58分,云南省公安厅官方微博发布消息,4名罪犯已经执行死刑。那一天被网上列入2013年全国《大事记》:"3月1日,经最高人民法院核准,'10·5'湄公河惨案4名案犯糯康、桑康·乍萨、依莱、扎西卡,在云南昆明被依法执行死刑。""死刑"后面特别注明"注射"。

我国执行死刑有两种方式,一种是枪决,一种是注射。与枪决相比,注射死刑可减少罪犯的痛苦,比枪决要人道,更能体现司法文明。昆明市中院是全国最早采用注射方式执行死刑的法院,用注射方式执行死刑已是该院执行死刑的方式之一。4人被执行死刑后遗体火化,火化以后通知他们的家属来领取,包括骨灰、遗书、遗物,如果家属没有来领取,法院就通知相关部门,通过缅甸、泰国驻昆领事馆领取。

糯康4人被执行死刑的过程,央视直播后曾引发争议,说直播有些不人道,毕竟是几条生命啊。央视官方微博回应称,"诛枭,不是看杀人",公示糯康死刑时,并没有行刑画面。相对于他们的残忍杀戮,严谨的司法审判,人道的注射死刑,展示了法治的尊严与文明。任何生命的离去都不值得大快人心,但对他人生命无所敬畏的枭首伏诛,告慰逝者,更宣示了文明底线的不可践踏。

不管怎么说，愿他们有来生，愿他们做好人，在来世洗心革面，把今世的恶债还清，把断送的人生补起来，做行善积德之人……

·36·
永远抹不去的伤痛

那天，4名凶手在昆明伏法受诛时，远在云南昭通的武小平，一早收拾好水果、点心、啤酒、纸钱等，带着家人乘一辆面包车，去给丈夫、弟弟、儿子上坟。同亲人唠唠话，更主要的是告诉他们，4个杀人魔王，今天在昆明被处决。

早晨的气温还有些低，从车窗缝隙中钻进来的风，就能感到外面的丝丝凉意。放在塑料袋里的祭品，昨天就准备好了，散发出一丝甜气。车内谁也不说话，像拉着一车沉默，一车压缩了的沉默，压得车呜呜叫唤。还有路面偶尔颠簸，引起的车窗震动声，震动得厉害时，玻璃和窗框像咬牙切齿。

武小平不停地抹着泪，身子看上去很虚弱，被悲痛淘得轻飘飘的，从昨天得到消息开始，她一直抹泪抹到现在。昨晚又失眠了，抑制不住地悲痛，在悲痛中等待天明，她要把消息告诉亲人，十几个月盼啊等啊，把老天都穿孔了，就盼着等着这一天。

车中除了孩子，其他家人也眼圈红红的，透过晃动的车窗，盯着车前伸展的公路，一样的急切和茫然。沿着弯弯绕的公路，经过半个多小时行程，到达亲人的坟前。山野静悄悄的，春醒的地气透过泥土，泛起阴冷的潮湿。在3位亲人的坟前，武小平与家人一样一样摆好祭品，把啤酒满满地斟上，然后点燃香和纸钱。啤酒是她特地买的，丈夫生前不能喝酒，弟弟和儿子也一般，但她希望他们今天都多喝点。

武小平与家人拢着纸火，泪珠掉到火中嗞嗞作响。纸味扑鼻的烟，先围绕着火堆弥漫，等火越烧越旺，周围的地面烤热了，便同香烟袅袅直上。武小平一面往火里添纸钱，一面敞开心扉絮叨，告诉亲人4名凶手今天要死，告诉亲人放不下的思念和伤痛，告诉亲人一年来家里的大事小情，像以往上坟一样把满腹的话倒腾出来。在3个坟头间，跟丈夫说完，再跟儿子说，跟儿子说完，再跟弟弟说。她跟丈夫说，爸妈的身体还好，村里修路把水管挖断了，吃水要到江边去挑。爸每次去挑水的时候，只要江上有船就望个不停，把脚下的河当成了湄公河，希望那船是你开回来的，船上带着柳柳和小安。

惨案发生后，在丈夫"失踪"的十几天中，公公白天一刻也不敢闲下，一闲下心里就发慌。到了晚上不得不闲下时，便同婆婆直勾勾地盯着电视，怕错过电视上有关的新闻，盯得盯不行了才睡觉。那段日子，公公常念叨一句话，缺胳膊少腿也不怕，只要他能活着回来就好。孙子已经遇害了，希望儿子好好的。公公教了一辈子书，虽然两个儿子读书没读成，孙子也半途而废，但日子过得并不差，大儿子和孙子在湄公河跑船，小儿子和媳妇在外打工，经济条件在村里屈指可数。尤其是大儿子，是村里第一个到外面跑船的，第一个到外面当船长的，在村人眼中那是"出国"了。

全家人对两位老人都很孝敬，丈夫只要从关累回来，给家人带的东西，最多的就是给二老的。平时回不来就打电话，出事前几天丈夫还给公婆打电话，劝说两个人年岁大了，出门时一定要注意腿脚。去年10月23日，找到丈夫的遗体后，先瞒着两位老人，直到丈夫和儿子的骨灰回来，在家门口摆下两具棺材，才不得不告诉他们。婆婆当下就病倒了，公公说他不能倒下，得把儿孙的后事料理好。

最先得到儿子和弟弟遇难的消息后，她盼望着丈夫能够生还，天不要全塌下来，但等来的仍是不幸。她几乎要垮了，几天水都不想喝，但还得咬牙挺住，从婆家到娘家，她还上有老下有小，需要她扶持照顾。去年6月，向家坝库区移民开始搬迁，新村还在金沙江畔，只是从江边移到了山腰，旧村将被水库淹没。她曾和丈夫商量，等搬到新村住进新房，再跑上两年船别跑了，回来随便找点事做，安安稳稳地过日子，儿子想跑叫儿子跑去。可搬到了新村，也住进了新房，丈夫却殁了，儿子也殁了，只剩下她和女儿。

她把丈夫和儿子的遗物，都保存在一间屋里，每当思念起父子两个，就到那屋里关上门痛哭一场。想丈夫更想儿子，儿子连家还未成，人生八字刚见一撇。儿子脾气有些犟，心地却非常善良，跑船第一个月挣下钱，就给爷爷奶奶寄了几百，给她寄来几百，给昆明上学的姐姐寄去几百。为留住儿子的音容笑貌，她从儿子的QQ空间里，下载了儿子的一张照片，下载了儿子的几首歌，有首歌叫《飞得更高》，儿子非常爱听爱唱。她时常一边落泪，一边听儿子唱歌，一边端详儿子的照片。她和丈夫青梅竹马，生下儿子的时候，丈夫才18岁。下载的儿子的照片，是距离出事最近的一张，穿着一件蓝衬衫，像丈夫一样白晳俊气，脸颊上曾有两颗黑痣，去年到医院除掉了。儿子不光喜欢唱歌，还喜欢绘画和上网，出事前的前一个星期，在QQ中写道："明明知道很现实，可我想过得很单纯……"

今天与武小平一同来上坟的，还有她弟媳阿兰和小侄女，不谙世事的小侄女，看着坟前的祭品和纸火，看着悲痛的妈妈和姑姑，要么两眼直愣愣的，要么抓着坟头的泥土玩耍。偶尔叫声爸爸，也无人接应，就说爸爸不理她，还在睡觉。

阿兰没有像姐姐那样放声倾诉，只是默默地与老公心语。她同老公武小安是10年前认识的，那时老公已在湄公河跑船，她在关累开个小店。两个人认识以后，老公跑船闲下的时候，就到她店里去坐，帮她打点一下生意。老公为人实在，人也长得帅气，对生活有热情，她觉得靠得住，便订下终身。2003年结婚后，老公不再跑船，和她一起到了景洪，开了个手机连锁美容店，卖手机和装饰手机。但加盟费太高，手机质量也不怎么，生意做得很是一般，干了七八个月就关门了。隔年回到昭通老家，两人准备守家在地，做个养鸡专业户。老家人多地少，靠种地养家糊口不行，一般人不是外出打工，就是到金沙江跑船，可建向家坝水库以后，船几乎不能跑了，基本上都出去打工了。

回到昭通老家，老公便买了养鸡的书，从福建购回200多只山鸡苗，圈起一个一亩大的养鸡场。但由于技术跟不上，冬天气候又冷，鸡仔经常被冻死，鸡养得并不理想，养了两年就放弃了。老公又到昆明一家家具厂打工，她回芒市娘家调养身体，那年她的身体很差劲，小病小恙不断。当时老公每月只挣1200多元，除了留下一点生活费，剩下的都给她寄去，让她把身体养好。

也就是前年吧，老公觉得还是跑船好，比打工挣钱多，就又到了湄公河，跟上姐夫一起干。原打算干上两年，同姐夫一起回来，姐夫去干别的，他搬到新村后继续养鸡。老公家和姐夫家同村，去年一块儿搬到新村后，70多平米大的新居，却只剩下了她和女儿。新居空空如也，她什么都懒得添置，如果女儿不吃饭，她连饭也懒得做。为了让女儿记住爸爸，她在卧室的墙上挂了一张老公的像，像上的老公笑吟吟的，从早到晚看着她母女俩。有很长一段时间，女儿早上一醒来，望着墙上的照片就喊爸爸，喊得她既温暖又心碎。女儿只见过两次爸爸，一次是两年前女儿出生不久，一次是去年过春节的时候，她还没好好弄清爸爸是咋回事。现在若有人问女儿，你爸爸到哪里去了？女儿就说，爸在睡觉。

老公与姐夫、外甥一起安葬后，她特地在老公坟头种了一株兰花。她叫阿兰，那兰花就代表了她，天天陪伴着老公。从种下兰花那天起，她时常做同一个梦，梦见老公从河上回来了，像生前一样穿得干干净净，对她说自己没有死。有几次她伸手去抓，抓到的却是女儿，便从梦中哭醒来。看着身边的女儿，她不知以后的日子该咋过。

与阿兰3位亲人并排埋着的，还有同村的马重生，是3家人特意安排的，他们生在一处死在一处，让他们永远不离不弃。4个人当中，马重生年龄最大，死的时候46岁，比柳志刚大10岁。马重生的家人没来，武小平给马重生也烧了纸敬了酒，嘱咐马重生与她丈夫、弟弟、儿子好好安息。从上午一直到傍晚，大山扯起浓重的阴影，武小平才带着家人，恋恋不舍地离开墓地。

武小平失去3位至亲骨肉，江乐舟失去两位至亲骨肉，是13位被害船员中最惨的两家。前年10月7日，得到哥嫂被害的消息，江乐舟从水富赶到景洪，在宾馆里一下崩溃了，不是眼直瞪瞪地躺在床上，就是坐起来抱头痛哭。他觉得是自己害了哥嫂，哥嫂如果还在家种地卖菜，不出来跑船的话，就不会遭此惨祸。

他兄弟姊妹4个，哥哥是老大，他是老幺，中间有两个姐姐。他16岁就下河，由于家穷没上几天学，凭着脑瓜灵和勤快，学会了驾船修船。哥哥也跑过船，但后来种地了。哥哥娶过嫂子有了两个孩子，日子过得一天比一天紧张，尤其是两个孩子考上大学后，不得不靠卖菜供两个孩子念书。他从金沙江到了湄公河，把家也从四川屏山搬到了云南水富，把老母亲也接到一块儿生活。

因为父亲去世早，为了他们4个子女，母亲活得很不容易。他把老母亲接到身边，一为老母亲颐养天年，二为给哥嫂减轻负担，不用每天再为老母亲操心。长兄如父，自从他父亲去世后，哥嫂不仅养活孩子，还扛着整个家，与母亲一起，为弟妹们付出许多。对弟妹们的感激，哥哥总是憨憨一笑，嫂子总是说那会儿你们小嘛，长大了还用我们？

但接走母亲以后，他看到哥嫂还是不行，操劳一年入不敷出，于是一起叫到船上来，帮他们把家也搬到水富，和他住在县城的同一个小区。

哥嫂上船以后，日子过得比原来松宽多了，每月工资发下来，点着手里的钱很是满足。船上不管安排什么活，都满口"要得，要得"，两个人生怕做不好，像种地卖菜一样老实、勤快、细致。可没想到祸从天降，丢下两个指望上出大学来他们就可以松一口气的孩子。两个孩子一儿一女，儿子在贵州读大学，姑娘在海南读大学。最煎熬的那几天，他一想到两个孩子突然没了父母，从现在起就全凭他照管，就不能不振作起来。

两个孩子赶到景洪，不是围在他身边，就是兄妹俩待在一起，很少跟人说话。他也不知道怎么安慰，有时越安慰越伤心，反倒不如不安慰，可又怕他们承受不住，就抚着侄子的肩膀说，家里就你是男孩，你是老大，不管什么打击，都要承受住。

他自己是个女儿，侄子是他们家唯一的男孩，尤其是老母疼爱得很，都希望侄子上出大学来，活得风风光光，为他们江家顶门立户。农村老百姓不同于城里人，国家提倡的大道理也懂，可现实蛮不讲理，生男生女就是不一样，下一代没个男孩不行。

再一个作为船东之一，他也得振作起来不能倒下，不仅遇害弟兄的家属需要关照，更要为遇害弟兄讨个公道。他们死得太惨了，十几个家庭破碎，不能让凶手逍遥法外，白白地死就死了。精神好转以后，他学会了上网，学会了QQ聊天，学会了写博客和微博，为自己排忧解闷。去年正月十四，他给哥嫂写了一封信，在信中写道：

> 哥哥，嫂嫂，你们在天国还好吗？天上有春节吗？我们要过元宵节了，却依旧冷冷清清的，没有一点节日的气氛。天气也开始暖和了，我的心却依旧寒冷。天上应该很冷吧，记得多穿点衣服。
>
> 哥哥，嫂嫂，对于你们的深仇大恨，希望你们不要太记挂。妈妈没有能力为你们申冤，兄弟姐妹们也没有能力为你们讨回公道、尊严，但是我们一定不会放弃努力，要让真相大白于天下，要凶手血债血还，即使我们这代人没有做到，还有儿女一代。我深知，若要还你们公道，必须是祖国为我们做主。我也深信，祖国是深爱她的子民的，国家会尽一切努力，维护她的子民合法权益，还你们一个公道。

糯康被抓捕到中国，他从电视上看到以后，就到哥嫂的遗像前，告诉哥嫂祖国给他们讨公道了。去年一审的时候，他作为受害船员亲属代表也出庭了，听了6名凶手在法庭上的回答，听了他们描述的残杀过程，与坐在旁听席上的其他亲属以泪洗面，心里恨得发疯。就像曾经被打得肠子流出来，那天也来旁听的警察秦华说的，看到糯康在法庭上还脸现笑容，真想冲上去揍他一顿。事后他写道：

为了家属有信心活下去，为了湄公河有美好的明天，相信司法机关会公正严惩糯康集团，并继续追捕其他涉案人，让逝者瞑目，让"10·5"案真正大白于天下，还湄公河晴朗的天空……

惨案发生后，他除了有事必须出去办，每天都在家守着老母亲和侄女，陪祖孙两个缓解伤痛。老母亲年将七十，父亲去世都扛得住，哥嫂遇害却扛不住了，人一下瘦了十几斤，住进了医院。接回哥嫂的骨灰盒，母亲说啥也要出院，要送哥嫂入土为安。母亲抚摸着骨灰盒泣不成声，说上次见你们是一年以前，这次见你们已成隔世人了。母亲原本生性开朗，每天都要下楼去转转，跟小区的老太太遛遛弯儿，坐一块儿聊聊天，可自从哥嫂遇害后，再也不下楼去转了，害怕见到外面的人。每天窝在家里，要么思念儿子儿媳，要么心疼孙子孙女，要么叹息自己命苦，都半截入土的人了，还把两团骨肉丢了。

他陪在家中，从吃饭到睡觉小心翼翼，每天都想看电视新闻，看有没有有关案子进展的报道，可又非常害怕看电视，一看到电视上有报道，就赶紧把电视关了，怕触动老母亲和侄女。关了电视却又后悔，不知报道了啥内容。要么等到深更半夜，确信母亲和侄女入睡了，再偷偷摸摸打开电视去看，看那段新闻重播不重播了。好长一段时间，老母亲异常敏感脆弱，不要说电视上播有关新闻了，就是有人敲门都会紧张不安：

咋，又有人找你来了？

事实上，母亲并不是怕有人来找他，而是怕他出门走了，像一手攥着一颗胡核，已把左手的一颗丢了，再不能把右手里的也丢了。那段时间，把他搞得也很怕见人，特别是前来采访的记者，家门一响就心悬起来，害怕打扰老母亲和侄女，打扰一次痛苦一次，几天缓不过劲来。尤其是侄女，把自己关进房间，谁去劝慰也不行，自顾流泪想爸妈。

哥嫂安葬以后，侄儿毕竟是男孩，对他说幺爹放心，就又回学校念书去了，侄女却退学不上了。在亲朋好友的一再劝说下，侄女才回心转意，去年又回高中复读，高考时重新考上了大学。接到大学的录取通知书，一家企业赞助困难学生，每人给3000块钱，学校考虑到侄女的情况，就把侄女也列入赞助名单。侄女开始也同意了，可填写表格的时候，必须填写家庭情况，必须填写接受赞助的理由，侄女当下就放弃了。别的什么都可以填写，就是不能填写爸妈的死因，一填写就如同天塌地陷。

县里对考上的大学生也给助学金，他怕侄女这次填表又受不了，就帮侄女填好装到袋子里，陪侄女一起到教育局去送。到了教育局，侄女要自己进办公室去送，他在办公室外面等着，没想到侄女进去一下就出来了，脸变得苍白苍白：

幺爹，这钱我们不要了。

原来进去以后，侄女从袋中取出表格，看到上面填写的内容，一下子又触动了伤心处。侄女急急地要走，他也只好说：好的好的，幺爹听你的，这钱我们不要了。

大学快开学的时候，县里又有一家企业给钱，通过学校的老师，愿为侄女提供5000元帮助，但同样得填表。当时侄女也在场，听了神色大变，连声说不要不要，让老师十分尴尬，以为她嫌给得钱少，还要劝说什么，觉得拒绝了实在可惜。他知道又犯忌了，赶快制止老师，说谢谢老师，这事就不提了。

侄女3次拒绝帮助，让江乐舟无比伤心，伤心的不是几个钱，没有别人帮助，他也供得起侄女上大学，伤心的是侄女遭受的打击太打了。他担心侄女走不出阴影，到了大学影响读书，以后到了社会影响生活，搞不好会被阴影扭曲。他越是担心越放不下，越放不下越得照顾好，如果侄女有个三长两短，他这辈子就不得安宁。他在博客里和哥嫂诉说，把自己的担忧和苦闷诉说完了，向哥嫂保证把侄女照管好，把侄儿照管好：

> 你们的儿子，也是我的儿子，他在大学奋发向上，年年拿奖学金。你们的女儿，也是我的女儿，现在调整好心态在努力学习。妈妈现在也好多了，脸上的笑容也多起来了，你们可以安心些吧。

和武小平、江乐舟一样，其他8位遇害船员的亲人，也无疑承受着巨大的伤痛，泣天、泣地、泣血、泣泪，他们的痛苦不再一一述说。最后，让我们与13位船员的亲人一起，用心再抚触一下他们的名字，抹去屠刀残存的血腥与阴冷，让他们在九泉之下好生安息。

华平号：郝强　党民兵　席丰盛　瓦成池　柳向西　黄鹏

玉兴8号：柳志刚　武小安　柳荫　马重生　兼宝来　江乐船　赵家玉

"10·5"惨案距今快10年了，4名凶手早在那个定格的3月1日，骨殖连同他们的罪恶归于尘土了。在短暂而又漫长的近10年中，13位船员的亲人揣起伤痛，一步一步坚韧地挺了过来。逝者长已矣，生者如斯夫，在滚来滚去的日子中，一如既往地老去或成长。当年牙牙学语的，已经能读懂母亲的眼泪，当年手捧书本的，有的已经成家立业，一代寄托着一代的希望，一代希望活得比一代强，尤其是无灾无难。

还有湄公河，还有金三角。他们祈愿湄公河不再有惨案发生，让奔腾的江水永远无忧无虑地流淌；他们祈愿金三角不再有罪恶的勾当，让那里的青山绿水永远告别污浊……

后 记

《大湄公河》终于"尘埃落定",落定的那天恰逢2018年"谷雨"。谷雨是二十四节气之一,我们故乡代县有云:"谷雨前后,点瓜种豆。"在这个机缘巧合之日,《大湄公河》无疑是一粒种子,我们期望它出版以后,能在读者心中生根发芽、茁壮成长,结出的"瓜"越大越好,收获的"豆"越多越好。

《大湄公河》采访、收集资料,再加上创作、修改,花了几年之久。于时间的长河中,几年不过一瞬而已,掀不起一朵浪花。但就人生而言,却是"天增岁月,人增寿",朋友籍满田年已届知命,我已经五十有五了。

在过去的几年中,尤其是进入创作后期,我可以说备受煎熬,有时感到山穷水尽,几乎写不下去了。之所以如此艰难,首先是作品线索看似简单,仅以两条线索展开,牵动的却是千头万绪,如纤夫拉纤,承载量之大远超出预想。我像只辛勤的蜘蛛,编织着"千头万绪",好多次"猎物"没有捕获,自己却束手就擒,陷于进退维谷的困境,不知该如何挣脱出来。其次是创作时间无法保证。我的"主业"毕竟不是创作,而是编辑出版好一本刊物,忙于刊物时就得中断创作,创作只能断断续续地进行。每次"断"得很痛苦,大多时候正写在兴头上,却要电源一样切断,"续"得也很痛苦,"断"了之后再"续",费好大劲才能接通思路。再就是年龄不饶人,对视频资料记忆力还好,对文字资料记忆力却是糟糕,每次中断再写的时候,许多资料必须重看。

包括《元史》《明史》《大东亚战争全史》《明钞本〈瀛涯览胜〉校注》《真腊风土记校注·西游录·异域志》《玉树调查记》《果敢志》《中国古代海洋地图举要》《世界地理地图集》《西藏与西藏人》《全球禁毒开端》《江湖中国》《吴哥之美》《大湄公河次区域蓝皮书》《湄公河南腊河口至琅勃拉邦航运考察报告》《流浪金三角》《穿越瓦邦》《金三角毒枭风云》《洗冤伏枭录》等等，还有采访笔记、拍摄的图片、摘录的资料、有关的视频，前前后后反反复复看过好多好多。有时看得两眼生泪，但是不反复看不行，像老牛反刍一样。只有这样，才能准确把握材料、拨芜拣菁，尽量"消化"掉，将吃进去的"草"，转化成"奶"挤出来。

仅阅读资料就搞得我苦不堪言，其他就不言而喻了。最欲哭无泪的是，两次电脑与我翻脸，将几万字瞬间搞丢了，再也未能修复找回来，火恶恶地真想把它砸了，但火到最后只能与它妥协，再一个字一个字去回想。

我虽然付出了许多，但若没有朋友籍满田的精诚合作，《大湄公河》也难以完成，几年来他与我心心相印，想法与行动达到了高度默契，为此他也付出许多，有时连工作都不顾了。二人成城断金，终于完成了《大湄公河》。值此之际，我们首先想到的是感谢，包括山西省作家协会、云南边防总队、北岳文艺出版社，包括加拿大《渥京周末》、美国《华夏时报》、日本《中日新报》，以及有关的师长、朋友们，感谢几年来给予我们的莫大支持和帮助，《大湄公河》也有你们的一份功劳。

道一声，谢谢！

再道一声，谢谢！